신의 선택을 받은 우리민족
어둠 속에 묻혀있던 세종대왕의 계시가 드러난다!

시도요체의 비밀

오규원 장편소설

명에디터

시도요체의 비밀

시도요체의 비밀

초판 1쇄 펴냄 2018년 5월 5일

지은이 오규원
발행인 이기행
편집인 권성환

디자인 명진기획, 이재윤

펴낸곳 도서출판 명에디터
출판등록 2016.6.20 제2016-000101호

주소 서울시 종로구 삼청로7나길 39
전화 (02)2279-1150
팩스 (02)2277-6634
이메일 myungjin00@myungjinn.com

ⓒ 도서출판 명에디터, 2016
ISBN 978-11-958358-3-6 03810

이 도서의 국립중앙도서관 출판시도서목록(CIP)은 서지정보유통지원시스템(http://seoji.nl.go.kr)과 국가자료공동목록시스템(http://www.nl.go.kr/kolisnet)에서 이용하실 수 있습니다. [CIP제어번호 | 2018013273]

이 책에 담긴 글과 그림은 저작권법에 따라 보호받는 저작물이므로 무단전재와 무단복제를 금합니다.
이 책의 내용을 사용하고자 할 때는 도서출판 명에디터의 동의를 받아야 합니다. 잘못된 책은 교환해 드립니다.

1

'시도요체' 의 '시도' 는 세종대왕^{이도}의 이름 자인
'祹^{복도}' 자를 示^{시}와 匋^{도}로 파자한 것이며,
'요체' 는 사전적으로 '중요한 깨달음' 의 뜻이 있다.

2

이 책은 소설이다.

| 차례 |

프롤로그 ·· 11

1부. 시도요체의 귀환 ································ 17

2부. 어둠의 장막, 600년 ························· 213

3부. 아! 세종대왕 ······································ 273

| 등장인물 |

최형석 - 젊은 사학자. 시도요체를 위기에서 구한 주인공

하세카와 히로에 - 일본인 여주인공. 최형석과 함께 시도요체를 구함

양이환 - 사학자. 하세카와 료이치와 20여 년간 시도요체를 추적

하세카와 료이치 - 히로에의 아버지. 일본 극우파로부터 살해당함

김 노인 - 양이환에게 시도요체 추적을 부탁한 인물

강석규 - 고전학술원 교수

미야모토 나구치 - 일제 식민시대 경성제국대학 언어학 교수

모쿠아미 - 임종 직전 시도요체를 한국에 건네준 일본인

태종대왕 - 조선국 3대 국왕. 세종대왕에게 치세의 발판을 만들어 줌

세종대왕 - 태종의 유훈에 따라 나라와 백성을 위해 혼신을 바친 4대 국왕

신미대사 - 세종대왕의 훈민정음 창제를 도운 승려. 시도요체를 남김

프롤로그

소파에 등을 묻고 낮잠을 즐기던 하세카와는 낡은 전화기 벨소리에 눈을 떴다.

"네, 하세카와입니다."

"아… 하세카와 교수…"

전화기에서 흘러나오는 목소리가 가늘게 떨렸다. 문득 예사롭지 않은 느낌이 들었다.

"실례지만 누구시죠?"

"난…"

상대의 말이 힘없이 끊겼다 이어졌다.

"난… 모쿠아미라 하오."

"예? 혹시… 에도가와江戶川의 모쿠아미 선생님이요?"

"그렇소…"

"아, 선생님께서 어쩐 일로 제게?"

"당신이 찾던 책… 내가 가지고 있소…"

"책이요? 무슨 책을…"

"그… 시 도 요 체 말이오…"

"예?"

하세카와는 순간 목이 콱 막혔다. 온몸에 소름이 돋고, 수화기를 잡은 손이 부르르 떨렸다.
"사람을 보낼 테니… 와 주실 수 있겠소?"
거부할 이유가 없었다. 아니, 시도요체가 세상에 남아있기만 하다면 오히려 한 번만 보여 달라고 애원을 해야 할 판이었다.

영원히 사라진 줄로만 여겼던 시도요체를 보게 된다는 흥분과 노인에 대한 의문으로 머리가 혼란스러웠다. 무슨 생각을 해도 결론에 도달할 수 없었다.
'생각을 접자. 일단 책부터 확인하고 나서…'
오전 내내 흐릿하더니 오후 들어서자 장대비가 쏟아지기 시작했다. 창문이 덜컹거리고, 뭔가가 바람에 날렸다. 쉽사리 그칠 기세가 아니었다. 덕분에 어둠이 일찍 찾아왔다. 네댓 채의 가정집이 나란히 늘어선 동경 우에노 주택가 골목길에는 외롭게 서있는 가로등과 비바람에 버림받은 낡은 자전거만이 골목을 지켰다.

마음이 진정되지 않아 거실을 서성거렸다. 세찬 빗소리 때문에 노크 소리를 못들은 게 아닌지 현관 앞으로 다가갔다가 다시 창가를 살폈다. 몇 시에 사람을 보낼 것인지 물어보지 않은 것을 깨닫고 경솔했다는 생각이 들었다. 그만큼 노인과의 통화는 충격적이었다.
스스로를 달래며 소파 쪽으로 몸을 돌리는 순간 유리창에 자동차 불빛이 스쳤다. 창문을 열고 얼굴을 내밀었다. 빗속을 뚫고 소리

없이 다가온 승용차가 집 앞에 멈춰 서고, 누군가 차에서 내려 장우산을 펼쳐 들었다. 더 지켜볼 필요가 없다는 생각에 서둘러 창문을 닫고 현관으로 나갔다.

"하세카와 교수님이시죠?"

서른 초반쯤으로 보이는 젊은이는 대답을 기다리지 않고 우산을 받쳐 주었다. 차까지 이동하는 그 짧은 동안에 빗방울은 사정없이 바짓가랑이를 적셨다. 뒷좌석에 앉아 무의식적으로 바지를 툭툭 털었다. 물을 짜낼 만큼 젖었지만 의식이 거기까지 미치지 못했다.

차가 천천히 출발했다.

"어디로 가는 거요?"

"에도가와의 모쿠아미 님 댁입니다."

더 이상 말을 붙이기 어려웠다. 빗줄기가 너무 거세 온전히 운전하기에도 바빠 보였다. 더듬더듬 골목을 빠져나와 대로변에 들어서서도 달리지 못하자 조바심이 들었다. 긴장으로 허리가 저리는 듯했다. 심호흡을 몇 번 하고 좌석 깊숙이 몸을 묻었다.

'많이 왔을 텐데…'

궁금한 마음에 손가락으로 창문을 문지르고 밖을 내다봤다. 에도가와 입구다. 다 왔다고 마음을 놓자 다시 생각이 꼬리를 물었다.

'노인이 가지고 있을 수 있다는 생각을 왜 못했을까. 당연히 생각했어야 했는데…'

자기도 모르게 탄식이 나왔다. 관계도 없는 사람들은 측근에 측

근까지 찾아가 조사를 해놓고 정작 가능성이 있는 노인은 대상자 명단에 넣지도 않았던 것이다.

'노인은 내가 시도요체 찾고 있던 걸 알고 있었어. 이제껏 모른 척하다가 갑자기 변심한 이유가 뭐지?'

풀 수 없는 의문에 다시 머리가 혼란스러웠다.

'조금만 참자… 잠시 후면 모든 걸 알게 돼…'

하세카와는 숨을 깊이 내쉬고 눈을 감았다.

아담한 정원이 있는 이층 가옥 앞에 멈춰 섰다. 빗방울과 습기로 얼룩진 차창 밖으로 키 큰 나무 몇 그루가 어슴푸레 보이고, 멀리 안쪽에서 노란 불빛이 새어 나왔다. 젊은이의 안내로 현관에 들어서자 기모노 차림의 나이든 여자가 공손히 수건을 건넸다. 하세카와는 그제서야 자신이 흠뻑 젖은 사실을 깨달았다.

꼼꼼하게 물기를 닦고 여자를 따라 안으로 들어갔다.

"손님 오셨습니다."

여자가 조심스레 장지문을 열었다. 방에는 작고 바싹 마른 노인이 두툼한 보료 위에 누워 있었다. 한여름에 두툼한 보료다. 얼핏 보아도 중환자라는 것을 알 수 있었다.

여자는 조심스레 노인을 일으켜 등을 받쳐 주었다.

"선생님, 하세카와입니다."

"하세카와 교수…"

노인이 숨을 가다듬고 말을 이었다.

"많이… 놀랐을 거라 생각하오…"
"죄송합니다만 사실 그렇습니다, 선생님."
노인이 고개를 끄덕이다가 여자에게 손짓을 했다. 여자는 알았다는 듯이 목례하고 방을 나갔다. 침묵이 흘렀다. 하세카와는 궁금한 것이 많았지만 노인이 너무 노쇠해 보여서 말을 꺼내기가 어려웠다.
잠시 후 방문이 열렸다. 여자가 검은색과 나무색 목함 두 개를 가져와 하세카와 앞에 놓았다.
'아, 목함…'
"검은 목함을… 열어보시오…"
손에 땀이 배어났다. 떨리는 손으로 검은 옻칠이 된 목함 뚜껑을 열었다. 순간 온몸에 돌기가 솟아올랐다.
'示叨要諦^{시도요체}…'
시도요체였다. 오랜 세월에 누렇게 색이 바랜 표지에는 흐릿하게 '示叨要諦'라고 적혀 있었다. 심장이 요동쳤다. 그토록 찾아 헤매던 시도요체가 바로 눈앞에 있다. 대왕이 한민족^{韓民族}에게 내린 계시가 담겨 있다는 바로 그 시도요체. 그것이 세상에 존재하고 있었다.

"그걸… 한국에 돌려주시오…"
노인은 어렵게 한마디 남기고 하세카와를 물끄러미 바라보다가 다시 자리에 누웠다.

- 1부 -
시도요체의 귀환

1

올림픽도로를 지나 인천공항대로에 들어서자 차도가 시원하게 뚫렸다. 불과 몇 분 사이에 다른 나라에 온 느낌이다. 형석은 긴장을 풀고 계기판 시계를 봤다. 10시 30분.

'늦지 않게 도착하겠군…'

히로에가 입국한다는 소식은 어제저녁에 들었다. 지방 세미나에 참석 중인 양이환 교수가 갑작스런 히로에의 방한 연락을 받고 형석에게 마중을 부탁했다.

'설마 못 알아보지는 않겠지…'

형석은 히로에의 모습을 그려보았다. 맑은 웃음소리가 먼저 떠올랐다. 그녀는 작은 농담에도 밝게 웃었다. 아이처럼 순수한 웃음과 예쁜 보조개. 태도가 곱고, 예절 바른 전형적인 일본 여자였다.

1년 전 형석이 하세카와 교수의 지도로 박사과정을 밟고 있을 때, 하세카와의 생일날 때마침 일본을 방문한 양이환 교수와 함께 저녁 식사에 초대받아 히로에를 처음 보았다. 박사과정 기간 중 논문이 거의 끝날 무렵이 되어서야 히로에를 본 것이다.

하세카와는 외동딸인 히로에가 남자에게 관심을 보이지 않는다며 걱정했다. 농담인 듯, 형석에게 좋은 남자가 있으면 소개해달라고 해서 모두 웃었다. 히로에가 자리를 비운 사이에 나눈 대화였다.

형석은 히로에에 대한 좋은 인상이 남아 있었지만 논문 마무리 때문에 자주 만날 수 없었다. 두 번, 벚꽃이 만개한 나카메구로 천변 레스토랑에서 커피를 마셨을 뿐이다.

공항에 도착하자 서둘러 안내 전광판으로 갔다. 동경발 일본항공 상황램프가 흰색으로 켜져 있다. 도착 시간으로 봐서 히로에가 나올 만한 시간이다. 출구로 발길을 옮겼다. 일본인 행색의 사람들이 하나둘 나오기 시작했다. 형석은 자기가 먼저 알아봐야 한다는 생각에서 출영자 대기선의 가운데 자리를 잡았다. 다행이 인파는 많지 않았다. 본격적인 여행 시즌이 되려면 아직 며칠 남았다.

히로에는 백팩 하나만 등에 맨 채, 휴일 날 친구라도 만나는 듯이 가벼운 발걸음으로 입국장을 나왔다. 형석은 그녀가 예나 지금이나 변함없다는 생각이 들자 저절로 미소가 지어졌다.

"히로에!"

손을 번쩍 들어 보였다. 히로에는 자신의 이름을 부르는 형석을 쳐다보면서도 바로 알아보지 못했다. 그녀의 눈은 형석을 지나쳐 자기가 아는 다른 얼굴을 찾았다. 다시 한번 이름 부르는 소리가 들리자 머뭇머뭇하다가 놀란 표정으로 다가왔다.

"어머… 형석 씨?"

"아니, 그렇게 사람을 쳐다보면서도 몰라보기에요?"

형석이 농담으로 반가움을 표했다.

히로에는 부끄러운 듯 두 손을 양 볼에 갖다 댔다.

"저는 아저씨가 나오시는 걸로 알고…"

"예, 교수님은 지방 세미나 중이라서 이따가 4시경이나 돼야 댁으로 오실 겁니다."

"아 그래요, 하여간 오랜만이에요. 여기서 형석 씨를 볼 줄은 몰랐네요."

"그러게 말입니다. 잘 지내셨지요?"

"호호, 형석 씨 덕분에요."

"하하, 교수님도 안녕하시고요?"

"예, 아빠는 여전히 연구에 몰두하고 계시죠."

"도쿠신獨身 독신은 잘 돼가구요?"

형석의 질문에 히로에가 소리 내어 웃었다. 도쿠신은 그녀가 근무하고 있는 일본 잡지사의 이름이었다. 그 말은 히로에의 기자 생활이나 회사가 안녕하냐는 뜻도 있지만, 히로에의 독신주의가 잘 유지되고 있느냐는 중복된 뜻이 섞여 있었다.

히로에가 생긋 웃었다.

"두 가지를 다 물은 거죠?"

"하하 그렇게 되나요?"

"호호 당연히 둘 다 건재합니다."

형석은 그녀의 눈치 빠른 대응에 소리내어 웃었다.

"나카메구로 벚꽃은 지금도 아름답지요?"

"아, 아직도 기억하고 있네요?"
"그럼요, 기억하죠. 참, 그때 내가 소개시켜준 사람한테서는 좋은 기사를 쓸 수 있었나요?"
"아, 형석 씨 한테 그 얘기를 안 했군요. 덕분에 한국인 독신 남녀 얘기를 잘 썼고, 독자들 평가도 좋았어요. 늦었지만 고마워요."
히로에가 미안한 듯 얼굴을 붉혔다.

형석과 히로에가 대화를 이어 가면서 입국장을 나오는 동안 이들의 뒤를 따르는 수상쩍은 두 남자가 있었다. 그 둘은 의도적으로 사람들 속에 섞여 형석과 히로에의 뒤를 밟았다.
주차장 건널목 앞에서 빨간불이 켜졌다. 두 남자는 히로에 뒤로 바싹 다가섰다. 한 남자가 눈짓 신호를 보내자 다른 사내가 재빨리 팔을 쑥 내밀었다.
"너, 미해 아냐?"
사내는 마치 아는 사람을 우연히 만나기라도 한 것처럼 한마디 던지고 히로에의 백팩을 휙 잡아당겼다. 누가 봐도 여자 친구나 여동생에게 날릴만한 스스럼없는 태도였다.
히로에가 휘청해서 뒤를 돌아보았다. 난생처음 보는 사람이다. 히로에는 낯선 남자의 어이없는 행동에 당황한 표정을 지었다.
"아는 분이에요?"
형석이 상황을 눈치채고 묻자 히로에가 고개를 가로저었다. 순간 형석의 미간이 찌푸려졌다.

"사람을 착각하신 거 같은데요?"
"아, 이거 미안합니다. 뒷모습이 동생하고 너무 닮아서…"
사내는 머리를 긁적이며 사과했다. 짧은 대화 중에 건널목 신호가 바뀌자 두 남자는 황급히 길을 건너 주차장으로 사라졌다.
형석이 불쾌한 얼굴을 했다. 히로에는 형석의 표정을 보고 재미있다는 듯이 호호거렸다.
두 사내는 빠른 걸음으로 시야에서 벗어나 주차장에 서 있던 승합차 뒤로 몸을 숨겼다. 한 남자가 휴대폰으로 연락을 취하는 동안 다른 남자는 형석과 히로에에게서 시선을 떼지 않았다. 잠시 후 형석과 히로에가 주차장을 출발하자 남자는 다시 휴대폰을 꺼내 형석의 차량 번호와 차종, 색깔을 알렸다.

"교수님은 4시는 돼야 댁으로 오실 테니까 어디 가서 점심식사라도 하고 천천히 가죠?"
"예, 좋아요. 좋은데로 가실 거죠? 호호."
"맡겨 주시면 최선을 다하겠습니다."
형석이 어깨를 으쓱해 보이자 히로에가 다시 웃었다. 그녀의 해맑은 웃음소리는 사람들이 그녀를 좋아하게 만드는 가장 큰 강점이기도 했다.
'이렇게 고운 아가씨가 왜 독신을 주장하는 것일까?'
형석은 이유가 궁금했다.
'아픈 사연이 있나?'

차량이 올림픽도로에 들어섰다.

"한강변에 수상 레스토랑이 있는데, 가봤어요?"

"아, 거긴 안 가봤네요… 몇 번 가려고 했는데, 그때마다 비가 오거나 무슨 일이 있었어요."

"하, 결국 저에게 기회가 오는군요."

"그런가 보네요. 호호"

"이번에는 어떤 일로 오신 건가요? 도쿠신?"

"호호호 아니에요, 아빠가 양이환 교수님께 물건을 전달해드리라고 하셨어요. 급하다고…"

"아 그렇군요. 두 분의 우정은 정말 부러워요."

"그래요. 그런데 어찌 생각해보면 그럴 수밖에 없었을 거예요."

"예?"

"두 분이 옥스퍼드에서 공부할 때 사학과에 유일한 동양인 두 사람이었대요. 일본이나 한국은 영어가 서툰 나라잖아요. 뭉칠 수밖에 없던 거죠. 호호"

형석이 껄껄거리고 따라 웃었다.

"아빠와 아저씨는 연구분야도 같았고요."

"그렇지요. 동아시아 근대사"

"그래서 서로 많이 의지했대요. 몇 년 전 아빠가 옥스퍼드대 세미나에 갔다가 옛날 생각이 나서 두 분이 자주 갔던 동양인 찻집에 갔더니 그 집이 없어졌더래요. 그래서 많이 아쉬웠다고 하시더라구요. 두 분이 그 집에서 찍은 사진을 보여주셨어요."

"아, 그런 사연이 있었군요."

"아빠가 한국을 사랑하게 된 데는 아저씨 영향이 컸을 거예요. 형석 씨도 알겠지만 아빠는 지한파가 아니라 친한파예요. 호호"

형석은 친한파라는 말에 고개를 끄덕였다.

"제가 동경에 있을 때도 교수님이 친한파로 눈총받는 걸 많이 봤죠."

"정작 아빠는 친한파가 아니라 평화주의자래요. 그게 역사를 공부하는 사람들이 할 일이라구요. 그런데 요즘 또다시 일본이 잘 못 된 길로 가고 있다고 걱정하고 있어요."

"그런 점이 있기는 하죠. 역사는 반복된다고 하는데…"

"하여간 저는 아빠 덕분에 한국을 알게 됐고, 이렇게 말까지 배웠으니까 아쉬울 게 하나도 없어요. 호호."

"히로에 한국어 실력은 정말 대단해요."

"호호 그래서 제가 한국 담당이 됐고, 덕분에 한국 독신자를 일본에 소개할 기회도 얻은 거죠."

강변 레스토랑 가까운 곳에 차를 세웠다. 이제 막 7월인데 이미 한여름 더위가 시작됐다. 정오도 되기 전에 햇빛은 강렬했고, 바람은 더위를 가득 담고 있었다. 레스토랑은 아직 점심시간이 되지 않아서 한가했다. 종업원이 얼음 가득한 물 잔을 내려놓자 두 사람은 기다렸다는 듯이 잔을 비웠다. 종업원이 다시 물을 채웠다.

"차를 먼저 마실까요, 아니면 이른 점심을 할까요?"

"식사요, 사실 아침 식사도 못 했어요."
"예?"
"새벽에 일어나서 못 먹었어요. 비행기 안에서는 잤구요. 호호"
"하하 그러셨군요."
"저는 토마토 해물 스파게티요. 형석 씨는?"
"아, 저도 그거 좋습니다."
종업원이 물러가자 형석이 말을 꺼냈다.
"그 회사에 다니면 모두 독신이 돼야 하나요?"
형석이 씽긋 웃으며 장난스런 표정을 지었다. 동경에 있을 때부터 묻고 싶었던 질문이었다.
"그 질문 정말 많이 받았어요."
히로에는 머리를 쓸어 올리며 말을 이었다.
"꼭 그런 건 아니에요. 하지만 자기는 결혼해놓고 남에게는 결혼하지 말라고 부추기는 것 같은 인상이 있지 않겠어요?"
"하하하 그럴 수도 있겠네요."
형석이 고개를 젖혀가며 크게 웃었다.
히로에가 빙그레 웃으며 물을 한 모금 마셨다.
"동료들 대부분이 독신주의자예요. 남자든 여자든… 그래서 결혼에 대해서는 거의 말을 않죠."
"하긴 해도 후회 안 해도 후회라는데, 하고 후회할 땐 이미 돌아설 길이 없기는 하죠."
형석이 히로에의 말에 동조라도 하듯이 거들었다.

히로에는 얼음 잔에 맺힌 물방울을 쓸어내렸다. 그리고 문득 오래전에 자신을 떠나간 남자친구 유키오와, 일찍 결혼했다가 실패해서 스스로 생을 끊은 친구 미에꼬를 떠올렸다. 영원히 자신의 곁에 있을 것만 같았던 유키오의 변심으로 깊은 상심에 빠져 있던 중에 미에꼬가 결혼했다. 어쩌면 미에꼬의 결혼 생활이 잘 유지되었다면 히로에의 상처도 잘 아물었을지도 모른다. 그러나 자매 이상으로 친하게 지내던 미에꼬가 자살하자 그나마 열릴듯 했던 마음이 완전히 닫혀 버렸다. 히로에는 충격에서 헤어나기가 어려웠다. 사랑에 대해 의심하는 버릇이 생겼다. 기회가 있을 때마다, 다칠 것이 두려워 누구에게도 가까이 다가서지 못하는 자신을 도닥거렸다.

수상한 두 남자는 형석의 차를 놓치지 않았다. 공항 톨게이트를 지나 대로에 진입했을 때 어디선가 나타난 또 한 대의 차량과 자연스럽게 순서를 바꿔가며 형석의 뒤를 따랐다.
한강변에 도착해 형석과 히로에가 레스토랑으로 들어가자 멀찍이 간격을 두고 있던 두 대의 차는 슬며시 형석의 차량 좌우에 정차했다. 한 사내가 차에서 내려 사람들의 시선이 없는 것을 확인하고 재빨리 형석의 차량 문을 열었다. 능숙한 손놀림으로 조수석 콘솔박스 안쪽에 무언가를 붙였다. 아주 짧은 시간이었다.
그리고 두 대의 차량은 자연스럽게 주변으로 흩어졌다.

2

 이른 아침 후쿠오카 나카 강변의 오래된 건물 앞에 검은색 승용차 한 대가 멈춰 서고, 두 남자가 차에서 내려 황급히 건물로 들어갔다. 그들은 2층 '東大陸問題硏究所^{동대륙문제연구소}'라는 목각 명패가 걸린 사무실 문 앞에 도착해 그렇지 않아도 단정한 옷매무새를 다시 한번 가다듬고 조심스레 문을 열었다.
 출입문 바로 안에는 건장한 체격의 젊은이들이 도열해 있고 안쪽 팔걸이 소파에는 두목으로 보이는 자가, 좌우에 길게 놓인 소파에는 수하로 보이는 자들이 앉았다.
 두목의 팔걸이 소파 뒤편에 굵은 한문 글씨로 '玄龍社^{현룡사}'라는 목간판이 걸려있다. 그 아래에는 제국시대 사무라이 조직인 겐요샤^{玄洋社} 창설자 도야마의 사진과 겐요샤의 행동조직인 흑룡회^{黑龍會} 창설자 우치다의 초상화가 나란히 걸려 있다.
 겐요샤. 19세기 일본의 메이지유신으로 무사계급이 해체되자 삶의 발판을 잃어버린 사무라이들이 피를 찾아 만든 낭인 조직이다. 그들은 스스로 제국의 앞잡이임을 자처하여 조선에서 동학란을 만들고, 명성황후의 침소에 뛰어들어 칼을 휘둘렀다. 2차 대전에서 패해 나라가 망했음에도, 자숙할 줄 모르고 천방지축으로 날뛰자 맥아더가 제국주의 흉물이라고 가차 없이 해체시켜버렸다. 문명 세계에서는 필요 없는 조직이었다.

그러나 사라진 게 아니었다. 대중의 눈을 속여 동대륙문제연구소라는 황당한 간판을 내걸고 현양사의 '玄현'자와 흑룡회의 '龍룡'자를 따서 '玄龍社현룡사'라는 조직을 만들었다. 의도적인지 아닌지, 겐요샤玄洋社와 발음도 비슷하게 겐류샤玄龍社로 만들었다. 이들은 필요에 따라 현양사와 흑룡회의 영역을 넘나들면서 제국 부활을 꿈꾸고 있었다.

"늦어서 죄송합니다…"

고참으로 보이는 사내가 두목을 향해 허리 숙여 인사하자 옆에 섰던 사내도 따라서 허리를 숙였다.

두목의 얼굴에 분노가 가득했다.

"카토!"

카토라 불린 사내가 토끼처럼 놀라 고개를 푹 숙였다.

"옛!"

"늙은이가 죽은 걸 오늘 알았다고?"

"오야붕… 면목 없습니다…"

"시도요체는?"

"…"

"책자는!"

두목이 팔걸이를 내리치며 자리에서 벌떡 일어섰다. 카토는 반사적으로 두 무릎을 꿇었다.

"죄송합니다. 늙은이가 하세카와라는 자에게 준 것 같습니다…"

"하세카와?"
"예! 늙은이가 죽기 며칠 전에 찾아왔다고 합니다."
두목이 비틀거렸다.
"그놈!… 그 책을 찾아다니던 놈이야! 그 늙은 살쾡이가! 끝내 조국을 배반했어!"
"키야마를 보내 반드시 찾아오라고 했습니다…"
"뭐야? 이제서 키야마를 보냈다고?"
두목의 눈에서 불길이 타올랐다.
"카토! 우리 겐류샤 정신이 뭐지?"
"우국과 행동입니다…"
"그걸 아는 놈이!!"
카토는 바닥에 닿을 듯이 고개를 숙였다.
두목은 목간판이 걸려있는 벽 쪽을 향해 팔을 쭉 내밀었다. 목간판 아래 벽장 안에는 사무라이의 상징인 장검 가타나打刀와 단검 와키자시脇差가 장식걸이에 놓여 있다. 장검을 가져오라는 의미였다.
행동대원 하나가 대열에서 나왔다. 모두의 눈이 행동대원에게 쏠렸다.
긴 소파에 앉아있던 자들 중 하나가 자리에서 벌떡 일어섰다.
"오야붕, 지금은 때가 아닙니다… 우선 책자를 찾고 단죄하십시오."
사내의 말에 행동대원이 걸음을 멈췄다.
두목은 말리는 사내를 가늘게 노려봤다. 침묵과 긴장이 흘렀다.
"좋다! 카토. 마지막 기회를 주마. 반드시 찾아와라! 그리고 방해가 되는 자나 발설하는 자는 모조리 처결하라!"

"옛! 반드시 찾아오겠습니다!"

카토는 목숨을 건진 것에 감격해서 머리를 조아렸다. 눈물과 땀방울이 바닥으로 뚝뚝 떨어졌다.

두목이 자리에 앉아 다시 팔을 내밀었다.

"탄토!"

행동대원 하나가 벽장 앞으로 성큼성큼 다가가 장식걸이 아래에 놓여 있던 단검 탄토^{短刀}를 가져왔다. 손잡이에는 '狐^호' 라는 문양이 새겨져 있다. 그것은 조선의 국모 명성황후를 살해하고 스스로에게 부여한 명예의 표식이었다. 그들은 명성황후를 여우라고 불렀다.

두목이 카토에게 탄토를 내밀었다.

"기리스테고멘^{切捨御免}!"

"옛!"

카토는 두 손을 치켜들어 탄토를 받았다.

기리스테고멘. 사무라이 시대에 무례를 범한 백성을 현장에서 처결할 수 있는 무사의 특권. 에도 막부는 공사방어정서^{公事方御定書}에 무사의 즉결처분 정당성을 명기했다. 망나니 사무라이들은 그것을 빌미로 거리낌 없이 칼을 휘둘렀고, 무고한 백성들의 목이 잘려나갔다. 그러나 시대가 변했다. 서양문물이 들어와 개화 교육을 받은 선각자들이 기리스테고멘을 야만 문화라고 여기기 시작했다. 폐지 요구가 터져 나왔다. 그러나 무소불위의 맛을 본 사무라이들은 폐지 요구를 용납할 수 없었다. 대일본국의 무사 정신이 무너져 내리고 있다고 분개했다. 흥분한 낭인이 신사참배에서 무례를 범한 정부 대신을 살해해 본보기를 보였다. 벌건 백주 대낮에 대신까지도 무참히 살해할 수 있었던 기리스테고멘. 그럴수록 백성들의 원성은 높아갔고, 천황도 시대의 흐름을 거부할 수 없어 폐지를 명했다. 시도 때도 없이 휘두르던 미치광이의 정당성이 그렇게 역사 속으로 사라졌건만, 사멸한지 100년도 넘어 누구의 기억에도 남아있지 않던 야만의 기리스테고멘이 다시 열리고 있었다.

사무실을 나온 카토는 두 눈을 부릅떴다.
'두 번 실수는 절대 없다…'
주먹을 부르르 떨었다. 지체하지 않고 키야마에게 기리스테고멘 처결을 전했다.

하세카와 교수는 모쿠아미 노인에게서 받은 검은 목함의 시도요체와 또 다른 목함에 들어 있던 미야모토 교수의 일제시대 기록을 조심스레 스캔해서 컴퓨터에 저장했다. 미야모토는 경성제국대학 언어학교수로, 일제시대에 시도요체에 관해 벌어진 일을 기록한 당사자였다. 그가 남긴 기록에는 이미 세상에 알려진 것도 있고, 드러나지 않은 것도 있었는데, 알려진 것들은 대부분 조선인이 관계되어 숨길 수 없었던 것이고, 드러나지 않은 것들은 조선인이 관여하지 않은 내용들이었다. 일제와 그 추종자들은 조선인이 관여하지 않은 사실에 대해서는 철저히 입을 다물었다. 전체주의제국 일본의 면모를 여실히 보여주는 단면이었다. 그러나 영원한 비밀은 없다.

노인은 시도요체를 돌려주라는 짧은 말을 남기고 다시 자리에 누웠다. 하세카와는 당황스러웠다. 사실 노인이 자리에 눕지 않는다고 해도 대화를 나누는 건 쉬워 보이지 않았다.

'어떻게 하나…'

매듭을 풀 길이 막혔다는 생각으로 당황하고 있을 때 여자가 노인을 눕히고 다가와 가볍게 목례를 했다.

"교수님, 이리로…"

"아, 네…"

얼떨결에 여자의 안내에 따라 다른 방으로 건너갔다. 자리에 앉자 여자가 차분한 목소리로 말했다.

"궁금하신 게 많으실 겁니다."

"네… 그래서 어찌해야 할지…"

"제가 모두 말씀드리겠습니다. 누워계신 분은 저의 아버님이십니다."

"아, 그러셨군요…"

"아버지께서는 시도요체를 돌려주지 않은 걸 후회하셨습니다."

"후회하셨다구요?"

"그렇습니다. 이제라도 돌려드리게 돼서 다행이라고 생각합니다만 교수님께서는 극우단체에서도 시도요체를 찾고 있는 걸 알고 계시지요?"

"예, 알고는 있지만 그게 누구인지는 모르겠습니다."

"그러시겠지요. 아버지께서도 그들에 대해 몇 번 말씀을 하셨는데, 실체를 드러내지 않고 있어서 정확히는 어느 단체인지 모릅니다. 다만 지금은 아버지가 생전에 계시기 때문에 감히 어쩌지 못하고 있지만 아버지께서 돌아가시고 나면 태도가 달라질 거라고 봅니다."

"아… 그러면 어떻게 해야 할까요?"

"걱정은 않으셔도 됩니다. 시도요체가 있는지 없는지 정도는 확인하려 하겠지만 선생님께서 서둘러 한국에 돌려주시면 끝이 아니겠습니까."

"…"

딸의 설명은 길게 이어졌다. 모쿠아미 가문은 대대로 정계에 진출한 명문가 집안이었다. 노인은 오래전에 하세카와가 시도요체를 찾고 있는 사실을 알았으나 부끄러운 애국심 때문에 돌려주지 않았다. 하지만 그의 애국심은 제국주의 부활을 꿈꾸는 극우파 무리의 허황된 애국심과는 달랐다. 노인은 제국주의 부활을 반대했다. 만일 집권당이 평화헌법 수정이나 제국군대 부활을 주장하지 않았다면 지금도 시도요체를 돌려주려고 생각하지 않았을 것이다. 그러나 집권당이 선거에서 압승하고 평화헌법 수정이 현실로 다가오자 더 이상 일본에 희망이 없다고 생각했다. 그래서 이제까지 시도요체를 돌려주지 못한 것을 후회했다는 것이다.

하세카와는 시도요체를 오래 가지고 있을 이유가 없었다. 복사를 끝내자 즉시 외동딸 히로에를 불러 양이환 교수에게 전달하도록 했다. 히로에는 오늘 아침 비행기로 출국할 예정이다.

이틀 밤을 꼬박 샌 하세카와는 날이 밝아오는 아침에서야 자리에 들었다. 너무나 피곤한 탓에 바로 잠에 빠지지 못했다. 머리가 멍하면서도 문득문득 미야모토 교수의 빛바랜 노트가 머릿속에서 둥둥 떠다녔다. 얼마간 시간이 지났다. 멀지 않은 곳에서 무언가 떨어지고 깨지는 소리가 들렸다. 익숙지 않은 소리였다. 비몽사몽 간에 누군가 흔드는 것 같았다. 흐릿한 의식 중에도 이 집 안에 자신을 깨울 사람이 아무도 없다고 생각했다.

"하세카와!"

자신의 이름을 부르는 소리가 분명히 들렸지만 꿈이라고 여겼다. 잠시 후 지팡이같이 가늘고 딱딱한 끝이 배를 눌러왔다. 고통이 느껴졌다. 꿈이 아니라는 생각이 퍼뜩 들었다. 얼굴로 주먹이 날아왔다.

"죽어야 정신 차리겠냐! 일어나, 이 영감쟁이야!"

고통 속에 눈을 떴다. 두 명의 험상궂은 남자가 침대 옆에 서 있다. 한 사내가 미야모토 교수의 목함 상자를 침대 위로 던지자 뚜껑이 힘없이 깨졌다.

"또 다른 상자는 어딨지?"

사내가 얼굴을 들이밀고 물었다.

하세카와가 어리둥절하는 사이에 사내는 더 가까이 들이밀고 소리쳤다.

"모쿠아미 늙은이가 준 다른 상자는 어디 있냐고!"

그제서야 상황을 알아챘다. 이들은 시도요체를 찾고 있었다. 그러나 옳은 대답을 할 수는 없었다.

"도대체 누군데 이러는 거요?"

"아직도 정신을 못 차렸군!"

남자의 발길질이 이어졌다. 하세카와는 굼벵이처럼 몸을 웅크렸다. 난생처음 당해보는 폭력의 고통이었다. 이런 일은 자신뿐만이 아니라 그 어느 누구에게도 있어서는 안 될 일이라고 생각하며 평생을 살아왔다.

사내가 발길질을 멈추고 다시 물었다.

"다른 상자는 어딨어!"

"그런 건 없소…"

통증으로 말을 잇기가 어려웠다. 배를 움켜쥐었다. 갈비뼈가 부러진 느낌이 들었다.

"서재로 가!"

사내가 침대 위에 웅크리고 있던 하세카와를 끌어내렸다. 미처 손을 짚을 새도 없이 바닥으로 떨어졌다. 또 다른 통증이 밀려왔다. 몸을 움직이기가 어려웠다.

"서재!"

날카로운 소리가 이어졌다.

하세카와가 엉거주춤 몸을 일으키려 하자 사내가 다시 발길질을 했다. 앞으로 고꾸라졌다. 턱과 입안 언저리가 깨져 순식간에 진한 액체가 입안에 가득 찼다. 고통으로 몸을 움직일 수가 없었다.

사내는 하세카와를 질질 끌고 서재로 갔다. 서재는 이미 난장판이었다. 한 사내가 책상 위에 놓여 있던 사진액자를 집어 들었다.

"어 이게 누구신가? 예쁜데, 딸인가?"

하세카와가 몸을 웅크렸다. 사내는 대답을 기다릴 필요 없다는 듯이 서재를 두리번거리다가 침실에서 하세카와의 휴대폰을 찾아 왔다. 버튼을 눌러 통화내역을 살폈다.

"하세카와 히로에! 사랑스런 따님!"

사내가 빈정거리며 히로에의 번호를 눌렀다.

잠시 후 발신음이 멈추고 히로에의 음성이 흘러나왔다.

"안녕하세요. 하세카와 히로에입니다. 제가 오늘 한국에 들어갔다가 내일 오후에 귀국할 예정이에요. 급한 일이 계신 분은 메시지를 남겨주세요. 전화주셔서 고맙습니다."

하세카와는 히로에의 목소리를 듣자 눈물이 왈칵 쏟아졌다.

'히로에…'

"어이, 조국은 배반해도 딸 생각에는 눈물이 나나?"

하세카와가 힘들게 고개를 들었다. 흐릿하게 보이는 상대를 향해 분노를 토했다.

"내가 왜 조국을 배반했다는 거냐!"

하세카와가 소리치자 사내가 흥분해서 다시 발길질을 했다.

"하, 몰라서 물어? 네가 그 책을 찾아다녔다는 사실 자체가 배반이지! 이 역적 영감쟁이야!"

이전보다 구타가 더 심해졌다. 하세카와는 신음소리조차 내지 못했다. 사내가 발길질을 멈추고 하세카와의 머리카락을 움켜쥐었다.

"영감, 다른 상자는 어디다 감췄지?"

"흥!"

하세카와가 콧바람 섞인 비웃음을 토했다. 더 이상 숨길 필요가 없다. 어차피 몇 시간 후면 시도요체의 존재가 한국에 알려지게 된다. 이자들이 무슨 수를 쓰든, 자신이나 그 누가 나서든 이제는 멈출 수가 없다. 시도요체가 한국에 알려지고 나면 이 미치광이들이 벌이는 망국의 애국놀음 자체가 끝나는 거다. 하세카와는 모든 게 자신의 손을 떠났다는 생각에 이르자 일순간 통증이 사라지고 희열이 느껴졌다. 숨길 것도, 남길 것도 없었다.

"이젠 끝났지… 이미 한국으로 갔어…"

하세카와가 떨리는 목소리로 말했다.

"뭐라고, 한국으로?"

두 사내는 얼어붙은 듯 말을 잊지 못했다. 얼굴이 사색으로 변했다. 한 사내가 의자에 털썩 주저앉았다. 망연자실해서 멍하니 허공을 바라보다가 문득 소리쳤다.

"딸년이다! 그년이 오늘 간다고 했지?"

"예, 형님! 분명히 오늘 갔다가 내일 온다고 했습니다!"

사내는 갑자기 벌떡 일어나 어디론가 전화를 걸었다. 한동안 더듬거리는 목소리가 이어졌다.

"옛! 보내도록 하겠습니다."

통화를 끝낸 사내가 히로에 사진이 든 액자에 휴대폰 카메라를 들이댔다. 번쩍 플래시가 터졌다. 액자 유리에 불빛이 반사되어 사진이 제대로 찍히지 않았다. 사내는 신경질을 내며 액자를 바닥에 팽개

쳤다. 산산이 조각난 액자 속에서 히로에의 사진을 꺼냈다. 창가로 다가가 다시 사진을 찍고 어디론가 전송했다.

사내가 하세카와를 일으켜 의자에 앉혔다. 몸을 가누지 못하고 쓰러지려하자 얼굴을 후려쳤다.

하세카와가 힘들게 고개를 세우고 쏘아보며 말했다.

"조국을 망치는 자들…"

"뭐라고?"

"조국을 망치는 자들이라고!"

"이 영감쟁이가 죽어야 정신을 차리나!"

사내가 눈을 부라렸다.

"형님! 살기가 싫은 모양입니다."

"그런 모양이군. 원대로 해주지!"

사내가 주머니에서 칼을 꺼내 주저하지 않고 하세카와의 배에 깊숙이 찔러 넣었다. 하세카와는 통증을 느끼지 못했다. 통증을 느낄 만큼 성한 곳이 없었다. 그러나 곧 죽게 될 거라는 사실만은 어렴풋이 알 수 있었다. 사랑하는 히로에와 먼저 세상을 떠난 아내의 얼굴이 떠올랐다. 몸이 식어가는 느낌이 들었다. 조금씩, 조금씩 두 사람의 얼굴이 희미해져 갔다. 하세카와의 마지막 기운은 한 방울의 눈물조차 만들어내지 못했다.

'狐호'

3

 형석과 히로에가 레스토랑을 나왔다. 이들을 지켜보던 사내가 대기 중인 일행들에게 무전을 날렸다. 흰색 소나타와 은색 K5, 그리고 어디선가 나타난 검은색 벤츠. 이들은 시동을 걸고 형석의 차가 움직이기를 기다렸다. 차량은 모두 짙게 썬팅이 되어 내부가 보이지 않았다.
 형석의 차가 올림픽도로에 올라서 속도를 내기 시작했다. 소나타는 형석의 옆 차선으로, K5는 같은 차선으로 뒤를 쫓았다. 벤츠는 멀찍이 간격을 두고 시야에서 사라졌다가 나타나기를 반복했다. 이따금 다른 차가 중간에 끼어들거나 형석이 속도를 내서 앞으로 빠져나가면 소나타와 K5는 능숙하게 서로의 순서를 바꿔가며 따랐다. 앞서거니 뒤서거니, 형석의 차를 몰아갔지만 형석은 그런 사실을 전혀 눈치채지 못했다.
 미행자의 무릎에 노트북이 펼쳐져 있다. 화면에 나타난 인터넷 지도위에는 일정한 간격으로 빨간 점이 반짝거렸다. 형석의 승용차였다. 한 사내가 손가락을 벌려 지도를 확대 시켰다. 반짝이는 빨간 점은 실제 통과 지점과 오차 없이 지도 위를 이동했다.
 형석의 승용차가 동작대교 분기점에서 종합운동장 방향으로 달리다가 경부고속도로에 진입했다.

벤츠를 운전하던 사내가 룸미러를 보고 말했다.

"형님, 경부고속도론데 쟤네들 어디로 가는 걸까요?"

"알 수 없지… 하여간 회장님이 카토가 한국에 도착할 때까지 절대 놓치지 말라고 하셨으니까."

"그건 걱정 마십쇼. 애들이 절대 놓치지 않을 겁니다."

운전자는 룸미러를 통해 뒷좌석에 웃음을 보냈다. 뒷좌석에 앉은 자는 말 없이 고개를 끄덕였다.

"저 여자애가 사진 속 여자애는 맞겠지?"

"그럼요, 아까 제가 레스토랑에서 다시 확인했잖습니까."

"여자애 가방에 상자는 있다냐?"

"예, 철봉이가 가방을 만져봤는데, 맞답니다. 딱딱한 나무상자 같은 게 있었대요. 철봉이가 손재간 좀 부리는 애 아닙니까."

운전자는 확신에 차서 머리를 끄덕거렸다.

"형님, 근데 그게 무슨 상자길래 그러는 거죠?"

"나도 모르지. 카토가 그 상자를 찾아야 한다고 했다는데."

"아이, 그냥 애들한테 맡기면 알아서 가져올 텐데요. 옆에 있는 남자 놈도 별 것 아닌 것처럼 보이고요…"

"신경 쓸 거 없어, 우리는 여자애만 쫓아다니면 돼. 회장님이 물어도 상자에 뭐가 있는지 대답을 안 한다는데…"

뒷좌석에 앉은 자는 못마땅한 듯 입을 삐죽거리고 자세를 고쳐 앉았다. 창밖을 내다봤다. 도로에 차량은 제법 있었지만 미행하는 데는 지장이 없어 보였다.

갑자기 휴대폰이 울렸다. 사내는 발신자를 확인하고는 놀란 듯이 자세를 고쳐 앉았다.

"두슙니다, 회장님… 예, 그 여자애는 맞구요, 상자도 확인했습니다. 웬 사내놈이 찾아와서 같이 가고 있습니다… 지금 경부고속도롭니다."

두수라는 자는 마치 자기 앞에 상대가 있기라도 한 것처럼 연신 머리를 조아렸다.

"카토 상이 언제쯤 도착할까요?… 예, 알았습니다. 걱정 놓으십시오."

통화를 끝내자 두수는 형석의 차와 그 뒤에 따라붙은 미행 차량을 다시 한번 확인했다. 이런 도로상황에서는 앞에 가는 차를 놓치기도 쉽지 않다. 차선을 바꿔 달려봤자 또 다른 앞차 때문에 다시 막히니 갈 데가 없다. 두수는 안심한 듯 몸을 뒤로 젖혔다.

"카토가 언제 온답니까?"

"오후 비행기라는데, 탈 때 연락을 준다고 했다네."

"형님은 카토를 만나 보셨습니까?"

"봤지. 작년에 회장님 모시고 후쿠오카에 갔을 때."

"서열이 높은 놈입니까?"

"서열은 모르겠는데, 동경지부를 맡고 있다더라고…"

"동경을 맡고 있다면 꽤 높은 놈이겠네요?"

"그렇겠지. 그런데 왜 지부가 동경에 있는 건지 모르겠어. 후쿠오카가 지부가 아니라 동경이 지부더라구."

"그러게요. 동경이 서울인데… 조직이 큰가요? 회사 이름이 따로 있다면 서요?"

"겐류샤玄龍社 라는 이름을 가지고 있지. 자금도 많고, 전국구야. 뒤를 봐주는 정치인들도 있고… 경찰도 건드리지 않는다는군."

두수는 말을 마치고 고개를 갸우뚱했다.

'왜 본부가 후쿠오카에 있지?'

양이환 교수의 집에 도착한 형석은 낮은 언덕을 따라 이어진 담장 옆에 차를 세우고 대문 벨을 눌렀다.

"컹컹"

커다란 셰퍼드 한 마리가 대문 앞에 선 형석을 보고 꼬리를 흔들며 짖었다. 인터폰 연결음이 들리고 대문이 열렸다.

개가 펄쩍 뛰어올랐다.

"해머, 잘 있었어?"

형석이 송아지만큼이나 큰 개를 끌어안았다. 개는 안절부절못하고 경중경중 뛰다가 다시 형석에게 달려들었다.

"그래, 나도 보고 싶었어. 해머…"

형석은 마치 오랜만에 어린 동생이라도 만난 듯이 다정스럽게 얼굴을 감싸고 볼을 비벼댔다. 형석이 쓰다듬기를 멈추고 일어섰지만 해머는 좀처럼 떨어지려 하지 않았다.

"자, 이제 그만… 손님이 있잖아. 이따가 놀자…"

형석이 달래는 모습을 보고 히로에가 다가섰다.

"둘이 아주 친한가 봐요."

"예, 원래 우리 부모님 집에서 키우던 녀석인데 아주 똑똑해요."

"호호 개가 똑똑하다는 말을 들을 때면 왠지 웃음이 나와요."

"왜요? 저 녀석은 전문 브리더가 똑똑하고 정이 많아서 훈련에 부적합하다고 쫓아낸 녀석이에요."

"아니, 똑똑하고 정 많은 게 문젠가요?"

"똑똑한데다 정이 많으면 먼저 주인을 잊지 못하죠. 훈련이 끝나고 다음 담당자에게 인계할 수가 없는 겁니다."

"아, 그럴 수도 있겠군요…"

"그럼요, 훈련시킨 개는 다음 주인과도 잘 어울려 지내야 하는데, 똑똑하고 정이 많으면 부적합한 겁니다. 태어난 지 40여 일이면 브리더는 그걸 알 수 있대요. 개 관상을 보는 겁니다."

"개 관상을요?"

"예, 브리더들이 하는 일 중 하나가 그거예요."

"호호 신기하네요. 제 주변에는 개보다 고양이를 많이 키워요. 고양이는 똑똑하다는 표현을 잘 하지 않는 것 같아요."

"그렇죠. 고양이는 모든 문제를 혼자서 해결할 만큼 똑똑해요. 그 덕분에 개처럼 충성스럽지 않구요."

"그건 그래요. 그런데 쟤는 어쩌다 여기로 오게 됐죠?"

"사모님이 미국으로 출국하시고 나서 교수님이 적적하시다고 해서 제가 데리고 왔어요."

"안타깝네요. 아주머니도 나이가 있으신데, 꼭 가셔야 했나요?"
"연구 때문에 어쩔 수 없던 거죠. 그 연세에 대단하신 겁니다."
두 사람의 대화 중에 나이가 들어 보이는 넉넉한 인상의 노부인이 마당으로 나왔다.
"최 박사님 어서 오세요. 교수님은 곧 도착하신다고 연락이 왔어요."
"잘 지내셨죠, 아주머니?"
"그럼요. 박사님도 잘 지냈죠? 교수님께서 음식 장만을 해달라고 해서 부랴부랴 만들었는데, 일본에서 오신다는 손님이 이 아가씬가 보네?"
"네, 안녕하세요? 하세카와 히로에입니다."
"아이구, 한국말을 잘하시네?"
"하하, 히로에는 한국 사람하고 말하는 게 똑같아요."
노부인이 자기는 일본말을 모른다고 해서 한바탕 웃었다.
"음식은 다 만들어 놨으니까 교수님이 오시면 바로 드세요. 나중에 다시 올게요."
두 사람은 노부인을 배웅하고 집안으로 들어섰다. 전원주택지에 새로 지은 가옥이다. 히로에는 호기심에 찬 눈으로 집안을 둘러 봤다. 2층까지 통으로 연결된 높은 천정이 첫눈에 들어왔다. 동경에서는 흔히 보기 어려운 공간 활용 방식이다. 넓은 거실 한 가운데 소파가 놓여있다. 크기가 큰 소파 세트였지만, 거실 공간이 넓어서 작게 느껴졌다.

안쪽으로 주방과 2층으로 올라가는 계단이 있다. 히로에는 주방과 거실의 경계면에 있는 책장으로 걸음을 옮겼다. 아버지의 장서와 비슷한 책들이다. 표지가 한문으로 쓰인 각종 역사서와 고서, 사회과학 논문들. 낯익다. 아버지는 책장의 두꺼운 책 속에 용돈을 숨겼다. 매월 정해진 용돈은 직접 받았지만, 세상이 즐거운 명랑소녀는 항상 용돈이 모자랐다. 추가로 용돈이 필요하다고 하면, 아버지는 돈을 숨겨둔 책의 힌트를 주었다.

책에 수록된 대표 인물의 이름이나 특정 사실을 나타내는 명칭 따위였다. 처음에는 힌트를 무시하고 책을 한 권 한 권 털었다. 그러나 그 방법은 통하지 않았다. 책이 너무 많았다. 결국 히로에는 아버지의 의도대로 인터넷이나 사전 등을 뒤져 자신의 보물이 숨겨진 책을 알아냈다. 어느 때부터인가 히로에는 서재에 어떤 책들이 꽂혀 있는지 알게 됐고, 아버지의 자상함과 현명함에 더욱 존경스러운 마음을 가지게 됐다. 덕분에 두꺼운 책들이 많이 꽂힌 책꽂이만 보면 미소가 나왔다.

양이환이 시간에 맞춰 도착했다. 해머가 먼저 반갑게 맞이했다. 해머는 두 주인을 섬기기에 문제가 없는 것 같았다.

형석과 히로에가 서둘러 마당으로 나갔다.

"히로에!"

"아저씨!"

두 사람은 얼굴을 마주치자마자 바로 얼싸안았다. 말로는 표현할 수 없는 반가움의 표시였다.

"이번엔 1년이 넘은 것 같은데?"

"그러게요, 아저씨."

양이환이 히로에의 어깨를 토닥였다. 어린 시절부터 지켜봐 온 히로에다. 방학때면 하세카와와 함께 한국에 놀러와 양이환의 집에서 머물렀다. 히로에를 딸처럼 여겼다. 어쩌면 히로에가 어머니를 일찍 여의게 돼서 더 애틋하게 자리 잡은 건지도 모른다. 특히 양이환의 아내가 그랬다. 기회가 있을 때마다 엄마 역할을 주저하지 않았다.

다행히도 히로에는 탈 없이 잘 컸고, 훌륭한 성인이 되었다. 양이환은 히로에를 볼 때마다 신께 감사를 드렸다.

소파에 자리 잡고 앉자 양이환이 먼저 말을 꺼냈다.

"아빠는 잘 계시지?"

"그럼요, 매일 바쁘세요. 아저씨도 건강하시죠?"

"그럼, 건강하지. 그런데 히로에가 아마… 이 집 짓고 처음 온 거지?"

"호호 그래요. 집이 아주 좋아요."

"좋기는 뭐… 그런데 아빠가 뭘 보냈다는 거야?"

"아 예, 잠깐만요…"

히로에가 백팩을 열어 조심스레 상자를 꺼냈다.

"내용이 뭔지는 모르겠는데 아빠가 이 물건하고 USB를 주셨어요. 아저씨께 직접 전해드리라고요."

양이환이 물건을 이리저리 살폈다. 외관만으로는 내용물을 짐작

할 수 없었다. 포장지를 벗겨냈다. 겹겹이 쌓인 포장을 뜯자 까맣게 옻칠이 된 나무상자가 나왔다. 칠의 상태로 봐서 오래된 나무상자는 분명했지만 관리가 잘 된 듯 표면은 깨끗했다.

"다른 말씀은 없으셨나?"

"네, 다른 말씀도 없이 갖다 드리면 아신다고…"

'내가 알 수 있는 물건이 뭐지?'

궁금한 마음에 조심스레 뚜껑을 열었다. 상자 안에는 고서가 한 권 들어 있었다. 색이 변한 기름 먹인 황색 표지에 흐릿하게 제목이 씌어 있었지만 얼핏 알아보기가 어려웠다.

"가만있자… 시㸠…도㈦!"

순간 양이환의 얼굴색이 하얗게 변하고 상자를 잡고있던 손을 덜덜 떨었다. 형석의 눈에도 히로에의 눈에도 양이환의 떨리는 손이 보였다. 두 사람은 양이환을 보고 놀라 입을 다물지 못했다. 영문을 알 수 없는 일이 벌어지고 있었다.

"시도요체야!"

양이환이 긴장한 듯 두 손을 비비고 조심스레 책을 꺼냈다. 한 장, 두 장 책장을 넘겼다. 서문이나 목차도 없이, 짧게 쓴 날짜 뒤로 초서체의 한문이 이어졌다. 어지간히 실력 있는 한학자라 해도 쉽게 알아보기는 어려워 보였다.

"가만있어봐, 정통正統 6년 10월…"

양이환이 혼자 중얼거리며 자리에서 일어나 책장으로 다가갔다. 형석과 히로에도 따라나섰다.

"아저씨, 도대체 무슨 일이예요?"

"가만 있어봐 히로에, 여기에… 맞아 정통 6년 10월이면 1441년 10월이네… 이런 일이 있을 줄이야…"

양이환은 진정이 되지 않는 듯 소파에 털썩 주저앉아 고개를 뒤로 젖혔다. 히로에가 얼음물을 가져와 건네자 마치 갈증이 난 사람처럼 벌컥벌컥 들이켰다.

형석이 시도요체와 양이환을 번갈아 쳐다봤다.

"교수님, 이게 대체 무슨 책인데요?"

히로에도 호기심에 찬 눈으로 양이환을 바라봤다. 양이환은 연신 고개를 가로젓다가 입을 열었다.

"사연이 길어. 여기 정통 6년 10월이라고 적혀있지?"

"예, 정통 6년…"

"여기에 정통 6년이란 명나라 정통 연호 6년이야. 그러니까 세종 23년, 1441년 10월이라는 말이지… 히로에, 아버지가 USB를 주셨다고 했지?"

"네…"

히로에는 긴장한 채 꼭 쥐고 있던 USB를 양이환에게 건넸다.

"최 박사, 이게 무슨 내용인지 어서 확인 좀 해봐."

형석이 USB를 받아 서재로 갔다. 히로에도 궁금증이 일어 앉아 기다릴 수 없었다. 형석이 컴퓨터를 켜고 USB를 꽂았다.

"전부 그림화일인데요… 아, 하세카와 교수님 편지도 있네요."

형석이 프린터를 켜고 편지를 출력하는 사이에 히로에가 모니터 화면을 읽어 내려갔다.

"아저씨, 이건 과거 경성제국대학에서 근무하던 미야모토 나구치 교수의 일기래요. 시도요체에 대한 기록이라네요."

"오!… 그러면 시도요체가 어떻게 해서 일본에 가게 되었는지 알 수 있는 건지도 모르겠네!"

양이환이 다시 상기된 얼굴을 했다. 이어서 형석이 건네준 프린트를 읽으면서 연신 감탄을 토했다.

"맞았어! 바로 이거야…"

몇 번을 되풀이 읽고 나서 환한 얼굴로 편지를 내려놓았다. 그리고는 신기한 듯 시도요체를 쓰다듬고 흑칠 상자를 어루만졌다.

형석은 궁금해서 견딜 수가 없었다.

"대체 무슨 일인가요? 교수님?"

"아… 너무 놀라워서 말이야…"

다소 진정이 되자 양이환이 설명을 시작했다.

"시도요체는 세종대왕의 한글 창제를 돕던 신미대사가 쓴 일기야. 그게 신미스님이 입적하신 복천암에 남아 있다가 나중에 그 절 신도였던 영동 김씨 문중에 전달돼서 대대로 전해왔지. 신미스님이 김씨 문중에서 태어나셨거든. 그러다가 보은에 김선도 노인의 부친께서 일제시대에 독립운동에 쓰려다가 시도요체를 압수를 당했는데 당시에는 되찾을 힘이 없었어. 해방이 되고, 세월이 흐른 후에 어느 날 김선도 어르신이 나를 찾아왔어. 자초지종을 얘기하면서 함께 찾아보자고 했던 거야. 그러고 보니 30년도 넘었네… 최 박사가 어렸을 때 애기지. 그걸 하세카와 교수와 함께 찾다가 결국 포기했는데 말이야…"
"찾기를 포기했는데 돌아왔다는 거군요?"
"그렇지. 어르신은 세상 볼 낯이 없다고 산으로 들어가셨고…"
"무슨 내용인데 일본이 빼앗아간 건가요?"
"시도요체 내용을 제대로 아는 사람은 없어. 단지 세종대왕이 우리 후손에게 남긴 계시가 있다는 정도만 알고 있을 뿐이야. 김 노인이 태어나기 몇 해 전 일이야. 나중에 부친께서 돌아가시면서 책자를 찾으라고 마지막 유언으로 남겼다니까 내용을 제대로 알 수가 없던 거지. 미야모토 교수의 기록이 그 과정을 얼마나 밝혀줄지 모르겠어. 하여간 이제는 시도요체 내용을 확인할 수 있게 됐으니 이 사실을 알면 김 노인도 좋아하시겠지."
"거기에 세종대왕의 계시가 있다는 거군요?"
"그렇지. 일제는 그걸 알고 빼앗아 간 거야. 그 사람들은 그 내용을 알고 있었다고 봐야지."
"허, 그거 대단한데요? 그럼 왜 지금껏 공개적으로 찾지 않았나요?"
"하하 내용을 알아야 뭐라고 설명을 하고 찾을 게 아닌가. 제목만 가지고 찾는 건 너무 황당하지 않아? 근거도 없고, 그걸 직접 본 사람도 없고… 누가 그 말을 믿겠어? 웃음거리 되기 십상이지."
"아, 하긴 그렇네요. 그래도 그렇게 중요한 책자가 묻혀 있었다는 게 참 안타깝네요."
"그렇기는 하지. 그렇지만 최 박사는 훈민정음 해례본이 언제 처음 세상에 나왔는지 아나?"

예상치 못한 질문에 형석이 머뭇거렸다.

"그리 오래 되지는 않았는데… 잘 기억이 나질 않네요."

"그게 처음 발견된 건 1940년이야. 거의 500년가량이나 잠자고 있었다는 거야. 그 중요한 해례본도 500년이나 잠을 잤는데, 신미대사의 일기쯤이야 얼마든지 묻힐 수도 있는 거지. 게다가 봐, 이 휘날린 초서를 알아볼 사람이 얼마나 있겠어? 내용을 모르니까 더욱 그렇게 된 거고."

양이환의 얼굴에 미소가 가득했다. 삼십여 년 전, 하세카와와 함께 시도요체를 처음 찾아 나설 때만 해도 세종대왕의 계시가 무엇인지 궁금해 견딜 수가 없었다. 대왕은 하늘이 내려준 성군이다. 500년이 지난 지금 대왕의 성업聖業은 유감없이 이 나라 국민을 훤히 비춰 주고 있다. 오로지 나라와 백성만을 생각한 대왕이 후손에게 남긴 계시라면 도대체 뭘까? 시도요체가 우리 물건이기에 당연히 찾아야 했지만, 대왕의 계시가 있다는 말에 더욱 찾고 싶었다. 그러나 20년 넘게 일본을 뒤졌어도 흔적조차 발견할 수 없었다. 결국 세상에 없는 물건이라고 결론 내리고, 계시를 받들지 못하는 건 우리 민족의 운명이라고 생각했다. 마음이 아팠지만 어쩔 수 없었다. 그랬던 시도요체가 나타난 것이다. 이제 그 궁금증이 다시 꿈틀거리고 되살아났다.

형석과 히로에가 한동안 멍했다. 양이환이 껄껄거리고 소리 내고 웃자 그제서야 형석이 정신을 차리고 물었다.

"그런데 시도요체가 무슨 뜻인가요?"

"좋은 질문이야. 최 박사는 세종대왕의 이름이 뭔지 아나?"

"워낙 유명하시니까요, '도'자를 쓰셨지요. 이도."

"그렇지. 그런데 무슨 '도'자인지 아나?"

형석이 머리를 긁적거렸다.

"거기까지는…"

"복 도^{匋}자를 쓰셨어. 보일 시^{示}변에 질그릇 도^{匋}자. 신미대사가 대왕의 이름을 함부로 쓸 수가 없으니까 시도라고 파자^{破字}를 한 거야."

"아… 파자요…"

"거기에 대왕께서 하신 중요한 말씀이라는 뜻에서 요체라는 뒷말을 붙였고."

"그래서 시도요체가 된 거군요."

"그렇지!"

잠시 침묵이 흘렀다. 형석과 히로에도 중대한 일이 벌어지고 있음을 충분히 실감할 수 있었다.

형석이 고개를 갸웃거리며 물었다.

"노인께서 살아계실까요?"

"모르지… 연락을 안 한지가 꽤 되었으니까…"

"그럼 어떻게 찾나요?"

"속리산에 복천암이라고 있어. 거기에 계시는 큰스님께 물으면 찾을 수 있을 거야."

"복천암이요? 처음 듣는데요?"

"잘 알려진 절은 아니지. 신미대사가 입적하신 절이야. 신미대사는 어린 시절에 법주사에서 공부하고 후에 복천암으로 올라가셨는데 거기에 계실 때 세종대왕과 만났지. 김 노인은 신미대사의 후손이고, 대대로 복천암과 연을 맺고 계셨던 거야."

양이환은 고개를 끄덕이다가 히로에에게 눈길을 돌렸다.

"히로에, 아빠한테 전화 좀 해봐."

"아, 네."

히로에가 가방에서 휴대폰을 꺼냈다. 전원을 켜고 아버지의 휴대폰 번호를 눌렀다. 발신음이 들렸지만 전화를 받지 않았다.

'오늘은 늦게 강의가 있으신가 보네…'

메시지를 보내려고 휴대폰 화면을 열었다. 한 통의 음성 메모가 표시되어 있었다.

"메시지가 있네요? 이것 좀 확인하고 아빠한테 문자를 보낼게요."

휴대폰에서 중년 남자 목소리가 흘러나왔다.

"하세카와 히로에씨, 우에노경찰서 형사과 이찌하라 경삽니다. 아버님 일로 급히 연락을 해야 하는데, 전화를 받을 수 없다고 나오네요. 이 음성 메시지를 확인하는 대로 꼭 연락을 주십시오. 제 번호는 123-7890입니다."

히로에는 갸우뚱했다. 아버지 일로 경찰서로부터 연락을 받을 만한 일이 뭘지 얼핏 떠오르지 않았다.

'우에노경찰서? 거긴 아빠가 사시는 동네 경찰선데? 아빠가 전화

를 안 받는 게 이 일 때문인가?'

생각이 거기까지 미치자 갑자기 불안한 마음이 들었다. 급히 전화번호를 눌렀다. 상대편의 목소리가 들렸다.

"경사님, 하세카와 히로에입니다. 메시지를 듣고 전화 드렸는데요…"

양이환과 형석이 긴장해서 히로에를 쳐다봤다.

"네, 그런데요… 네? 뭐라고 하셨어요?"

히로에의 표정이 갑자기 굳었다.

"예?… 아빠가요?"

히로에가 들고 있던 휴대폰을 떨어뜨렸다. 맥없이 소파로 쓰러지는가 싶더니 카펫 바닥으로 굴렀다.

양이환이 놀라 자리에서 벌떡 일어섰다. 형석도 달려들었다.

"히로에!"

어깨를 흔들었지만 반응이 없었다. 동공이 풀리고 초점을 잃었다. 테이블과 소파를 밀치고 히로에를 뉘었다. 형석이 재빨리 수건을 적셔와 히로에의 얼굴을 닦았다. 너무나 순식간에 벌어진 일이었다. 휴대폰에서 목소리가 흘러나왔지만 신경을 쓸 수가 없었다.

양이환은 눈앞이 캄캄했다. 전화를 받다가 충격을 받아 쓰러질만한 일이라면 어떤 일이든 심각한 상황임이 분명했다.

'하세카와에게 무슨 일이 생긴 거야…'

생사와 관련된 일이라는 느낌을 떨쳐 피할 수 없었다. 갑자기 목이 뻣뻣해지고 막막해졌다. 정신을 잃은 히로에를 보자 눈물이 핑 돌았다.

'불쌍한 것… 제발 깨어나…'

지옥 같은 시간이 흘렀다. 다급한 응급조치 후에 히로에의 의식이 천천히 돌아오기 시작했다.

양이환이 조심스럽게 불렀다.

"히로에…"

히로에가 가늘게 눈을 뜨고 천정을 바라봤다. 잠시 멍한듯 했다.

"도오쨩아빠…"

히로에는 무의식적으로 아버지를 불렀다. 이찌하라 경사의 말이 떠올랐다. 의식이 돌아오자 울음이 터졌다. 청천벽력 같은 얘기였다. 책장을 바라보며 자상한 아버지를 떠올린 게 불과 몇 분 전이다. 아버지는 누구에게 칼을 맞고 죽음을 맞이할 만큼 모난 생을 살아온 분이 아니었다. 분명 착오라고 생각했다. 받아들일 수가 없었다.

"아니야!"

몸부림을 쳤다. 그러나 부정하면 할수록 눈물이 쏟아져 나왔다. 양이환이 히로에를 끌어안았다.

"히로에… 세상이 너를…"

더 이상 말을 잇지 못했다. 형석도 코끝이 찡했다. 히로에의 흐느낌을 막을 방법은 아무것도 없었다.

시간이 흘렀다. 히로에가 울다 그치기를 반복했다. 양이환은 전후 사정이 궁금했지만 물을 수가 없었다. 히로에의 휴대폰을 주워들었다. 통화는 이미 끊겨 있었다. 자리를 피해 휴대폰에 입력된 번호를 다시 눌렀다. 상대는 마치 기다리고 있었던 듯 바로 전화를 받았다. 침착하게 히로에의 현재 상황을 설명하고 물었다.

"하세카와 코쥬니 나니가 앗딴데스까? 하세카와 교수에게 무슨 일이 있습니까?"

양이환은 아무 말 없이 듣기만 했다. 눈을 감고, 입술을 바르르 떨었다. 고개를 떨구고 눈물을 흘렸다.

하세카와가 누군가에게 폭행을 당하고 칼에 찔려 죽었다. 의심의 여지없이 시도요체 때문이다. 누군가에게 시도요체를 넘기지 않은 것 때문임이 분명했다. 형제보다 가까운 친구의 죽음이었다.

'시도요체…'

양이환은 아무 말도 할 수 없었다. 히로에가 울먹이며 말했다.

"아저씨… 지금이라도 가야겠어요…"

"그래, 가야지…"

양이환은 힘없이 고개를 끄덕이면서 형석을 쳐다봤다.

"최 박사… 오늘 출발이 가능한지 알아봐. 그리고 히로에를 혼자 보내면 안 될 것 같은데 최 박사가 동행해줄 수 있겠나?"

"그러겠습니다…"

형석이 고개를 끄덕이며 나지막이 대답했다.

밤 8시 50분 인천발 하네다행 마지막 비행기를 예약했다. 형석의 여권은 오피스텔에 있다. 오피스텔이 있는 광화문에 들렀다가 공항까지 가려면 서둘러야 했다. 히로에의 가방을 챙기고, 울음을 그치지 못하는 히로에를 부축해 차에 태웠다.

경부고속도로 위에 올라섰다. 아직 퇴근시간은 아니었지만 차는 제법 많았다. 교통체증을 감안해서 시간을 벌어놔야 했다. 속도를 높였다. 느리게 달리는 앞차들을 계속 추월해 달렸다. 운전에 온 신경을 집중했다.

형석은 자신도 급히 간다고 생각했는데, 버스 전용차선으로 앞질러가는 승용차가 한 대 있었다. 멀리도 아니고, 서너 대쯤 앞에서 끼어들었다. 잠시 후 또 다른 승용차 한 대가 전용차선으로 지나갔다. 대담한 운전자들이라고 생각했다. 자신에게 그런 용기가 없는 게 아쉬웠다. 고속도로를 빠져나와 한남대교를 지났다. 1호 터널로 들어가는 차선이 다소 혼잡했다. 한 대의 승용차가 형석의 차선으로 끼어들었다.

'자기 차선이 잘 빠지는데 막히는 차선으로 끼어드는 건 뭐야?'

형석은 이상한 놈이라고 생각하다가 문득 낯익은 차라는 느낌이 들었다. 고속도로에서 버스 전용차선을 타고 끼어들었던 은색 K5.

'같은 찬가?'

고속도로에서 몇 번 본 것 같은데 정확히 기억은 나지 않는다. 무심코 룸미러를 살폈다. 바로 뒤에 흰색 소나타. 역시 전용차선으로 자신을 추월하던 또 다른 승용차처럼 보였다.

'우연인가?'

이들은 고속도로를 빠져나올 때까지 10여 km 이상을 형석의 차량 주변에서 앞서거니 뒤서거니 달렸다. 전용차선을 달릴 만큼 바쁜 사람들은 아니었나보다고 생각했다. 그러나 시내에 들어서자 상황이 묘하게 바뀌었다. 그들은 형석이 차선을 바꿀 때마다 따라서 차선을 바꿨다. 막히는 차선으로 들어가도, 소통이 되는 차선으로 들어가도 따라서 바꿨다.

'뭐지?'

우연으로만 여기기에는 이해가 가지 않는 상황이었다. 마음에 걸렸다. 설마 그럴 리가 있겠냐고 생각은 하면서도 머리는 계속 갸웃했다. 하세카와 교수의 죽음이 떠올랐다. 1호 터널을 나와 을지로 2가 사거리 앞에서 신호대기에 걸렸다. 시간은 많지 않지만 확인해보자는 생각이 들었다.

신호가 바뀌자 시청 방향으로 좌회전을 했다. 그리고 이내 우회전을 해서 건물 블록을 한 바퀴 돌아 다시 을지로 2가 사거리 앞으로 왔다. 예상대로 저들은 자신들의 목적지 없이 형석을 따라왔다. 그제서야 왜 두 대의 차량이 계속 자신의 시야에 있었는지 이해할 수 있었다.

자신은 표적이었다. 표적이 될 만한 일이 있기는 했다. 시도요체였다. 그런데 그게 저들과 무슨 관계가 있고, 목적이 뭐고, 도대체 어떻게 알고 쫓아 왔는지 많은 의문이 한꺼번에 밀려왔다.

붐비는 시내에 들어서자 두 대의 차량은 더욱 노골적으로 형석의 차량에 따라붙었다. 을지로 사거리 블록에서 형석이 자신들을 시험했다는 것을 눈치챈 것 같았다. 바보가 아니라면 당연히 알았을 것이다. 운전대를 잡은 손에 땀이 흠뻑 찼다.

계속 떠오르는 의문을 막을 수가 없었다.

'누구지? 어디서부터 쫓아 왔지? 왜?'

진정해야 한다고 생각은 했지만 심장은 멈추지 않고 계속 쿵쾅거렸다. 도움이 필요했다. 조수석을 흘깃 쳐다봤다. 히로에가 울다 지쳐 잠들었지만 어쩔 수 없었다.

"히로에…"

조심스럽게 어깨를 흔들었다. 히로에가 의식을 차리려 애썼다.

"예…"

형석이 전방과 백미러에서 눈을 떼지 못한 채 말했다.

"히로에, 미안한데요, 우리한테 문제가 조금 있는 것 같아요…"

"문제요? 무슨?"

"우리를 쫓아오는 놈들이 있어요."

히로에가 깜짝 놀라 눈을 크게 떴다.

"우리를 쫓아오다뇨?"

"나도 뭐가 뭔지 모르겠어요. 확실한 건 누군가 우리를 쫓아오는 게 분명하다는 거예요."

형석이 룸미러와 사이드미러를 번갈아 살피며 말했다.

"우리 차 뒤로 흰색하고 그 뒤에 은색 승용차 보이죠?"

히로에가 뒤를 돌아보았다.

"아, 저 차요…"

"그래요, 저 차들이 계속 우리를 쫓아오고 있어요."

"왜죠?"

"나도 모르겠어요…"

형석이 고개를 설레설레 흔들다가 손으로 블랙박스를 가리켰다.

"여기 블랙박스에 후방 녹화가 돼요. 우리가 교수님 댁을 나온 게 대략 4시 30분경이거든요. 시간별로 녹화되어 있으니까 어디서부터 따라 왔는지 찾아볼래요?"

"예, 기다려 보세요."

히로에가 몸을 일으켜 블랙박스를 떼어냈다. 그리고 버튼을 눌러 해당 시간을 찾아냈다.

"여기… 은색 차가 있어요… 이차 같은데 여기는 고속도로네요."

"그럼 조금 더 뒤로 넘겨보세요."

화면을 뚫어지게 보던 히로에가 멈칫했다.

"아! 아저씨 댁에서 나오는 길에도 있어요. 조금 멀기는 해도 여기는 두 대가 다 보이네요…"

"아…"

형석의 입에서 탄식이 나왔다.

히로에는 무언가 생각난 듯 다시 화면을 넘겼다.

"형석 씨! 여기 공항 고속도로에도 있어요!"

"그럼 혹시…"

"예?"

"공항에서 히로에를 아는 척 했던 남자요…"

"아… 그 사람들일 수도 있겠네요."

히로에가 넋이 나간 사람처럼 멍한 표정을 했다. 명백해졌다. 형석은 자기도 모르게 핸들을 꼭 잡았다.

'히로에의 입국 사실을 어떻게 알았지?'

의문을 떠올리자마자 일본으로부터 연락을 받은 게 분명하다고 결론 내렸다. 그렇지 않고 다른 추리는 논리적으로 불가능했다. 조직적이다. 일개 개인이 하고 있는 짓이 아니라는 생각이 퍼뜩 들었다.

난관을 타개할 묘수가 떠오르지 않았다. 차는 시청 뒷길을 지나 세종대로에 들어섰다. 미행 차량은 형석의 꽁무니에 바싹 붙어 다른 차량이 끼어들지 못하게 했다. 행여나 다른 차가 끼어들려 하면 완강히 밀어붙였다. 끼어들다 놀란 차량이 경적을 울려도 아랑곳하지 않았다.

형석의 이마에서 진땀이 흘러내렸다.

"히로에, 교수님께 전화 좀 할래요? 아무래도 교수님이 다른 곳으로 피하셔야 할 것 같은 데요… 저들은 우리에 대해 다 알고 있는 거 같아요."

"아, 그렇네요…"

아차 싶었다. 이제는 아버지뿐만 아니라 히로에 자신과 형석, 양이환까지도 위험에 처한 것이다. 가슴이 두근거리고 손이 떨렸다. 휴대폰을 꺼내 양이환의 전화번호를 눌렀다.

광화문 앞에서 유턴을 했다. 오피스텔이 가깝지만 바로 갈 수가 없다. 오피스텔로 가면 저들은 거리낌 없이 지하주차장까지 쫓아올 것이고, 인적이 뜸한 지하 주차장이라면 무슨 일이 벌어질지 모른다. 형석은 혼자가 아니라 지친 히로에까지 있다. 어떻게 해야 할지 결정을 못 하고 있던 차에 종합청사 정문 앞에 서 있는 의경을 보자 갑자기 묘수가 떠올랐다.

'그래, 민중의 지팡이다…'

광화문 사거리에서 서대문 쪽으로 방향을 틀었다. 새문안교회를 지나 구세군회관을 끼고 다시 우회전했다. 차선이 좁은 경희궁 길이다. 차선도 그려지지 않은 좁은 길에 들어서자 두 대의 차량은 거리를 두고 따라 왔다. 형석은 의도적으로 차를 천천히 몰다가 갑자기 우측 골목으로 불쑥 들어갔다. 파출소 앞마당이다. 그들은 예상대로 따라오지 않았다. 골목 입구에 걸려있는 파출소 간판을 보았을 것이다.

"히로에, 나오지 말고 차에서 기다리고 있어요!"

형석은 차에서 내려 골목 밖으로 뛰어갔다. 두 대의 차량은 느닷없이 나타나 휴대폰 카메라를 들이대는 형석을 발견하고 급발진을 했다.

"거기서!"

차를 세우는 시늉을 하면서 계속 셔터를 눌렀다. 차는 멈추지 않고 그대로 내달렸다. 형석은 쫓아가는 체하다가 돌아섰다.

'멍청한 녀석들…'

누구인지 확인은 못했지만 일단 쫓아버리는 데는 성공했다. 썬팅을 심하게 해서 사람 얼굴을 찍지 못한 게 아쉬웠다.

히로에는 하얗게 질려 있었다.

"형석 씨… 경찰에 신고하죠…"

"아니요, 지금 그럴 시간이 없어요. 뭐라고 설명을 다 하겠어요?

블랙박스하고 휴대폰에 사진이 있으니까 나중에 저놈들이 누군지 꼭 밝혀낼게요. 쫓아버린 것만으로도 일단 만족하자고요. 지금은 비행기 시간이 먼저예요."

형석이 히로에의 손을 꼭 쥐고 진지한 표정으로 말을 이었다.

"히로에, 내 말 잘 들어요. 내가 지금 오피스텔에서 여권을 가져오려고 하는데 같이 가는 게 위험할 거 같아요. 파출소 안에 데려다줄 테니까 내가 올 때까지 안에서 기다려요."

"같이 가는 게 아니구요?"

히로에가 두려움 가득한 눈빛으로 물었다.

"아니요. 오피스텔이 여기서 가깝기는 하지만 아까 봤잖아요? 그놈들이 어디에 있을지 알 수가 없어요. 금방 올게요. 그리고 파출소에는 물건을 잃어버린 일본인 관광객이라고 할 테니까 반드시 일본말만 하구요. 알았지요?"

히로에는 불안한 표정으로 고개를 끄덕였다. 형석이 히로에의 손을 잡고 파출소 안으로 들어서자 근무자들의 시선이 두 사람에게 쏠렸다. 형석은 나이가 들어 보이는 경관 앞으로 다가갔다.

"아저씨, 저희 좀 도와주세요."

"무슨 일이시죠?"

"이분은 일본에서 오신 관광객인데 중요한 물건을 잃어버려서 큰일 났어요. 비행기 시간이 다 돼서 제가 급하게 물건을 찾아보려고 하는데 이분 여기서 잠깐 기다려도 되겠지요?"

형석의 말이 끝나자 히로에가 공손히 인사했다. 형석이 흠칫했다.

한국말을 다 알아들은 태도였다. 히로에도 자신이 성급했다는 것을 알아챘지만 경찰관은 히로에의 퉁퉁 부은 얼굴만 쳐다보고 있었다.

"히로에, 파스포토오 미세떼 아게나사이 히로에, 여권을 보여주세요."

히로에가 가방에서 여권을 꺼냈다. 경찰관은 확인할 필요도 없다는 듯이 형석에게 빨리 다녀오라고 손짓했다.

"고꼬데 맛떼구다사이 여기서 기다리세요."

형석은 다른 경관들도 들을 수 있게 일부러 일본말을 한 번 더 했다. 고개를 끄덕이는 히로에의 두 눈에 눈물이 글썽글썽했다.

파출소에서 나와 조심스럽게 경희궁로를 살폈다. 그들은 보이지 않았다. 오피스텔은 자동차로 오 분 거리도 안 된다. 차를 돌려 오피스텔로 가는 동안 따라오는 차가 있는지 경계심을 늦추지 않았다. 지하주차장에 차를 대고 서둘러 여권을 가지고 내려왔다. 로비 입구에서 동정을 살폈다. 수상한 자들은 보이지 않았다. 그들이 다시 쫓아오면 상황이 복잡해진다. 조심해야만 했다.

뜻밖이다. 30여 미터도 가지 못해 주차된 트럭 앞에 서 있는 흰색 소나타를 발견했다. 3명의 남자가 차에서 내리고 있었다. 직감적으로 그들이라는 것을 느꼈다. 파출소 앞에서 차를 가로막고 실랑이를 벌인 것이 오히려 해가 됐다. 옷을 갈아입은 게 아니니 알아볼지도 모른다. 길가 편의점으로 급히 몸을 피했다. 늦은 밤 인적이 끊긴 광화문 뒷길에 유일하게 불이 켜져 있는 곳. 형석은 출출할 때면 이따금 편의점에 내려와 간식을 사 먹었다. 주인과 알고 지낸 지 몇 년이나 됐다. 저녁에는 주인 남자가 출근해서 밤새 가게를 지켰다.

"아, 최 박사님 어서 오세요."

형석은 꾸벅 인사하고 다급하게 말했다.

"사장님, 급해서 그러니까 근무복 좀 빌려줘요. 맥주 박스하고…"

"아니 그건 뭐하게요?"

"나중에 얘기할게요."

"그러세요. 저기 창고에…"

형석은 이미 알고 있다는 듯 안쪽 창고에서 근무복을 꺼내 입고 빈 맥주박스를 꺼냈다. 출입문 앞으로 다가가 밖을 내다봤다. 3명의 사내가 주변을 두리번거리면서 편의점 쪽으로 다가왔다. 한 사내가 거만한 태도로 편의점으로 들어왔다. 형석은 뒷걸음을 하다가 재빨리 창고 앞으로 다가가 박스에 빈 병을 담는 척했다. 주인이 형석의 엉뚱한 행동에 뭐라 말하려는 순간 사내가 투박한 목소리를 냈다.

"이 옆 큰 건물이 무슨 건물이야?"

주인은 젊은 사내의 무례한 말투에 순간 멍했다. 사내가 째려봤다.

"오피스텔…"

주인은 우물거리듯 말하고 시큰둥한 표정을 지었다.

"오피스텔?"

사내가 휑하니 편의점을 나가자 주인이 입을 삐죽거렸다.

"박사님, 저런 형편없는 인간들 어떻게 해야 돼요?"

"글쎄요…"

형석도 어이가 없어 씁쓸하게 웃었다.

사내들이 오피스텔 쪽으로 몰려가자 형석은 편의점을 나와 파출소 쪽으로 뛰다시피 걸었다. 복잡한 생각이 들었다. 그들이 파출소까지 쫓아온 건 이해가 됐다. 그러나 오피스텔까지 찾아온 건 이해할 수 없었다. 파출소에서 나올 때 따라오는 차가 있는지 몇 번이나 확인했다. 몇 대의 차가 있기는 했지만 소나타나 K5는 없었다. 사내가 편의점에서 오피스텔을 묻는 걸 보면 미리 알고 있던 것도 아니었다. 어떻게 알고 여기까지 쫓아왔는지 의문이 들었다.

파출소 뒷골목에 도착했다. 골목이 좁아 반대편 길로 이어지리라고 상상하기 어렵다. 주위를 둘러보았다. 쫓아오는 사람이 없다는 것을 확인하자 골목 구석에 조끼를 벗어 숨겨놓고 서둘러 파출소로 들어갔다.

"마따 뎅와시마스 다시 전화 드릴게요..."

어디론가 전화를 걸고 있던 히로에가 형석을 보고 안도의 표정을 보였다. 그리고는 이내 주르륵 눈물을 흘렸다.

형석이 히로에의 눈물을 닦아 주었다.

"히로에, 강밧떼 히로에, 힘내야 해..."

히로에는 힘내라는 말에 다시 울음을 터뜨렸다. 어깨를 들썩이며 흐느끼는 히로에를 진정시키기가 어려웠다. 끌어안았다. 위로만 하고 있을 수 없는 상황이 원망스럽기만 했다.

나이 든 경찰관이 딱하다는 표정으로 다가왔다.

"선생님이 없는 동안에도 아가씨가 계속 울었어요."

"예, 중요한 물건이다 보니까 그렇게 됐습니다."

"물건은 찾았나요?"

"아… 그게 여기에도 없네요…"

형석이 히로에 등을 도닥였다.

"하야꾸 이끼마쇼 ^{어서가요}"

고개숙인 히로에의 얼굴을 들어 눈물을 닦아 주었다. 황급히 파출소를 나왔다. 대로에 들어서자 히로에를 잡은 손을 뒤로 뺐다. 히로에를 감추고 싶은 마음뿐이었다.

형석이 긴장한 표정으로 주변을 둘러보고 말했다.

"문제가 또 있어요…"

"예?"

"그자들이 오피스텔까지 쫓아 왔어요. 내가 차를 몰고 갈 때는 분명히 없었거든요. 여권을 가지고 내려오니까 오피스텔 앞까지 왔더라구요."

히로에가 놀라 주변을 두리번거렸다.

"도대체 어떻게 알고 쫓아 왔는지 모르겠어요."

형석이 도저히 이해할 수 없다는 듯이 인상을 찌푸렸다.

새문안로를 건너 덕수초등학교로 이어지는 뒷길로 들어섰다. 그자들은 아직 오피스텔 주변에 있을 것이지만 그래도 안심할 수 없었다. 뛰다시피 해서 면세점까지 내려가 웅성웅성 몰려있는 관광객들 속으로 끼어들었다. 버스정류장에는 아직 공항버스가 도착하지 않았다.

히로에는 겁먹은 표정으로 주위를 둘러봤다. 두 사람이 잡은 손에는 땀이 잔뜩 배었다.

4

형석과 히로에를 떠나보내고 양이환은 견디기 힘든 시간을 보냈다. 갑작스런 하세카와의 죽음이 믿기지 않았다. 하세카와와 함께 했던 지난날이 주마등처럼 스쳤다. 힘들었던 옥스퍼드 유학 생활, 하세카와가 교수로 임용된 후 한국에 와서 함께 축하했던 일, 그의 결혼과 히로에의 탄생, 어린 히로에를 남겨두고 일찍 세상을 떠난 그의 아내.

그리고 30여 년 전, 김 노인과 함께 일본으로 건너가 시도요체 애기를 처음으로 꺼냈던 일이 떠올랐다. 그때 하세카와는 양이환과 노인의 갑작스런 방문에 많이 놀랐다. 양이환이 자초지종을 설명하고 김 노인이 도움을 청한다고 하자 하세카와는 흔쾌히 승낙했다. 그리고 끝까지 돕겠다고 하면서 자신이 나서야 할 이유를 밝혔다. 문제를 일으킨 게 일본이니 일본인인 자기가 나서서 해결해야 한다는 것이고, 성공하면 일본에도 양국의 화합을 원하는 사람이 있다는 걸 다시 알릴 좋은 기회라고 했다.

책장에서 '시도요체'라고 적힌 서류철을 꺼냈다. 닳아서 끝이 뭉개진 서류철을 펼치자 제일 먼저 하세카와의 편지가 보였다. 명필의

펜글씨다. 하세카와가 정부기록물보관소를 드나들면서 누구를 대상으로 탐문할 것인지 꼼꼼히 조사해서 보낸 편지였다.

하세카와는 일제시대 종로경찰서에서 시도요체를 압수했다는 사실에 따라 관련 기록을 샅샅이 뒤졌다. 안타깝게도 시도요체에 대한 언급은 법원, 경찰, 총독부 어느 기록에도 없었다. 그러나 그건 오히려 희망적인 사실이기도 했다. 공식적인 기록이 없다면, 누군가 개인적으로 빼돌린 것이 분명했기 때문이었다.

기록으로는 더 이상 추적이 어렵다고 판단해서 방법을 바꾸기로 했다. 기록실 책상에 머물지 않고, 관련 기록에 단 한 번이라도 언급된 사람들을 모두 찾아다니며 물었다. 그러나 대부분의 사람들이 죽었거나 혹은 살아 있어도 알지 못했다.

일이 지지부진하게 진행됐지만 그래도 성과는 있었다. 당시 종로경찰서에서 경성제국대학에 시도요체 해석을 의뢰했는데, 훗날 그 책자를 차지하려고 여러 사람들이 다툼을 벌였으며, 그러다가 어느 날 갑자기 얘기가 쏙 들어갔다는 사실을 기억하고 있는 사람이 있었다. 당시로써는 놀랄만한 성과였다. 그러나 거기까지였다. 그 사람은 책자 이름조차도 기억하지 못했다. 안타까웠다. 하세카와는 아쉬운 대로 양이환에게 소식을 전했다. 그리고 눈앞에서 멈춰버린 안타까운 상황에 낙심하지 말고 계속 추적하자고 서로를 위로 했다.

그러던 어느 날, 희망과 절망이 반씩 섞인 또 하나의 중요한 사실을 알게 되었다. 일본 내 극우파에서도 시도요체를 찾고 있다는 사실이었다.

'옛날에 다툼을 벌였다는 그자들인가?'

제국주의시대에 권력의 비호를 받던 극우단체들이 지금까지도 존재하고 있기 때문에 그자들이 아닐까 의문해 보는 게 무리가 아니었다.

'하여간 시도요체는 세상 어딘가에 분명히 있어. 지금은 그들 손에도 없다는 거지…'

하세카와는 시도요체를 추적하는 과정에서 눈여겨보았던 극우단체가 있었는지 기억을 더듬어 봤다. 생각이 나지 않았다. 극우단체에서 시도요체를 찾을 거라고는 미처 생각하지 못했다. 그래서 이제까지 거리낌 없이 사람들을 찾아다니며 물었는데 아주 위험한 짓이었다.

극우파를 알아내는 일은 포기했다. 무엇보다도 극우단체가 너무 많았다. 제국시대부터 존재하던 극우파로 일본회의, 대일본적성회, 애국당 등이 있고 신우익에는 일수회, 재특회 등이 있었으며, 폭력 단체로 대행사, 일본청년사, 교화청년대, 대일본주광회, 국수청년동맹, 일본황민당 등 이루 다 셀 수가 없을 지경이었다. 이들은 제국주의 부활을 부정하거나 천황을 부인하는 행위, 일본 정통에 위배되는 모든 행위, 친중親中이나 친한親韓에 해당하는 행위 등을 모두 적대행위로 간주해 스스로 판결을 내리고 무자비한 테러를 가하거나, 각종 시위를 선동했다. 이처럼 이름만 다를 뿐 같은 성향을 가진 단체들이 너무 많다 보니 어느 단체가 시도요체를 찾고 있는지 알아내는 건 쉬운 일이 아니었다.

1998년 3월. 양이환과 김노인이 하세카와로부터 연락을 받고 일본으로 건너갔다.

양이환이 도착하던 날, 하세카와는 발신자가 없는 한 통의 편지를 받았다. 수신자란에는 하세카와의 집 주소와 근무하고 있는 대학교명, 그리고 '하세카와 료이치 교수 귀하'라고 또박또박 기재되어 있었다.

하세카와는 봉투 앞뒤를 살펴보고 고개를 갸우뚱했다. 잠시 망설이는 듯하다가 조심스레 봉투를 뜯었다. 편지를 펼치자마자 바로 표정이 일그러졌다.

"세끼보따이赤報隊 적보대 놈들!"

손을 부르르 떨었다. 양이환은 당황스러웠다. 하세카와와 오랜 시간을 함께 했지만 그렇게 분노하는 건 본 일이 없었다.

"료이치, 무슨 일이야?"

"세끼보따이 놈들이…"

"세끼보따이?"

하세카와는 미간을 찌푸린 채 양이환에게 편지를 건넸다.

'命を奪われたいのか それではやりかけた仕事を止めなさい。'
죽고 싶지 않으면 하던 일을 멈춰라.

양이환은 문구를 읽고 깜짝 놀랐다. 내용을 전해 들은 김 노인도 충격을 받았는지 눈을 휘둥그레 하고 미처 말을 잇지 못했다.

양이환이 걱정스런 표정으로 물었다.

"세끼보따이가 뭐야?"

"그게 뭐냐면… 그러니까 88서울올림픽 하던 해… 자네 나카소네 총리 살해 협박 사건을 기억하나?"

"그 사건! 그게 88년에 있었던 일인가?"

"그렇지. 내가 서울 세미나에 갔을 때 아사히신문 총격 사건이 일어났잖나. 총리 협박 사건도 있었고… 양 교수하고 나하고 저녁에 뉴스를 보다가 많이 놀랐잖아. 그 일을 일으킨 자들이 세끼보따이야… 어이없는 놈들…"

하세카와가 마음을 진정시키려는 듯 천정을 바라봤다.

김 노인이 긴장한 표정으로 물었다.

"총격 사건이라면 사람도 죽었나요?"

양이환은 김 노인의 질문을 통역하면서 하세카와를 쳐다봤다.

"예, 아사히 기자가 총에 맞아 죽었지요. 나중에 그 사건을 저지른 놈들이 세끼보따이라는 게 밝혀졌습니다. 아니 밝혀진 게 아니라 그놈들은 자신들이 저지른 짓이라고 대놓고 성명을 발표했지요. 그 사건은 지금까지 해결되지 않았구요…"

김 노인이 다시 심각한 표정으로 물었다.

"총리를 협박했다는 건 무슨 얘기요?"

"그놈들이 아사히신문사 지국에 총을 쏜 날, 나카소네 수상하고 다케시다 전 총리에게 야스쿠니 신사참배를 하지 않으면 다음에는 당신들을 죽이겠다고 협박 편지를 보낸 겁니다."

"아니, 현직 총리에게 그런 협박편지를 보냈다는 겁니까?"

"그렇습니다… 아사히 사건을 일으킨 날 협박편지를 보냈지요. 그 후에도 그놈들은 여러 차례 테러를 가했습니다. 미수에 그친 폭발 사건도 있었구요…"

김 노인은 할 말을 잃었다.

양이환이 어이없다는 듯이 물었다.

"아니, 일본에 그런 폭탄테러가 있었다는 말인가?"

"있지… 잊을만하면 터져. 자네 동경 시내에서 커다란 스피커를 매달고 애국을 선전하고 다니는 차를 본 적 있나? 검은색 승합차에 커다랗게 글씨를 써 놓고 말이야. 주로 에도성 주변에 가면 많은데…"

"본 적 있지. 그런 선전대가 반한 시위를 선동한다고 들었네만…"

양이환은 동경 시내에서 벌어지고 있는 극우단체의 선전광경을 처음 보았을 때 많이 놀랐다. 문명국가 일본에서 민족주의, 국수주의를 그렇게 공공연히 선전하고 다니는 것이 신기하기도 하고 놀랍기도 했다. 그러나 그 정도에서 그치는 것으로 알았다. 그들이 인명을 해치는 테러까지 자행하는지는 몰랐다. 그것도 잊을 만하면 또 다른 사건이 발생한다니.

하세카와가 말을 이었다.

"그런 단체들이 모여서 세끼보따이라는 이름으로 테러단체를 조직한 게 아닌가 싶은데, 정확히는 아무도 모르지. 원래부터 세끼보따이라는 단일 단체가 있는 건지, 아니면 여러 단체에서 행동대원을 선발해서 임시로 만든 건지… 다만 아사히 총격 사건으로 경찰에서 대대적인 수사를 벌이니까 잠적했어. 그 후로도 여러 차례 테러 사건이 있었는데 세끼보따이라는 이름은 내걸지 않았지만 동일한 자들이라고 보고 있는 거야.”

하세카와가 의미없이 편지를 만지작거렸다.

“내 생각에는 큰 힘을 가진 배후가 분명히 있어. 계파와 상관없이 여러 조직을 휘두를 수 있는 권력자인 배후…”

“배후?”

“그래, 배후. 그들의 범행이 아주 치밀하고 계획적이라서 개인이 실행할 수 있는 범위를 넘는 것 같아. 그런데 여러 자료를 분석해보면 대부분의 조직에서 실제로 움직이는 행동대원은 그리 많지 않거든. 그러니까 각 조직에서 인원을 차출해서 임시로 구성한 단체로 보는 거지. 결국 실력 있는 배후가 있다는 의미야.”

양이환이 고개를 끄덕였다.

김 노인이 굳은 표정으로 말을 꺼냈다.

“하세카와 씨… 시도요체를 찾는 게 그렇게 위험한 일이 될 거라고는 생각지 못했습니다. 이걸 계속하면 안 될 것 같은 생각이 드네요.”

“아닙니다, 선생님. 이 편지를 보낸 자들이 세끼보따이 인지 누군지 확실치 않아요. 게다가 시도요체가 구체적으로 언급되어 있지 않은 걸 봐서 단순히 저의 연구 활동을 방해하려는 건지도 모릅니다…"
 하세카와가 정색하며 말했다. 그러나 양이환은 그의 설명에 믿음이 가지 않았다. 일본은 국가 단위에서 진실을 왜곡하고 있기 때문에 개인 차원에서 역사적 진실을 밝히려는 학자들이 유난히 많다. 이들이 극우파의 미움을 받고 있는 것은 사실이지만 그렇다고 그들 모두가 협박 편지를 받는 것은 아니다. 하세카와의 연구 또한 진실을 찾는 단순한 연구일 뿐이다. 오늘의 편지는 시도요체 때문에 날아온 것이 분명해 보였지만, 하세카와가 고집을 부리고 있다는 생각을 지울 수가 없었다.

 양이환은 안타까운 마음으로 하세카와의 편지를 들여다봤다. 시도요체의 위협이 이렇게 오랜 세월이 흐른 뒤에 나타날 줄은 정녕 몰랐다. 글자 하나하나에 하세카와의 영혼이 담겨져 있는 듯 했다. 편지 위로 하세카와의 얼굴이 아른 거렸다. 눈을 감았다. 하세카와의 명복을 빌어 주었다.

 "그래, 지금 어디쯤 가고 있지?"
 양이환은 하세카와와의 지난 추억으로 마음이 무겁던 중에 히로에의 전화를 받았다.
 "저희는 지금 시내에 들어섰어요. 그런데 그게 문제가 아니라 아저씨가 빨리 피신을 하셔야겠어요."
 "피신이라니 무슨 얘기야, 다시 말해봐."

"아저씨, 우리가 아저씨 집에서 나올 때부터 우리를 쫓아오는 사람들이 있었어요."

히로에의 목소리가 긴장으로 떨렸다. 양이환은 블랙박스까지 확인했다는 히로에의 말에 많이 놀랐다. 일본이 아니라 한국에서까지 일이 벌어지고 있다는 게 믿기지 않았다. 그러나 사실을 인정해야 했다. 하세카와가 그렇게 처참하게 살해당했고, 누군가 집에서부터 미행을 했다면 히로에의 말대로 집 주변에 누군가 있을 수도 있다.

겁을 잔뜩 집어먹은 히로에의 목소리가 이어졌다.

"아저씨, 빨리 경찰을 부르시는 게…"

섬뜩한 생각이 들어 창가로 다가갔다. 밖을 내다봤다. 해머가 달궈진 오후 무더위를 이기려고 나무 그늘 아래 엎드려 있다. 믿음직스러운 파수꾼이다. 누군가 낯선 사람이 접근했다면 해머가 저렇게 태평하게 엎드려 있을 리가 없다. 해머가 가만히 있다는 것은 주변에 아무도 없다는 뜻이었다. 이런 상황에서 경찰을 부르는 건 좀 곤란했다.

"여기는 내가 알아서 할게. 우선 너희들이 먼저 안전해야 돼… 빨리 경찰서로 가는 게 어떻겠니?"

"아저씨 먼저 빨리 피하세요. 우리는 상황을 보고 결정할게요."

'도대체 누구지? 애들이 일본으로 가도 괜찮은 건가?'

양이환 자신도 그렇지만, 누군가에게 쫓기고 있다는 히로에와 형석의 안전이 더 염려가 됐다. 정신을 바짝 차려야 한다는 생각이 들었다. 찬물을 꺼내 마셨다. 길게 생각하면 문제가 복잡해진다. 경찰을 부를 필요없이 빨리 피하자고 결론을 내렸다. 시도요체와 USB를 가방에 챙겨 넣었다. 모든 문제를 해결하는 가장 좋은 방법은 지체 없이 시도요체를 온 세상에 알리는 것이다. 빠르면 빠를수록 좋다. 괴한들의 목적은 시도요체가 한국에 알려지는 것을 막는 데 있을 것이기 때문에 시도요체가 세상에 알려지면 더 이상 다툼이 벌어질 이유가 없다. 이미 30여 년 전부터 결정한 최선의 해결 방법이었다. 무엇보다도 보은의 김 노인이 그렇게 되기를 간절히 원했었다.

고전학술원 강석규 교수에게 전화를 걸었다. 고전학술원은 각종 고전을 번역해 세상에 알리고 있는데, 우리 정신문화의 위대성을 깨달은 정부에서 뒤늦게 역점을 두고 벌이는 사업이다. 덕분에 세계는 우리의 높은 정신문화 수준에 놀랐고, 우리는 세계의 반응에 다시 놀라 다시금 자신을 돌아보게 되었다.
"강 교수, 퇴근하는가?"
양이환의 목소리가 다급했다. 강석규는 대한민국에서 손꼽히는 고전 전문가였다. 한다 하는 학자들도 강석규에게 자문을 구하곤 했다.
"아니, 마감할 일이 있어서 직원들과 야근 할 건데 무슨 일이야, 다짜고짜?"
"그리로 갈 테니 기다려줘. 아주 급한 일이야."
"차가 막힐 텐데…"
"상관없어. 꼭 기다려야 해!"
통화를 마치자 바로 현관문을 밀고 나왔다. 반갑다고 달려오는 해머의 머리를 쓰다듬으며 주변을 살폈다. 이상이 없는 것 같았다. 비장한 각오로 차에 올라 시동을 걸었다. 누군가를 만나도 차를 세우지 않고 그냥 내달리리라 생각했다. 다행히도 주택가 도로를 빠져나와 대로로 진입하는 동안 따라오는 차는 없었다.

"어서 와 양 교수. 무슨 일인데 그렇게 수선을 떠나?"

양이환은 자리에 앉자마자 숨 돌릴 틈도 없이 가방에서 시도요체 목함을 꺼냈다.

"이거… 보물일세. 세종대왕의 훈민정음 창제를 도와준 신미대사의 일기야…"

"신미대사?"

"그래, 그분… 혜각존자."

"간경도감에서 불경언해를 주관하신?"

"잘 아는군. 역시 자네다워."

순간 강석규의 얼굴 표정이 변했다. 눈을 휘둥그레 하더니 안경을 벗고 책자에 얼굴을 들이밀었다. 조심스레 책장을 넘기면서 믿을 수 없다는 표정을 지었다.

"이런 걸 남겼다는 말을 들어본 적이 없는데?"

"그렇지. 사연이 길어. 그런데 지금은 그 얘기를 할 때가 아냐. 그건 나중에 천천히 얘기하기로 하고…"

"아니 뭐가 그리 급해서…"

"급해, 자네가 이걸 빨리 해석해 줘야 해."

강석규가 당황한 표정으로 고개를 끄덕거렸다. 양이환의 말이 맞는다면 자신이 펼쳐들고 있는 책자는 평생 접할 수 없는 진귀한 보물이다. 역사에도, 야사에도 등장하지 않은 진문서.

신미대사가 누구인가. 세종대왕의 총애를 받고 역사상 전무후무하다는 최고의 존호를 받았지만 생애와 업적이 제대로 기록되지 않아 신비에 쌓여 있는 분이다. 학자들 간에도 평가 의견이 분분했다.

목덜미에 흐르는 땀을 닦고 행여나 오염이라도 될세라 서랍에서 목장갑을 꺼내 끼고 다시 책자를 넘겼다.

흩날리는 문장 속에서 글자를 손가락으로 짚으며 말했다.

"그러면 여기에 있는 성궁聖躬이 세종대왕이라는 말이지?"

"당연히 그렇지… 그런데 얼마나 걸릴까?"

"뭐가 말인가?"

"뭐긴, 해석이지…"

"보다시피 글씨를 알아보기가 힘들어. 내용이 어려운 게 아니라 글씨를 알아보기가 어렵단 말이야. 이건 누군가에게 보여주기 위해 쓴 게 아니라 자신을 위해 쓴 거야. 우리 연구원들 중에도 제대로 알아볼 수 있는 사람이 많지는 않겠어…"

"서둘러줘. 이걸 빨리 세상에 알려야 해. 대왕이 남긴 계시가 있다는데 빨리 알려야 하지 않겠나."

"대왕의 계시?"

"그렇다네. 대왕이 우리 민족에게 남긴 계시가 있다는 거야."

"오… 600년이나 잠자고 있던 성군의 계시라니… 이건 나라가 뒤집힐 발견인데?"

"알아줘서 고맙네. 우선 이걸 복사해. 무슨 일이 생겨도 시도요체 내용이 절대 사라지지 않게."

"복사? 그게 쉬운 일이 아닌데?"

"아니, 일단 내용 분석을 할 수 있을 정도로 해. 그리고 나중에 다시 빌려줄 테니 그때 영인본을 뜨던지 하고…"

양이환이 간절한 표정을 지었다. 강석규는 어리둥절한 채로 연구원을 불러 시도요체 복사를 지시하면서 연구원들을 회의실로 모이라고 했다.

양이환이 비장한 듯이 덧붙였다.

"강 교수, 스캔한 것은 내 메일로도 보내줘. 이제 시도요체는 영원히 우리를 떠날 수 없는 거야."

"무슨 일인지 모르겠지만 일단 알았네. 어떻게 할 건가? 시간이 좀 걸릴 텐데 여기서 기다릴 건가, 아니면 나중에 다시 올 건가?"

"아니, 나중에 다시 올 일이 아냐. 복사가 끝나면 바로 가져가야 할 데가 있어. 몇 시가 됐든…"

강석규는 양이환의 어깨를 툭툭 치고 방을 나갔다.

5

 겐류샤 동경지부장이라는 카토가 심복 키야마와 함께 인천 공항에 도착 예정이다. 왕 회장은 즉각 박두수를 불러들였다. 조직 내에서 카토 얼굴을 아는 사람은 박두수 뿐이고, 두 조직 내 서열도 비슷했다. 왕 회장은 박두수에게 카토 마중을 지시하면서 조직 간의 관계를 생각해서 실수 없이 대접하라고 주의를 내렸다.

 두수는 행여 실수가 있을까 염려해 철봉과 일본어 통역을 데리고 즉시 공항으로 출발했다. 예상보다 교통 사정이 좋았다. 후쿠오카에서 이륙한 카토의 비행기는 아직 인천 공항에 도착하지 않았다. 입국장을 배회하다가 커피숍으로 들어갔다.
 해외여행을 한 번도 하지 못한 철봉은 웅장한 공항청사를 보고 놀라 좌우를 두리번거렸다. 오늘은 운이 좋아 공항에 두 번이나 왔지만 오전에는 여유가 없어 구경을 하지 못했다. 기웃거리고 싶은 마음에 몸이 근질거렸다. 화장실을 핑계로 커피숍을 나와 입국장을 한 바퀴 돌았다. 입국장과 출국장이 서로 다른 층에 있는 것을 처음 알았다. 출국장으로 올라갔다. 많은 사람들이 캐리어를 끌고 어디론가 바삐 오가고 있다. 영화나 TV에서 많이 본 장면이다. 부러웠다. 철봉은 언젠가 자신도 해외여행을 하게 되면 호사를 부려보리라 마음먹었다.

출국장을 두리번거리던 철봉의 눈에 젊은 남녀 한 쌍이 눈에 띄었다. 여자가 등에 멘 노란 가방이 왠지 낯이 익다. 그러나 자신이 아는 여자는 이 시간에 공항에 있을 리가 없다. 지금쯤은 용인 어디엔가 있을 것이다. 비슷한 사람이겠거니 여기며 아래층으로 내려갔다.

한 시간을 훌쩍 넘겨 카토와 키야마가 나왔다.

두수가 먼저 알아보고 손을 번쩍 들었다.

"카토 상!"

카토가 손을 들어 답했다. 험한 인상에 어울리지 않게 웃는 건 순진해 보였다. 두수의 어깨를 껴안았다. 운동깨나 한 듯 어깨가 떡 벌어지고, 빡빡 깎은 머리에 짧게 수염을 길렀다. 더운 날씨에 검은색 정장 차림이다. 공항 청사 안에는 이어폰을 꼽은 보안요원 말고 정장을 입은 사람은 한 사람도 안 보였다. 한눈에 봐도 조폭이었다.

키야마는 마른 체격에 인상이 날카로웠다. 더부룩하게 기른 머리에 눈이 가늘게 찢어졌고, 어딘지 모르게 야비하거나 잔인할 것 같은 생김새였다. 카토만큼 몸놀림이 진중하지는 않았다.

두수가 통역을 가까이 세워 놓고 말했다.

"왕 회장님께서 기다리고 계시오. 오시느라고 고생하셨는데 술이나 한잔 하면서 천천히 얘기합시다."

카토가 손을 가로저었다.

"박 상, 내가 시간이 많지 않소. 여자애를 먼저 찾아야 하오."

"허, 여자애는 잘 감시하고 있으니 걱정 마시오."

두수가 어깨를 으쓱했다.

"회장님께는 인사만 드리고 가겠소."

카토는 거들먹거리는 태도로 대기 중이던 검은색 리무진 승합차에 올랐다. 차는 날렵하게 공항대로에 올라섰다. 가로등 불빛에 도로가 훤하게 밝았다. 카토는 승합차 주변을 달리는 미끈한 차들을 보고 내심 놀랐다. 올림픽도로를 내달려 성산대교 부근에 이르자 멀리 불빛에 반짝이는 넓은 강물이 보였다. 저렇게 큰 강은 영원히 마를 것 같지 않다는 생각이 얼핏 들었다. 강 건너가 까마득히 느껴졌다.

뒷좌석에 앉아 있던 키야마가 카토의 귀에 대고 속삭였다.

"동경 아라카와 강보다 넓지요?"

"그렇군. 에도 강은 상대도 안 되고…"

카토가 고개를 끄덕이면서 두수에게 물었다.

"박 상, 이 강이 무슨 강이오?"

"한강이요."

"여기가 하류인가?"

"아니, 여긴 서울 중심부하고 가깝소. 하류는 인천까지 가야지."

카토와 키야마는 말없이 창밖을 내다봤다.

"카토 상, 궁금한 게 하나 있소."

카토는 어깨를 으쓱해 보였다.

"겐류샤玄龍社 본부가 후쿠오카에 있지 않소?"

"그렇소."

"동경이 수도인데 왜 후쿠오카에 총본부가 있소?"
"하하하"
카토가 한바탕 호탕하게 웃었다.
"우리 조직 혈통은 100년이 넘소. 원조는 겐요샤玄洋社인데, 박 상은 겐요샤를 아시오?"
두수는 100년 넘은 조직이라는 말에 기가 죽었다.
"모르겠는데… 그런데 어쩐지 겐류샤와 비슷합니다?"
"아 그건 겐요샤의 혈통을 이어받았기 때문이오. 100여 년 전에 겐요샤를 설립하신 도야마 미쓰루님이 후쿠오카 출신인데, 당시에 후쿠오카는 큐우슈우, 시모노세키와 함께 제국의 동아시아 평화사업의 전진기지였소. 그러니 동경에 본부가 있을 필요가 없던 거요."
두수는 카토가 언급한 조직의 혈통, 동아시아, 평화사업 등의 단어를 듣자 갑자기 머리가 복잡해져 그러냐고 얼버무리고 입을 다물었다. 일본 조폭들은 뭔가 다르다는 생각이 들었다.
카토는 두수가 일자무식이라는 걸 눈치챈 것 같았다.
"박 상은 청일전쟁에서 패한 중국이 시모노세키에서 우리 제국 앞에 두 무릎을 꿇은 사실을 알고 있소?"
두수로서는 알 수가 없는 얘기였다. 카토는 더 이상 말할 가치가 없다는 듯이 얼굴을 돌려 다시 창밖을 내다봤다.
비록 옳은 일은 아니지만 영광스런 제국의 부활을 위해 혼신을 바치는 조직원과, 나라 따위는 안중에도 없이 돈만 된다 싶으면 가리지 않고 불법이나 저지르고 약한 사람들에게 주먹이나 휘두르는 패거리

간에는 분명히 차이가 있었다. 물론 둘 다 잘못된 것이기는 했지만, 두수는 허무맹랑한 카토의 주장에 논박할 능력이 없었다.

"어서 오시오. 카토 상!"
왕 회장은 카토를 보자 정색하며 반겼다. 카토와 키야마는 깍듯이 허리 숙여 인사했다.
"회장님, 다시 뵙게 되어 영광입니다."
"나도 반갑소. 히데오카님께서도 건강하시오? 이렇게 서울에서 다시 보게 되니 정말 반갑소."
왕 회장은 카토에게 자리를 권하며 겐류샤 두목 히데오카의 안부를 물었다.
"저도 반갑습니다, 왕 회장님. 오야붕께서도 잘 계시고 안부를 전해달라고 하셨습니다."
"그래, 어쩐 일로 서울까지 오게 되었소?"
"예, 왕 회장님. 오야붕께서 평소 회장님을 존경하셔서 이번에 사업 제안을 해보라고 하셨습니다."
왕 회장은 예상 밖의 말에 눈이 휘둥그레 해졌다.
"사업제안이라니?"
"오야붕께서 카지노 진출에 관심을 가지고 계십니다."
"카지노 진출?"
"예, 요즘 제주도에 외국인 관광이 성업 중이라는 사실을 아시고 왕 회장님과 함께 카지노 사업을 추진하는 게 어떨지 구상하고 계신데…"

왕 회장이 침을 꿀꺽 삼켰다. 당황함을 감추려고 물을 한 모금 마시고 카토 앞으로 몸을 가까이 했다.

"카지노 사업은 자본만이 문제가 아니라 허가절차도 큰 문젠데… 그게 해결이 어렵소."

"회장님. 오야붕께서는 일한日韓정계에 유력한 선을 가지고 계십니다. 얼마든지 해결할 수 있지요."

왕 회장의 눈이 화들짝 커졌다. 요즘은 정부의 제재가 심해서 벌이는 사업마다 제대로 되는 것이 없었다. 뒤를 봐주던 유력 정치인들도 이런저런 사건에 휘말려 옴짝 달싹 못했고, 분위기가 경색돼 새로운 유력자와 연결을 이루는 것도 과거처럼 쉽지 않았다. 갈증으로 목이 타고 있던 때, 카토의 제안은 사막에서 발견한 오아시스였다. 카지노라면 자신의 평생 숙원 사업이었고, 게다가 한일 관계에 유력한 국내 정치인이라면 여당의 거물급 인물이 아니겠는가.

왕 회장의 표정을 읽은 카토가 키야마에게 눈짓을 했다. 키야마는 가방에서 두툼한 봉투를 꺼내 카토에게 건넸다.

"왕 회장님. 이건 오야붕의 인사입니다. 천만엥입니다."

카토가 왕 회장에게 봉투를 내밀었다.

왕 회장은 웃음기를 감추지 못하고 슬그머니 손을 내밀었다.

"허허, 뭘 이런 걸…"

묵직했다. 열어보지 않아도 빳빳한 1만엥권 10다발이다.

'카지노 사업 제안에 1억원이라니…'

왕 회장은 느닷없는 횡재에 흐뭇한 마음을 감출 수가 없었다. 카토는 기회를 놓치지 않고 말했다.

"오야붕께서 여자애 문제 뒤처리를 잘 부탁드린다는 말씀이 계셨습니다."

"하하, 그런 건 걱정 마시오. 여자애는 용인에 있다고 했지?"

왕 회장은 껄껄거리며 수하에게 물었다. 옆에 서 있던 사내가 몸을 숙여 왕 회장의 귀에 대고 속삭였다.

"광화문에? 언제 연락이 왔나?"

"두어 시간 조금 넘었습니다."

왕 회장은 만족해서 웃음을 지었다.

"카토 상"

"예, 회장님"

"여자애가 지금 광화문에 있다는 구려. 하하 우리 애들이 여자애 소재는 꽉 잡고 있소. 자 그러니 술이나 한잔 하러 갑시다."

왕 회장이 자리에서 일어서자 카토가 황급히 손을 내밀어 저었다.

"회장님, 죄송합니다. 여자애를 먼저 만나보고 싶습니다. 그런 후에 한잔해도 좋습니다."

"허… 걱정하지 않아도 되는데…"

"회장님. 그래도 우선 그 일을 먼저 처리하도록 해주십시오."

왕 회장은 카토의 완강한 거부에 호기심이 들었다.

"음… 그런데 그 여자애가 가지고 있다는 물건이 도대체 뭐요?"

카토가 머뭇거렸다.

"그건 우리 오야붕과 직접 말씀을 나누시는 게 좋을 듯합니다."

"허… 우리 애들이 처리하도록 해도 되는데 일을 어렵게 만들고 있는 거 아니요?"

"여자애만 있으면 어려울 일이 아닙니다. 왕 회장님."

"하하하 그럼 뭐야? 사랑놀음인가?"

왕 회장의 말에 카토가 몹시 당황한 얼굴을 했다.

"그런 건 아닙니다, 회장님. 제가 직접 처리만 하면 됩니다."

"글쎄, 정 그렇다면 그렇게 해야겠지."

왕 회장이 미간을 찌푸리며 고개를 끄덕였다. 그토록 사양한다면 더 권유하고 싶은 생각이 없었다. 자신은 카지노 사업이 성사되는 데만 관심을 가지면 될 일이었다.

왕 회장은 마지못해 두수에게 출발을 지시했다. 카토는 정중히 인사하고 자리를 나왔다.

6

밤 11시가 넘은 하네다 공항 입국장은 한산했다. 형석과 히로에는 한 무리의 중국인들 뒤를 이어 입국 수속을 마쳤다.

건물 밖으로 나오자 히로에가 백팩에서 휴대폰을 꺼냈다.

"경사님께 전화하려고요… 도착하면 바로 연락을 달라고 해서…"

"그래요 어서 해봐요."

시간은 늦었지만 망설일 수 없는일이다. 히로에는 비행기에 탑승한 이후 내릴 때까지 소리 없이 계속 울었다. 형석은 히로에와 하세카와 교수 간의 애틋한 부녀의 정을 알기에 더욱 가슴 아팠다. 어머니를 잃고도 아버지 앞에서는 눈물을 보이지 않던 외동딸. 먼저 세상을 떠난 아내와 어미 없이 자란 딸만을 생각하며 인생의 반을 접은 아버지. 하세카와는 항상 웃음을 잃지 않던 히로에가 커튼 뒤에서 눈물 흘린다는 사실을 오래전에 알았다. 히로에는 아버지 앞에서 눈물을 보이는 것은 아버지를 괴롭히는 일이라고 생각했다. 그토록 애틋한 부녀의 정이 어제까지 이어지고 있던 것이다.

"밤 늦게 죄송합니다. 경사님… 저 하세카와 히로엡니다."

누가 듣기라도 할세라, 히로에는 휴대폰을 감싸 쥐고 택시 승강장 안쪽에서 나지막이 통화를 했다.

"형사님이 지금 사무실에서 기다리고 있대요. 경찰서로 가요."

형석이 고개를 끄덕이고 성큼한 걸음으로 택시에 다가가 문을 열었다. 시간이 늦어 교통체증은 없었다. 이찌하라 경사는 우에노경찰서 건물 현관 앞에서 서성대다가 먼저 히로에를 알아보고 말을 건넸다.

"혹시 하세카와 히로에 상?"

"네, 경사님…"

두 사람은 이찌하라 경사를 따라 건물 안으로 들어갔다. 늦은 시간임에도 사무실에는 몇 명의 직원들이 서류를 뒤적이고 있었다. 이찌하라가 사무실 내에 또 다른 작은 방으로 안내했다. 면담실로 보이는 방에는 책상 하나와 두 개의 의자가 놓였다. 이찌하라가 의자를 가져와 히로에에게 자리를 권했다.

"아버님 일은 정말 안 됐습니다. 심심한 위로의 말씀을 드립니다. 저희가 최대한 빨리 사건을 해결하도록 하겠습니다."

히로에가 손수건으로 눈물을 닦았다. 이찌하라는 히로에가 진정되기를 기다렸다.

"지금 한국에서 오시는 건가요?"

"네"

"고맙습니다. 협조해 주셔서… 혹시 이사야마 상을 아시나요?"

"예, 저희 옆집에 사시는 아저씨…"

"그렇군요. 그분이 신고하셨습니다. 아침부터 계속 현관문이 열려 있어서 무슨 일이 있나 해서 들어갔다가…"

"아…"

히로에가 짧은 탄식 후에 다시 고개를 숙이고 눈물을 떨궜다. 말릴 수 있는 일이 아니었다. 잠시 후 히로에가 고개를 들자 이찌하라가 말을 이었다.

"안타까운 일입니다… 그런데 아버님이 사고를 당하신 모습으로 봐서 누군가에게 깊이 원한이 있었던 게 아닌가 싶습니다. 혹시 떠오르는 사람 있습니까?"

"아니요, 아버지는 평생 학자로 사셨어요. 누구와 그렇게 다투실 분이 아니에요."

"그렇지만 사건 현장은 단순 강도 사건이 아닙니다. 분명히 사건이 발생하게 된 뭔가가 있는 것 같습니다."

"그래요?"

"예, 누군가 현장에서 뭔가 찾으려 한 흔적이 명백히 있습니다. 그걸 알면 범인을 추적하는 데 큰 도움이 되는데…"

이찌하라는 히로에의 표정을 살피다가 자리에서 일어나 자기 책상에서 몇 장의 사진을 가져왔다.

"현장에서 찍은 사진입니다. 보시다시피 책과 물건들이 흩어져 있죠? 이건 단순히 도둑이나 강도의 소행이 아닙니다. 일반적으로 귀중품 강도들은 이렇게 서재만 뒤지지도 않습니다…"

이찌하라는 사진을 펼쳐 놓고 다시 나갔다.

형석이 사진을 들여다봤다. 서재였다. 바닥에 책과 장식품이 널려 있고, 장과 서랍이 모두 열렸다. 온전한 곳이 없었다. 문득 한 장의 사진에 시선이 멈췄다. 창가 부근을 찍은 사진이었다. 액자가 깨져있고, 산산이 부서진 유리 조각이 바닥에 널려 있었다. 액자는 비어 있었다. 급히 다른 사진을 살펴봤다. 넓게 찍은 다른 사진에, 창가 쪽으로 사진처럼 보이는 게 바닥에 떨어져 있었다.

형석이 히로에에게 사진을 내밀었다.

"히로에, 이 액자에 어떤 사진이 꽂혀 있었어요?"

"아, 아빠 책상 위에 있던 액자예요. 내 사진이 있었어요."

"그런데 왜 비어 있지요?"

히로에가 갸우뚱했다.

형석이 다른 사진을 보여줬다.

"이 사진을 봐요. 여기 바닥에 조그맣게 찍힌 게 하나 있는데, 이게 히로에 사진이 아닐까요?"

히로에가 사진을 유심히 들여다봤다.

"아, 그런 거 같아요…"

"이거… 사진이 액자에서 제발로 걸어 나왔을 리가 없죠. 그놈들은 이 사진으로 히로에 얼굴을 알아본 거예요. 누군가가 이 사진을 보내줬어…"

조각이 맞춰졌다. 누군가 액자에서 히로에 사진을 꺼내 찍었다. 그리고 그 사진을 전송했고, 전송받은 자는 그 사진으로 입국하는 히로에의 얼굴을 알아볼 수 있었던 것이다. 주차장 건널목에서 히로에의 어깨를 친자, 그자는 전송받은 사진을 가지고 있었다.

히로에가 형석의 말뜻을 알아듣고 고개를 끄덕거렸다. 이찌하라 경사가 자리로 돌아오자 형석이 물었다.

"현장 조사는 끝났나요?"

"아니요. 끝나려면 시간이 좀 걸리겠습니다. 그런데 하세카와 상과는 어떤 관계지요?"

이찌하라는 형석의 말투가 이상하다고 느끼는 듯했다. 형석이 오랜 유학 생활로 말을 잘 할 수는 있었지만 아무래도 본토 발음과는 차이가 있다. 눈치 빠른 형사라면 충분히 알 수 있는 일이었다.

히로에는 머뭇거리는 형석의 팔을 슬쩍 당겼다.

"아, 이분은 저희 회사에서 함께 일하는 한국인입니다. 아버지가 사고를 당하신 걸 알고 같이 왔어요."

"아, 한국인이요…"

이찌하라는 고개를 끄덕거리더니 또 다른 봉투에서 사진을 꺼내 펼쳐 보였다. 사진에는 바닥에 흩어진 서류 자료들이 찍혀 있었다.

"아버님께서 독도에 관한 자료를 많이 가지고 계시던데, 한국 측과 함께 일을 하시나요?"

"아무래도 연구 분야가 한일관계 역사니까요."

히로에는 뭐가 문제냐는 식으로 받아쳤다. 이찌하라는 히로에의 반감 섞인 말투에 당황하는 듯했다. 잠시 머뭇하더니 다시 자기 책상에서 비닐봉투 하나를 가져왔다.

"이건 아버지의 시신 옆에 놓여 있던 겁니다."

이찌하라는 고무장갑을 끼고 조심스럽게 비닐봉투 속에서 종이 한 장을 꺼냈다.

'狐'

피를 묻혀 쓴 글씨였다. 히로에가 울음을 터뜨렸다. 의심의 여지 없이 아버지의 혈흔이었다. 고통 속에서 숨을 거뒀을 아버지를 생각하니 가슴이 아파 감정이 북받쳐 올랐다. 울음소리를 감출 수도, 멈출 수도 없었다. 형석이 히로에를 끌어안았다. 다시 진정하는데 시간이 꽤나 걸렸다.

이찌하라가 머뭇거리며 말했다.

"정말 죄송합니다. 하세카와 상의 피로 쓴 것으로 보이는데 짐작 가는 게 있습니까?"

"죄송합니다, 경사님… 떠오르는 게 없습니다…"

"이건 여우를 뜻하는 건데, 왜 이 글자를 남겼을까요?"

이찌하라는 의문이라는 듯이 고개를 가로저었다.

형석이 심각한 표정으로 말을 꺼냈다.

"왜 남겼는지는 모르겠지만 짐작 가는 게 하나 있습니다."

"하, 그래요? 그게 뭐죠?"

이찌하라가 호기심에 찬 표정으로 형석을 쳐다봤다. 히로에가 흠칫 놀라 형석을 가로막고 말했다.

"아, 이분은 아버지가 일본의 잘못된 역사관을 비판하셨으니까… 독도 자료도 그렇고, 그래서 우파 진영을 말하려는 거예요… "

"정말 그렇습니까?"

형석은 머뭇거리며 대답 대신 고개를 끄덕였다. 순간적으로 히로에가 자기를 막은 이유를 짐작했다.

"에… 교수님이 한일관계사를 연구하시는 건 이미 확인했고, 그래서 반대자가 많다는 것도 확인했습니다. 독도 자료도 그런 의미에서 일맥상통한다고 보는데 그런 의견은 별로 새롭지가 않을 것 같군요."

두 사람은 조사를 마치고 경찰서를 나왔다.
경찰서를 벗어나자 히로에가 조심스럽게 말했다.
"형석 씨, 아까는 미안했어요."
"아니 괜찮아요. 난 사건을 빨리 해결하려면 경사님이 시도요체를 알아야 하지 않을까 했던 거죠."
"그 말을 할 것 같아서 말렸어요. 도둑이 훔쳐가지 못한 재물이 증거물이 될 수는 없잖아요. 그리고 시도요체를 찾는 자들이 누군지 모르기는 마찬가지예요."
"그래요. 사실 득보다 실이 더 클지도 모르구요."
형석이 히로에의 논리에 동의했다. 이찌하라에게 시도요체를 언급하는 것은 시도요체 노출만 가져올 뿐, 사건 해결에 직접 도움이 되는 건 아니다. 물론 시도요체를 찾는 자들로 범위를 축소할 수는 있겠지만 시도요체를 찾는 자들이 누구인지 모르기는 마찬가지다.
"형석 씨도 알다시피 아버지는 대학 내에도 반대파가 있었어요. 경사님은 그 사실을 이미 알고 있잖아요. 아버지가 종종 신문 기사에 났던 것도 확인했을 거고…"
"그렇죠. 나도 이찌하라 경사가 주변 상황 정도는 파악했을 텐데 처음에 아무것도 모르는 듯이 말하는 게 좀 이상하다고 생각했어요."

"어쨌든 시도요체를 거론하는 건 아빠 뜻에 맞지 않는다고 봐요. 아빠도 그걸 원치는 않으셨을 거예요. 그리고… 범인 추적은 한국에서 시작하는 게 맞는 거잖아요?"

형석은 히로에가 경력 기자라는 사실을 새삼 실감할 수 있었다. 민첩하게 상황을 파악하는 영특함도 그렇고, 아버지의 뜻을 언급한 것도 그랬다.

"그렇죠. 답은 나와 있는 것 같아요. 한국에는 블랙박스도 있고, 휴대폰 사진을 주고받은 자들을 추적하면…"

하세카와의 시신은 부검 의뢰되었다. 이찌하라 경사는 부검 결과가 나오려면 최소한 일주일 이상 기다려야 하고, 장례는 그 이후에나 가능하다고 덧붙였다.

하세카와의 집은 현장조사 때문에 출입이 금지된 상태였다. 두 사람은 나가노에 있는 히로에의 집으로 향했다.

7

"뱁새! 이 새끼야, 애들이 여기 있다는 거야?"

두수는 오피스텔에 사람이 없는 것을 확인하자 미행조를 이끌던 뱁새에게 주먹을 날렸다. 너무나 황당해서 넋을 놓고 있다가 느닷없이 명치끝을 얻어맞은 뱁새는 숨을 쉬지 못하고 앞으로 푹 고꾸라졌다. 이어서 다른 조직원들도 날아드는 주먹과 발길질에 엎어지고 뒤집어졌다.

카토의 얼굴이 하얗게 변했다. 통역의 설명은 들을 필요도 없이 두수의 행동만으로도 히로에를 놓쳤다는 사실을 직감적으로 알 수 있었다. 머릿속에 죽음의 그림자가 흘깃 지나갔다. 오야붕은 자신에게 마지막 기회를 줬다. 반드시 문서를 찾고, 문서를 본 자들이나 혹은 방해되는 자들까지 흔적 없이 처리하라는 엄명이었다. 오야붕은 제주도 카지노 따위를 언급한 사실이 없다. 그건 이번 일에 왕 회장을 끌어들이기 위해 자신이 만든 미끼에 불과했다. 다만 오야붕은 히로에와 문서를 본 자들의 목숨값으로 천만엥을 주었을뿐이다. 문서만 찾으면 계획대로 처리할 예정이었는데 모든 게 눈앞에서 틀어지고 있었다.

두수가 씩씩거리며 물었다.

"똑바로 얘기해봐. 방으로 들어가는 걸 직접 본 거야?"

뱁새는 고개를 들지 못했다.

"그게 아니라요…"

"그럼 뭐야, 새끼야!"

두수는 다시 연달아 머리통을 갈겨댔다. 뱁새는 좌우를 가리지 않고 날아드는 주먹질 중에도 변명할 기회를 찾으려 애썼다. 한순간 두수가 틈을 보이자 재빨리 무릎을 꿇었다.

"형님… 얘기 좀 들어보세요… 우리가 컴퓨터로만 추적하면 애들이 갑자기 지하주차장으로 들어갔을 때 어디로 갔는지 모를 수가 있거든요. 시그널이 작동하는 간격이 있어서요…"

"그래서?"

"시내에는 지하주차장이 여기저기 많고 지하 몇 층까지 있잖아요…"

"그래서?"

"걔네들이 시내로 들어오길래 바싹 쫓았더니 우리가 쫓는 걸 알고 저 앞에 파출소로 들어갔어요…"

"파출소?"

"예… 그래서 잠시 피했는데, 마지막 위치가 이 앞으로 나오길래 지하 주차장을 뒤졌더니 차가 있더라구요. 주차 딱지에 호실이 적혀 있어서 올라와 보니까 방에 불이 켜져 있었고요…"

두수가 다시 머리통을 갈겼다.

"그러면 새끼야, 사람이 있는지 없는지 확인을 했어야 할 꺼 아냐!"
뱁새는 울먹이면서 말했다.
"당연히 확인하려구 했죠."
"그런데?"
"불은 켜져 있고 소리가 안 나길래 애들이 초저녁부터 껴안고 뒹구는 줄 알았죠…"
"껴안긴 뭘 껴안어, 이 새끼야!"
다시 주먹이 날아들었다. 뱁새는 억울함을 참지 못하고 눈물을 뚝뚝 흘렸다.
"형님, 정말 너무하십니다. 가방은 털지 말라고 하시고, 걔네들은 우리를 보면 다시 도망갈 꺼구요, 사람들은 복도에 왔다 갔다 하면서 이상한 눈으로 쳐다보구요. 차라리 목을 따라고 하셨으면 벌써…"
두수는 멈칫했다. 뱁새 말이 맞기는 맞다. 가방을 털라고 했으면 벌써 끝났을 일을, 감시만 하라고 해서 문제가 일어난 것이다. 이렇게 트릿하게 일을 처리해본 적이 없었다.

망연자실한 채 상황을 지켜보던 카토는 문득 이럴 때가 아니라는 생각이 들었다. 수하를 두들겨 팬다고 해서 해결될 문제가 아니다. 히로에와 문서를 찾는 게 우선이었다.
카토가 두수에게 물었다.
"박 상! 여자애가 들렀다는 데가 어디요?"
두수는 분이 풀리지 않은 표정으로 팽개치듯 대답했다.

"용인인데, 무슨 교수네 집이랍디다."

"교수?"

카토가 번쩍 눈을 떴다. 책자를 가지고 있던 하세카와도 교수였다. 누군가에게 책자를 전해주려 했다면 상대도 교수일 가능성이 높겠다는 생각이 퍼뜩 들었다.

"박 상! 여자애 가방은 있었나?"

"물론 가지고 있었지."

"물건은?"

"그것까지 어찌 아나, 참…"

"좋소! 빨리 그리로 가봅시다! 그 교수라는 자에게 줬을 수도 있겠소."

카토의 재촉에 아무도 이의를 달지 않았다. 일행은 서둘러 방을 빠져나왔다.

두수가 엘리베이터 앞에서 씩씩거렸다.

"그러게 애초부터 우리 애들이 처리하도록 했으면 이러지 않았을 게 아닌가. 직접 처리해야 한다고 고집을 피우니까 이 모양으로…"

카토는 두수의 불만에 관심을 두지 않았다. 오늘 밤 자신에게 마지막 행운이 있기만을 간절히 빌 뿐이었다.

일행은 밤 11시나 돼서 양이환 동네에 도착했다. 나지막한 언덕 위에 계단식으로 집들이 들어서 있다. 마을 안쪽으로 이어지는 길에는 간격을 두고 밝게 가로등이 켜져 있었지만, 불빛이 미치지 못하는 가장자리 공간은 마을을 둘러싸고 있는 숲과 어우러져 더욱 어두운 느낌을 주었다. 한적한 마을에 여러 대의 차량을 한꺼번에 세우는 것은 좋은 방법이 아니었다. 두수는 사람들의 눈을 피해 동네 입구 으슥한 곳에 차를 세웠다.

"주철아, 네가 가서 상황 좀 보고 와라."

"예. 형님!"

주철은 뒤따라 온 미행조 졸개들을 데리고 양이환의 집으로 향했다. 10분쯤 흘렀을까.

"컹! 컹!"

덩치 큰 개 짖는 소리가 생생하게 들렸다.

"아이… 뉘 집 개새끼가 지랄이야!"

두수는 제대로 되는 일이 없다는 투로 말을 뱉었다. 신경이 쓰였다. 잠시 후 주철이 헐레벌떡 돌아왔다.

"형님, 미치겠습니다. 그 집에 엄청 큰 개가 있어요."

"아까 짖은 게 그 집 개야?"

"예, 형님. 집 쪽으로 다가갈 때까지는 아무 소리도 안 났는데, 대문 앞에 서니까 갑자기 나타나서 짖어 대드라구요. 집안에 불은 꺼져 있는데 그 개새끼 때문에 사람이 있는지 없는지 확인이 어려운데요…"

"아이… 웬 개새끼까지…"

"어떡하죠?"

모두가 방법을 찾지 못해 난감해하고 있을 때, 뱁새가 건들거리며 끼어들었다.

"형님, 저한테 총이 있습니다. 사람 죽일라고 가지고 다니는 건 아니고요, 이런 일을 하다 보면 가끔 필요할 때가 있어서…"

"뭐? 총?… 진짜 총이야?"

"예, 공기총인데 좀 쎄게 개조를 했거든요. 그거면 충분 합니다…"

"그러면?"

"저기 옆에, 언덕으로 가서 쏴서 죽여 버리지요 뭐. 저런 정도 거리면 충분해요. 소리도 안 나구요…"

두수는 컴컴한 언덕을 바라봤다. 퍼뜩 정답이라는 생각이 들었다. 하늘이 무너져도 솟아날 구멍은 있다.

"알았다. 주철아, 애들하고 가서 깔끔하게 좀 해봐라."

"알겠습니다, 형님. 깔끔하게…"

주철이 신호를 보내자 뱁새가 트렁크 안쪽에 숨겨 두었던 공기총을 꺼내왔다. 미끈하게 빠진 긴 총신 위로 조준경이 달려 있다. 뱁새는 의기양양하게 두수에게 총을 내밀어 보였다. 두수는 고개를 끄덕이며 출발하라고 손짓을 했다.

마을 가장자리에 자리잡은 집들은 숲 언덕과 붙어 있다. 그 집들은 언덕과 접한 면에 같은 높이로 조경석을 쌓아 담장을 대신했는데, 집 모양과는 잘 어울렸지만 침입자 방지 기능은 전혀 없었다. 단지 보기에만 좋을 뿐이었다.

뱁새가 언덕을 가리키며 말했다.

"주철이 형님과 나는 마을을 돌아서 저쪽 언덕으로 올라가요. 태수 너는 우리하고 시간을 맞춰 앞쪽으로 가서 내 신호를 기다리고…"
"근데 어두워서 올라갈 수 있겠냐?"
"기어가야죠 뭐… 태수야 지금 출발해라."
"예 형님, 도착하면 바로 무전 주세요."
"알았다. 이어폰 확인해!"

뱁새는 주철과 함께 숲 언덕으로 향했다. 주택가 가로등을 벗어나자 칠흑 같은 어둠이 깔렸다. 불도 켜지 못한 채 캄캄한 언덕을 더듬더듬 기었다. 양이환 집 언덕에 도착하자 평평한 곳에 배를 깔고 엎드렸다. 뱁새가 조준경에 눈을 들이댔다. 안마당은 길거리의 키 큰 가로등 덕분에 훤히 보였다. 집 안팎을 구석구석 살폈다.
"어떠냐?"
"집안에 인기척이 전혀 없어요."
"시간이 너무 늦어서 그런가? 개는?"
"개집이 앞쪽에 있나 봐요. 안보여요… 태수를 불러야겠어요."
뱁새는 무전기 이어폰을 귀에 꼽았다.
"태수야…"
"예, 형님…"
"지금 대문 앞으로 가봐…"
태수는 제발 저린 도둑처럼 발소리를 크게 내지 못하고 대문 앞을 지나갔다. 해머는 자기 집 앞에 납작 엎드려 대문 밖 소리에 귀를 기울였다. 낯선 발자국 소리다. 그러나 해머는 아무 발자국 소리에나 움직이지 않았다. 마당을 돌아다니거나 자기 집 앞에 엎드려 있거나, 낮이나 밤이나 밖에서 들려오는 소리에 항상 주의를 기울였지만 꼭 필요한 경우에만 대문 앞으로 다가갔다. 해머는 평소와 다를 바 없이 귀만 쫑긋 세우고 대문 밖에서 들려오는 소리에 집중했다.

태수는 자신이 대문을 지나쳐 왔는데도 아무런 반응이 없자 무전기에 대고 소곤거렸다.

"지나왔는데요, 형님…"

"뭐? 벌써 지나간 거야?"

"예. 조금 아까 지나왔어요…"

"그 집에 개가 있었잖아?"

"그렇죠."

"근데 왜 안 보여?"

"그래요? 다시 한번 지나갈까요?"

"야, 이번엔 그냥 지나가지 말고 대문 앞에서 얼쩡거려봐."

태수는 솔직히 개가 무서웠다. 게다가 큰 개라는 생각에 오금이 저렸다. 발소리를 크게 내야 한다는 건 알고 있었지만 몸이 말을 듣지 않았다. 또다시 조심스런 발걸음으로 대문을 향해 다가갔다.

해머는 촉각을 바짝 세웠다. 같은 발자국 소리가 다시 들렸다. 아무래도 수상한 놈이다. 쫓아버려야 한다고 생각했다. 천천히 몸을 일으켜 대문 쪽으로 어슬렁 걸음을 옮겼다. 문틈으로 밖을 내다봤다. 누군가 대문 앞으로 다가왔다. 상대가 미처 대문 앞에 멈춰서기도 전에 해머는 낮고 묵직한 소리를 냈다.

"으르르, 으르르"

그때였다. 불법으로 공기압을 높인 공기총에서 5.5미리 납덩이가 풍선 터지듯 나지막한 폭발음을 내며 총구를 빠져나왔다. 해머는 어둠 속에서 들려오는 예사롭지 않은 소리에 일말의 반응도 보이지 못한 채 그 자리에서 푹 쓰러졌다.

"퍽!… 퍽!"

같은 소리가 두 번이나 이어졌다. 해머의 몸이 들썩들썩 했다.

"흐흐흐 정통으로 맞았어요, 형님."

"그런 거 같네… 안 움직이지?"

주철은 비명도 못 지르고 쓰러지는 해머를 보고 통쾌한 기분이 들었다.

"그럼요, 이정도 거리면 펄펄 뛰는 노루도 잡을 수 있어요."

"잘했다. 그런데 집안에 사람이 있는지 없는지 확인을 해야 하는데…"

"아, 그거 간단해요, 형님…"

뱁새는 으쓱대며 다시 총을 겨눴다. 거리낌 없이 거실 창문을 향해 방아쇠를 당겼다. 아주 짧게 유리 깨지는 소리가 들렸다. 집안에 사람이 있다면 당연히 반응이 나와야 한다. 아무런 낌새가 없었다. 뱁새는 다시 주방 쪽 창문을 향해 방아쇠를 당겼다. 이번에는 총알이 창문 유리를 뚫고 들어가 주방 도구를 요란스럽게 뒤집어 놓았다. 숨을 죽이고 기다렸다. 아무런 반응이 없었다.

"이정도면 확인이 된 거쥬?"

뱁새는 의기양양해서 주철을 쳐다봤다.

대기하고 있던 두수 일행은 주철의 연락을 받고 지체 없이 집 안으로 들어갔다. 카토는 거실 불이 켜지자마자 나무상자를 찾으라고 재촉했다. 히로에의 백팩 안에 들어갈 만한 작은 나무상자. 그러나 아무도 그 상자를 직접 본 적은 없었다. 단지 철봉이가 공항에서 히로에의 백팩을 잠깐 더듬었을 뿐이다.

카토는 상자 내용물에 관해 일체 발설하지 않았다. 이따금 두수가 호기심을 보였지만 그때마다 카토는 험한 표정을 지었다. 오야붕은 시도요체 내용은 말할 것도 없고, 제목도 한국에 알려지면 안 된다고 단단히 주의를 줬다.

한국의 기(氣)를 살리는 불쏘시개 같은 책자라고 했다. 한국. 기묘하고 안심할 수 없는 나라다. 필요만 하면 단숨에 기를 모으고, 모래알인가 싶었는데 어느새 하나같이 뭉친다. TV에서 광화문을 가득 메운 사람들을 보고 놀라서 입을 다물지 못했었다. 일본 민족과는 분명히 달랐다. 조선은 오로지 제국의 희생물이 되어야 하고, 제물로만 남아있어야 함에도 그렇게 기를 살릴수 있는 위험한 책자가 지금까지 남아있는 게 이해가 안 갈 뿐이었다.

패거리들은 무엇을 찾아야 하는지도 정확히 모른 채 집안으로 흩어졌다. 시간이 지날수록 카토의 얼굴이 굳어졌다. 있을 만한 곳은 자신이 직접 뒤져 보았다. 답답한 마음에 책꽂이 여기저기에 꼽혀 있는 고서적을 꺼내 보았지만 이내 포기했다. 나무상자 없이 발견된 고서적은 설사 그 서적이 원래 상자 안에 들어 있던 것이라 해도 알아볼 도리가 없었다. 누구도 책을 직접 본 적이 없다는 게 함정이었다. 심지어는 책 제목이 표지에 있는지, 안에 있는지, 아니면 원래 제목도 없는데 누군가 임의로 부르다가 시도요체가 된 건지조차도 알지 못했다. 그렇다고 집 안에 있는 고서적을 모두 일본으로 가지고 갈 수도 없는 노릇이었다. 그런 건 오야붕도 인정하지 않을 것이다. 눈앞이 캄캄했다. 살아서 돌아가기는 틀렸다는 생각이 점점 깊이 들었다.

상자를 찾아내지 못해 실의에 빠져 있을 때, 철봉이 두수에게 다가가 머리를 긁적이며 말을 꺼냈다.

"저… 형님… 혹시 여자애가 일본에 간 건 아닐까요?"

"뭔 소리야, 광화문에 있던 애가 갑자기 일본엔 왜 가?"

두수가 눈을 부라리자 철봉이 우물쭈물했다.

"그게 말이죠… 아까 형님하고 저하고 공항에서 카토상 기다릴 때요…"

"그래."

"꼭 그 가시나처럼 생긴 아가 출국장에 있더라구요…"

"뭐? 갸가?"

"다른 건 모르겠는데요, 여자애 윗도리하고 노란 백팩이 똑같더라구요… 남자 한 놈하고 같이요…"

"아이 씨발… 그럼 빨리 얘기를 했어야지!"

"죄송합니다, 형님… 깜박 잊고 있었어요. 그 시간에 여자애가 거기 있을 이유가 없잖아요. 당연히 여기에 있을 거라고 생각했죠…"

통역으로 대화를 듣고 있던 카토가 고개를 갸우뚱거리며 키야마에게 물었다.

"여자애가 내일 돌아 간다고 했나? 비행기 표도 예약됐고?"

"예, 형님. 휴대폰에 입력된 음성 메모도 다시 확인했고 비행기 표 예약도 확인했습니다."

카토가 통역의 설명을 듣고 있는 두수와 철봉을 번갈아 쳐다봤다. 두수가 입을 삐죽거리며 말했다.

"아 그야 모르지. 애비가 죽었는지 서방이 죽었는지…"

두수가 너스레를 떨며 반발하자 키야마가 통역의 설명을 듣고 갑자기 뭔가 생각난 듯 카토의 귀에 대고 속삭였다. 카토가 말없이 고개를 끄덕였다. 표정이 더욱 어두워졌다.

침묵이 흘렀다. 벌어진 상황을 해결할 수 있는 묘안이 없었다. 상자도 찾지 못했고, 여자애도, 집주인도 사라졌다. 어디부터 어떻게 해야 할지 모두가 막막했다.

두수가 카토를 보고 말했다.

"여자애가 일본에 들어갔는지 확인할 방법이 없나?"

카토는 멍한 표정으로 있다가 주방 쪽으로 걸어갔다. 키야마가 따라나섰다. 카토가 양복 안주머니에서 휴대폰을 꺼내 어디론가 전화를 걸었다. 통화가 길게 이어졌다.

카토가 돌아와 기운이 빠진 사람처럼 소파에 털썩 앉았다.

"오늘은 틀렸고, 내일 아침이나 돼야 확인이 되겠소."

다시 침묵이 이어졌다.

뱁새가 앞으로 나섰다.

"형님, 방법이 있긴 있는데요."

"방법이 있어?"

"예. 여자애 전화번호를 알려주시면 애들을 시켜서 추적해 볼게요."

"어떻게?"

"헤헤… 저희들이 불륜들 쫓아다닐 때 쓰는 방법인데요… 애들 실력이 대단하거든요. 고객한테 비싸게 부르는 방법이 있죠."

"그러면 뭘 알 수 있는데?"

"위치나 통화 내용이나 필요한 건 뭐든지요."

"정말이야? 너 또 사람 골탕 먹이는 거 아냐?"

"아니요, 위험하기 때문에 비밀이 보장되는 고객이 아니면 잘 안 써먹죠. 100프롭니다…"

두수는 귀가 번쩍 뜨였다. 신문이나 방송에서 종종 불법이라고 떠들어대는 그거다 싶었다.

두수가 카토를 쳐다봤다.

카토가 눈치를 채고 키야마에게 물었다.

"여자애 전화번호를 가지고 있나?"

"예, 동경으로 연락하면 바로 알 수 있습니다."

"좋아. 그러면 지금 당장 전화해봐."

아직 끝난 게 아니었다. 카토는 다시 희망을 품었다.

"박 상, 그러면 여기 집 주인 놈도 추적하면 어떻소? 필요한 놈들은 모조리 다."

"아, 그게 좋겠군. 주철아, 이 집 주인 놈도 누군지 전화번호 확인해서 넘겨주고, 같이 다닌다는 그놈도 확인해서 넘겨줘라."

뱁새는 으쓱했다. 이건 자신의 전문 분야였다. 히로에를 놓치는 바람에 잃었던 신뢰를 다시 회복할 수 있는 좋은 기회였다. 이번 기회에 실력을 보여주겠다고 회심의 미소를 지었다.

뱁새는 서재 여기저기에 보관된 수첩들 속에서 양이환 교수의 전화번호를 찾아냈다. 이어서 일본에서 히로에의 전화번호가 날아왔다. 뱁새는 수하를 데리고 먼저 양이환 집을 나왔다.

8

"우리 집에서 자도 돼요. 방도 따로 있구요…이 늦은 시간에 어딜 돌아다니겠어요."

동경 나카메구로의 아담한 맨션. 1년 전 형석이 히로에와 커피를 마시던 나카메구로 천변 벚꽃길이 멀지 않다. 히로에는 돌아가신 어머니만 생각하며 혼자 사는 아버지가 안쓰러워 독립하지 않으려 했다. 그처럼 히로에가 독신을 주장하게 된 배경에는 아버지도 있었다. 하지만 아버지의 생각은 달랐다. 히로에가 자신과 함께 사는 것은 딸 자식의 앞날을 가로막는 것이라며 극구 반대했다. 고집을 꺾을 수가 없었다. 아버지는 히로에의 직장과 가까운 나카메구로에 아파트를 마련해주었고, 본의 아니게 독립하게 됐다.

형석이 머뭇거렸다.

"그래도… 되겠어요?"

형석은 히로에만 데려다주면 바로 호텔로 갈 작정이었다. 히로에를 홀로 놔두는 것이 걱정되기는 했지만, 그렇다고 자신이 먼저 함께 있겠다고 말하는 건 거북했다. 예상치 않은 히로에의 제안에 우려했던 마음을 풀고 뒤를 따랐다.

하루 사이에 많은 일을 겪었다. 형석은 반걸음 앞서가는 히로에의 뒤를 따라가면서 복잡한 감정에 사로잡혔다. 안타까움과 애처로움, 절망, 그리고 돌덩이처럼 단단하게 굳어버린 분노. 한 걸음 한 걸음 옮길 때마다 천근 같은 무게를 느끼며 집안으로 따라 들어갔다.

"아!…"

전등 스위치를 올리던 히로에가 바닥에 털썩 주저앉았다. 얼굴이 사색이 됐다. 형석도 눈앞에 벌어진 광경에 놀라 입을 다물지 못했다. 퍼뜩 정신을 차리고 히로에를 끌어안았다. 그녀의 몸이 마구 떨렸다.

거실에는 모든 장식품과 가재도구가 널브러져 있었다. 온전하게 제자리에 놓인 물건이 하나도 없는 것처럼 보였다. 얼마나 극한의 혐오감을 주려고 했는지, 거실 가운데 옷가지와 물건들을 쌓아 놓고 냉장고 안에 있었을 음식들을 모조리 쏟아부어 놓았다.

'인간이기를 포기한 자들이야…'

형석은 자신도 진정되지 않았지만 히로에가 다시 실신이라도 할까봐 본능적으로 꼭 껴안았다. 히로에가 얼굴을 파묻고 울음을 터뜨렸다. 차라리 울음이라도 터뜨리는 게 나을지도 몰랐다. 형석은 히로에의 등을 쓰다듬었다.

"히로에…"

이름을 부르는 것 외에 다른 위로의 말이 떠오르지 않았다.

"이건… 이건 정말 아니에요, 형석 씨… 우리 나가요…"

"그래요…"

형석이 울먹이는 히로에를 안고 일어섰다. 놀랍고 당황스러워서 달리 할 수 있는 것도 없었다. 히로에가 나가려던 발길을 멈췄다.

"잠깐만요 형석씨… 가져갈 게 있어요."

히로에는 공포스런 광경을 다시 보지 않으려는 듯이 한 손으로 눈을 가리고 더듬더듬 벽을 짚어가며 침실로 들어갔다. 불이 켜졌다. 순간 히로에의 다급한 외침 소리가 들렸다.

"악! 형석 씨!"

형석이 놀라 방으로 뛰어들어갔다. 히로에가 파랗게 질려 침대를 가리 켰다. 베게 위에 놓인 하얀 종이에 칼이 꽂혀 있었다.

'狐호'

"아… 저주받을 놈들…"

형석이 주먹을 부르르 떨었다. 베개에서 칼을 뽑고, 조심스레 종이를 빼냈다.

"이걸 가져가야겠어요…"

글씨를 뚫어지게 쳐다보며 칼에 찢겨진 부분을 의미 없이 만지작거렸다.

'이놈들이 도대체 무슨 얘기를 하고 싶은 거지?'

형석은 히로에의 백팩에 종이를 집어넣고 자기 어깨에 둘러멨다. 이를 악다물고 히로에를 부축해 집을 나왔다.

좋은 곳을 찾아갈 처지가 아니었다. 히로에가 안정만 취할 수 있는 곳이라면 어디라도 좋았다. 택시를 잡고 가까운 호텔로 가자고 했다. 히로에의 어깨를 감쌌다. 두 사람은 몸과 마음이 너무 지쳐 있었다.

시부야의 작은 호텔에 도착했다. 수속을 마치고 방으로 올라오자 히로에는 바로 침대에 쓰러졌다. 형석이 모로 누운 히로에에게 베개를 받쳐 주었다. 히로에는 이렇게 자상한 사람이 어제까지는 한 사람 더 있었다고 생각했다. 눈물이 흘러내렸다. 소리 없이 울었다.

형석이 창가로 다가갔다. 어둠 속에서 외로이 빛나는 간판들을 내려다 봤다. 거리에는 인적이 끊기고, 오가는 자동차 불빛도 드문드문 교차했다. 문득 이 도시 어디에도 히로에가 안전하게 있을 곳이 없다는 생각이 들었다. 아침이면 아무일 없었다는 듯이 세상이 밝아 오겠지만, 히로에가 머무는 곳에는 햇살이 깃들지 않을 것 같았다.

'무엇 하나 안심할 수가 없어…'

형석이 고개를 돌려 누워있는 히로에를 한동안 쳐다보다가 침대 곁에 놓인 의자에 앉았다.

"히로에… 잠들지 않았지요?"

"네…"

"그대로 누워서 내 얘기를 들어요…"

"…"

"히로에… 아무래도 우리 다시 한국으로 가야겠어요. 여기는 안전하지 않아요. 저놈들이 한 짓을 봐요…"

히로에가 가만히 고개를 끄덕였다. 쉽게 그만둘 자들이 아니라는 것을 보았다. 그리고 당장 아버지 장례를 치룰 수 있는 것도 아니고, 난장판이 된 집에 다시 들어간다는 것은 상상조차 하기 어려웠다. 어쩌면 영원히 들어갈 수 없을지도 모른다는 생각까지 들었다.

형석이 히로에의 눈을 바라봤다.

"히로에만 괜찮다면 되도록 빠른 비행기로 예약할게요."

"네, 그래요…"

히로에가 가늘게 대답하고 몸을 일으켰다.

"형석 씨… 떠나기 전에 미하루를 만났으면 좋겠어요."

"미하루요?"

"내 친구인데 부탁하고 싶은 게 있어요."

히로에가 백팩에서 '狐す'가 적힌 종이를 꺼내 내밀었다. 형석이 종이를 받아들고 궁금하다는 듯이 물었다.

"이걸 왜요?"

"미하루는 베테랑 기자예요. 아주 친한 동창인데 일간지 사회부에서 근무하고 있거든요."

"그게 무슨 상관이죠?"

"미하루라면 이게 무슨 뜻인지 알 수 있을 거예요. 아니, 반드시 알아낼 거예요. 미하루는 의문이 들면 끝까지 추적해요. 남자들도 못 당해요."

히로에는 확신에 찬 눈빛을 보였다. 형석은 히로에의 생각을 이해할 수 있었다. '狐す'가 무슨 의미인지 알아내야 하지만 분명히 한국에서 해결할 수 있는 문제는 아니었다. 히로에의 말대로라면 도움을 청해볼만 하다는 생각이 들었다.

"그렇다면 꼭 만나봐야겠네요."

날이 밝자 미하루에게 전화를 걸었다. 미하루는 하세카와의 사망 사실을 이미 알고 있었다. 두 사람은 서로 울먹이는 바람에 통화가 제대로 이루어지지 못했다. 어렵사리 약속을 하고, 미하루와 만날 시간에 맞춰 호텔을 나왔다. 미하루는 약속장소에 도착해 있었다.

두 사람은 만나자마자 부둥켜안고 눈시울부터 적셨다. 그 상황에서는 다른 어떤 말도 할 수 없었다.

미하루가 눈물을 닦으며 말했다.

"뉴스를 보고 알았어. 네가 오늘 오후에 온다고 휴대폰에 메시지를 남겨서 그런 줄만 알고 있었지…"

"응, 미하루. 어제 이찌하라 경사님한테서 연락을 받고 여기 형석 씨하고 밤늦게 같이 왔어… 왜 이런 일이 일어났는지 모르겠어…"

히로에가 말을 멈추고 잠깐 고개를 숙인 사이에 다시 눈물방울이 똑똑 떨어졌다. 형석이 손수건을 건넸다.

미하루가 다음 말을 이었다.

"어제 낮에 뉴스를 보고 놀라서 바로 경찰서에 갔었거든. 이찌하라 경사님도 만나 봤고…"

"고마워 미하루… 그런데 말이야…"

히로에가 가방에서 종이를 꺼내 미하루 앞에 놓았다.

"새벽에 내 집에 가니까 이런 게 있었어. 아빠 집에도 있었는데 무슨 의미인지 알 수가 없어서… 이찌하라 경사님도 모르겠다고 하고…"

미하루가 고개를 갸우뚱했다.

"이게 뭐야?"

"글자 뜻은 여우잖아… 이게 아빠 집에도 있었고, 내 집에도 있었어. 범인들이 놓고 간 거야."

"범인들이?"

"응, 무슨 의미로 그걸 놓고 갔는지…"

"두 군데 다 있었다고?"

"응, 아빠 집하고 내 집에…"

"그렇다면 이건 그놈들 표식이야. 왜 하필 여우인지는 모르겠지만…"

"표식?"

"응, 자신들의 존재를 알리는 상징… 어쩌면 조직의 상징이겠지. 이찌하라 경사님도 이걸 봤어?"

"이건 아직 못 봤지. 새벽에 내 집에서 가져온 거야."

"그랬구나. 경사님도 이걸 봤다면 나하고 똑같은 생각을 했을 거야. 두 군데서 다 나왔다면 조직의 상징이 맞아. 그 글자로 특별한 의미를 전하자는 건 아니고…"

"아니 살인을 저질렀다면 자신의 존재를 숨겨야 하는 게 아냐?"

"그렇지 않아. 그런 자들은 우리하고 생각이 달라. 옛날에 세끼보따이赤報隊라고 기억나?"

"세끼보따이?"

"그래, 옛날에 극우파들이 아사히신문 기자를 매국노라고 총으로 살해한 사건 말이야. 온 나라가 발칵 뒤집혔었잖아."

"아, 그 사건!"

"그래, 그때 범인들은 자기들이 벌인 일이라고 하면서 조직 이름을 방송사에 알려 줬잖아. 자기들 사진까지 보내주고…"

"아, 기억나… 경찰들이 총동원 돼서 한동안 난리였지. 그런데 그렇게 자신들을 밝히는 이유가 뭐야? 잡히면 어쩌려고?"

"한마디로 미치광이들인데, 자신들은 절대 안 잡힌다고 자신하는 거야. 실제로 아사히 총격 사건은 아직까지 해결 못 했어. 그놈들 뜻대로 됐다고 해야 하나? 하여간 그자들은 우리가 이렇게 활동하고 있으니 너희들 겁 좀 먹어라. 우리 뜻에 거슬리면 다 죽인다. 알아서 해라. 뭐 이런 의미가 있는 거지. 중동 IS를 봐. 여기저기서 폭탄테러를 저지르면서 자기들이 했다고 알려주잖아."

미히루는 사회부 기자답게 능숙하게 상황을 설명했다. 히로에는 이해하겠다는 듯이 고개를 끄덕였다.

"하여간 이 '狐(호)'자는 그자들의 표식이 맞아. 왜 하필이면 여우라고 하는지는 모르겠지만 그런 상징을 사용하는 놈들이 있는지 찾아볼게."

"가능하겠어?"

"자료도 뒤져보고, 다른 기자들에게 물어보면 알 수 있을지도 몰라. 어떻게든 해보겠어."

형석은 자신을 보이는 미하루에게 믿음이 갔다. 사회부 기자들이라면 이런 종류의 정보를 접했을 수도 있다. 물론 그걸 안다고 해서 바로 당장 범인 검거를 할 수 있는 것은 아니지만, 왜 그 글자를 남겼는지 이유 정도는 추정할 수 있을 것이었다.

히로에는 미하루에게 잠시 일본을 떠나야겠다고 말했다. 그리고 지난 밤 자신의 집에 있었던 일에 대해서 상세히 설명했다.

"그 사람들이 무서워…"

무섭기도 했지만 생각만 해도 가슴이 뛰고 진정이 되지 않았다. 미하루는 히로에가 겁에 질린 얼굴을 하자 양손으로 탁자 모서리를 잡고 숨을 내뱉으며 말했다.

"기다려봐. 내 반드시…"

그리고는 다시 숨을 훅 내쉬었다. 잡히기만 하면 그냥 놔두지 않을 기세였다. 남자 기자들도 못 당한다는 말이 맞아 보였다.

"히로에, 이 종이 나를 줘. 내가 이찌하라 경사님하고 어느 놈들인지 반드시 찾아낼게. 죽일 놈들…"

미하루가 비장한 얼굴을 했다.

히로에는 기자수첩에서 종이를 한 장 떼어내 자기집 주소와 현관 비밀번호를 적어 미하루에게 내밀었다.

"그리고 미하루… 난 무서워서 집으로 못 가겠어… 경사님한테 사건 설명을 하려면 집 주소가 필요할 거야. 비밀번호는 미하루만 알고 있고…"

"집에는 내가 같이 들어갈게, 걱정하지마."

미하루는 진지한 표정으로 쪽지를 받아 가방에 넣었다.

히로에와 형석은 비행기 탑승으로 시간 여유가 없었다. 아쉬움을 남긴 채 서둘러 자리에서 일어났다.

9

고전학술원을 출발했다. 복천암까지는 150km가 넘었다. 먼 거리를 운전한 게 마지막으로 언제였는지 기억이 가물가물하다. 게다가 잠을 제대로 못 잔 상태에서 장시간 운전하는 건 정말 어려운 일이다. 나이 탓도 있겠지만, 젊은 사람들이라 해도 만만한 일은 아니다. 사전 준비가 필요했다. 만남의 광장에 들러 카페인 듬뿍 담긴 커피를 마시고 찬 공기로 심호흡을 했다.

가다 쉬다를 반복하면서 속리산 법주사에 도착했다. 아직은 조금 어둡다. 복천암으로 이어지는 숲속 길에는 인적이 없었다. 아침 예불은 새벽 3시에 시작하기 때문에 극락보전 앞에는 불이 켜져 있겠지만 큰스님께 미리 연락을 못 해 아침 공양이 끝나면 뵐 것이다.

큰스님을 만나기 전에 할 일이 있다. 수암화상탑에 먼저 들러야 한다. 주차장에 차를 대고 언덕길을 올랐다. 살아생전에 다시 탑을 대하게 되리라고 생각지 못했던 탓에 한걸음 한걸음에 만감이 교차했다. 가파른 계단을 올랐다. 어슴푸레 보이는 오솔길을 지나 모퉁이를 돌자 바위 계단이 나타났다. 천년도 넘어 보인다. 가지런하다. 옛날에 처음 보았을 때도 가지런한 계단이라고 생각했던 것 같다. 세상은 변했어도 수암화상탑으로 가는 길은 변하지 않았다. 길게 호흡을 했다. 탑 마당을 둘러싸고 있는 마지막 돌계단 앞에 섰다.

    30여 년 전, 김 노인과 함께 수암화상탑을 처음으로 마주했을 때 마음속으로 약속 했었다. 반드시 시도요체를 찾아 대사님의 혼령 앞에 가져다 놓겠다고. 그러나 끝내 그 약속을 지키지 못했다. 그러던 어느 날, 길을 잃고 헤맨 사람처럼 몸도 마음도 지친 상태로 다시 계단을 올랐다. 대사와의 약속이 짓누르고 있어서 반드시 한 번은 와야 했다. 힘겹게 언덕을 올랐지만 죄스런 마음에 고개를 들지 못했다. 시도요체를 찾지 못해 대왕의 계시를 받들지 못하는 건 우리 민족의 운명이라고 말하고 싶었다. 차라리 대사가 나타나 꾸지람을 내렸다면 속이 편했을 것이다. 참회하는 심정으로 용서를 구했다.

    하세카와의 얼굴이 떠올랐다. 500여 년 전에 쓴 글 때문에 현세의 사람이 죽었다.

    '500년도 넘어 이어진 운명의 고리…'

    어찌 상상이나 할 수 있겠는가. 끊어져도 오래전에 끊어졌을 500년이다. 악연인지 선연인지, 자포자기의 심정으로 마지막 돌계단을 올랐다. 두 개의 탑이 서있다. 신미대사의 수암화상탑과 제자 학조화상탑. 풍상의 세월이 검버섯으로 새겨진 수암화상탑 앞에 무릎을 꿇었다. 주변 어딘가에 대사의 혼령이 지켜보고 있는 것처럼 느껴졌다.

    "다시 왔습니다…"

    돌아오지 않을 답을 멍하니 기다렸다. 잠시 후 가방에서 목함을 꺼내 조심스레 뚜껑을 열었다. 시도요체를 꺼내 놓았다. 탑에는 대사의 사리가 들어있다. 세상을 헤아리던 육신을 털어버리고 작은 덩어리로 현신해 말없이 세상을 지켜보고 있다. 어쩌면 세상일에 말이 필요 없는지도 모른다. 하지만 지금은 아니었다. 분명히 하실 말씀이 계실거라 생각했다.

'이 모든 게 대사님께서 지으신 운명의 고리입니까?'

가슴이 먹먹했다. 시도요체를 찾은 기쁨보다도 하세카와의 죽음이 무겁게 짓눌렀다. 시도요체를 가져왔으니 이제 무어라 말씀을 해달라고 매달리고 싶었다. 그러나 아무 대답도 들을 수 없었다. 헤아릴 수 없는 운명의 고리 앞에서 한없이 작은 자신을 느꼈다. 눈물이 한 방울 떨어졌다. 부디 하세카와를 좋은 곳으로 보내달라고 빌었다.

아침 공양을 마칠 시간에 맞춰 산에서 내려왔다. 선방에서 나오는 젊은 스님을 보고 큰스님께 전갈을 넣어달라고 부탁했다.

"양이환이라고 하는데, 큰스님께서 기억하실지 모르겠네요… 보은 김 노인과 함께 왔었다고 하면 아실 겁니다…"

젊은 스님은 공손히 합장하고 물러갔다.

선원 앞뜰을 서성거렸다.

'어르신은 어디에 살고 계실까…'

오랜 기간 연락이 끊기기는 했어도 살아계실거라 생각했다. 신변에 무슨 일이 있었다면 큰스님이 자신에게 연락을 했을 것이다.

요사체로 올라갔던 스님이 종종걸음으로 내려왔다.

"큰스님께서 얼른 모셔 오라 하셨습니다."

젊은 스님의 안내로 방에 들어서자 큰스님이 반가운 얼굴로 맞이했다. 삼배를 올렸다.

"그동안 안녕하셨지요, 큰스님?"

"허허 어서 오세요, 양 교수님. 조석으로 종송鐘誦소리를 들을 수 있으니 안녕한 거지요? 새벽 예불에 불세존佛世尊께서 웃음을 보이시길래 어떤 반가운 분이 오시려나 했더니 교수님께서 오셨습니다. 허허…"

"하하하 부처님께서 웃음을 보이셨습니까? 아마도 저 말고 다른 반가운 분이 오시겠지요."

"아니요, 이 산중에 반가운 분은 한 분으로도 넉넉합니다."

넓직한 방에는 고풍스런 종이 냄새가 은은히 피져 있있다. 큰스님은 만면에 웃음을 띠고 양이환의 얼굴을 쳐다봤다.

"어인 일로 이 새벽에 먼 길을 오셨습니까?"

양이환이 빙그레 웃었다.

"큰스님… 시도요체를 찾았습니다."

"시도요체요?"

큰스님은 충격을 받은 듯했다.

"어떻게 그런 일이…"

양이환이 시도요체를 꺼내 큰스님 앞에 놓았다. 큰스님은 소매를 걷어 올리고 조심스레 시도요체를 집어 들었다.

"오… 이게 바로 시도요체였군요…"

시도요체는 큰스님에게도 중요한 의미가 있었다. 신미대사가 언어에 조예가 깊어 세종대왕 곁에서 많은 보필을 했음에도 그러한 사실이 세상에 제대로 알려지지 않아 안타까웠다. 신미스님을 알리기 위해 많은 노력을 해왔지만 시도요체를 찾았다는 말에 그보다 더 기쁜 일이 있을 수 없었다.

큰스님은 감탄을 연발하면서 믿을 수 없다는 표정을 지었다.

"진정 나라의 경사입니다, 경사…"

"정말 그렇습니다. 큰스님…"

양이환은 그간에 있었던 일을 자세히 설명했다. 얘기 도중 하세카와의 사고를 언급하자 큰스님은 눈을 감고 염불을 외웠다. 하세카와와 직접 만난 적은 없지만 시도요체를 찾는데 많은 역할을 하고 있던 사실은 김 노인을 통해 익히 알고 있었다.

큰스님이 눈을 떴다.

양이환이 자리를 고쳐 앉고 말했다.

"어르신께 빨리 시도요체를 전해주고 싶습니다."

"아무렴요, 빨리 전해드려야지요."

"큰스님께서는 어르신 사시는 곳을 아시지요?"

"아시다시피 노인께서는 세상을 등지신지 오래됐지요. 나는 모르지만 연풍에 사시는 따님을 통하면 찾을 수 있을 겁니다."

말을 마친 큰스님은 보좌스님을 들게 했다. 김 노인의 딸이 살고 있는 곳을 가르쳐 주고 어서 다녀오라고 재촉했다.

양이환은 더 빠른 방법이 없을까 조급한 마음이 들었다.

"따님과 연락은 안 되나요?"

"그분도 세상일에 관심이 없는 분이라 일 년에 한두 번 복천암을 찾아오기는 하지만 연락처를 남기고 할 만한 일은 별로 없지요. 빨리 다녀오면 점심 전에 알 수 있을 겁니다."

양이환은 부족하나마 마음이 놓였다. 오늘 안으로 김 노인을 볼 수도 있겠다는 희망을 품었다. 아침 식사도 거르고 밤 샌 피로가 몰려와 쉴 곳을 청했다.

큰스님은 하세카와의 정토행을 기원하겠다며 자리에서 일어났다.

"야, 뱁새! 벌써 12시야. 왜 안 되는 거야?"

쉽게 해결될 거라고 장담했던 양이환의 위치 추적이 제대로 진행되지 않자 두수가 신경질을 냈다.

"형님… 제대로 했는데 교수 놈이 문자를 안 열어 보는 거예요."

"여자애 번호로 문자를 보냈대메?"

"그랬죠… 근데 왜 안 열어보는지는 이유를 모르겠어요."

"니들이 뭔가 잘못했겠지!"

두수가 소리를 질렀다. 일이 꼬이는 낌새가 보이자 왕 회장 얼굴이 어른거렸다. 생각만 해도 화가 치밀었다. 왕 회장은 세상일을 주먹과 밀어붙이기로 해결해 왔다. 주변 사람들 모두가 다 안다. 그러나 아무리 그렇다 해도 오늘 아침에 자신을 몰아댄 건 심한 처사였다. 이번 일은 애초부터 첫 단추를 잘 못 끼운 거고, 왕 회장 자신도 그렇게 생각한다고 하지 않았던가 말이다. 두수는 마지막 희망이라고 생각했던 일이 제대로 진행되지 않자 조바심을 낼 수밖에 없었다.

카토는 말수가 확 줄었다. 특히나 히로에가 일본으로 간 것을 확인하고 나서부터는 입을 다물었다. 시도요체가 한국에 있다는 데는 의심의 여지가 없었다. 교수라는 자를 빨리 찾아야만 했다.

두수는 카토의 모습을 볼 때마다 물건 내용이 뭔지 더욱더 궁금했다.

'지독한 놈이야. 끝까지 말을 안 해…'

양이환은 보좌스님이 돌아올 때까지 깨우지 말아 달라고 부탁했다. 깊은 잠에 빠져 있다가 점심 무렵 휴대폰 벨소리에 잠을 깼다. 형석의 목소리가 들렸다.

"교수님…"

"어 그래 최 박사, 지금 어디야?"

"저희 지금 인천에 왔습니다. 히로에도 같이요…"

"어? 인천에?"

양이환은 형석과 히로에가 인천에 있다는 말에 많이 놀랐다. 또 다른 일이 있나보다 해서 가슴이 덜컹 내려앉았다.

"무슨 일이 있나?"

"자세한 건 뵙고 말씀드릴게요. 전화로 말씀드리기는 얘기가 너무 길어요."

"알았네. 근데 내가 지금 복천암에 있거든… 속리산 법주사 뒤에… 이리로 올 수 있겠나? 참, 몸은 성하지?"

"예 몸은 성하구요, 바로 가겠습니다."

"아이고, 인천공항에서 여기까지… 교통편이 아주 불편할 텐데…"

"그렇죠. 공항에서 속리산까지는 대중교통 연결이 안 될 겁니다. 렌트해서 고속도로로 가면 빨리 갈 수 있어요."

"오, 그래! 빨리 오면 오늘 안으로 김 노인을 뵐 수 있을 거야."

전화를 끊었다. 심란해하다가 다시 잠이 들었다. 점심을 건너뛰고, 연풍으로 떠났던 스님이 도착했다는 전갈을 받고 나서야 자리에서 일어났다. 요사체로 이어지는 오솔길을 지나 큰스님 방으로 들어갔다.

"어서 오세요. 좀 쉬셨나요?"

"예, 큰스님. 제가 너무 많이 잤는가 봅니다."

"밤을 새우셨으니 많이 피곤하셨겠지요."

큰스님은 푸근한 표정으로 말을 이었다.

"자, 이제 교수님도 오셨으니 얘기를 해보시게. 노인장께서는 어디에 살고 계시던가?"

보좌스님이 양이환에게 합장을 하고 말했다.

"할머니 시주님께서 댁에 안 계셔서 기다리느라 좀 늦었습니다. 노인께서는 조령산에 계신답니다. 연풍 마을에서 올라갈 수 있는데, 노인께서 사시는 곳은 아는 사람 도움 없이는 찾기 어렵다고 합니다. 전갈을 주면 안내할 사람을 바로 오라고 하겠다는데 어찌할까요?"

보좌스님이 큰스님과 양이환을 번갈아 쳐다봤다.

"어찌하시겠습니까, 양 교수님? 오늘 가시겠습니까?"

"가겠습니다, 큰스님."

"그러시지요… 연풍까지 얼마나 걸리던가?"

"넉넉잡아 두 시간이면 됩니다. 거기까지는 자동차길이기 때문에 어려움이 없는데, 노인께서 거처하시는 곳은 산속으로 들어가야 하는 모양입니다."

보좌스님이 걱정스런 표정을 짓자 양이환이 손을 저었다.

"괜찮습니다. 꼭 오늘 돌아오지 않아도 되니까 할머님께 오늘 가겠다고 말씀을 드려주시지요."

"그러겠습니다."

"참, 조금 이따가 일행이 도착할 겁니다. 그 사람들이 도착하면 같이 출발하겠습니다."

보좌스님이 합장하고 물러갔다. 큰스님의 배려로 때늦은 식사를 하고 선원 앞마당을 거닐었다. 기둥에 쓰여 있는 긴 한문 글귀를 읽다가 불현듯 신미대사의 긴 사호賜號가 떠올랐다. 그러고 보니 영정을 뵌 지 꽤 됐다. 극락보전으로 올라갔다. 붉은 가사를 걸치고 키보다 더 긴 지팡이를 든 신미대사의 영정이 눈에 들어왔다.

'禪教宗都摠攝密傳正法悲智雙運祐國利世圓融無礙慧覺尊者'
선교종도총섭밀전정법비지쌍운우국이세원융무애혜각존자

세종대왕께서 내려주신 역사적으로 전무후무하다는 26자의 사호. 대왕이 만들었지만 불교를 배척하는 신하들의 반대로 생전에 하사하지 못하고 문종 때 내렸다는 사호다. 무엇보다도 '우국이세'와 '존자'라는 말을 붙여서는 안된다고 신하들이 거세게 항의했단다.

'우국이세'란 나라를 위해 큰일을 했다는 뜻이다.

'대사가 무슨 일을 했기에 우국이세란 글자를 내렸을까? 신하들은 왜 반대한거고?'

대왕은 생전에 우국이세의 내용을 밝히지 않았다. 그러나 대왕은 물론이고, 문종과 세조임금도 모두 신미대사의 우국이세 내용을 잘 알고 있었다. 그래서 대왕이 사호를 남기고 세상을 뜨자, 문종은 아버지의 유언임을 내세워 기어코 사호를 하사했다. 유교 국가에서 아버지의 유언이라는 데는 신하들도 막을 수가 없던 것이다. 이어 즉위한 세조는 대사의 능력과 공로를 인정해 간경도감 제조^{提調} 부서 우두머리 벼슬을 내렸다. 권력의 벼슬이 아니라 책을 만드는 책임자였지만 그것은 오직 대사만이 할 수 있는 직책이었다.

왕들은 치켜세우고, 신하들은 거부한 '우국이세'였다.

'그게 뭘까?'

양이환이 방에 들어가서 한참을 쉬다가 다시 뜰로 나와 이 생각 저 생각하면서 거닐고 있을 때 형석과 히로에가 도착했다. 양이환은 이들의 겉모습에 이상이 없자 일단 안심했다. 시간을 지체할 수 없었다. 양이환은 복천암에 다시 올 것을 큰스님께 약속하고 서둘러 출발했다. 보좌스님의 차가 앞서가고 형석의 차가 뒤를 따랐다.

형석은 서울에서 미행당한 일과 일본에서 있었던 일들을 얘기했다. 우에노경찰서에서 이찌하라 경사를 만난 일. 히로에의 집이 난장판이 된 것. 그리고 하세카와 교수 집에서 '狐호'가 발견되었는데 히로에의 집에서도 같은 글씨가 발견된 사실. 히로에의 친구인 미하루에게 '狐호'에 대해 알아보도록 부탁한 일. 히로에의 액자사진 촬영과 전송에 관해 추리한 내용. 앞으로 블랙박스를 확인해서 범인들을 추적할 것이라는 등등. 이틀이라는 짧은 시간 동안 벌어진 너무나도 많은 얘기가 한도 끝도 없이 계속됐다. 자세히 설명하기에는 시간이 짧았다.

양이환은 마치 스릴 넘치는 첩보영화라도 보는 듯이 긴장해서 들었다. 형석의 얘기가 끝나자 양이환이 길게 탄식을 하고 눈을 감았다.

좌석 깊숙이 뉘었던 몸을 일으키며 말했다.

"최 박사도 고전학술원 강석규 교수를 알지?"

"예, 알죠. 교수님 동창분이잖아요."

"강 교수한테 시도요체 번역을 부탁했어. 이젠 모두 끝난 거야. 시도요체를 복사해서 여러 사람이 공유하도록 했으니까 이제부터 시도요체는 한 사람의 것이 아냐. 우리 모두의 것이지."

"그런데… 노인 어른께는 괜찮을까요?"

"물론 괜찮지. 그건 원래 그 어르신께서 원했던 일이야."

"아, 잘됐네요. 저도 대왕의 계시가 뭔지 정말 궁금해요."

히로에가 한마디 거들었다.

"저는 미야모토 교수의 기록을 번역할게요."

"히로에… 그래도 되겠어? 좀 쉬는 게 낫지 않을까?"

양이환이 안타까운 표정으로 히로에를 쳐다봤다.

"아니요, 그게 아버지의 원을 풀어드리는 길일 것 같아요."

"그렇기는 하지만 말야…"

"그 사람들이 그토록 숨기고 싶어 하는 일이라면, 저는 어떻게 든 세상에 알려야겠어요… 그게 복수하는 길인 셈이죠."

양이환은 히로에의 말이 너무나도 고마웠다. 힘든 고비를 넘겼다는 생각이 들었다. 하세카와의 복수는 그렇게 하는 것이 맞았다. 그놈들이 아무리 기를 써도 조만간 모든 게 끝난다. 김 노인에게 시도요체를 전달한 후에, 손에 쥔 것이나 다름없는 범인들을 경찰에 넘겨주고 시도요체와 미야모토의 글을 번역해 세상에 알리면 된다. 그보다 더 통쾌한 복수는 있을 수 없었다.

연풍 김 노인의 딸은 나이보다 많이 늙어 보였다. 마당에서 농사일을 하던 중에 깜짝 놀라며 반갑게 맞이했다. 보좌스님이 큰스님의 부탁 말씀이 있었다고 하자 다시 한번 공손히 인사했다.

"아부지를 찾아온 손님이 을매 맨인지…"

딸은 모처럼 귀한 손님을 맞아 어쩔 줄 몰라 했다. 아버지가 산으로 들어간 이후로 집에 찾아온 사람은 아무도 없었다. 무엇 때문에 왔는지는 몰라도 복천암 큰스님 말씀으로 왔다면 아버지께도 반가운 손님임에 틀림이 없다고 생각했다.

보좌스님은 이내 돌아갔다.

딸은 일행에게 방으로 들 것을 권유했다. 양이환이 시간이 없다고 사양하자 마당 안쪽에 머쓱하게 서 있던 40쯤 되어 보이는 남자에게 손짓을 했다.

"심명아."

그는 약초 캐는 심마니였다. 군살 없는 중키에 얼굴이 거뭇하게 볼품없이 그을렸지만 선한 인상이 박혀 있었다. 일행에게 다가와 숫기 없이 꾸벅 인사를 했다.

심명이 머뭇거리자 딸이 나섰다.

"조령산은 심명이 안마당이유. 아부지 계신 곳까지 잘 데려다줄 꺼구먼유."

"아, 그래요? 잘 부탁합니다."

양이환이 심명을 보고 웃었다. 간단히 인사하고 서둘러 출발하려고 하자 딸이 문득 손을 휘저었다.

"잠깐 기달려 봐유. 우짜면 오날 오기가 어려울지도 모르것는디…"

말끝을 흐리더니 부리나케 방으로 들어가 허름한 몸빼 바지와 잠바를 가지고 나왔다.

"이거 샥시 가방에 느유. 신발은 그만하면 됐는디 그런 채림으루 밤에 산에 있기는 힘들 거여유…"

형석이 머뭇거리는 히로에를 대신해 얼른 옷을 건네받았다. 작게 접어 히로에의 백팩에 넣었다. 히로에가 고맙다고 거듭 인사했다.

집이 드문드문 있는 마을 길을 지나자 이내 경사진 산길이 시작됐다. 길이 좁아졌다. 평소 산을 가까이하지 않던 일행들은 얼마 지나지 않아 숨을 몰아쉬기 시작했다. 언덕을 하나 넘으면 또 다른 언덕이 나오고, 길이 없어지는 듯하다가 다시 나타났다. 계곡을 따라갈 때에는 바위나 돌이 험하게 놓여서 발을 딛기조차 불편했다. 형석이 히로에의 손을 잡고 앞에서 끌었다. 양이환은 누구를 도와줄 형편이 되지 못했다. 숨이 턱 밑까지 차올랐다. 앞서가던 심명이 수시로 뒤를 돌아다 봤다. 헉헉대는 일행이 안쓰러운지 잠시 걸음을 멈췄다. 모두 한숨을 내쉬고 뒤를 돌아보았다. 어느덧 마을은 간데없고 불뚝불뚝 솟은 산들만 보였다.

다시 산행이 시작됐다. 이전 보다 길이 더 가파러 지자 곱절은 힘이 들었다. 몇 번을 오르다 쉬다 했다. 서로 말은 하지 않았지만 오늘 안에 복천암으로 되돌아간다는 것은 불가능하다는 것을 알았다.

앞서가던 심명이 일행을 돌아보고 말했다.

"조기 저 언덕 옆이구먼유…"

심명이 가리키는 곳을 본 일행은 실망해서 크게 한숨을 내쉬었다. 말이 조기 언덕이지 지칠대로 지친 일행에게는 큰 산을 넘어야 할 것처럼 멀리 느껴졌다. 끝도 없이 이어지는 가파른 길을 따라 중턱에 도달하자 저만치 앞으로 집 지붕이 살짝 보였다. 오르는 도중에는 상상하지 못했는데 가까이 다가가자 집 지붕이 보인 것이다. 산중에 그런 집이 있는 것이 신기하기만 했다. 심명이 날랜 걸음으로 앞서 올라갔다.

"어르신 계셔유?"

노인을 부르며 집 앞으로 다가서자 집 뒤에서 남루한 옷차림의 노인이 불쑥 나왔다. 비록 나이를 먹어 늙기는 했지만 몸놀림은 젊은 사람 못지않았다.

"심명이냐? 산에 가는 날이 아니지 않느냐?"

"야, 손님을 모시구 왔시유… 복천암 큰스님이 보내셨다구유…"

'큰스님이?'

노인은 의아한 표정으로 숲길을 올라오는 일행을 바라봤다. 남자 둘에 여자 하나.

10

"형님! 드디어 뚫렸습니다!"

뱁새는 자신이 틀리지 않았다는 것이 증명되자 뛸 듯이 기뻤다. 교순지 나부랭인지 그 영감쟁이가 문자를 열지 않은 게 맞았다.

두수는 반가움을 감출 수가 없었다.

"그놈 지금 어디야?"

"아, 근데 이게 좀…"

"또 뭐?"

"여기 지금… 속리산 법주사 근처로 나오는데요?"

"법주사? 거기가 왜 나와, 뭐 잘못된 거 아냐?"

"아녜요. 이건 틀릴 수가 없어요."

"확실해?"

"그럼요! 안 나오면 안 나왔지, 위치를 잘못 찍을 수는 없어요… 아 이 씨 느닷없이 여긴 왜 간 거야…"

"하여간 좋아, 빨리 카토를 오라고 해. 출발하자."

두수 일행은 다시 움직이기 시작했다. 카토는 위치가 확인되었다는 연락을 받자 서둘러 두수와 합류했다. 검은색 리무진 승합차와 또 한 대의 승용차는 쏜살같이 경부고속도로를 달렸다. 일행이 청주 가까이 왔을 때 갑자기 양이환의 위치가 움직이기 시작했다.

"형님, 이놈이 움직이는데요?"

"아이 씨… 또 어디로 가는데?"

"그건 저도…"

뱁새가 머리를 긁적거렸다. 뱁새를 나무랄 일은 아니었다. 양이환이 어디로 가는지는 아무도 알 수가 없다.

몇 차례나 지도를 키워보고 축소해보던 뱁새가 머리를 갸우뚱거렸다.

"아무래도 이놈이 서울로 가는 게 아닌데요?"

"어? 그걸 어떻게 알아?"

"여기 좀 보세요. 법주사에서 서울로 갈려면 보은 쪽으로 와서 고속도로를 타야 하는데 지금 엉뚱한 방향으로 가고 있어요."

두수가 신호를 들여다봤다. 뱁새의 말대로 양이환은 서울 방향이 아니라 북쪽으로 이동하고 있다. 난감했다. 곧이어 청주인터체인지도 나오고 남이분기점도 나온다. 고속도로를 한 번 잘못 타면 차를 돌리기까지 엉뚱 한 시간을 까먹게 된다.

뱁새가 머뭇거리며 말했다.

"형님… 사실 우리한테는 이런 일이 흔한 데요…"

"그래서?"

"이런 때는 차라리 차를 세우고 기다리는 게 나아요. 한 번 방향을 잘못 잡으면 더 골치 아파지거든요."

마음이 급한 두수가 결정을 못 내리고 머뭇거리자 통역의 설명을 듣고 있던 카토가 나섰다.

"박 상, 뱁새 말대로 기다리는 편이 더 나을 것 같소."

"좋아, 옥산휴게소로 들어가자."

두수는 카토의 의견을 존중한다는 듯이 흔쾌히 결정을 내리고 좌석에 등을 기댔다. 이런 중요한 시점에 판단을 잘못하면 원망받을 게 분명하다. 차라리 카토의 뜻에 따르는 게 자신도 속이 편했다.

두 대의 차량은 옥산휴게소로 진입했다. 장거리 운행이었지만 통역이 화장실을 다녀온 것을 제외하고 나머지는 모두 자리를 뜨지 않았다. 잠시 시간이 흘렀다.

뚫어져라 노트북 화면을 쳐다보고 있던 뱁새가 지도를 손가락으로 짚어가며 말했다.

"이거… 괴산 방향이 확실하네요."

"그러네… 그러니까 우리도 상주고속도로로 올라갔다가 괴산 쪽으로 빠져야겠다."

휴게소를 출발했다. 두수 일행은 양이환의 신호를 쫓아서 오창, 증평을 거쳐 연풍에 도착했다. 그러나 이들이 연풍에 도착했을 때는 이미 양이환 일행이 산언덕에서 거칠게 숨을 내쉬고 있던 때였다.

지도위에 양이환의 휴대폰 신호가 꺼졌다 켜졌다를 반복했다. 긴장한 채 컴퓨터를 들여다보고 있던 두수가 신경질을 냈다.

"야, 이거 왜 또 이러는 거야?"

다 잡았다고 생각하다가 놓치기를 몇 번 반복하자 두수는 또 문제가 생기는 게 아닌가 해서 덜컥 걱정이 앞섰다. 옆에서 지켜보고 있던 카토의 얼굴에도 긴장한 표정이 역력했다.

"아이 형님, 지금 그놈이 산으로 올라가고 있는 겁니다. 여긴 자동차 길이 없잖아요. 산에서 휴대폰이 안 터져서 그래요."

뱁새가 빈정거리면서 손가락을 벌여 지도를 키웠다.

"보세요, 아까는 그놈 위치가 여기에 있었거든요. 그러니까 여기쯤에 차를 세워놓고 지금은 걸어서 산으로 가고 있는 겁니다."

"산에?"

"그렇죠. 차를 세워놓고 누구를 만났는지 어쨌는지 시간을 보내다가 길도 없는 산으로 가고 있는 겁니다."

뱁새는 노련하게 상황을 판단했다.

두수가 낭패라는 듯이 한숨을 내쉬고 말했다.

"아이 씨, 이놈이 산속 깊이 가면 어떻게 찾냐. 빨리 쫓아가야겠네."

"형님두 별걱정을 다하세요. 차두 여기다 세워놨는데 올라간 길로 다시 내려오겠지요. 뭔 일 때문에 올라갔는지는 몰라두요."

뱁새가 건방진 말투로 두수의 말을 받아치자 기분 상한 두수가 뱁새의 머리통을 후려갈겼다.

"야 새끼야, 그럼 그놈이 내려올 때까지 여기서 기달려?"

"아이 형님 그게 아니구요, 참…"

"그럼 어쩔껀데?"

"형님은 여기서 기다리세요. 제가 그 교수놈이 어디로 갔는지 알아보고 올께요. 그러구 말입니다 시골동네는요, 낯선 사람들이 왔다

갔다 하면 대번에 눈에 띠거든요. 제가 올 때까지 괜히 나오지들 마시구 차에서 기다리세요."

뱁새가 삐죽거리며 승합차에서 내려 승용차로 옮겨 탔다. 툴툴거리며 다시 노트북을 펼쳤다. 화면이 켜지자 지도에 양이환의 휴대폰 위치를 표시해 둔 지점과 동네 모양을 비교해 양이환의 차량이 서 있을 만한 위치를 찾아 냈다. 복잡한 도시에 비하면 시골에서 위치를 찾는 것은 식은 죽 먹기다. 천천히 차를 몰았다. 예상대로 허름한 담장의 시골집 대문 옆에 한 대의 승용차가 서 있었다. 렌터카. 양이환 일행의 차라는 데 의심의 여지가 없다.

뱁새는 배짱 좋고, 기민하고 노련했다.

"계세요?"

머뭇거림 없이 집안으로 들어서 댓돌 위를 흘깃 보았다. 흙먼지에 절어 낡은 샌들 하나뿐이다. 렌터카를 몰고 온 사람은 지금 이 집에 없다는 표시다. 뱁새는 다짜고짜 저 차를 타고 온 양이환 일행이라고 둘러댔다. 딸은 의심 없이 복천암에서 왔을 거라고 여겼다.

딸의 표정을 읽은 뱁새가 안절부절한 태도로 말했다.

"아이고 할머니, 지금 서울에 큰일이 생겨서 교수님한테 빨리 연락해야 하는데 어디를 갔는지 전화도 안 돼요."

"어이구 우짜지유? 시방 한참 산에 올라가구 있을 건디유…"

"아니 산에는 왜 올라갔대요?"

"즈이 아부지를 만나겠다고 하시던디유?"

"허, 정말 큰일 났네. 빨리 교수님을 찾아야 하는데…"

뱁새는 애가 탄다는 듯이 더욱 동동거렸다. 딸은 하던 일을 걷어치웠다.

"기달려 보셔유, 지가 산에 데려다줄 사람을 찾아 올께유. 그나저나 전부 일하러 가서 사람이 있을라나 몰건네…"

"참! 할머니, 교수님이 혼자였나요?"

"아니유, 예쁜 샥시하고 절무니하고 같이 있던디유?"

'웬 여자애?'

고개를 갸우뚱했다. 이제껏 쫓아다니던 여자애는 지금 일본에 있어야 한다. 그 연락을 받은 건 바로 오늘 아침이었다.

"혹시… 아가씨가 등에 노란 가방을 메고 있던가요?"

"노랑 가방이유?"

"예"

"마저유, 지가 옷을 줬더니 가방에 늣구만유. 노랑가방…"

"허…"

뱁새는 미간을 찌푸리고 놀란 표정을 했다. 여자애가 분명히 맞다. 할머니가 거짓말을 할 이유가 없다. 상황이 이해되지 않았지만 깊이 생각할 여유가 없었다. 이내 표정을 바꾸고 서둘러달라고 다시 너스레를 떨었다. 딸은 사람을 구할 수 있을지 모르겠다고 걱정하며 휭하니 집을 나갔다. 휴대폰을 꺼냈다. 두수가 전화를 받자 빈정거리듯 말했다.

"형님, 갸들 하는 일이 왜 그래요?"

"뭔 소리야?"

"교수놈이 지금 산으로 올라갔는데, 여자애랑 같이 갔다구요. 애가 일본에 있는 게 아니구 여기 있어요!"

"뭐? 정말 그 애가 맞아?"

"아 형님! 등에 노란 가방을 멘 여자애하고 젊은 남자 놈하고 셋이 같이 산에 올라갔대요."

"그래?"

두수가 눈을 동그랗게 떴다. 예상치 못한 일이다. 이 상황에서 노란 가방을 메고 교수놈과 같이 산에 간 여자라면 그 여자애가 맞다. 일본에 가긴 간 건지, 아니면 갔다 온 건지는 모르겠지만 오히려 잘 됐다 싶었다. 뱁새 머리통을 때린 게 미안하다는 생각이 들었다. 전화를 끊고 등받이에 깊숙이 몸을 묻었다.

두수를 지켜보고 있던 카토가 물었다.

"박 상! 무슨 일이오?"

두수는 휴대폰을 손바닥에 톡톡 치며 여유를 부렸다. 갑자기 카토가 우습다는 생각이 들었다.

"여자애가 일본에 있는 건 맞나?"

빈정거리듯이 한마디 내뱉고 눈을 치켜떴다. 카토는 웬 엉뚱한 소리냐는 듯이 미간을 찌푸렸다.

"아니 그건 오늘 아침에 확인한 거 아니오?"

"확인? 그런 애가 지금 교수놈하고 같이 산에 올라가나?"

"그럴 리가?"

"그럼 지금 산에 올라가고 있는 여자애는 누구란 말이요?"

두수가 흥하고 코웃음을 치며 다리 한쪽을 번쩍 들어 올려 앞 좌석 등받이에 걸쳤다. 카토는 두수의 무례한 태도에 얼굴이 붉어졌다. 화가 난 표정으로 키야마를 쳐다봤다. 키야마는 몹시 당황하며 그럴 리가 없다고 손사래를 쳤다. 둘은 내용을 알 수 없는 말을 주고받았다.

카토가 풀죽은 모양으로 말했다.

"다시 한번 동경에 확인해보겠소. 하여간 여자애가 그놈하고 같이 있다면 잘된 일이 아니겠소?"

11

　김 노인은 시도요체를 받아들고 감격했다. 자신의 눈을 믿을 수가 없었다. 그러나 기쁨도 잠시, 시도요체가 한국으로 들어오는 과정에서 하세카와가 세상을 떠났다는 말에 가슴이 무너져 내렸다.
　히로에의 두 손을 꼭 잡고 말했다.
　"이미 오래전에 그만두었던 일이라 이런 사고가 생길지 몰랐구나… 이 늙은이가 어떻게 너를 위로해야 좋을지 모르겠다…"
　아픈 마음을 말로 표현하기 어려웠다. 세상에 사람 목숨과 바꿀 수 있는 것은 아무것도 없다. 오래전에 하세카와가 극우파로부터 협박을 받았을 때 그만둘 것을 제안했었다. 자신의 목숨이 아닌 다른 사람의 목숨을 걸고 시도요체를 찾는다는 것은 당치 않다고 생각했다. 20여 년을 찾아 헤매다가 시도요체 찾기를 그만두기로 결정했을 때, 그 자체를 운명으로 받아들이고 미련 없이 포기했다. 그 포기의 이면에는 누구도 다쳐서는 안 된다는 신심이 자리 잡고 있었다. 그러나 포기의 대가 또한 작지 않았다. 사람들을 볼 때마다 대왕의 계시를 전하지 못했다는 죄책감에 사로잡혀 고통 속에 살았다. 시간이 지나도 나아지지 않았다. 결국 산목숨을 끊지 못해 산속으로 들어왔다. 그렇게 해서 까맣게 잊고 살았는데, 지워진 줄 알았던 불행이 터진 것이다.

히로에가 눈물을 닦았다.

"저는 아버지의 유지를 받들기로 했습니다… 아버지의 죽음이 헛되지 않기 위해서라도 시도요체가 한국에 알려지는 일에 힘닿는 대로 도울 겁니다. 그게 제가 조국을 부끄럽지 않은 나라로 만드는 길이라고 생각하구요… 아버지도 그렇게 생각하실 것 같아요…"

히로에의 목소리가 가늘게 떨렸다. 형석이 히로에의 등을 도닥였다. 김 노인이 고개를 떨궜다.

"차라리 시도요체를 찾지 말 것을… 늙은이 욕심 때문에 네게 이렇게 힘든 일이 생겼나보다…"

양이환이 먼 산을 쳐다봤다. 노인의 말은 거들기 쉬운 문제가 아니었다. 하세카와의 죽음은 분명 히로에에게 하늘이 무너지는 일이다. 자신도 수암화상탑 앞에 시도요체를 꺼내 놓고 신미대사를 원망하기도 했다. 그러나 그건 누구 한 사람의 부귀영화 때문에 벌어진 일은 아니었다.

"모든 게 운명인 것 같습니다…"

"운명이요…"

김 노인이 양이환의 말을 되풀이했다.

김 노인은 조상님께 고유告由를 하겠다고 제사 채비를 했다. 채비라야 음식을 차릴 사정이 아니라서 별것은 없었다. 방 한쪽에 놓여 있던 작은 상자 안에서 검은색 유건儒巾과 흰색 두루마기를 꺼내 입고 심명에게 술을 꺼내도록 했다. 깊이 보관하고 있던 양초를 꺼내 제삿상을 밝히고 정성 들여 쓴 지방을 붙였다. 향을 피웠다. 노인은 심명이 따라주는 술을 올리고 절을 했다. 일행은 노인의 제사 지내는 모습을 지켜봤다.

해는 이미 졌다. 형석은 마당에 서서 멀리 눈 아래로 펼쳐져 있는 산들을 내려다봤다. 하늘은 푸르스름하게 색이 고왔지만 산들은 지옥만큼이나 검게 보였다. 다른 한쪽으로 시야를 돌렸다. 멀리 검은 숲속에 점점이 이어져 움직이는 불빛이 얼핏 얼핏 보였다.

'숲속에 불빛이?'

문득 의문이 들었다. 멀기는 했지만 분명히 사람이 비추는 불빛이었다. 제사를 마치고 나오는 심명을 불렀다.

"저 아래 좀 보실래요?"

형석이 먼 아래쪽을 손으로 가리키며 말했다. 몇 개의 작은 불빛이 검은 숲속에서 끊길 듯, 끊길 듯 간간히 이어졌다. 히로에가 다가왔다. 양이환과 김 노인도 가까이 왔다. 시선이 한곳으로 몰렸다.

"저건 여기로 오는 건데…"

김 노인의 중얼거리는 한마디에 모두가 긴장해서 숨을 죽였다.

"심명아, 네가 여기에 온 걸 아는 사람이 누가 있지?"

"지 애 어멈허구 할무님이쥬."

"아니… 이 시간에 여길 올라올 사람이…"

김 노인이 말끝을 흐리고 불빛이 잘 보이는 곳으로 자리를 옮겼다. 일행도 따라서 움직였다. 검은 산 중간에 작은 불빛이 줄을 지어 움직이는 게 확실히 보였다.

김 노인이 두루마기를 벗으며 말했다.

"내가 이 산에 들어앉은 지 10년이 다 되도록 해진 녘에 불 밝히고 여기로 올라오는 사람은 아무도 없었소. 아무래도 내 생각에는…"

김 노인이 말을 끝맺지 못하고 양이환을 쳐다봤다. 양이환은 충격을 받은 듯 아무 말도 하지 못했다.

형석이 일행을 둘러보고 말했다.

"광화문에서도 우리를 쫓아오는 놈들이 있었어요. 어떻게 알고 쫓아 왔는지 이해할 수 없었는데요…"

형석은 비행기 안에서 범인들에 대해 골똘히 생각해 봤다. 특히 광화문 오피스텔 앞까지 쫓아온 것에 많은 의문을 가졌다. 처음에는 히로에나 자신의 휴대폰을 해킹해서 위치를 추적했는가 하고 생각했다. 휴대폰 해킹이 많다는 것은 뉴스를 통해 알고 있었기 때문이다. 그러나 휴대폰은 아니었다. 만일 휴대폰이 문제였다면 그들이 오피스텔 앞에서 헤매고 있을 리가 없었다. 또한 공항까지도 충분히 쫓아올 수 있었을 것이지만 공항에는 나타나지 않았다. 휴대폰이 아니라면 무엇일까. 곰곰이 생각한 결과 내린 결론은 자신의 승용차였다. 오피스텔에 차를 두고 왔기 때문에, 히로에와 자신의 위치를 놓친 그들이 공항까지 쫓아올 수 없었던 것이었다. 한국에 도착해서 범인을 추적하게 되면, 그들이 차에 무슨 장난을 쳤는지 제일 먼저 그것부터 확인해보리라고 생각했다.

'지금은?'

여기에 차는 없다. 승용차와 자신들은 너무 멀리 떨어져 있다.
"히로에, 혹시 휴대폰 켜놨어요?"
"아니요?"
히로에가 눈을 동그랗게 뜨고 대답했다.
형석이 심명을 쳐다봤다.
심명이 고개를 가로저었다.
"지는 그런 거 쓰지 않는구먼유…"
심명의 말에 양이환이 갑자기 생각난 듯이 말을 꺼냈다.
"히로에, 아침에 나한테 문자를 보냈었나?"
"아니요, 저는 아저씨한테 그런 거 보낸 적 없어요. 일본에서 비행기 탈 때부터 지금까지 휴대폰을 켜지도 않았는데요?"
"그래? 아까 복천암에서 휴대폰을 열어보니까 히로에한테서 문자가 왔더라고… 수신 표시를 눌렀는데 아무 내용이 없길래 그냥 덮었는데…"
형석은 가슴이 덜컹 내려앉았다.
"아! 교수님… 휴대폰 좀 줘보세요."
양이환의 휴대폰을 건네받아 메시지를 검색했다. 저장 목록에 히로에에게서 온 문자는 없었다.
"그런 게 없는 데요… 히로에 문자가 분명히 맞았나요?"
"그럼! 그렇지 않고서야 내가 어떻게 히로에가 문자 보냈다는 걸 알고 있겠나? 복천암 앞마당을 거닐다가 봤는데…"
"아, 그놈들이 교수님 휴대폰을 해킹했어요. 히로에 번호로 문자

보낸 것도 흔적을 없애려구 지웠구요…"

"아니 그렇게 쉽게 해킹을 해?"

양이환이 의심스러운 듯이 물었다.

"그럼요, 요즘 보이스 피싱하는 놈들도 다 그렇게 해요… 교수님 휴대폰을 켜놓고 있으면 저놈들이 계속 위치를 알게 될 겁니다. 더 이상 사용하면 안 돼요. 휴대폰을 끌게요…"

"그래! 어서 저리 치우게."

양이환이 경기驚氣라도 일으킨 듯이 손을 내젓자 형석이 급히 휴대폰을 꺼서 집안 한쪽 구석에 숨겼다. 그리고 자신의 휴대폰도 전원을 껐다.

"모두들 이러고 있을 때가 아닌 것 같으니 빨리 피합시다. 그나저나 어두워서 큰일이네…"

김 노인이 황급히 방 안으로 들어갔다. 흑칠 상자를 들고 잠시 생각하다가 조심스레 시도요체를 꺼내 보자기에 겹겹이 말아 바랑에 넣었다. 제상을 밝히고 있는 촛불 앞에 섰다.

'천지신명이시여, 조상제위시여… 이 늙은 것의 마지막 바램을 저버리지 마시옵소서…'

간절한 마음으로 빌고 불을 껐다. 일행은 한 줄로 길을 나섰다. 김 노인이 앞장서고 심명이 맨 뒤를 따랐다. 김 노인은 나이는 많았지만 심명이 못지않게 어두운 산길에 익숙했다. 해만 지면 등불 없는 어둠 속에서 십년 가까이 산 덕분이었다. 김 노인은 성큼 성큼한 걸음으로 앞으로 나갔다. 형석이 히로에의 백팩을 벗겨 자기 등에 졌다.

구름 한 점 없는 조령산 하늘에는 별이 반짝이고, 보름을 조금 지난 둥근달은 어두운 길을 밝혀주려 애썼지만 도시 손님들에게는 큰 도움이 되지 못했다. 앞사람의 바쁜 뒤꼬리만 선명하게 보일 뿐, 바로 눈 아래 발 디딜 곳은 구분이 되지 않았다.

물 마른 좁은 계곡으로 들어섰다. 늘어진 나뭇가지가 앞을 가로막고 큰 돌과 작은 돌이 어지럽게 섞여 있어 제대로 걷기가 힘들었다. 숨이 차올랐다. 도수 높은 안경을 끼고, 밤눈이 어두운 양이환이 한 걸음씩 처지기 시작했다. 뒤따르던 심명이 앞질러 가서 필요할 때마다 양이환의 손을 잡고 끌었다. 네발이 되었다가 두발이 되기를 반복했다.

다시 어지러운 바위 길이 나타났다. 심명이 손을 잡아줄 수가 없었다. 양이환이 딛고 있던 돌이 밀리면서 미끄러졌다.

"조심하셔유!"

심명이 소리쳤다. 양이환이 몸의 균형을 잡으려다가 한쪽 발이 돌 틈에 끼면서 넘어졌다. 심명의 다급한 외침과 돌 구르는 소리에 앞서 가던 형석과 히로에가 멈춰 섰다.

"아! 교수님…"

걸음을 멈추고 뒤를 돌아봤다. 직감적으로 양이환에게 문제가 생겼다는 것을 알았지만 아래로 내려가는 것도 쉽지 않았다.

"여기 그대로 있게."

앞서가던 김 노인이 되돌아와 내려갔다.

"어떠셔유? 뒤로 안 넘어진 게 천만 다행인데유…"

심명이 양이환을 천천히 일으켰다. 양이환이 발에 통증을 느끼고 절뚝거리자 심명이 신발을 벗기고 조심스럽게 이곳저곳을 눌렀다.
"아!"
발등 부위에 통증이 느껴졌다. 김 노인이 다가오자 심명이 걱정스런 투로 말했다.
"부러진 건 아닌 것 같은 디유, 발등에 금이 간 건지 모르것네유…"
"허, 이거 낭패로구나…"
김 노인이 낙심해서 한숨을 쉬었다.
"죄송합니다, 어르신…"
"아유, 죄송할 일은 아니지요… 다른 데는 어때요?"
"다른 데는 괜찮은 것 같은데 디딜 수가 없네요"
뼈에 금이 간 건지, 부러진 건지 판단하기 어려웠지만 심각한 상태인 것만은 분명했다.
"심명아, 아무래도 같이 가기는 어렵겠다. 나는 젊은이들하고 우산바우로 갈 테니 너는 일단 교수님하고 피했다가 상황을 봐서 오거라…"
"알것시유 어르신, 어서 가서유…"
"양 교수님은 일단 저 숲으로 올라가세요. 나는 젊은이들을 데리고 피할 테니까…"
"어르신 죄송합니다…"
양이환이 풀죽은 목소리를 내자 김 노인이 발길을 돌리지 못했다.

"어서 올라가셔유. 교수님은 지가 모시구 갈께유…"
심명의 재촉에 김 노인은 마지못해 걸음을 옮겼다.

"교수님은 어떠신가요?"
"글쎄… 발등에 금이 갓나본데 시간이 갈수록 걷기가 힘들어 질 거야. 그나저나 이러고 있을 때가 아냐. 조금만 가면 우산바우가 있는데 거기까지만 가면 일단은 안전해. 양 교수님은 심명이가 있으니까 걱정하지 말고…"
형석과 히로에는 양이환이 걱정됐지만 김 노인의 말을 따를 수밖에 없었다. 다시 산에 오르기 시작했다. 앞이 제대로 보이지 않는 상태에서 산을 오르는 건 힘들 일이었다. 그렇다고 멈출 수도 없었다. 저들은 플래시를 밝히고 올라오고 있다. 어쩌면 지금쯤 노인의 집에 도착해서 일행의 흔적을 찾고 있는지도 모를 일이었다. 형석은 히로에의 한쪽 손목을 잡고 앞을 더듬거리며 언덕을 기어올랐다. 온몸이 땀으로 흠뻑 젖었다.

형석과 히로에가 기진맥진해서 더 이상 오를 수 없다고 느낄 때쯤 김 노인이 말한 우산바우 가까이 도착했다. 계곡을 벗어나 한쪽 숲으로 기어올랐다. 잔가지 나무를 헤치고 올라가자 마치 초가집 지붕처럼 삐죽 나온 커다란 바위가 푸르스름한 하늘과 대조적으로 검은색으로 선명하게 보였다. 아래 계곡에서는 전혀 보이지 않는 위치였다.

김 노인이 걸음을 멈춰 섰다.
"여기는 갑자기 비가 오거나 하면 쉬는 곳이지. 심마니가 아니면 알 수가 없어…"

김 노인이 바위 아래 컴컴한 굴로 들어섰다.

"사람 냄새가 있어서 동물들이 잘 들어오지 않네. 이리들 와서 앉게나."

형석과 히로에는 선뜻 안으로 들어서지 못했다. 바위 아래로 넓은 공간이 있는 것은 알 수 있었지만 어두워서 발을 들여놓기가 꺼림칙했다.

"어르신… 여기서 플래시를 켜면 저들이 알아챌까요?"

"글쎄, 바위 안에서만 켜면 보이지 않겠지. 방향이 아주 다르니까. 근데 플래시가 있나?"

"휴대폰으로 플래시를 켤 수 있어요."

"휴대폰을 켜면 안 된다면서?"

"아니요, 여기는 휴대폰이 안 터져서 괜찮을 겁니다."

형석이 휴대폰을 꺼내 전원을 켰다. 바위 밑을 비추자 어른 댓 명이 편히 앉을 수 있을 만큼의 넓은 공간이 한눈에 들어왔다. 이리저리 플래시를 비춰 바닥을 살폈다. 마른풀과 타다 남은 나무조각 등 사람이 머문 흔적이 보였다. 굴이 깊지 않아 눅눅하지도 않았다. 평평한 자리를 찾아 히로에를 앉게 하고 백팩을 벗었다.

형석과 히로에가 자리를 잡고 앉자 김 노인이 말했다.

"내가 상황을 보고 올 테니 가만히 쉬고 있게."

"알겠습니다. 어르신…"

심명과 양이환은 계곡 옆 풀숲으로 기어올랐다. 양이환은 다친 발을 디딜 수가 없었다. 심명이 아래에서 받쳐주기도 하고 앞에서 끌기도 했다. 나뭇가지에 긁히고 가시에 찔렸다. 숲속은 계곡보다도 더 앞이 보이지 않았다. 어차피 멀리 피하는 것은 불가능했다. 가까스로 한 무더기 덤불숲을 찾아 뒤로 몸을 숨겼다. 플래시를 비춰도 덤불 뒤에 있는 사람이 보이지 않을만했다.

"선상님은 여기 가만히 계셔유. 지가 우치기 됐는지 살펴 보구 올 꺼구먼유."

심명은 양이환을 남겨둔 채 나뭇가지를 헤치고 앞으로 나아갔다. 계곡 길에 들어섰다. 주위를 살피면서 돌 구르는 소리가 나지 않게 하느라 걸음을 내딛기가 쉽지 않았다. 한 걸음 한 걸음을 주의해서 김 노인의 집을 향해 내려갔다. 저만치 아래로 집이 보였다. 더 이상 계곡을 따라가는 것은 위험했다. 누군가 플래시를 비추면 닿을 수도 있는 거리이고, 돌 구르는 소리를 내면 들킬 수도 있다. 계곡을 피해 다시 옆 언덕으로 기어올랐다. 크고 작은 나무와 앞길을 가로막는 숲 덤불, 어지럽게 자리 잡은 바위들을 피해 조심스럽게 아래로 내려갔다. 다소 멀기는 했지만 김 노인 집 마당을 바라볼 수 있는 곳에 도착했다.

몇 명의 사람들이 마당에 불을 피워놓고 서성거렸다. 심명은 숨을 죽이고 지켜봤다. 이따금 사람 목소리가 들렸지만 무슨 말인지 알아들을 수는 없었다. 누군가의 목소리가 들리고 이어 세 개의 플래시가 산언덕으로 올라갔다. 심명은 산으로 올라가는 플래시를 유심히 지켜봤다. 자신들을 뒤쫓는 것이 분명했다. 지금쯤이면 어르신은 우산바우에 있을 것이다. 그곳은 이들에게 들킬 염려가 없다. 다만 양이환이 그 자리에 가만히 숨어 있기만을 바랐다.
한 시간도 채 안 돼서 세 개의 플래시가 다시 내려왔다. 왕복 한 시간이면 얼마 올라가지도 않은 거다. 이들은 양이환도, 어르신도 찾지 못했다. 심명은 이들이 노인의 집으로 들어가길 기다렸다가 양이환이 있는 쪽으로 다시 기어오르기 시작했다.

"세 놈이 산으로 올라갔다 내려왔네. 아마 오늘은 다시 올라오지 않을 걸세. 내가 심명이한테 갔다 올 테니 꼼짝 말고 여기에 있게."
김 노인은 형석에게 신신당부를 했다.
"알겠습니다, 어르신. 그런데 여기서 산 정상이 먼가요?"
"멀지는 않은데 길이 없어. 길이 없으니 오르기가 쉽지 않지. 아마 저놈들도 그래서 포기하고 내려갔을 걸세."
김 노인은 지체하지 않고 산 아래로 내려갔다. 형석은 80이 훌쩍 넘은 노인이 30대의 자신보다도 몸이 날랜데 놀랐다. 그런데다가 아무리 산에서 살았다 해도 달빛 하나에 의지해 거리낌 없이 발을 내딛는 게 신기하게 느껴졌다. 젊은 자신이 부끄럽다는 생각이 들 정도였다.
히로에는 형석의 어깨에 머리를 기대고 무겁게 느껴지는 눈을 감았다. 양이환이 걱정은 되었지만 계속된 긴장과 혼란으로 피로감이 몰려왔다. 한낮 더위는 물러갔다. 허전한 느낌이 들어 형석의 팔을 끌어안았다. 형석이 히로에의 잠바 깃을 여며 주었다.
시간이 꽤나 지났다. 양이환 걱정에 빠져있던 형석이 예사롭지 않은 소리에 고개를 들었다. 마른 나뭇가지 밟는 소리와 잔가지 헤치는 소리가 들렸다.

"히로에… 일어나 봐요…"

형석이 조그맣게 속삭였다.

"예…"

"누가 여기로 올라오는 것 같아요."

"예?"

형석이 몸을 일으켜 조심스레 밖을 내다봤다. 숲속을 바라보다가 나지막이 소리를 쳤다.

"교수님이에요!"

형석이 굴 밖으로 뛰어나갔다. 부축을 받고 올라오는 양이환을 보고 너무 놀랐다. 양이환의 상태는 최악이었다. 발이 아파서 걷지를 못했고, 안경은 어디에선가 잃어버렸다. 설상가상으로 몸에서 열이 나 혼미한 상태로 빠지는 것 같았다. 서둘러 평평한 곳에 뉘고 옷가지를 모아 덮어주었다. 안타깝게도 목을 축일 물 한 모금조차 없었다.

굴 밖에서 서성이고 있던 심명이 말을 꺼냈다.

"어르신… 아무래도 지가 마을에 내려가야 것시유…"

김 노인이 선뜻 대답하지 못했다.

"글쎄 그렇기는 한데… 이 밤중에 마을까지 내려가는 게 어디 쉽나…"

"시간이야 걸리것지만 우쩌것시유… 날 샐 때까지 기다릴 수는 읍슬 것 같은 디유."

심명이 고집을 피우듯이 말했다. 김 노인이 양이환의 이마에 손을 얹었다. 열이 있다. 얼굴에 귀를 기울였다. 숨소리가 깊지 못했다. 갑자기 무리해서 문제가 생긴 게 분명했다. 그냥 놔둘 수 있는 형편이 아니었다. 김 노인이 굴 밖으로 나갔다.

"심명아… 아무래도 그래야겠다. 조심해서 내려가고, 도착하는 대로 경찰서고 어디고 신고해서 뭐라도 오게 해야 것다."

김 노인이 불안한 듯 말을 이었다.

"어느 길로 가겠느냐?"

"아무래도 위루 올라갔다가 이화령으로 빠져야 것지유…"

"그래라. 돌아가기는 해도 그나마 그게 안전하니까…"

심명이 출발하자 한동안 뒷모습을 바라봤다.

형석과 히로에는 밤새 양이환을 주물렀다. 기온이 낮아져 상태가 더 나빠질 것을 염려했다. 양이환은 간혹 깨어나 들릴 듯 말 듯 한 목소리로 말렸지만 두 사람은 양이환이 말을 못 하게 말렸다.

어느덧 하늘이 희미하게 밝아오기 시작했다.

"어디쯤 가고 있을까요?"

"글쎄… 이 산에 심명이 발길이 닿지 않은 곳이 없기는 하지만… 길도 없고 어두워서 잘 내려갔을지…"

김 노인의 얼굴에 수심이 가득했다.

백두대간의 한 정점인 조령산은 소나무와 바위산이다. 심명은 사람들의 발길이 닿지 않은 자신만의 길을 알고 있었다. 그러나 낮이라면 어렵지 않게 올랐을 것이지만 아무리 산세에 익숙해도 어두운 길은 쉽지 않았다. 한 번 잘못 들어서면 커다란 바위와 만나게 된다는 것을 잘 알고 있다. 산세를 살피고 기억을 더듬어 한발 한발 걸음을 옮겼다. 몇 번의 시행착오를 거쳐 등산로에 닿았다. 절반은 성공이었다. 등산로라 해도 군데군데 위험한 바윗길이 산재되어 있어 안심할 수 없기 때문이었다.

마침내 이화령고개에 도착했다. 연풍까지는 자동차 길이다. 4, 5키로 쯤 된다. 지나는 차에 도움을 청하고 싶었지만 이른 새벽에 한적한 시골 마을을 지나는 차는 한 대도 없었다. 피곤함도 잊은 채 뛰다시피 해서 파출소에 도착했다. 근무자는 신새벽에 느닷없이 들이닥친 심명을 보고 놀랐다. 심명은 낯익은 근무자의 얼굴이 반가웠다.

"언능 우산바우로 가셔야 것시유."

"무슨 일이 있나?"

"사람이 다쳐서 우산바우에 있구먼유."

"어이쿠! 그럼 119 헬기를 불러야겠는데?"

12

"야! 목줄을 놓치면 안 돼!"

뱁새가 다급하게 소리쳤다. 커다란 도베르만이 바짓가랑이 사이를 돌며 킁킁거리자 태수가 겁에 질려 자기도 모르게 잡고 있던 줄을 놓았다.

"머저리 같은 새끼! 이 산속에서 목줄을 놓치면 끝장이야!"

또 다른 목줄을 잡고 있던 뱁새가 황급히 쫓아와 태수가 놓친 목줄을 잽싸게 거머쥐었다.

광경을 지켜보고 있던 두수가 소리쳤다.

"야, 뱁새야! 태수한테는 개 주지 마라!"

"알겠습니다, 형님. 아이 저 새끼는 등치는 산만해가지구 개를 그렇게 무서워하나. 방에 가서 개들 냄새 맡을 거나 찾아와!"

"예, 형님…"

태수가 머리를 긁적이며 방으로 들어갔다. 잠시 후 집안에서 꺼내 온 물건들을 마당에 늘어놓았다. 김 노인의 낡은 셔츠와 양이환의 가방, 그리고 히로에가 갈아입고 미처 챙기지 못한 옷가지. 뱁새는 그중에서 김 노인의 셔츠와 화장품 냄새가 배어 있는 히로에의 옷가지를 택해 두 마리에게 각각 냄새를 맡도록 했다. 개들이 킁킁거리며 길을 나서자 일행은 바로 뒤를 따랐다.

두수 일행은 오두막에 도착해서야 양이환 일행이 눈치채고 산으로 피신한 사실을 알았다. 바싹 약이 오르기는 했지만 날이 어두워서 손전등이 있어도 쫓아가기가 쉽지 않았다. 환한 대낮에도 숨을 곳이 천지인데 밤에야 오죽하겠는가. 그래도 카토는 포기하지 않았다. 두수가 마지못해 세 명을 올려보냈지만 한 시간도 안 돼서 포기하고 내려왔다. 그리고 뒤쫓을 개가 있어야 한다는 것을 깨달았다.

뱁새와 태수가 밤새 차를 몰고 왕 회장의 양수리 별장에 가서 개를 데리고 왔다. 별장에는 잘 훈련된 개가 여러 마리 있었다. 그중에서도 사납고 힘이 센 놈으로 두 마리를 골라왔다.

개들은 냄새를 맡고 거침없이 산을 올랐다. 헐떡거리며 개에게 끌려가는 철봉을 보고 카토가 목줄을 빼앗았다. 카토는 수시로 산에 올라 단련을 해서 산이라면 누구보다도 자신 있었다. 얼마 가지 않아 양이환이 피신했던 숲 언덕 부근에 도달했다. 개들은 냄새가 헷갈린 듯 잠시 머뭇거리다가 다시 김 노인과 히로에의 냄새를 따라 산언덕으로 올라갔다.

양이환 일행은 결코 멀리 간 것이 아니었다. 길이 훤히 보이고 시야가 트이자 산이 한눈에 들어왔다. 앞선 한 마리가 갑자기 계곡을 벗어나 숲 언덕을 기어올랐다. 개의 후각을 의심하는 사람은 아무도 없었다. 언덕에 올라서자 갑자기 머리를 쳐들고 으르르 목청을 떨었다.

카토가 고개를 들었다. 그림자가 드리운 바위 밑에 사람 얼굴이 보였다. 한눈에 히로에를 알아보고 흉악스런 표정을 지었다.

"하! 하세카와!"

히로에가 하얗게 질렸다. 형석과 김 노인도 너무 놀란 나머지 입을 다물지 못했다. 그들이 개를 끌고 오리라고는 상상도 하지 못했다. 형석은 너무나 절망스러웠다. 얼른 히로에를 등 뒤로 숨겼다. 양이환은 소란스런 소리에 눈은 떴지만 앞을 제대로 볼 수가 없었다.

카토는 이를 드러내며 한바탕 웃었다.

"도꼬마데 니게라레루또 오못따노까? ^{어디까지 도망갈 수 있을 것 같았나?}"

카토의 말이 떨어지기가 무섭게 날카로운 목소리가 이어졌다.

"니겟땃떼 다레가 니게따노! ^{도망은 누가 도망을 가!}"

형석의 등 뒤에 있던 히로에가 흥분해서 불쑥 앞으로 나섰다.

예기치 않게 터져 나온 히로에의 외침에 으르렁대고 있던 도베르만이 달려들었다. 방심하고 있던 카토가 줄을 놓치자 형석은 반사적으로 히로에를 감싸 안고 몸을 틀었다. 개가 펄쩍 뛰어올라 형석의 팔을 덥석 물었다. 크게 물렸다. 형석은 개를 잘 알았다. 히로에를 밀쳐 내고 땅바닥으로 굴렀다. 개의 머리를 땅에 짓눌러 위기에서 벗어날 것만 같았던 그때 또 한 마리의 개가 헐떡거리며 우산바우로 올라왔다. 개는 눈앞에 벌어진 광경에 앞뒤 가릴 것도 없이 흥분해서 바로 달려들었다. 위기를 느낀 김 노인이 앞을 막아섰다. 개가 노인의 팔소매로 뛰어올랐다. 노인이 팔을 번쩍 들자 개는 옷가지를 물고 있다가 땅바닥으로 떨어졌다. 다시 뛰어올랐다. 열 평 남짓한 우산바우 앞에는 난장판이 벌어졌다. 너무나 순식간에 벌어진 일이었다.
카토가 미치광이처럼 흥분해서 소리쳤다.
"젠부 카미고로시떼! 다물어 죽여!"
온전한 사람의 형상이 아니었다. 카토는 자신을 위기에 빠지게 했던 분풀이를 하려는 것처럼 보였다. 형석이 다시 개의 머리를 땅바닥에 누르고 팔을 빼내려 하자 키야마가 쫓아와 형석의 등을 걷어찼다. 히로에가 달려들었다. 키야마가 히로에의 뺨을 후려쳤다. 힘없이 나가떨어졌다. 철봉이 다시 일어나는 그녀를 붙들었다. 벗어나려고 몸부림쳤지만 역부족이었다.
개와 사람의 싸움은 좀처럼 끝날 기미를 보이지 않았다. 카토와 두수는 마치 재미있다는 듯이 지켜봤다. 누군가를 죽여야만 끝날 것 같았다. 지켜보고 있던 키야마가 카토의 귀에 대고 속삭였다. 카토가 고개를 끄덕였다.
"야메루또 잇떼! 멈추라고 해!"
통역은 언덕을 기어오르느라 헐떡거리던 숨을 고르지도 못한 채 카토의 말을 전했다. 뱁새가 개들을 불러들였다.
히로에가 몸부림치며 소리쳤다.
"오야노 카따끼! 아버지의 원수들!"
"소노 바이꼬꾸도? 신데모 가마와나이 그 매국노? 죽어도 싸지."
"우리 아버지가 왜 매국노야! 너희는 살인마에 도둑놈들이지!"
"매국노의 딸년이!"
키야마가 히로에를 다시 후려쳤다. 입가에 피가 흘러내렸다. 형석이 일어나 달려들자 키야마가 슬쩍 피하면서 발을 번쩍 들어 올렸다. 형석은 이들의 상대가 되지 못했다. 중심을 잃고 앞으로 엎어졌다. 키야마가 끝을 내겠다는 듯이 팔뚝만큼 굵은 나뭇가지를 집어 들고 다가섰다.

카토가 손을 내저었다.

"키야마, 기다려…"

키야마가 주춤하자 카토가 천천히 형석에게 다가가 구둣발로 목을 밟았다. 형석이 고통스런 신음을 토했다.

비열하게 웃으며 히로에를 향해 물었다.

"이봐! 이게 네 남자 놈인가?"

"…"

히로에의 안색이 하얗게 변했다. 철봉의 손에서 벗어나려고 몸부림쳤다. 그럴수록 철봉은 히로에의 양팔을 옥죘다.

"시도요체는 어디 있지?"

"형석 씨…"

히로에가 말을 잇지 못하고 몸부림치며 절규했다. 카토는 더 세게 형석의 목을 밟았다. 형석이 고통스러워했다.

"기다리시오!"

순간 모두의 시선이 한곳으로 쏠렸다. 김 노인이 카토 앞에 바랑을 던졌다.

"당신들이 찾는 게 바로 그거요!"

키야마가 황급히 다가가 바랑을 끌렀다. 누런 고문서가 나왔다.

키야마가 입을 헤 벌리고 카토에게 책자를 들어 보였다. 카토가 음흉한 웃음을 흘렸다.

갑자기 산 뒷편에서 요란한 소리가 들려왔다. 헬리콥터였다. 순식간에 우산바우 상공에 도달했다. 119 구조헬기였다. 십명이 타고 있었다. 사람들의 시선이 헬리콥터로 집중됐다. 우렁차고 세찬 바람 소리에 놀란 개들이 이리저리 날뛰기 시작했다. 우산바우 주변 나무들이 요동쳤다.

"부상자를 호송하겠다. 물러서라!"

헬리콥터에서 확성기 소리가 나왔다. 통역을 통해 구조헬기임을 알아챈 카토와 키야마가 물러서지 않았다. 우산바우 앞에는 헬리콥터가 내릴 수 있는 공간이 없었다. 일당들은 겁날 게 없었다.

"부상자를 호송하겠다. 물러서라!"

같은 말이 되풀이됐다.

일당들은 물러서지 않았다.

그때였다.

"꽝!"

프로펠러의 요란한 바림 소리 사이를 뚫고 한방의 총소리가 들렸다. 확성기 소리가 다시 터졌다.

"물러서라! 경찰이다!"

"젠장!"

두수의 한마디에 일행이 흩어지기 시작했다. 머뭇거릴 여유가 없었다. 키야마가 시도요체를 바랑에 싸서 뛰기 시작했다. 카토는 앞서 내려가고 있었다.

13

동대륙문제연구소를 향해가는 카토의 발걸음이 가볍지만은 않았다. 오야붕은 기리스테고멘 처결을 명했다. 시도요체를 찾은 성과는 있었지만 시도요체에 접근한 히로에와 그 일행은 처치하지 못했다. 그러나 더 이상 한국에 머무를 수는 없었다. 한국 경찰에 노출됐다. 흔적 없이 처리하라는 오야붕의 엄명이 무엇보다도 중요했다. 소란을 떠는 것은 차라리 안 하느니만 못했다. 어디에 잘못이 있었는지는 따질 겨를도 없이 왕 회장에게 뒷마무리를 부탁하고 바로 후쿠오카로 돌아왔다.

전화보고를 받은 오야붕은 이렇다 저렇다 말을 하지 않았다. 긴장한 상태로 사무실 문을 열었다. 죽음을 각오했다.
카토는 오야붕 탁자 위에 시도요체를 놓고 무릎을 꿇었다.
"시도요체를 찾아왔습니다."
고개 숙인 카토의 이마에 땀방울이 맺혔다. 두목은 시도요체는 쳐다보지도 않았다.
"그들을 처결하지 못했다고?"
"예! 오야붕… 죄송합니다."

"그러면… 나의 지시를 완수한 것인가, 못한 것인가?"

"죄송합니다."

카토가 넙죽 엎드렸다. 침묵이 흘렀다. 도열한 사내들의 시선이 오야붕에게 집중됐다.

"절반의 성공도 용서하고 싶지 않다."

"옛! 죽을 준비는 끝났습니다."

카토가 다시 납작 엎드렸다. 오야붕의 지시에 항변을 해본 적이 없다. 오직 오야붕의 지시에 따라 생각하고 행동해왔다. 절반의 성공도 용서할 수 없다면 용서할 수 없는 것이다. 두목이 천천히 입을 뗐다.

"노무라 의원께서 너를 보자고 하신다. 의원님께 직접 시도요체를 보여드려라."

"예! 알겠습니다!"

"우리는 우리의 주군이신 노무라 의원님의 뜻에 신명을 바쳐야 한다. 주군께서는 스러지는 제국 일본을 다시 일으켜 세우는데 생을 걸었다. 주군의 뜻에 따르는 게 우리 겐류샤의 길이다!"

"옛!"

비장함이 서린 두목의 끝말에 카토와 키야마를 비롯해 도열한 사내들 모두 합창을 하듯이 복종을 외쳤다.

"카토와 키야마는 지금 즉시 동경으로 가라. 주군께서 조만간 연락이 계실 것이다. 그때까지 모든 활동을 중지하고 대기해라. 너의 처리 문제는 그 후에 다시 논하겠다."

카토는 다시 엎드려 절하고 시도요체를 보자기에 쌌다. 온몸에서 진땀이 배어 나왔다. 목숨이 붙어 있는 채로 사무실을 나올 수 있던 것에 감사했다. 그러나 목숨을 구걸할 생각은 하지 않았다. 오직 오야붕의 지시를 이행하지 못했다는 자괴감과 히로에 일행을 처치하지 못한 분노만이 가득 했다. 겐류샤를 떠난 자신의 삶에 대해서는 단 한번도 생각해 본 적이 없었다.

도립병원 4인용 병실. 낯선 자들로부터 위험을 느낀 형석은 여러 사람이 사용하는 병실을 택해 양이환을 입원시켰다. 양이환은 X-ray 촬영결과 발등에 금이 간 것이 확인되었다. 무릎 아래로 깁스를 하고, 탈진 때문에 하루 이틀 입원이 필요했다. 히로에와 김 노인의 상처는 심하지 않았지만, 형석은 개에게 깊이 물려 꿰매고 치료하는데 시간이 제법 걸렸다.

그나마도 다행인 것은 왕 회장이 개 관리를 잘 한 덕분에 감염은 없었다. 입원이 필요한 정도는 아니라서 바로 일상으로 돌아왔다.

다음날, 상태가 양호해진 양이환은 더 큰 사고가 없었던 것에 다행이라 생각하면서도 시도요체를 잃은 것에 크게 낙심했다.

김 노인이 양이환을 보고 말했다.

"더 이상 사람을 다치게 할 수는 없소."

"물론 어르신 말씀이 옳지만…"

"시도요체를 복사해 두었다고 하지 않았소?"

"그러기는 했지요. 그래도…"

"그 내용이 뭔지 사람들에게 알리면 됐지 뭘 더 바라겠소? 양 교수가 그만한 것으로 만족합시다."

김 노인의 의지는 단호했다. 양이환은 이의를 달 수 없었다. 시도요체 때문에 사람을 해치는 일이 있어서는 안 된다는 것이 김 노인의 오래된 지론이었다.

샐쭉한 표정을 짓고 있던 히로에가 나섰다.

"할아버지 말씀이 맞기는 해요. 그런데 원본 없이 사본만으로는 신뢰가 떨어지죠. 사본은 누구라도 만들 수 있는 거니까…"

"그 말도 맞지. 하지만 책이 그들 손에 들어간 이상 다시 우리에게 돌아오는 일은 없을 거야. 그 사람들 목적은 시도요체를 세상에서 없애는 게 아닌가. 어쩌면 지금쯤은 재로 변했을지도 모르지…"

"아… 할아버지…"

히로에가 김 노인의 마지막 말에 탄식을 했다. 모두가 생각조차 하기 싫어했던 말을 기어코 김노인이 꺼낸 것이다. 그러나 그 말은 맞다. 그들이 시도요체를 다시 놓치겠는가. 이 자리에서 언급을 피한다고 시도요체가 살아있겠는가. 지금쯤 재로 변했을지도 모른다는 말은 사실 운명에 가까웠다.

늦은 오후, 사건을 배정받은 도 경찰청 담당 형사가 찾아왔다. 담당자는 은근히 자신이 지역 베테랑임을 내세우면서 사건 내용은 뻔한 게 아니냐는 듯이 형석에게 질문을 시작했다. 그러나 형석의 설명이 길어지면서 사람을 문 개에 관한 얘기는 사라지고, 뭔지도 모를 시도요체와 서울, 동경 등이 계속 나오자 점차 표정이 굳어갔다. 사건을 이해하는 것조차도 힘들게 느껴졌다. 게다가 양이환이 퇴원한 후에 세 명 모두 서울로 올라간다는 말에는 크게 낙심한 듯이 보였다. 관내에는 사건 해결에 크게 도움이 되지 않는 김 노인과 심명만이 남는다고 했다. 담당자는 서울팀과 공조해야겠다는 말을 먼저 꺼냈다.

둘째 날 아침이 되자 기력을 회복한 양이환이 서울로 가겠다고 퇴원했다. 김 노인과는 추후에 다시 연락하기로 하고 복천암으로 향했다. 큰스님은 석고붕대를 한 양이환을 보고 많이 놀랐다. 자초지종을 설명했다. 큰스님은 잠시 눈을 감고 염불을 외고 그만하길 다행이라고 위로했다. 그리고 시도요체가 복사되어 있다는 말에 안도의 숨을 내쉬었다. 김 노인과 마찬가지로 누구도 다쳐서는 절대 안 된다는 말을 반복했다. 양이환은 그들이 원하는 시도요체를 가져갔으니 위험한 일은 다시 발생하지 않을 거라고 큰스님을 안심시켰다. 시도요체 해석이 끝나면 다시 내려오기로 하고 아쉬움을 남긴 채 서울로 올라왔다.

일행의 충격은 거기서 끝나지 않았다. 양이환의 집에서 해머가 총에 맞아 죽은 사실과 집안이 난장판으로 어지럽혀진 사실을 확인하고 경악했으며, 형석의 오피스텔까지 침입한 사실을 확인하고 그들의 집요함에 다시 한번 놀랐다. 형석은 분해서 치를 떨었다. 반드시 찾아내 톡톡히 대가를 치르게 하겠다고 별렀다.

형석은 사안의 중대성을 감안해 경찰청을 찾았다. 형석이 먼저 충북 도경과의 관계를 설명했고, 히로에는 아버지가 살해된 사실을 얘기하면서 다시 눈물을 흘렸다. 담당자도 상황을 이해하고 안타까움을 표했다. 사건 자체는 개가 사람을 공격한 것이 발단이었지만, 이면에 복잡하게 얽힌 내용은 중대하고 심각했다. 경찰청은 도경으로부터 사건을 인계받아 바로 특별 수사팀을 구성했다. 책임자는 일본과의 관계 등을 고려해서 비밀리에 수사를 진행토록 지시했다. 대책 없이 사건이 노출될 경우 여론이 어떻게 전개될지 아무도 예측할 수 없었기 때문이었다.

본격적인 수사가 시작됐다. 수사팀은 형석의 차량과 오피스텔을 비롯해 충북구조대, 인천공항, 양이환의 집, 연풍 등으로 각각 흩어져 조사에 착수했다.

제일 먼저 결과가 나온 곳은 형석의 차량이었다. 형석은 자신의 승용차에 위치 추적기가 달렸을 것이라고 주장했지만 차량 내부와 외부를 검사 한 결과 아무것도 발견되지 않았다. 뱁새는 베테랑이었다. 이미 지하 주차장의 CCTV를 피해 추적기를 흔적 없이 제거한 지 오래였다. 형석은 자신의 예측이 빗나가자 크게 실망했다.

블랙박스 결과는 더 실망스러웠다. 영상에 나타난 두 대의 승용차는 소재 추적이 불가한 대포 차량으로 판명되었다. 담당 팀조차 놀랐다. 두 대 모두 새 차였기 때문이었다. 차량 조회를 통해서 조직을 추적하겠다고 자신했던 팀은 크게 좌절했다. 해당 팀뿐만이 아니라 형석 일행과 지휘부까지도 깜짝 놀랐다. 치밀했다. 사실 뱁새는 그렇게 만만한 인물은 아니었다. 중요한 추적 의뢰가 들어오면 원래 번호판을 떼고 대포 차량 번호판을 달고 달렸다. 단 한 번도 실수한 적이 없었다.

그러나 일은 항상 엉뚱한 곳에서 터지기 마련이다. 블랙박스를 분석하던 선배들이 실망해 자리를 비운 사이에 신출내기 형사가 호기심에서 화면을 돌려보았다. 이제 막 형사과에 배치되어 모든 게 신기했던 신출내기는 선배들이 실망한 결과물조차도 호기심의 대상이었다. 무심코 클릭한 영상은 여의도에서 올림픽대로로 진입하는 부분을 보여주었다. 형석의 차량 뒤로 소나타와 K5가 보였다. 문제의 대포 차량이었다. 무언가 단서가 없을까 하는 막연한 생각으로 화면을 지켜보던 신참의 눈에 검은색 벤츠가 들어왔다. 몇 번이나 사라졌다 나타나기를 반복했지만 결국 용인까지 따라 온 것을 알았다. 화면을 정지시키고 영상을 확대했다. 자신이 잘못 본 건 아닌지 몇 번이나 되돌려 확인했다. 분명히 같은 차였다. 확신이 섰다. 보고를 받은 팀장은 대포 번호판에 놀란 사실 때문에 신중한 분석을 지시했다. 판독결과 여의도에서 합류한 두수의 벤츠 차량이었다. 흐릿하게나마 번호판 식별이 가능했다. 그리고 대포 차량도 아니었다.

다시 수사가 활기를 띠었다. 벤츠의 소재를 추적하면서 같은 지하주차장에 주차되어 있던 문제의 소나타와 K5를 발견했다. 거기에는 노련한 수사관의 직감이 작동했다. 짙게 썬팅한 두 대의 차량이 나란히 주차되어 있는 게 눈에 띈 것이다. 수사관이 번호판을 유심히 살폈다. 전문가가 작업을 한 듯 번호판은 교체 흔적이 없었다. 그러나 뛰는 놈 위에 나는 놈이 있다. 고참 수사관은 주머니에서 새 휴지 두 장을 꺼내 번호판과 범퍼를 따로따로 문질렀다. 아무리 깨끗한 차라도 도로를 달리다 보면 먼지가 묻기 마련이다. 예상은 빗나가지 않았다. 번호판을 문지른 휴지는 깨끗했지만 범퍼를 문지른 휴지에는 때가 묻었다. 번호판과 범퍼가 같이 돌아다녔다면 있을 수 없는 일이었다. 번호판을 교체한 결정적인 증거였다. 두 대가 모두 그랬다.

긴급히 형석과 히로에를 동원해 건물에서 나오는 뱁새를 확인하고 긴급체포했다. 뱁새의 죄목은 모두 나열하기가 쉽지 않았다. 뱁새는 어디에서 실수가 있었는지 도무지 이해할 수가 없었다. 차량 번호판도, 주차장 CCTV도, 용인에서도 모두 완벽했다고 자신했었다. 너무 크게 실망해서 풀이 죽은 채로 수갑을 차고 사무실로 올라갔다. 두수와 철봉이 왕 회장과 함께 있었다. 형석과 히로에는 그들을 바로 알아봤다. 왕 회장은 자신과의 연관성을 끝까지 부인했다. 그러나 조사하면 다 밝혀질 일이었다.

자포자기한 두수 일당을 통해 히로에의 사진을 보내준 자는 카토로 밝혀지고, 박두수와 카토가 주고받은 문자 내용이 모두 증거로 압수되었다. 카토와 키야마는 조령산 사건 당일 일본으로 도주하면서 일본 조직에서 예약한 비행기 편을 이용한 것으로 확인되었다. 어리석게도 두수 일당에게 자신들의 이름을 숨기려고 했던 것이 그들이 쓸 수 있는 마지막 방어 수단이었다.

14

"최 박사, 그게 우리 고전학술원에 어떤 결과를 가져올지 생각해 봤나?"

강석규가 미간을 찌푸리고 형석을 쳐다봤다.

"하지만 언젠가는 발표해야 하지 않나요?"

"아예 발표를 안 한다는 게 아니지. 자네는 지금 가짜 시도요체를 만들어서 진짜 시도요체인 것처럼 발표하라는 게 아닌가?"

"굳이 그렇게 의미를 두실 필요는 없을 것 같습니다. 진짜, 가짜를 염두에 두지 마시고 시도요체 실체만 발표해달라는 거죠."

"어쨌든 가짜 시도요체를 새로 만들어서?"

"그야 그래야겠지요…"

"허허허 재미는 있군 그래."

강석규가 어이없는 듯 웃자 듣고만 있던 양이환이 끼어들었다.

"강 교수, 학술원 쪽에는 문제 될 게 없을 수도 있어."

"어떻게? 원본이 아닌 게 밝혀지면?"

"물론 밝혀질 수도 있겠지…"

"허, 요즘 세상에 비밀이 어디 있나. 숨길 걸 숨겨야지."

"그러지 말고 머리를 써보자구. 자네는 나한테서 사본을 받은 거야. 만에 하나 자네가 발표에 사용한 시도요체가 사본임이 밝혀지면 원본은 내가 가지고 있는 걸로 하면 되지 않겠나? 아니, 어차피 원본은 내가 가져 왔지. 지금 자네한테는 원본이 없어. 안 그런가?"

강석규가 대답을 못 하고 멍한 표정을 했다.

"그것뿐인가? 회견장에서 가짜 아니냐고 물을 정신 나간 기자도 없을 걸세."

"그야 물론 그렇겠지… 하지만 만일 학계나 이런데서 자네가 가지고 있다는 원본을 보자고 하면?"

강석규는 대답해보라는 듯이 양이환을 쳐다봤다.

"아니, 보자고 하는 대로 다 내줘? 자네라면 그렇게 중요한 책자를 쉽게 내돌릴 수 있겠나? 언해본 사건을 봐. 지금 어디에 있는지, 누가 가지고 있는지도 오리무중이잖나. 원본을 보자고 달려드는 사람도 별로 없을 거야. 물론 때가 되면 언젠가는 얘기를 해야겠지. 그건 각오해야지. 영원히 숨길 수는 없을 테니까…"

한순간에 좌중이 조용해졌다.

카토일당이 범인이라는 것이 확실해진 이상 하세카와 살해사건은 전모가 밝혀질 수밖에 없다. 그 과정에서 시도요체가 언급될 것은 자명했다. 어차피 일본의 발표를 통해서 시도요체가 알려질 거라면, 기다릴 필요 없이 고전학술원 측에서 먼저 시도요체를 발표해버리자는 게 형석의 주장이었다. 그렇게 되면 카토 일당이 가져간 시도요체는 자동적으로 가짜가 되는 것이다. 그들은 시도요체를 본 적이 없기 때문에 진짜와 가짜를 구분할 능력이 없다. 학자가 아니라 조폭이다.

게다가 만에 하나라도 시도요체가 재로 변했다면 자신들이 진짜를 손에 넣었던 건지, 가짜를 손에 넣었던 건지조차도 확인할 길이 없다.

카토 일당이 가짜 시도요체를 가져간 것을 알게 되면 어떤 일이 벌어질까? 절대로 혼란을 피하지 못할 것이다. 살인도 서슴지 않고 찾으려 했던 그들이다. 형석은 통쾌한 복수가 될 수 있을 거라고 확신했다.

히로에가 엄지손가락을 추켜들었다.

"아저씨가 정답이에요. 반드시 발표해야 돼요. 저를 생각해서라도 꼭 그렇게 해주세요."

강석규는 더 이상 거부하기가 어려웠다. 시도요체 발표는 고전학술원의 최우선 과제였다. 원장 이하 모든 연구원들이 손꼽아 발표를 기다리고 있었다. 그러나 자신을 제외하고 학술원 사람들은 원본을 잃어버린 사실을 아직 몰랐다. 시도요체를 전부 해석한 후에 발표할 것인가, 아니면 존재 자체만으로 먼저 발표할 것인가를 두고 즐거운 논란을 벌이던 중에 조령산 사건이 터진 것이다. 그러나 하세카와 교수 살해범이 누구인지 밝혀졌으니 일본에서 사건을 발표하면 시도요체가 세상에 드러나는 건 시간문제였다.

"좋아, 발표하지. 그러면 경찰에서도 사건을 발표하는 건가?"

"그럼! 학술원 발표에 이어서 바로 해야겠지. 그건 엄연한 사실이니까."

"그렇군…"

강석규가 고심 끝에 동의했다.

양이환은 흡족해서 경찰청 한성준 경감에게 전화했다. 한성준은 사건을 담당한 책임자였다.

"경감님 쪽에서는 사건만 발표하고 굳이 시도요체는 언급하실 필요가 없겠지요?"

"물론입니다. 우리는 시도요체에 관해서 아는 바도 없구요."

경감은 당연하다는 듯이 대답했다.

"그러면 준비를 하시죠?"

"알겠습니다. 완료되는 대로 바로 연락드리겠습니다."

"좋아요, 그럼 6시에 기자회견을 열겁니다. 준비를 잘 해주시고…"

양이환이 전화를 끊고 일행을 둘러보며 말했다.

"그럼 다 된 건가?"

"잠깐만요, 한 가지 더 있어요."

형석이 불쑥 나섰다.

"한 가지 더?"

"예, 교수님. 기자회견을 성공적으로 마치려면 목함이 있어야 해요. 그 날 어르신께서 바랑을 매고 산으로 올라가셨던 것 기억하세요?"

"아, 그랬나?"

"예, 그런데 그 바랑에 목함은 없었어요. 어르신은 목함 없이 시도요체를 보자기에 싸서 바랑에 넣었거든요."

"그러면?"

"기자회견 때 그 목함을 보여주는 겁니다. 시도요체의 존재성을 높일 수 있을 거예요. 지금 심명 씨가 서울로 가지고 오고 있으니까 제가 직접 받아서 강 교수님께 전달해 드릴게요."

양이환의 얼굴이 환해졌다. 형석의 치밀함에 찬사를 보냈다. 형석은 기자회견의 필요성을 생각하면서 바로 목함을 떠올렸던 것이다. 시도요체의 실체를 증명해 보이기 위한 모든 방법을 찾아야만 했다.

형석과 히로에가 터미널로 출발했다.
"히로에 생각은 어때요? 정말 복수가 될 수 있을 거 같아요?"
"음… 내가 형석 씨보다 그 사람들 세계를 많이 봤잖아요?"
"그렇죠. 아무래도."
"기자회견만 잘 된다면요…"
히로에의 입가에 미소가 흘렀다.

기자회견이 성공하려면 일본 방송사의 적극적인 취재가 있어야 했다. 히로에는 미하루의 도움을 받기로 결정하고 그간의 상황을 전했다. 두 명의 일본인이 한국에 와서 시도요체를 강탈하려 했던 것과 히로에의 사진을 보내준 자가 카토인 것을 설명하고, 그들이 아버지를 죽인 범인이라고 알려주었다. 히로에는 카토가 강탈해간 시도요체가 가짜라는 말은 굳이 하지 않았다. 기자회견을 보면 어떤 일이 있었는지 자연스럽게 알게 될 것이다. 저녁 6시에 사건발표 기자회견이 있을 예정인데 한국에 파견 중인 모든 일본 언론사의 취재가 필요하다고 부탁했다.

미하루는 흥분했다. 하세카와 교수 살인사건이 진척을 보이지 못하고 있는 상황에서 사건 해결의 결정적인 단서가 자신에게 들어온 것이다. 특종 중의 특종이었다. 게다가 미치광이 극우파 놈들을 무너뜨릴 수 있는 절호의 기회라고 생각했다. 자신의 인맥을 모두 동원해 한국에 파견 중인 언론사에 하세카와 살인사건과 관련된 기자회견이 있을 것이라고 귀띔을 해주고 적극적인 취재를 부탁했다.

미하루는 우에노 경찰서로 달려갔다. 사무실에 들어서자마자 이찌하라 경사에게 다짜고짜 물었다.

"진척이 좀 있나요?"

"지금 조사 중인데 아직…"

미하루는 이찌하라의 팔을 잡아끌고 사무실 밖으로 나왔다. 이찌하라가 어리둥절한 표정으로 말했다.

"무슨 일인데 이렇게 사람을 당황스럽게 합니까?"

"호호 제가 좀 그랬나요? 범인이 누군지 알았거든요."

"예? 누군데요?"

"말하기 전에 먼저 약속부터 해야 합니다."

"무슨 약속이요?"

"지금부터 모든 조사 신행내용을 저하고 공유히 는 겁니다. 제가 원하면 언제라도 저를 참여 시키구요. 그런 약속 없이는 말해줄 수 없어요."

"아니, 미하루 상도 알다시피 어떻게 수사에 민간인을 참여시킬 수 있습니까?"

"그렇다면 다른 형사님을 찾아가죠. 하세카와 교수 사건이라면 제 부탁을 들어줄 형사님들이 많을걸요?"

미하루는 샐쭉한 표정으로 놀려대듯 말을 이었다.

"저 사회부 소속인 거 아시죠? 제가 아는 형사님들 많아요."

"…"

이찌하라가 대꾸를 못 하고 곤혹스런 표정을 지었다.

"그렇다고 경사님을 난처하게 하지는 않겠어요. 다만 조사 내용을 보고 모든 언론 발표는 제가 1번이고, 단독 취재예요."

미하루가 익살맞게 웃었다.

이찌하라는 피할 방법이 떠오르지 않았다.

"알겠습니다. 그렇게 하죠…"

"파트너가 어느 분이시죠?"

"그건 왜요?"

"당연히 그분께도 다짐을 받아야지요. 증인이 있어야 할 거 아니에요."

"아, 이거 지금 경찰 여러 명이 매달린 큰 사건입니다."

"호호, 저도 알아요. 그래도 한 분만 있으면 돼요."

한방 얻어맞은 기분이었다. 빈틈없는 아가씨라고 생각했다.

이찌하라는 미하루의 제보에 따라 사건 당일 인천공항에서 후쿠오카로 입국한 카토와 키야마의 신원을 찾아냈다. 시급히 두 사람의 휴대폰 검색 영장을 발부받아 문자 메시지 내용을 확인한 결과, 미하루의 제보와는 달리 히로에의 사진을 처음 전송한 것은 카토가 아니라 키야마였고, 그 사진을 한국으로 보낸 자는 카토로 확인되었다. 이찌하라는 미하루의 제보가 전체적으로 맞다고 결론 내렸다. 한국에서 검거된 범인의 진술도 있었다 하고, 무엇보다도 키야마와 카토가 히로에의 사진을 주고받은 사실, 그리고 사진 전송 시간과 하세카와의 사망시각이 거의 일치하는 점 등이 확신의 이유였다. 나머지 자세한 것은 수사과정에서 밝히면 된다.

이찌하라는 파트너에게 영장 준비를 부탁하고 자신은 미하루와 만나기로 약속한 장소로 찾아갔다. 제보 내용이 맞는지에 대해 서로 공유하기로 한 점도 있었지만, 결정적인 단서를 제공해준 것에 대한 고마움도 표하고 싶었다.

미하루는 이찌하라에게 차 한 모금 마실 시간도 주지 않고 질문을 해댔다. 질문이 끝나자 미하루가 만족한 표정으로 말했다.

"기사에 우에노경찰서 관계자의 말이라고 한마디 넣어도 되겠죠?"

"안된다고 하면 안 넣을 거예요?"

"호호 제가 취재한 거니까 경사님이 안 된다고 해도 당연히 넣죠."

이찌하라는 그럴 줄 알았다는 듯이 코웃음을 쳤다. 신세를 갚은 것으로 생각했다.

미하루는 곧장 사무실로 달려갔다. 6시에 한국에서 기자회견이 있을 예정이다. 기자회견 후에는 하세카와를 살해한 범인이 누구인지 천하가 다 알게 된다. 선수를 쳐야 했다. 천재일우의 기회를 놓칠 수 없었다. 바로 국장 방으로 들어가 특종을 알렸다.

"이건 호외감이야!"

국장은 너무 놀란 나머지 손에 들고 있던 커피를 쏟을 뻔했다.

온 나라가 시끄러운 동경대 교수 살해 사건이었다. 국장은 전직원의 업무를 일시 중지시키고 호외 발행에 집중토록 지시했다. 베테랑 기자를 모아 기사 작성에 들어갔다. 호외의 제목은 '동경대 하세카와 교수 살해 용의자 신원 확인!' 이었다. 제목 아래로 대문짝만하게 카토와 키야마의 사진이 배치됐다. 실로 오랜만에 발행하는 호외다운 호외였다. 빠르게 윤전기가 돌았다. 호외는 잉크냄새를 풍기며 각지로 배송됐다.

한국에서는 오전부터 공중파 방송사를 비롯해 케이블 TV까지 화면 하단에 고전학술원에서 중대 발표가 있을 거라는 문자가 계속 표시되었다. 방송사뿐만이 아니라 국민들도 무슨 내용인지 궁금했다. 한문을 연구하는 고전학술원에서 중대 발표할 게 뭐가 있을지 모두 똑같은 의문을 가졌지만 누구도 내용이 뭔지는 말하지 못했다. 추측이 난무했다. 일본 기자들은 어렴풋이 알면서도 입을 다물었다.

'하세카와 교수 살해 사건을 왜 한국에서 발표하지?'

그들에게는 오직 그것이 의문일 뿐이었다.

예고했던 6시가 됐다. 기자회견장에는 다른 때와는 달리 여러 대의 일본 TV 방송사 카메라가 보였다. 일본 기자들은 추가내용을 입수하려고 백방으로 노력했지만 허사였다.

강석규가 단상에 올랐다. 자신을 소개하고 시도요체에 관해 차분히 발표를 시작했다. 시도요체의 실체와 만들어지게 된 과정, 작성자와 소유자, 시도요체가 일본으로 건너갔다가 돌아오게 된 사연 등등. 다만 불확실한 부분이 많아 조사와 연구를 진행 중이라는 아쉬움을 남기고 공식 발표를 끝냈다. 장내가 소란스러워졌다.

강석규가 투명한 플라스틱 상자 안에 담긴 흐릿한 글씨의 고문서를 들어 올렸다. 사방에서 플래시가 터졌다. 플라스틱 상자의 매끄러운 표면에 반사되어 내용물이 제대로 찍히지 않았다.

"시도요체를 상자에서 꺼낼 수는 없습니까?"

카메라 기자가 불만을 터뜨렸다.

"안타깝게도 상태가 좋지 않아 부득이 이렇게 할 수밖에 없습니다. 양해를 부탁드립니다."

강석규가 때를 놓치지 않고 검은 옻칠의 목함을 들어 올렸다.

"시도요체는 이 나무 목함에서 500년 넘게 잠자고 있었습니다."

목함을 천천히 좌우로 들어 보였다. 한눈에 봐도 오래된 것으로 보이는 고풍스런 목함을 내밀자 사진 기자들은 플라스틱 상자의 부족한 영상을 대신 채울 생각에서 다시 카메라를 들이밀었다. 더 많은 플래시가 터졌다. 회견장은 난리 그 자체였다. 훈민정음 언해본 사건으로 학계 내외가 시끄러운 상황에서 세종대왕의 대화가 담긴 고문서라는 말은 모두를 흥분의 도가니로 몰아넣기에 충분했다.

기자들의 질문이 이어졌다.

"시도요체의 내용을 한마디로 요약하면 무엇입니까?"

"시도요체의 핵심은 대왕의 계시입니다. 대왕께서는 한글 창제 과정에서 신미대사님과 많은 말씀을 나누셨는데, 무엇보다도 우리 한민족이 신의 선택을 받은 민족이라는 말씀을 남기신 겁니다."

발표장이 다시 웅성거렸다.

이 시대에 신의 선택을 받은 민족이라는 말이 과연 옳게 받아들여질 수 있는 것인지 모두 황당해했다.

"신의 선택을 받았다는 근거가 무엇입니까?"

"언어문제로 보입니다만 자세한 내용은 지금 시도요체를 해석 중에 있기 때문에 추후에 다시 말씀드리겠습니다."

"그게 대왕의 계시입니까?"

"아닙니다. 대왕의 계시는 순경음입니다."

"순경음이요?"

회견장이 다시 술렁거렸다.

"그렇습니다. 순경음을 지키라는 대왕의 계시가 있었는데 그 의미가 무엇인지 그것 역시 분석이 완료되면 상세히 말씀드리겠습니다. 저희들이 분석을 시작한 지 일주일도 채 되지 않아 현재로서는 상세히 밝히는 게 어렵습니다."

"그러면 분석이 끝나기도 전에 뭔지도 모르고 기자회견을 하게 된 이유가 뭡니까?"

기자의 목소리에 신경질이 잔뜩 담겼다.

강석규가 잠깐 뜸을 들이고 말했다.

"오늘 서둘러 기자회견을 하게 된 이유는 시도요체와 관련해서 사람이 죽는 안타까운 사건이 있었기 때문입니다. 저의 발표에 이어서 경찰청에서 사건 경위 발표가 있을 예정입니다."

강석규는 계속 이어지는 질문에 답변하고, 연단 아래에서 대기하고 있던 한성준 경감에게 손짓을 했다. 한성준이 올라와 마이크 앞에 섰다.

"사건을 맡은 경찰청 한성준 경감입니다. 발표에 앞서, 본 사건은 일본 측과 연결되어 있는데 내국인 범인은 모두 검거되었지만 일본 측에서는 지금 범인을 추적 중에 있습니다. 향후 긴밀한 공조를 통해서 일본 측 범인 검거와 사건 전모를 밝히는데 만전을 기할 예정입니다. 따라서 오늘은 일본과 관련된 부분을 상세히 언급할 수 없음을 양해 부탁드립니다."

플래시가 다시 터졌다. 한성준은 시도요체가 한국으로 건너오는 과정에서 동경대 하세카와 교수가 살해된 사실과 박두수 일당이 일본에서 건너온 카토, 키야마 등과 결탁해 시도요체를 찾아다니면서 저지른 각종 범죄 행위, 그리고 범죄 행각이 노출되자 카토와 키야마가 일본으로 도주한 사실 등을 발표했다.

일본 기자가 먼저 손을 들었다.

"카토씨가 범죄에 가담한 사실은 입증할 수 있습니까?"

"국내에서 검거된 범인들의 자백이 있었고, 사건 당시 충북 구조대에서 촬영한 영상에 대상 인물들이 모두 촬영되어 있습니다."

한국 기자의 질문이 뒤를 이었다.

"일본인은 몇 명입니까?"

"카토와 키야마 등 2명입니다."

"재판도 받지 않았는데 이름을 밝히는 게 문제는 없는 겁니까?"

"일본은 용의자 선에서 실명을 공개합니다. 아무런 문제가 없습니다."

"일본 경시청과는 언제 공조할 예정입니까?"

"오늘 정식으로 공조를 요청하였습니다."

"그들의 소재를 추적할 단서는 있습니까?"

"확보한 단서를 이미 일본 경시청에 통보하였습니다."

고전학술원의 발표 이후 방송사에서는 매시간 시도요체와 그와 관련된 사건을 특집으로 내보냈다. 특집 내용은 시도요체 때문에 발생한 사건 설명으로 시작해서, 대왕이 신의 선택을 받은 민족이라고 언급한 이유가 언어였다는 것, 그리고 후손들에게 남긴 계시는 순경음이었다는 것 등에 초점이 맞춰졌다. 언어나 순경음은 평소 국민들의 관심사가 아니었다. 학술원의 발표가 있은 뒤로 휴대폰 검색어 사전에 불이 났다. 전문가와 비전문가를 가릴 것도 없이 언어에 관해 온 국민의 진지한 토론이 시작됐다.

15

한국의 기자회견이 끝나자 방송사의 뉴스보다도 미하루의 호외가 먼저 동경 중심가 대로에 휘날렸다.

의원회관에서 호외를 제일 먼저 접한 것은 자민당의 노무라 의원이었다. 수상의 동북아외교 참모인 노무라는 한국과 중국에 관련된 주요 정보를 빠짐없이 검토했다. 특히 최근 들어 동북아 외교 관계가 난항에 빠지자 보좌관에게 핵심 정보수집과 정밀 분석을 지시했다.

보좌관은 한국에 나가 있는 각 분야 정보원들을 닦달했다. 특히 수상이 추진하고 있는 평화안보법안과 관련해서 한국 정치권의 내부동향 수집에 집중해줄 것을 요구했다. 그런 이유로 한국의 고전학술원에서 일본인과 관련된 기자회견이 있을 예정이라는 보고는 일반사항으로 분류되어 노무라의 주의를 끌지 못했다.

대로변에 호외가 날리자 호기심이 발동한 의원실 직원이 부리나케 내려가 한 장 주워왔다. 하세카와 교수 살해 용의자의 신원이 확인되었다는 기사였다. 보좌관이 놀라 노무라 의원에게 전달했다. 비록 안보사안은 아니었지만 국민적 관심이 쏠려 있는 사건이었다. 보좌관은 하세카와와 노무라 간에 연결된 악연을 알지 못했다.

곁눈으로 흘깃 기사를 읽던 노무라의 시선이 한 단어에서 멈췄다. 다시 들여다봤다. 분명히 '시도요체'였다. 자신의 눈을 의심하지 않을 수 없었다. 호외를 두 손으로 받쳐 들었다. 커다랗게 실린 인물 사진 밑에는 하세카와 교수 살해 용의자와 배후라고 씌어 있었다. 목덜미가 써늘해졌다. 기사를 읽어 내려갔다. 자신이 겐류샤 두목 히데오카에게 내린 지시, 바로 그 내용들이었다. 황급히 TV를 켜고 뉴스 채널을 찾았다. 때마침 서울 기자회견에서 발표자가 목함을 들고 있는 장면이 나왔다.

'아, 저 목함…'

눈을 씻고 다시 들여다봤다. 충격이었다.

며칠 전, 히데오카로부터 시도요체가 목함에 들어 있었다는 보고를 받았다. 중요하지도 않은 얘기로 사안의 초점을 흐리는 것에 화가 났다.

"목함이든, 철함이든 그게 문제가 아냐!"

핏발 세우고 소리쳤던 기억이 아직도 생생한데 이게 웬일인가. 한국까지 건너가 시도요체를 찾아왔다는 히데오카의 보고는 모두 허위였다. 뉴스에서 생생하게 보여주고 있다. 무엇이 진실인지는 의심의 여지가 없었다. 어떻게 이런 일이 벌어질 수 있는가.

'원로들에게 거짓 보고를 했어…'

손에 들고 있던 호외를 떨어뜨렸다.

'뭐라고 변명을 하나…'

눈앞이 캄캄했다.

하세카와 교수와 한국인이 시도요체를 찾고 있다는 사실을 알게 된 극우파 원로들은 한발 먼저 시도요체를 찾아내 흔적도 남기지 말고 태워 없애라고 엄명을 내렸다. 아주 오래전에 있었던 시도요체에 관한 기억이 다시 떠오른 것이다.

노무라는 지체하지 않고 겐류샤의 히데오카를 동경으로 불렀다. 시도요체가 일본으로 건너오게 된 경위를 설명하고, 한국으로 가면 절대 안 될 물건이니 반드시 찾아서 태워버리라고 명을 내렸다.

히데오카는 눈에 핏발을 세우고 주군의 명령을 받들었다. 조직원들을 동원해서 오랜 시간을 추적한 끝에 모쿠아미 노인이 가지고 있다는 것을 알아냈다. 그러나 모쿠아미 노인은 함부로 달려들 수 있는 상대가 아니었다. 처리 방법을 찾지 못해 전전긍긍하던 차에, 운이 따르려고 했는지 노인의 죽음이 임박했다는 보고가 들어왔다. 절호의 기회였다. 카토를 불러 때를 놓치지 말고 반드시 손에 넣으라고 지시했다.

그렇게 일이 다 됐는가 싶었는데 청천벽력 같은 일이 벌어졌다. 시도요체가 한국으로 건너갔고 하세카와 교수가 살해되었다는 것이다. 하세가와의 죽음 따위는 신경 쓸 일도 아니었다. 이미 죽었어야할 매국노에 불과했다. 중요한 건 시도요체가 한국으로 건너갔다는 사실이었다. 눈앞이 캄캄했다. 주군인 노무라 의원에게 보고하고 할복을 자청했다. 노무라는 머리끝까지 치밀어 오르는 분노를 가라앉히고 엄중히 다시 한번의 기회를 줬다. 한국까지 가서라도 책자를 찾아

없애라는 것이었다.

'감히 나를 속이다니…'
노무라는 주먹을 부르르 떨었다. 일평생 이런 어처구니없는 상황은 겪어보지 못했다. 히데오카의 얼굴을 떠올리자 속이 부글부글 끓어올랐다. 얼굴 근육이 씰룩거렸다. 시도요체가 한국으로 건너간 것도 겨우 용서해주었는데 그것도 모자라 감히 자신을 속이기까지 하는가. 무사의 세계에서 주군을 속인다는 것은 있을 수 없는 일이다. 서랍을 열었다. 비선 휴대폰을 꺼내 번호를 눌렀다.
"시도요체를 찾았다고? 뉴스를 봤나?"
"…"
히데오카는 머릿속이 텅 빈 느낌이었다. 분명히 자기 눈으로 직접 시도요체를 보았다. 내용에 관심이 없어서 들춰 보지는 않았지만 카토가 가져온 것은 당연히 시도요체였을 것이다. 카토가 자기를 속인다는 생각은 털끝만큼도 해보지 않았다. 카토뿐만 아니라 수하들 그 누구도 거짓 보고한다는 생각을 해본 적이 없었다. 눈이 퀭해서 그럴 리가 없다고 고개를 갸우뚱하고 있을 때 조직원이 파랗게 질린 채 호외를 들고 뛰어 들어왔다.
"오야붕, 이것 좀 보시죠!"
활짝 펼친 호외 전면에 카토와 키야마의 얼굴이 한눈에 들어왔다. 기사 중간에 시도요체라는 글씨도 보였다. 눈을 크게 뜨고 다시 들여다봤다. 더 이상 읽을 필요도 없었다. 시도요체를 찾았다고 보고한 것은 허위가 됐다. 주군은 한 번의 실수를 용서했다. 감읍해서 두 번 다시 실수하지 않겠다고 맹세를 했었다. 그러나 사무라이 명예를 걸고 결코 있을 수 없는 일이 벌어진 것이다. 이번엔 실수로 그칠 일이 아니었다.

'주군을 속였어…'

명예를 목숨처럼 여기며 조직을 이끌어 왔건만, 이런 실수는 가문의 수치이고 조직의 수치였다. 회복할 길이 보이지 않았다.

주군은 짧게 말했다. 그 짧은 말 안에 자신의 운명과 조직의 앞날이 모두 담겨져 있었다. 주군은 더 이상 자신의 말을 들으려고 하지 않았다. 버림받은 사무라이. 돌아설 곳도, 나아갈 곳도 보이지 않았다. 수하들을 물리고 눈을 감았다. 충심을 보일 길은 오직 하나였다.

하가쿠레葉隱. 무사는 매일 아침 눈을 뜨면 죽음을 생각해야 한다는 하가쿠레 정신에 따라 천천히 자리에서 일어났다. '玄龍社현룡사' 목간판 앞으로 걸음을 옮겼다. 바닥에 반듯하게 포단을 깔았다. 장식걸이에서 단검 와키자시를 들어 포단 앞에 내려놓았다. 두 무릎을 꿇고 주군의 모습을 떠올렸다. 엎드려 절했다. 잠시 후 짧은 신음과 함께 하얀 포단이 붉게 물들기 시작했다.

외출했던 키야마가 헐레벌떡 뛰어 들어왔다. 무엇에 놀랐는지 땀에 흠뻑 젖은 채 허둥댔다. 뭐라고 말을 했지만 카토는 알아들을 수가 없었다. 심상치 않은 일이 생겼다는 것만은 알 수 있었다.

키야마가 신문을 펼쳤다. 호외였다.

'동경대 하세카와 교수 살해 용의자 신원 확인!'

죽음만큼 짙은 검정색의 굵은 제목 밑에 자신과 키야마의 사진이 커다랗게 실려 있었다. 하세카와 교수 살해 용의자 키야마, 배후 용의자 카토. 오장육부가 다 내려앉는 느낌이었다.

'이런 일이 있나…'

뭔가 크게 잘못됐다는 생각이 들었다. 키야마는 분명히 아무런 흔적을 남기지 않았다고 했다. 실수할 키야마도 아니었다. 수사에 진척이 있었다는 말도 들어보지 못했다. 그런데 어떻게 이리도 정확하게 지목할 수 있는가. 식은땀을 흘리며 기사 내용을 읽어 내려갔다.

고전학술원의 시도요체 설명에 이어, 경찰청 측에서 시도요체를 둘러싸고 벌어진 폭력사건의 수사 경과를 발표하였다. 서울 경찰은 한국인 범인들을 모두 검거해 사건 전모를 규명 중에 있으며, 조사 과정에서 동경대 하세카와 교수 살해범이 한국에 입국해 시도요체 강탈에 실패하자 일본으로 도주한 사실을 확인했다고 밝혔다. 한편 우에노경찰서 관계자는 하세카와 교수 살해 용의자로 주범 키야마(36세), 배후 카토(39세)를 지목했으며, 이들의 결정적인 범행 증거 일부를 확보하고 영장을 청구 중이라고 언급했다.

눈앞이 캄캄했다. 단 며칠 만에 한국 범인들이 모두 잡혔다는 말은 충격 그 자체였다. 믿을 수가 없었다. 정신이 나가 멍하니 있다가 부랴부랴 가방에서 보자기를 꺼내 매듭을 끌렀다. 시도요체를 들여다봤다.

'실패했다니… 내 눈앞에 있는 이건 뭐고?'

귀신에 홀린 것만 같았다. 뭐가 됐든 두목에게 해명을 해야 했다. 휴대폰을 집어 들었다. 그와 동시에 휴대폰 벨이 울렸다.

"하! 카톱니다!…"

카토가 전화를 받다 말고 갑자기 멍한 표정을 했다. 전화기를 떨어뜨렸다. 정신이 나간 사람처럼 보였다. 키야마가 얼른 전화기를 주웠다. 통화가 끊어졌다. 본부 전화번호였다.

"무슨 일입니까?"

"…"

카토가 말을 하지 못했다. 키야마는 애가 탔다.

"무슨 일인데 그러십니까?"

"오야붕께서…"

"예?"

키야마가 얼굴을 바싹 들이댔다.

"오야붕께서…"

"오야붕께서 무슨 일이 있으신 겁니까?"

"할복을…"

호외가 나가자 형사과장이 노발대발했다. 소리를 지르며 발설자를 찾으라고 펄펄 뛰었다. 형사과 직원 여러 명이 사건 진행 상황을 알고 있었지만 이찌하라 경사는 제발이 저렸다. 미하루가 이렇게까지

발 빠르게 호외를 낼 것이라고는 전혀 예상하지 못했다.

이찌하라는 휴대폰을 들고 사무실을 나갔다.

"아니, 낼 아침 기사가 아니라 호외였단 말입니까?"

"호호 경사님, 내일이면 모든 언론사가 기사를 내죠. 그러면 단독 취재의 의미가 없잖아요?"

"미하루상, 웃을 일이 아닙니다. 형사과에서 출동도 하기 전에 호외가 먼저 나갔다고 과장이 발설자를 찾으라고 난리가 났습니다."

"경사님, 그건 오버예요. 과장이 자기도 다른 언론사에 주고 싶었는데 선수를 놓쳐서 그런 거죠. 안 그래요?"

"아, 하여간 지금 난리가 났어요."

"호호호 그건 제가 해결할게요. 어차피 조금 있으면 뉴스에 다 나올 일을 그깟 몇 분 때문에 노발대발해요?"

이찌하라는 속이 구렁이 같은 미하루의 대응에 할 말을 잃었다. 자신의 항의는 호외 발행이었지만 미하루는 교묘히 방향을 틀었다.

이찌하라는 책상 앞에 앉아서 눈치를 보고 있다가 형사과장의 호출을 받았다. 과장이 이미 알고 있는 것처럼 느껴졌다. 끝까지 아니라고 잡아뗄 생각이었다.

심호흡을 하고 과장 방에 들어섰다. 노발대발하던 좀 전과는 달리 기분이 가라앉아 보였다.

"범인 단서를 제보한 게 미하루 기자인가?"

"예… 그걸 어떻게 아셨습니까?"

"그건 알 필요 없네. 출동 준비는 마쳤나?"

"지금 출발 가능합니다."

"알았네. 실수 없이 진행하게."

16

"대단한 특종이었는데 단독 취재를 놓쳤어!"

미하루가 아쉽다는 듯이 말했다.

"어떻게 됐는데?"

"이찌하라 경사님이 카토 집을 알려줘서 찾아갔더니 다른 기자들이 벌써 와 있더라구. 우리 신문사만 단독으로 호외가 나갔으니 다른 쪽 기자들도 목숨 걸고 따라붙었겠지. 호호호"

"그래서?"

"경사님이 카토집에 도착했을 때는 이미 카토와 키야마가 죽어있었대. 자살이야…"

히로에는 갑자기 숨이 탁 막혔다. 아무 말도 할 수 없었다. 아버지의 원수들이 그렇게 죽었다. 스스로 범인임을 보여줬다. 누구의 손도 더럽히지 않고 악인들이 대가를 치른 것이다. 눈물이 고였다.

미하루는 히로에가 갑자기 말을 멈추자 침묵의 의미를 바로 알아챘다. 그대로 놔두면 안 된다는 생각이 머리를 스쳤다. 슬픈 생각에 빠지면 히로에가 다시 힘들어질 것이다. 화제를 돌리려고 떠오르는 대로 말을 꺼냈다.

"참, 그런데 거기에 말야, 어… 시도요첸가? 그게 자살 현장에 그런 게 있었어. 경사님이 보여주더라고…"

"뭐가 있었다고?"

히로에는 눈물을 닦다 말고 귀가 번쩍 뜨였다.

"거 있잖아, 한국에서 발표했다는 거… 시도요첸가?"

"어! 시도요체."

"그래, 그거 한국에 있다고 발표한 게 아니었어?"

히로에는 너무 놀라워서 적절한 대답 거리가 퍼뜩 떠오르지 않았다.

"응… 그 책 지금 한국에 있는데… 그게 왜 그 사람들한테 있어? 다른 거 아닌가?"

"아냐, 맞아. 내 눈으로 직접 확인했는데?"

"그래? 그럼 가짠가?"

전화기를 잡은 손에 땀이 찼다. 소리가 안 나게 침을 꼴깍 삼켰다. 어떻게 자신의 입에서 그런 말이 튀어나왔는지 신기했다. 미안한 마음이 들었지만 사실대로 말할 수 없었다.

히로에가 얼른 화제를 돌렸다.

"참! 미하루, '狐호'에 대해서 알아봤어?"

"응, 조사해봤더니 어우는 센요샤라는 조직을 뜻하는 것 같아. 잠깐 기다려봐, 수첩에 적은 게 있거든."

미하루가 수첩을 찾아 읽었다.

"겐요샤 조직원들은 여우를 죽인 것이 자신들이라고 떠벌이고 다녔다. 이들은 여우를 의미하는 '狐'자를 상징처럼 썼으며, 명성황후를 시해한 칼을 기념관에 전시하려다가 양심적 지식인과 한국 측의 거센 항의로 포기했다."

"여기서 명성황후는 옛날 조선의 왕비야. 알지?"

"응, 들어 본 적이 있어."

"그 사람들이 말하는 여우는 명성왕후를 뜻하는 거고."

"그러겠네…"

"그자들은 불과 몇 년 전까지도 여우를 들먹였대. 그래서 '호'자를 남긴 자들이 겐요샤가 맞는 것 같아. 이 사람들은 유난히도 한국을 적대시했더라고. 물론 중국도 적대시했지만 말야. 그런데 문제는 이 조직이 십여 년 전에 공식적으로 해체되었다는 거야…"

"그러면?"

"두더지 같은 놈들이지. 후쿠오카에 겐요샤 기념관을 운영하려다가 비난이 쏟아지니까 공식적으로는 해체했는데 어딘가 숨어 있겠지. 아니면 다른 이름으로 활동하고 있거나. 기념관까지 차릴 정도니까 없어질 놈들은 절대 아냐. 하여간 겐요샤의 상징으로 '호'자를 남긴 건 확실한 것 같아. 이찌하라 경사님이 조사 중이니까 곧 밝혀지겠지."

이들의 통화는 한동안 이어졌다. 히로에는 미하루에게 고마움을 표했다. 그리고 한편으로는 미안한 마음을 지울 수가 없었다. 언젠가 모든 사실을 털어놓고 얘기할 때가 오리라 생각했다.

형석은 히로에의 말을 전해 듣고 만감이 교차했다. 카토 일당이 죽고 시도요체가 아직 세상에 남아 있다는 것을 알게 됐지만, 눈물을 닦는 히로에를 보자 또다시 콧등이 찡해진 것이다. 기쁨에만 차 있을 수는 없었다.

"히로에…"

형석이 나지막이 불렀다.

히로에가 눈물을 닦으면서 말했다.

"우리… 시도요체를 찾을 수 있겠죠?"

"당연히 그래야죠."

"이찌하라 경사님이 내줄까요?"

"글쎄요… 쉽지는 않겠죠…"

히로에의 표정이 어두워졌다. 형석의 얼굴도 어둡기는 마찬가지였다. 기대를 접었던 일이다. 하늘이 우리 민족에게 시도요체를 남겨주려 하는 것 같다. 그러나 쉽게 내주지 않으려는 것처럼 보였다. 형석은 복잡하게 얽힌 상황을 어떻게 타개해야 할지 묘안이 떠오르지 않았다. 이찌하라에게 시도요체를 돌려달라고 하는 것에는 복잡한 문제가 있다.

카토가 강탈해간 물건이라고 증명하는 건 어렵지 않다. 한국에 있는 사본과 대조만 하면 끝난다. 그러나 그렇게 되면 일본 측에서는 사건 증거물을 돌려줘야 하니 절차를 거칠 것이고, 그 과정에서 시도요체 원본이 일본에 있다는 사실이 한국에 알려질 것이다.

그 후에는 어떻게 될까? 고전학술원이 우스운 기관으로 전락하는 것은 한순간이다. 기자회견까지 열어 나라를 뒤집어 놓는 발표를 해놓고 불과 며칠 만에 원본이 일본에 있다는 게 밝혀지는 거다. 원본도 없이 사본으로 개최한 기자회견. 시도요체를 플라스틱 상자에 넣어 보여준 이유에 관한 질문이 빗발칠 것이고, 국민을 우롱했다는 비난을 면하기 어려울 것이다. 무엇보다도 대왕의 계시까지 희롱의 대상이 될지도 모른다.

형석은 다시 생각에 잠겼다. 이 모든 문제를 원만히 해결하는 길은 오로지 시도요체를 찾아오는 길뿐이다. 회견장에서 플래시를 받던 플라스틱 상자 안에 원본 시도요체만 들어가 있으면 모든 게 끝나는 거다. 오직 그것만이 정답이고, 다른 방법은 없었다. 이찌하라도 속이고, 한국도 속이고 모든 걸 정상 상태로 되돌려놓는 방법이어야만 했다.

사무실을 서성이던 형석의 눈이 갑자기 반짝거렸다. 뭔가 결심이라도 한 듯이 주먹을 불끈 쥐었다. 형석은 조용히 사무실을 나와 차에 시동을 걸고 어디론가 출발했다.

오전 내내 사라졌던 형석이 불쑥 나타나 히로에를 찾았다.

"히로에, 같이 갈 데가 있어요."

"갑자기 어딜 가요? 한참 안 보이던데…"

"가면서 얘기할게요. 자, 어서요."

"어딜 갔다 온 거예요?"

"학술원에요."

"거긴 왜요?"

형석은 대답 대신 서둘러 히로에를 차에 태웠다. 운전석에 앉아 어깨에 멘 가방을 히로에에게 넘겼다. 가방 안에는 고전학술원에서 발표에 사용한 플라스틱 상자가 들어 있었다.

히로에가 의아해서 물었다.

"이걸 왜 가져 왔어요? 사본은 이미 메일로 받았잖아요?"

"그래요, 그건 나중에 설명하고 책을 꺼내 줘봐요."

히로에가 상자 뒤편 고리를 풀어 책자를 꺼냈다.

"이 책자 모양을 갖춘 사본이 필요해서요. 내용이 아니라…"

형석이 흘깃흘깃 책 표지를 살피면서 불안한 기색을 했다.

"근데 지금 어딜 가는 거죠?"

"화성이요."

"화성이요? 갑자기 거긴 왜요?"

"거기에 칡뿌리가 있거든요…"

"예?"

"하하 칡뿌리는 중고서점 이름이에요."

형석은 생뚱맞은 농담으로 자신의 계획을 차근히 설명했다. 그의 계획에는 다소 엉뚱한 면이 있었다. 그러나 세상일은 뚜껑을 열어보기 전까지는 모른다. 다만 그럴 듯해 보일수록 함께 하는 동료로부터 동의를 구하기가 쉽고, 성공 가능성도 높아 보이는 것이다.

얘기를 듣고 난 히로에가 빙그레 웃으며 말했다.

"재밌네요. 영화 속 한 장면 같아요."

"하하 그런가요? 그런데 문제는 예상하지 못한 변수가 있을 텐데… 그 변수를 다 예측하기가 어려우니까…"

"그래요 형석 씨, 그 변수를 다 어떻게 예측해요? 계획이 괜찮은 것 같으니까 실행에 옮겨 봐요."

모든 건 때가 있는 법이다. 기회를 잡으려면 시도요체가 이찌하라 경사 손에 있을 때 해야 한다. 시간이 흘러 사건이 검찰로 넘어가고, 법원으로 넘어가면 일이 점점 더 복잡해진다. 그건 때를 놓쳤다는 뜻이다.

형석과 히로에는 여러 가지 변수를 상상하며 화성에 있는 중고서점 칡뿌리를 찾아갔다. 형석은 칡뿌리의 오랜 단골이었다. 마음씨 좋은 시골아저씨 모습을 하고 있는 사장님으로부터 환대를 받았다. 간단히 히로에를 소개했다. 히로에가 한국말을 잘하는 게 화제가 되어 잠시 웃었다.

형석은 도움이 필요한 부분을 설명했다.

"아니 최 박사, 이제는 고문서까지 위조해서 팔아?"

"하하하 왜 그러세요 사장님, 전시용이에요."

사장은 책자를 이리저리 살피다가 도와주겠다고 약속했다.

서울로 돌아오는 차 안에서 이찌하라 경사의 전화를 받았다.

"범인들이 자살했다는 건 알고 계시지요?"

"예, 어제 밤에 미하루한테서 들었어요."

"그래서 지금 사건을 마무리 중입니다만 하세카와 상의 나카메구로 집에 대해서 조서를 써야 하는데 경찰서로 한 번 와 주셔야겠습니다. 시간을 내실 수 있겠습니까?"

"아, 예! 가겠습니다!"

"미하루 기자하고 현장 확인은 했지만 본인 진술이 필요해서요."
"제가 내일 저녁 이후에나 가능한데…"
"예, 좋습니다. 언제든 빨리만 연락을 주십시오."
히로에는 전화를 끊자마자 형석과 손뼉을 마주쳤다.
"하늘이 도와주는 건지도 모르겠어요."
히로에가 흥분된 목소리를 했다. 형석이 빙그레 웃었다.
두 사람은 화성에서 연락이 오기만을 초조하게 기다렸다. 다른 일은 할 수 없었다. 비행기편조차도 예약하지 못했다. 어쩌면 하루가 미뤄질지, 이틀이 미뤄질지도 모를 일이었다. 분명한 것은, 하늘은 아직 기회를 열어 놓고 있지만 발을 구르는 것 외에 할 수 있는 일이 아무것도 없다는 것이었다. 두 사람은 연신 커피만 홀짝였다. 서로 걱정은 하면서도 스스로는 챙기지 못했다.
다음날 정오에 연락이 왔다. 형석의 통화를 알아채고 히로에가 물었다.
"어떻게 됐대요?"
"최선을 다했다네요…"
형석은 모든 걸 신의 뜻에 맡기기로 하고 비행기 표를 예약했다. 출발 시간에 임박해 수원에서 출발한 택배가 도착했다. 두 사람은 바짝 긴장해서 포장을 끌렀다. 물건을 살폈다. 두 사람은 서로의 눈을 바라봤다. 두 눈에 담긴 의미는 말로 표현하기 어려웠다.

하네다 공항 입국장을 빠져나온 시간은 밤 11시가 넘었다. 며칠 전밤처럼 많이 늦기는 했지만 이전과는 상황이 달랐다. 히로에가 휴대폰을 꺼내 형석의 옆에서 편안히 통화를 마쳤다.

"사무실에 있대요. 내일 아침까지 보고할 게 있다네요."

"잘됐네요. 지금쯤이면 사무실에 직원들이 많지 않겠죠?"

두 사람은 입국장 계단을 내려가 바로 택시에 올랐다.

아사쿠사 가에서 내려 경찰서 건물로 들어섰다. 이찌하라 경사는 나와 있지 않았다. 형사과 문을 열자 이찌하라는 책상 위에 널린 서류에 파묻혀 있다가 고개를 들었다.

"아, 하세카와 상!"

"안녕하세요, 경사님."

"기다리고 있었습니다. 두 분이 같이 오셨네요. 이리 오시죠."

이찌하라는 두 사람을 작은 방으로 안내했다. 그는 처음 만났을 때보다 한결 여유 있어 보였다.

"차 한잔 하시겠습니까?"

"예 좋아요, 경사님. 커피가 궁금했는데 못 마셨네요."

"하하 한국은 비행시간이 좀 짧지요. 선생께서는?"

"저도 커피 좋습니다."

이찌하라가 탕비실로 걸음을 옮기자 히로에가 이찌하라 등에 대고 한마디 던졌다.

"경사님, 저는 따뜻한 커피로 주세요."

"저도 따뜻한 커피가 좋습니다."

더운 날씨에 의외라는 듯이 이찌하라가 멋쩍게 웃어 보였다. 잠시 후 두 사람 앞에 커피잔을 내려놓았다.

"형사 생활 10년이 넘도록 이번처럼 황당한 경우는 처음입니다."

"예?"

"생각해보세요. 그렇게까지 집안을 엉망으로 만들어 놓을 필요가 있었나요? 정말 희한한 자들 아니에요?"

히로에가 고개를 끄덕였다. 질문과 대답이 시작됐다. 이미 끝난 사건이라서 대화는 별 어려움 없이 진행됐지만 왜 '狐^ㅎ'라는 글자를 남겼는지에 대해서는 명확하게 밝혀내지 못했다. 히로에는 혹시나 싶어서 미하루로부터 들은 얘기를 전했다. 이찌하라도 그 얘기는 이미 알고 있었다. 정황상 맞는 것 같기는 해도 당사자들이 말없이 죽었기 때문에 추측이 될 수밖에 없었다. 이찌하라는 그와 관련된 부분은 계속 추적조사 하겠다고 말했다.

조사가 끝나자 이찌하라가 고마움을 표했다.

"하세카와 상, 늦은 밤까지 정말 고맙습니다. 덕분에 아침에 보고할 수 있게 되었네요. 이게 늦어지면 저도 휴가가 늦어져서 말입니다…"

"아, 휴가를 가시는군요?"

"헤헤 그렇게 됐습니다. 이번 일이 잘 끝나서…"

이찌하라는 싱글싱글하다가 갑자기 손바닥을 탁 쳤다.

"참… 하세카와 상, 잠시만요…"

이찌하라가 자리에서 일어나더니 사무실 책상에서 봉투에 담긴 물건을 가져와 테이블 위에 놓았다.

'시도요체다!'

두 사람은 직감으로 알아채고 흠칫 놀랐다. 동시에 서로의 얼굴을 곁눈질로 쳐다봤다. 심장이 쿵쾅거리고 목덜미와 손에 땀이 찼다.

이찌하라는 상황을 눈치채지 못하고 말했다.

"카토와 키야마 자살 현장에 있던 겁니다. 이게 왜 거기에 있었는지 모르겠어요. 한국에서 발표까지 했는데… 하세카와 상은 혹시 어떻게 된 건지 아시겠습니까?"

"아, 이거요…"

히로에는 얼떨결에 대답했지만 다음 말이 생각나지 않았다. 이찌하라와 눈이 마주쳤다. 순간적으로 떨고 있는 자신이 느껴졌다. 입안에 침이 고였다. 그대로 입을 열면 안 될 것 같았다. 시선을 피해 신발을 만지는 척 몸을 숙이고 침을 삼켰다.

"제목이 똑 같네요…"

"예, 근데 증거물에서 빼라는 지시가 내려왔어요."

"증거물에서 빠져요?"

히로에가 놀라 흘깃 형석을 쳐다봤다. 형석은 시침을 떼고 관심이 없는 척 딴 곳을 쳐다봤다.

이찌하라가 시큰둥한 표정으로 말했다.

"총으로 자살했으니 이건 필요 없는 거죠."

일본 경시청은 카토집에서 시도요체가 나왔다는 보고를 받고 주일 한국대사관에 시도요체 실체에 관해 문의했다. 그러나 뉴스에서 보도된 내용 이상으로 얻어낸 게 없자 각 언론사에 시도요체에 대해 언급하지 않도록 협조를 요청했다. 언급해봤자 일본인이 한국문화재를 탈취하려 했다는 보도만 나가게 될 테니 득 될 게 아무것도 없다고 판단한 것이었다. 즉시 우에노경찰서에 지시를 내려 증거물에서 빼고, 시도요체에 관해서 일체 언급하지 말라고 엄명을 내렸다.

이찌하라가 궁금하다는 듯이 고개를 갸우뚱했다.

"그자들이 왜 이걸 가지고 있던 걸까요?"

"글쎄요…"

히로에는 말끝을 흐리면서 커피잔을 집어 들었다. 그리고는 이미 식은 잔을 다시 흔들었다. 형석이 그녀의 동작을 곁눈으로 주시했다. 히로에가 뭔가 집으려는 듯이 몸을 앞으로 내밀자 형석이 히로에의 팔꿈치를 툭 쳤다. 이찌하라는 형석의 의도적인 동작을 볼 수 없었다. 히로에가 잔을 놓쳤다. 순식간에 책상이 커피로 물들고 잔이 바닥에 떨어져 조각났다. 히로에의 흰색 반바지와 허벅지도 갈색으로 젖었다. 뒤처리가 쉽지 않은 상황이 벌어졌다.

"어머나! 이를 어째!"

히로에가 소리치며 자리에서 벌떡 일어났다. 형석이 재빨리 책상 위의 물건들을 한쪽으로 치웠고, 이찌하라는 어쩔 줄 모르고 허둥댔다. 급한 대로 책상에 놓여 있던 휴지통에서 휴지를 몇 장 꺼내 건넸다.

"뜨겁지 않아요? 이거 가지고 안 되겠는데!"

형석의 급한 외침에 이찌하라가 놀라 탕비실로 뛰어갔다. 작은 방에 남은 사람은 형석과 히로에 뿐이었다. 형석은 잽싸게 책상 위에 있던 시도요체를 가방 안에 넣고 다른 책을 꺼내 책상 위에 올려놓았다. 아주 짧은 순간이었다. 잠시 후 이찌하라가 수건과 대걸레를 들고 헐레벌떡 들어왔다. 두 사람은 쿵쾅거리는 가슴을 진정시키며 책상과 바지를 닦고, 바닥에 흩어진 잔 조각을 모은다고 수선을 피웠다. 이찌하라는 히로에의 허벅지와 반바지를 살피랴, 바닥을 닦으랴 해서 정신을 차리지 못했다.

잠시 후 소란이 가라앉았다.

형석이 걱정스런 투로 물었다.

"히로에, 괜찮아요?"

"예… 괜찮은 것 같아요…"

이찌하라가 걱정스런 낯빛으로 바라봤다.

"하세카와 상, 정말 괜찮습니까? 병원에 가야 하는 거 아닙니까?"

"괜찮습니다, 경사님…"

히로에가 멋쩍게 웃어 보였다. 그리고는 화제를 돌릴 양으로 형석 앞에 놓여 있던 시도요체를 자연스럽게 이찌하라 쪽으로 밀었다.

"경사님, 이건 가짜겠지요. 한국에 시도요체가 있는데요…"

"그러게 말입니다…"

"형석 씨, 그 봉투 좀…"

히로에가 형석에게 눈짓을 했다. 형석이 시도요체를 담았던 봉투를 히로에에게 밀었다. 히로에는 친절하게도 시도요체를 봉투에 넣었다. 두 사람의 연극이 끝나가고 있었다.

형석이 손가락으로 책상을 톡톡 치며 말했다.

"혹시 이 가짜라도 보여줘야 했을 사람이 있는 걸까요?"
"관련자들이요?"
"그렇죠. 배후 같은 사람들…"
"저희도 그런 추측을 했습니다. 증거물에서는 빼라고 했지만 배후를 추적하는 자료로 쓰려고요…"
"맞아요. 반드시 배후를 찾아야 해요!"
히로에가 날카로운 소리를 냈다.
두 사람은 경찰서에 오래 머무를 이유가 없었다. 예의상 몇 마디 더 나누고 필요하면 언제라도 오겠다며 자리에서 일어났다.
경찰서 현관을 빠져나와 아카사카 대로에 들어서자 누가 먼저랄 것도 없이 서로 부둥켜안았다. 어두운 곳에서 나와 밝은 가로등 밑에서 부둥켜안는 이상한 젊은 남녀를 지켜본 이는 아무도 없었다. 두 사람은 회한의 눈물을 흘렸다.

하세카와의 부검 결과가 나왔다. 살해 경위 등은 카토의 자살로 이미 다 밝혀진 거나 진배없었다. 장례식에는 형석과 양이환, 강석규 그리고 김 노인도 참가했다. 명복을 빌었다. 모두가 한마음으로 히로에를 위로했다. 형석이 남아 히로에의 뒷정리를 도왔다. 히로에는 도쿠신에 사직서를 내고 형석과 함께 한국으로 돌아왔다.
일본경찰은 수사결과 발표에서 시도요체를 언급하지 않았다. 다만 사건과 연결된 배후가 있는 것으로 추정하고 있다면서 계속 수사가 진행될 것이라고만 했다.

- 2부 -
어둠의 장막, 600년

1

 형석과 히로에는 한국으로 돌아오자마자 즉시 경성제국대 미야모토 교수의 기록에 매달리고, 고전학술원에서는 시도요체 해석에 들어갔다. 미야모토 교수의 기록은 어렵지 않았다. 단지 요즘 시대에 잘 쓰지 않는 단어가 들어가 있었지만 크게 문제 될 건 아니었다. 낮밤으로 쉬지 않고 매달려 일주일 만에 해독 작업이 끝났다.
 양이환 교수의 집으로 모두 모였다.
 "최 박사와 히로에가 정말 큰일을 했어. 무엇보다도 시도요체를 찾아온 건 정말 대단한 일이었지."
 "하하하 난 아직 정년이 남았는데 옷을 벗는 게 아닌가 했어."
 강석규의 한마디에 모두가 웃었다.
 "그땐 정말 죄송했습니다, 교수님."
 "아니, 최 박사가 그렇게 주장하지 않았다면 어떻게 시도요체를 찾아올 수 있었겠어. 정말 잘한 거지."
 "교수님, 이제 그 얘긴 그만해야죠. 혹시라도 말이 새 나가면 여러 사람이 입장 곤란해지니까요."
 양이환이 큰소리로 껄껄 웃었다.
 "하하하 그래, 오늘로써 그 얘기는 묻어두자고. 그럼 미야모토 교수 기록얘기를 하지? 준비됐나, 히로에?"

히로에는 기다렸다는 듯이 얘기를 시작했다.

"네, 아저씨. 미야모토 교수 기록은 전혀 어렵지 않았어요. 한마디로 얘기하자면 그분은 언어에 대한 열정이 대단한 분이시더라고요."

"그렇겠지. 경성제국대 교수라고?"

"네, 천재 소리를 듣던 동경제국대 언어학자였는데, 한글이 대단한 문자라는 걸 알고 현지에서 연구하려고 자진해서 조선으로 왔어요."

"오, 정말 대단하군. 그런 결정이 쉽지 않았을 텐데."

"그렇죠. 그분은 조선에 건너오자마자 동경제대 은사의 소개로 총독에게 인사를 갔는데…"

"아니 교수가 총독에게 인사를 가야 하나?"

"그런 건 아니에요. 단지 스승이 제자를 아끼는 마음에서 낯선 이국땅에서 의지할 곳이 없을 테니 인사를 가라고 했던 것 같은데, 그게 시도요체를 살린 거예요."

"허, 그런 일이 있군."

"정말 세상일은 알 수가 없는 것 같아요."

1926년 2월, 동경제국대 언어학부 교수였던 미야모토 나구치는 경성 근무를 자원하고 스승인 가네와 교수가 일러준 대로 총독을 찾아갔다. 총독과 은사 가네와 교수는 어린 시절부터 막역한 친구였다.

총독은 가네와 교수의 안부를 확인하고 바로 물었다.

"촉망받는 언어학자가 굳이 조선까지 온 이유는 뭔가? 여기에 뭐가 있다고?"

"각하. 조선은 비록 망했지만 문자는 연구할 가치가 많습니다."

"조선 문자? 망한 나라 문자를?"

"그렇습니다. 말씀드리기는 송구하나 우리 제국문자보다도 효율성이 높은 게 사실입니다."

"효율성이 높다고?"

총독의 얼굴에 언짢은 기색이 스쳤다.

미야모토는 말을 잘못 꺼냈나 싶었다. 그러나 피하기는 이미 틀렸다는 생각이 들었다.

"그렇습니다 각하. 기억하고 계신지 모르겠습니다만, 각하께서 승리로 이끄신 쓰시마해전에서 승리의 첫 단추는 무선통신이었습니다. 러시아 함대를 발견했다는 무선통신…"

미야모토가 말끝을 흐리면서 총독을 바라봤다. 총독은 허를 찔리기라도 한 것처럼 놀란 얼굴을 했다.

"자네가 그걸 어찌 아는가?"

"각하, 저는 통신용어 연구위원입니다. 우리 위원들은 그 사건을 영원히 잊을 수가 없습니다."

미야모토가 비장한 표정으로 말했다.

"나 역시 잊지 못하지… 제국의 사활이 걸렸던 전투를 어찌 잊겠는가?"

총독이 말을 멈추고 눈을 감았다. 불과 한 줄의 회상만으로도 그날의 긴장에 빠져들기 충분했다. 잠시 정적이 흘렀다.

총독이 한차례 길게 숨을 내쉬고 눈을 떴다.

"제국 함대가 러시아 함대를 발견했다는 첫 무선 보고를 받았지. 그들은 우리 움직임을 알아채지 못했고… 하늘이 도운거야…"

"그렇습니다, 각하. 제국은 그 해전에서 무선통신의 중대성을 비로소 깨달았고, 우리 학자들도 통신부호의 중요성을 다시 한번 깨달은 일대 대사건이었습니다."

총독이 맞장구를 치듯이 고개를 끄덕였다.

"쓰시마해전이 조국을 구한 일대의 대사건인 건 맞지만 자네가 경성에 온 것과 무슨 상관인가?"

"죄송합니다만 조금 길게 말씀드려도 되겠습니까?"

총독은 대답 대신 고개를 끄덕였다.

"감사합니다 각하. 제국과 마찬가지로 조선에도 무선통신 부호가 있습니다. 제가 연구해본 결과 제국의 통신부호보다도 효율적이라는 결론에 도달했는데, 주된 이유는 좋은 문자 덕분이었습니다. 아시다시피 효율적인 통신은 촌각을 다투는 전쟁에서 승패를 좌우할 수 있습니다. 이미 오래전에 모리 장관님께서도 그 문제를 지적하셨지요."

"아, 그분… 제국 최초의 해외 유학자셨지."

총독이 미야모토의 말을 거들었다. 총독 자신도 유학 경험이 있어서 모리를 비롯한 제국 초기의 해외 유학자들에 대해 알고 있었다.

"그렇습니다 각하. 모리 님께서 제국의 언어가 효율적이지 못하다는 걸 아시고 언어 개조를 주장하셨습니다."

"그분이 그런 주장을 했었나?"

"예, 각하. 아마도 유학 중에 서양인들이 타이프를 이용해서 빠르게 글을 남기는 것을 보고 충격을 받은 듯싶습니다. 그래서 그런 주장을 했던 것 같습니다."

"아무리 그래도 그건 천황폐하가 다스리는 신국神國 정신에 위배되는 것이 아닌가."

"그렇기는 합니다만 상황에 따라 다르게 볼 수도 있다고 생각합니다. 물론 모리 님의 주장대로 되지는 않았지만 어쨌든 조선 문자는 놀라울 정도로 효율적이고 연구할수록 탐나는 문자입니다."

"조선 문자가 그렇게 대단해?"

"그렇습니다 각하. 한때 중국에서도 자신들 문자의 한계를 알고 조선 문자로 표기법을 바꾸자는 논의가 있었답니다."

"그래?"

총독은 금시초문이라는 듯이 고개를 갸우뚱했다. 미야모토는 주저하지 않고 말을 이었다.

"그렇게 어려운 문자로는 세계열강들 속에서 살아남을 수 없다고 판단한 것 같습니다."

"그래서 어찌 되었나?"

"대국이 소국을 따를 수 없다고 신하들이 반대해서 논의가 무산되었답니다."

미야모토가 말을 멈추자 총독은 입을 굳게 다물고 미야모토를 뚫어져라 쳐다봤다. 미야모토는 총독의 표정이 너무 굳어 있어 다음 말을 꺼내지 못했다.

"대국이 소국을 따를 수 없다…"

총독이 혼자 중얼거렸다.

"그럼… 모리 장관께서도 조선 문자로 바꾸자고 했던가?"

"아닙니다. 모리 장관님께서는 영어로 바꾸자고 하셨습니다."

"영어?"

"예, 각하. 모리 님께서는 조선 문자에 대해서 잘 모르셨던 것 같습니다. 영어 문자보다 더 효율적이라는 사실을 아셨다면 조선 문자로 바꾸자고 주장했을지도 모릅니다. 그래서 저는 조선 문자를 가까이서 연구하고 싶어서 경성에 오게 된 겁니다."

총독은 무의식적으로 고개를 끄덕거렸다. 표현할 수 없는 뭔가가 마음을 짓눌렀다. 언어는 생각해본 일이 없는 영역이었지만 사실 제국어는 문제가 많았다. 한자를 병기해야 의미가 통하고, 영어처럼 타이프를 치는 것도 어렵다. 한가지 다행스러웠던 것은, 러일전쟁 직전에 무선통신체계를 강화했는데 강화 후에 벌어진 첫 전투가 쓰시마 해전이었고, 바로 그 무선통신 덕분에 승리했다는 사실이었다.

총독이 무거운 목소리로 말했다.

"조선 문자가 그렇게 훌륭하다면 제국 것으로 돌리던가, 아니면 결국 사라져야 할 문자라는 것을 잊지 말게. 황국화皇國化에 방해되는 것은 아무것도 필요 없네… 알겠는가?"

가늘게 뜬 총독의 눈에서 거스를 수 없는 기가 뿜어져 나왔다. 귀

밑이 서늘해지고 몸이 움츠러들었다.

"명심하겠습니다… 각하…"

"연구를 하다가 필요한 게 있으면 뭐든 얘기하고…"

"감사합니다, 각하."

총독은 미야모토가 조선에 온 이유를 인정하는 듯한 얼굴을 했다. 그리고 언어에 대해서도 깊은 인상을 받은 것 같았다.

자리에서 일어서는 미야모토에게 총독이 마지막 말을 던졌다.

"촉망받는 언어학자라니 조선 문자를 제국 문자로 만들 수 있는 방안을 연구해보게."

"알겠습니다 각하…"

다른 대답은 생각나지 않았다. 머리가 어질하고 다리가 후들거렸다. 학자적 입장에서 조선 문자가 부럽고 탐이 난 것은 사실이지만, 제국 문자로 만드는 것은 조선인들의 눈과 귀를 멀게 한 채 몇백 년 역사를 거슬러 올라가야 가능할 일이었다. 이런 대화가 벌어지리라고는 상상도 하지 못했다.

'조선 문자를 제국 문자로…'

그 한마디가 미야모토의 머릿속에서 떠나지 않았다.

2

히로에는 지친 기색 없이 말을 이어 나갔다.

"26년 3월에 새 학기가 시작되자 미야모토 교수는 학교생활에 열중했어요. 그런데 그해 6월에 순종 임금이 운명을 하셨답니다."

"순종 임금이 26년에 세상을 뜨셨던가?"

"그랬던가 봐요. 그때 사람들이 순종 임금 인산因山 국왕의 장례을 기회로 3·1운동처럼 대대적인 시위를 벌이려고 하니까 경찰에서 조선인 지도자들을 마구 체포하고 의심나는 곳을 뒤졌는데 그때 시도요체를 압수당했다는 거예요."

"아… 그때 빼앗긴 거군"

히로에의 설명에 모두가 탄식을 했다.

"네, 그런데 처음에는 경찰에서 그 책의 가치를 몰랐답니다. 그랬는데 인산이 끝나고 나서 사람들이 찾아 와서 그 책을 돌려달라고 하니까 책을 압수한 종로경찰서장이 무슨 책인지 알아봐 달라고 경성제국대에 부탁을 한 거구요."

"그때 미야모토 교수 손에 들어간 거고?"

"그래요. 그런데 거기에 복잡한 사정이 있더라구요."

"압수한 책자에 복잡할 일이 뭐야?"

경성제국대 총장은 새로 부임한 미야모토 교수와 제국어를 담당하고 있는 노부히로 교수를 불렀다.

"어서 오시오. 미야모토 교수."

"좀 늦었습니다, 총장님."

미야모토는 정중히 인사하고, 미리와 앉아 있던 노부히로 교수에게도 가볍게 목례를 했다.

"이리와 앉아요. 미야모토 교수도 새로 부임해왔으니 준비할 게 많겠지. 나도 언제쯤이나 업무를 다 파악하게 될지…"

총장은 4월에 새로 부임해 왔다. 대학 설립 초기에 총독부 정무총감이 겸임했던 총장 자리를 동경제대 교수가 이어받았다. 신임 총장은 정무총감과 같은 관료적 이미지는 없었다. 나이도 지긋했지만, 편안해 보이는 표정과 입가 옆으로 깊게 파인 주름에는 삶의 철학이 담긴 듯이 보였다.

"오늘 오전에 종로경찰서장한테서 전화가 왔는데, 여기 노부히로 교수하고 같이 좀 도와줘야 할 것 같아서 불렀소."

미야모토가 의아한 표정을 지었다.

"경찰을요?"

"허허 그렇게 놀랄 일은 아니요. 노부히로 교수는 이미 도와주겠다고 했고 미야모토 교수 의견을 듣고 싶은데, 다른 게 아니라 지난번 조선 왕 장례 즈음에 경찰에서 경성 일대를 수색했던 일이 있잖소?"

"그랬지요."

"그때 종로서에서 어떤 책자를 압수했다고 해요."

"책자요?"

"그렇소. 나도 본 적이 없어서 무슨 책자인지는 모르오. 문제는 장례 소란이 진정되니까 조선의 유력자들 몇몇이 종로경찰서를 찾아와 그 책자를 돌려달라고 했다는 거요."

미야모토는 인산 즈음에 대대적으로 벌인 경찰의 체포와 압수에 대해 신문기사를 읽은 기억이 났다. 매일 마다 사건이 넘쳐서 3·1만세운동처럼 확대되는 게 아닌지 걱정 했지만 소요는 확대되지 않았다. 경찰에서 사전에 조선 지도자들을 모두 잡아 들이고 시위에 사용할 물건들을 압수하여 시위 동력을 빼앗았던 것이다.

총장이 미야모토의 표정을 읽고 빙그레 웃었다.

"서장은 무엇을 압수했는지 일일이 다 알 수가 없었는데 유력자들이 찾아와 요구하는 바람에 그 책자가 압수된 사실을 알게 된 거요."

"그렇겠지요. 워낙 많은 걸 압수했을 테니까요."

"그래요, 서장은 그게 무슨 책인지 알 수가 없으니까 내용을 알아볼 교수를 추천해달라고 했던 겁니다."

"아, 그런 일이었군요. 그렇다면 저도 보겠습니다."

"하하 노부히로 교수와 똑같은 말을 하는구려. 언제쯤이나 가보시겠소? 두 분?"

미야모토가 노부히로의 얼굴을 쳐다보면서 말했다.

"저는 내일 이후에는 언제든 가능합니다. 정리할 게 있어서요."

"아, 잘됐군요. 저도 모레면 가능합니다."

총장이 고개를 끄덕였다.

"좋습니다. 모레 가겠다고 서장에게 연락해 놓지요."

이틀 후, 미야모토와 노부히로가 종로경찰서장을 찾아갔다. 인사가 끝나자 서장은 서랍에서 책자를 꺼내 탁자 위에 놓았다.

'示叩要諦 시도요체'

한눈에 고문서라는 것을 알 수 있었다. 두 사람은 머리를 맞대고 살펴보기 시작했다. 미야모토는 표제의 의미는 알 수 없었지만 다양한 한문 서체를 접한 경험이 있어서 본문을 읽을 수 있었다. 놀라웠다. 기록된 날짜의 의미가 한눈에 들어왔다. 자신이 연구하고자 하는 세종대왕 시대였다. 언감생심 이런 책자일 것이라고는 털끝만큼도 예상치 못했는데, 바로 이런 것이 보고 싶어서 머나먼 경성까지 왔던 것이다. 매 장, 매 줄마다 눈을 떼지 못했다. 진땀이 흘렀다. 미야모토의 이마에 땀이 맺힌 사실을 두 사람은 알아채지 못했다.

노부히로는 그러지 못했다. 제국어만을 전공한 탓에 알아볼 수 없는 글자들이 너무 많았다. 그저 대단한 책자는 아닌가 보다 했다.

"미야모토 교수님, 중간 좀 열어 봅시다."

"아, 예…"

미야모토는 자신이 너무 빠져 있었다는 것을 깨닫고 노부히로 앞으로 책자를 밀었다. 노부히로가 몇 장을 설렁설렁 넘겼다. 순간 두 사람의 시선이 한 곳에 모아졌다. 날리는 문장 속에서 외따로 또박또박 한 줄을 차지하고 있는 짧은 글귀가 눈에 들어왔다.

'話是上天給, 文字是人做 화시상천급, 문자시인주'

노부히로가 뭔가를 느낀 듯 물었다.

"이게 무슨 뜻이지요?"

"에… 그러니까 이건… 말은 하늘이 내리고, 문자는 사람이 만든다. 그런 뜻이네요…"

미야모토가 말을 하다 말고 감탄을 토했다. 논리적으로 따지자면 말도 사람이 만들고 문자도 사람이 만들지만, 모든 나라가 다른 말을 쓰고 서로 이웃한 나라들조차 다른 말과 문자를 쓴다는 것은 참으로 오묘한 일이다. 어떻게 그런 일이 생기게 되었는지, 기원을 밝히겠다고 달려드느니 차라리 신에게 기대는 것이 속 편할 수도 있다. 누가 감히 말의 기원을 알아낼 수 있다고 하겠는가. 갑자기 심장이 벌렁거리고 호기심이 발동했다.

"이게 말이죠, 서장님…"

"예, 미야모토 교수님."

"아무래도 간단히 끝날 일이 아닌 것 같습니다…"

"예? 무슨 말씀이죠?"

서장이 눈을 동그랗게 뜨고 물었다.

"이 책자가 중요한 건 확실한 것 같습니다. 문제는 너무 어렵게 써 있기 때문에 내용을 확인하려면 시간이 좀 걸린다는 거지요."

"아… 그렇군요. 그러면 어떻게 하는 게 좋겠습니까?"

"아무래도 학교로 가져가야 할 것 같습니다."

미야모토가 노부히로를 쳐다봤다.

노부히로가 얼른 눈치를 채고 말을 받았다.

"네, 서장님. 아무래도 그래야 할 것 같습니다. 중요한 책자라서 총장님께 말씀도 드려야 할 것 같고…"

서장은 마지못해 따른다는 듯이 고개를 끄덕거렸다.

"정 그래야 한다면 어쩔 수 없지요. 다만 이 책자는 기소된 조선인들의 증거물이기 때문에 절대로 유출되거나 외부에 누설되면 안 됩니다."

"그럴 일이야 없지요. 걱정 마십시오."

"기간은 얼마나 걸릴까요?"

미야모토가 책장을 덮으며 말했다.

"글쎄요, 아무리 빨라도 두어 달은 걸릴 것 같습니다."

"허 그렇게나 오래… 더 빨리 돼야 하는데…"

서장은 낙심한 표정을 지으며 빨리 마칠 수 있기를 다시 한번 부탁했다. 두 사람은 기소된 조선인의 증거물이라는 말에 출처 등에 대해서는 더 이상 묻지 않았다. 조심스럽게 시도요체를 상자에 넣고 보자기로 잘 싸서 서장 방을 나왔다.

미야모토는 흥분된 마음을 가라앉히기가 어려웠다. 책자는 분명히 세종대왕에 대한 얘기였다. 대왕은 조선 문자를 만든 당사자다.

'말은 하늘이 내리고 문자는 사람이 만든다…'

아무리 생각해도 놀라웠다. 대왕은 훈민정음이라는 말의 표기 수단을 만들기 전에 말의 기원까지 고심한 것이다. 그건 현시대 언어학에서도 풀지 못하는 숙제였다. 도대체 그 시대에 무슨 일이 있었기에 왕이 그런 말까지 했을까. 이글을 남긴 사람은 대체 누구인가. 궁금증이 쌓일 수밖에 없었다.

학교에 도착하자 바로 총장 방으로 향했다. 총장은 두 사람의 설명을 듣고 나서 시도요체의 존재와 중요성을 깨닫게 됐다. 해석은 미야모토가 맡기로 했다. 노부히로는 일찌감치 포기했다. 시간이 얼마나 걸릴지에 대해서는 확정 짓지 못했다. 다만 모두가 그 내용이 너무 궁금했기 때문에 최대한 빨리 번역하기로 했다.

미야모토는 학교에서나 집에서나 틈나는 대로 시도요체 번역에 매달렸다. 그러나 대왕 시대의 역사적 정황을 알아야 의미를 제대로 알 수 있다는 것을 깨달았다. 학자로서 무엇이든 파헤쳐보고 싶은 마음이 일어나는 것은 피할 수 없는 일이었다. 그렇다고 조선인 학자들의 도움을 받을 수는 없었다.

미야모토는 조선의 고서와 씨름하며 초여름 더위를 맞았다.

3

얘기가 흥미를 더해갔다.

학술원 강석규 교수가 말했다.

"그럼 미야모토 교수 입장에서는 원하던 책자를 발견한 거군?"

"그런 셈이예요. 교수에겐 행운이었죠."

"가만히 생각해보니까 책자를 빼앗긴 사람은 조령산 김 노인의 부친인것 같은데? 맞나, 양 교수?"

"하하 알아챘군. 바로 그분이 빼앗기신 거야."

"허… 얘기가 그렇게 된 거야…"

강석규의 감탄에 히로에가 말을 이었다.

"그런데 문제는 그 책자의 실체가 밝혀지고 나니까 책을 탐내는 사람들이 나타났다는 거예요."

"경찰이 압수한 물건을 탐내?"

"허허 강 교수, 그게 뭐 어려운 일이겠어. 조선인들이야 어찌 되었건 무조건 처벌을 받는 거고, 책자야 가치만 있다고 생각하면 얼마든지 가로챌 수 있는 거지. 그 시절에 뭔들 못하겠나."

"하하 그렇군…"

"맞아요, 강 교수님. 미야모토 교수의 기록에도 그렇게 씌어 있어요."

총장은 불쾌한 마음이 가시지 않았다. 총독부 어용신문인 매일신보 국장이라는 자가 사전 약속도 없이 찾아와서는 예상치 않게 시도요체를 언급하고 돌아갔다. 그자의 방문도 의외였지만 엉뚱하게도 그자의 입에서 시도요체라는 말이 나와 흠칫 놀랐다. 어떻게 알았는지 의문이 들었다. 종로경찰서장이 각별히 주의를 부탁했다는 말을 듣고 두 교수에게도 누설되지 않도록 신신당부를 했었다. 적어도 미야모토나 노부히로 교수가 시도요체를 발설했을 가능성은 없다.

어떻게 알았느냐는 총장의 질문에 국장은 매일신보 기자들의 높은 취재력을 자랑삼아 떠들며 얼버무렸다. 총장은 경찰이라고 단정지었다. 두 교수에게는 주의를 부탁해놓고 정작 자신은 입을 닫지 않은 거다. 무엇보다도 총장을 당황스럽게 만든 것은 책 내용을 알고 싶다는 국장의 요청이었다. 판검사도, 경찰도 아닌 자가 무슨 배짱으로 느닷없이 찾아와서 그걸 묻는다는 말인가. 설사 판검사가 요청했다 해도 의뢰한 경찰서로 보낼 테니 거기에서 알아보라 했을것이다. 불쾌했다. 조용히 돌려보내기는 했지만 상한 기분이 쉽게 가라앉지 않았다.

오후에 미야모토가 총장 방을 찾아왔다. 집무책상에 앉아 있던 총장이 반색하고 맞았다.

"어서 오시오, 미야모토 교수."

"자주 찾아뵙지 못해 죄송합니다 총장님. 많이 바쁘시지요?"

"아니오, 그럴 정도는 아니요. 나야말로 미야모토 교수가 늘 바쁜 것 같아 차 한잔하자고 말도 못 했소. 허허"

총장이 미야모토에게 자리를 권했다.

"그래, 시도요체 연구는 잘 돼가고 있소?"

"그렇지 않아도 그것 때문에 왔습니다. 총장님…"

"그래요? 어떤 일로?"

"조금 전에 다카무라라는 분이 왔었습니다."

"다카무라?"

"예, 총장님과 잘 안다고 하던데요?"

총장이 고개를 갸우뚱했다.

"날 잘 안다구요?"

"예. 총장님 부임하셨을 때 내무부장님과 함께 식사를 하신 적이 있다고…"

"아! 그 사람!"

"아시는 분이 맞습니까?"

"아니, 뭐 그렇게 얘기할 정도는 아니요."

"그런데 그분이 시도요체를 묻고 갔습니다. 어찌 된 일이죠?"

미야모토가 이해할 수 없다는 듯이 찡그리며 물었다.

총장은 깜짝 놀랐다.

"뭐라고 합디까?"

"처음에는 조선문화 얘기를 장황하게 늘어놓더라구요. 마침 저도 관심 있는 분야라서 얘기를 들어줬는데, 한참 듣다 보니까 그 사람이 저를 왜 찾아 왔는지 의문이 가서…"

"그랬겠군요."

"어쩐 일로 찾아 왔느냐고 물으니까 제 책상 위에 놓여 있던 책자를 보고 저게 시도요체냐고 묻더라구요. 깜짝 놀랐습니다."

"그런 무례한 자가 있나. 그래서요?"

"너무 의외라 갑자기 대꾸할 말이 생각이 안 나서 말씀드리기가 곤란하다고만 했지요."

"그랬더니?"

"계속 시도요체에 대해서 꼬치꼬치 캐물었습니다."

"그래, 대답해줬소?"

"아니요… 종로서장님께서 누설하지 말아 달라고 부탁한 게 생각나고 해서 대답을 피했습니다. 그래야 할 것 같아서요."

"잘 하셨소…"

총장이 고개를 끄덕이며 소파 깊숙이 등을 기댔다. 깨끗이 깎은 턱을 의미 없이 쓰다듬었다. 골똘히 생각에 빠졌다.

미야모토는 총장에게 편치 않은 일이 있음을 느꼈다. 잠시 후 총장이 벨을 눌러 비서관을 불렀다.

"노부히로 교수님이 자리에 계시면 잠깐 좀 오시라고 하게."

총장은 다시 소파에 몸을 묻고 초점 없는 눈을 가늘게 떴다.

"총장님, 다카무라 씨가 그런 말을 했습니다."

"무슨 말이요?"

"조선 신분사들이 조선말로 기사를 내고 있어서 많이 놀랐다구요."

"그게 무슨 뜻이요?"

"말하자면 그런겁니다. 우리 제국신문들은 한문과 국어를 같이 쓰고 있는데, 조선은 한문 없이 조선말로만 써도 뜻이 전달되더란 거죠."

"새삼스레 그걸…"

"그렇죠."

"그래서요?"

"조선말이 그토록 전달력이 좋은지 미처 몰랐다고 하면서 시도요체가 무슨 내용인지 알려달라는 겁니다."

"그것하고 시도요체하고 무슨 관계가 있다고?"

"글쎄 말입니다. 하여간에 말씀드리기 어렵다고 했습니다."

"잘했소이다."

잠시 후 노크 소리가 들리고 노부히로가 들어왔다.

"어서 오시오, 노부히로 교수. 상의할 일이 좀 있소이다."

총장이 자리를 권했다. 노부히로가 자리에 앉자 총장이 그동안 있었던 일을 간단히 설명했다. 고노 국장이 사전 약속도 없이 찾아온 후에 다카무라라는 자가 미야모토 교수를 방문했는데, 이들의 방문 목적이 모두 시도요체 때문으로 보인다면서 불쾌해했다.

"분명히 무슨 일이 있는 거요."

노부히로가 총장 말에 동의해서 고개를 끄덕였다.

"그러게 말입니다. 황당하군요."
"노부히로 교수는 찾아온 사람이 없었지요?"
"예, 아무도 안 왔습니다. 절 찾아올 이유가 없지요."
"그래서 내가 곰곰이 생각해 봤는데 말이오…"
두 사람은 총장 얼굴을 바라봤다.
"시도요체가… 피의자 증거물로 재판에 넘겨질 물건이 아닌 것 같소… 만약 재판에 넘길 증거물이라면 엉뚱하게 이 사람, 저 사람이 찾아와 묻고 가겠소? 안 그렇소?"
노부히로의 눈이 갑자기 커졌다.
"총장님 말씀을 듣고 보니 정말 그렇네요…"
"그렇지요?"
총장이 동의를 구하듯이 두 사람 얼굴을 번갈아 쳐다봤다. 미야모토는 너무나 황당해서 미처 머리도 끄덕이지 못했다. 머릿속에 종로서장의 당부가 꽉 차 있어서 그걸 지키려고 지금까지 전전긍긍해 왔는데, 얘기를 듣고 보니 총장 말이 맞는 것 같았다.
"예… 그렇네요…"
"내 평생 이런 경우는 본 적이 없소. 재판에 넘겨질 증거물을 이 사람 저 사람이 관심을 갖는 거 말이요. 그래서 그건 절대 아니라는 거지. 전후 사정을 따져보면 종로서장이 우리에게 엉뚱한 부탁을 한 거요."
"총장님 말씀이 맞습니다. 증거물로 쓰일 게 아니니까 서로 눈독을 들이는 겁니다."

노부히로가 총장 말에 동의하다가 확신에 찬 듯 말을 이었다.

"총장님, 갑자기 생각났는데 말이죠… 아무래도 시도요체를 돌려주면 안 되겠습니다."

"안 돌려줘요?"

"예, 총장님. 그게 재판정으로 가지 않는다면 종로서장이나 누구 개인 손으로 들어갈 게 분명합니다."

"그럴 수도 있겠지…"

"아니요, 총장님. 그럴 수도 있는 게 아니라 분명히 그렇습니다. 그러니까 물건을 손에 넣을 수 있다고 생각하는 자들이 욕심을 드러내고 있는 중이구요."

"허… 듣고 보니…"

총장이 고개를 끄덕였다. 노부히로의 말이 옳았다. 그제서야 안개처럼 흐릿했던 그림이 맑게 그려지기 시작했다.

"학교에 찾아왔던 자들은 자신들이 종로서장보다도 힘이 세다고 생각하고 있는 겁니다."

"논리적으로 보자면 그렇겠군…"

"종로서장은 다른 사람들이 학교에 찾아왔던 사실조차도 모르고 있을 겁니다. 어이없는 노릇이지만요…"

"그렇다고 안 돌려 줄 수가 있소?"

"총장님… 돌려줘서는 안 되는 분명한 이유가 있습니다."

"분명한 이유요?"

"예, 총장님 보세요. 그 책은 조선의 황국신민화에 역행하는 책이고, 조선인들이 절대로 알아서는 안 될 내용이 들어있습니다. 아시겠지만 그 책은 조선말이 하늘에서 내린 말이라고 주장하고 있는 겁니다."

"그 얘기는 알고 있소. 그렇지만 책자를 조선인들에게 돌려주는 게 아니지 않소?"

"아닙니다, 총장님. 그 책은 여러 가지로 화근덩어리입니다. 종로서장이나 다른 사람들이 사욕을 채우려 한다는 것을 뻔히 알면서, 천황폐하를 정면으로 부정하는 이런 책자를 우리 경성제대에서 내용을 해석해 줬다는 게 세상에 알려져 보십시오."

노부히로가 총장 얼굴을 뚫어지게 쳐다보고 말을 이었다.

"그러면 어떻게 될 것 같습니까?"

총장은 당황하는 기색이 역력했다. 이렇게까지 일이 엉뚱하게 번질 줄 몰랐다. 잘못하면 평생 쌓아온 명예가 하루아침에 무너질 판이었다. 불안한 표정으로 미야모토에게 물었다.

"혹시 종로서장에게 시도요체 내용을 알려 주었소?"

"예, 작성된 시기나 누구에 관한 무슨 내용인지 대강 알려 줬는데… 지금 생각해보니 문제가 좀 있습니다…"

"문세라니요?"

"총장님… 실은 제가 종로 서장님한테 알려준 내용을 다카무라 씨가 그대로 다 알고 있었습니다."

미야모토는 있는 그대로 대답했다. 숨긴다고 될 일도 아니었다. 한순간에 세 사람의 표정이 어두워졌다.

노부히로가 고개를 가로저으며 말했다.

"그것 보십시오, 총장님. 이미 내용이 새고 있는 겁니다… 여차 잘못되면 모든 비난이 학교와 총장님께 향할 겁니다."

"일이 골치 아파지는 군… 그러면 어찌 하는 게 좋겠소?"

"총장님, 일단 종로서장이고 누구고 간에 시도요체를 섣불리 내주어서는 안 될 것 같습니다. 그리고 해석도 중지하는 편이 좋을 것 같습니다. 얼토당토않은 얘기가 세상에 알려지기 전에 말입니다."

노부히로가 동의를 구하듯이 미야모토를 쳐다봤다.

미야모토 얼굴색이 하얗게 변했다. 얘기가 이런 방향으로 흘러갈 거라고는 예상치 못했다. 눈앞이 캄캄해지고, 노부히로를 말려야 한다는 생각만 머릿속에 꽉 차올랐다.

"그렇다고 해석까지 그만둘 필요가…"

"아니요, 그만둬야 합니다."

노부히로는 단호했다.

"미야모토 교수님, 사태를 정확히 봐야 합니다. 지금 학문적 연구가 문제가 아닙니다. 교수님께서 연구를 계속 진행하면 내용은 반드시 노출될 겁니다."

"아니… 총장님 말씀대로 조선인에게 돌려주는 것도 아니고…"

"교수님, 새로 부임하신 학부 참여관의 개혁안을 안 읽어보셨습니까?"

"…"

머뭇거리는 미야모토를 보고 노부히로가 못마땅한 표정을 지었다.

"아무리 조선어를 연구하셔도 그건 읽어보셔야지요. 거기에는 조선반도의 황국화를 위해 제국의 역사교육을 강화하고 조선어를 지방 방언으로 전락시켰다가 궁극적으로 완전히 없앤다는 계획이 세부적으로 담겨 있습니다. 종국에는 교수님 연구도 연구에 그칠 뿐이라는 겁니다."

노부히로는 마치 선생이 학생 나무라듯 했다.

미야모토는 마지막 말이 귀에 거슬려 발끈했다.

"총독 각하 말씀은 다르셨습니다."

"예? 총독 각하요?"

총장이 화들짝 놀라 물었다.

미야모토는 아차 싶었다. 실수였다. 총장도 모르는 얘기를 자신이 언급하는 것은 적합지 않은 일이다. 그것도 다른 사람이 아닌 총독이라고 했다. 순간 어찌할까 망설였다.

"총독 각하라고 하셨습니까?"

생각할 틈을 주지 않고 총장이 재차 물었다.

"아, 예… 제가 경성에 처음 막 왔을 때요… 은사님이 인사를 드리도록 말씀을 해주셔서 한 번 찾아뵈었습니다…"

"그런 일이 있었군요. 그런데 각하께서 무슨 말씀이 계셨다구요?"

"예, 조선어를 황국화에 활용할 수 있도록 연구해보라고 말이죠."

"허, 그런 말씀을…"

총장이 놀란 눈으로 고개를 끄덕였다.

상황이 미야모토 쪽으로 기우는 듯하자 노부히로가 다시 나섰다.

"그렇다고 해도 내지에서 부임한 학부 참여관은 황실 의견을 가지고 오신 겁니다. 총독 각하의 의견을 무시하자는 게 아니라 각하께서도 학부 참여관의 의견을 따라야 한다는 겁니다."

"아니요, 그건 여기 사정을 정확히 모르니까 나온 의견일 겁니다."

미야모토도 지지 않고 반발했다.

순식간에 노부히로의 얼굴이 달아올랐다.

"무슨 소린가요, 미야모토 교수님. 저는 지금 연구실에서 황실 용어지침을 검토하다가 왔습니다. 이미 내지에서는 조선에서 황실 용어를 잘 못 사용하고 있다는 것을 알고 바른 사용지침을 마련하라고 지시한 겁니다. 조선 사정을 훤히 꿰고 있다는 뜻입니다. 아시겠습니까?"

학교 운영과 교육 방침에 관여하고 있는 노부히로의 목소리는 커질 수밖에 없었다. 총장은 아무 말도 하지 않았다. 본토에서 날아온 공문을 면밀히 검토해보라고 지시한 건 총장 자신이었다.

미야모토가 픽하고 웃었다.

"그건 다른 얘깁니다. 조선어 활용방안을 강구하는 것과 황실을 공경하는 건 별개죠. 오히려 국어의 문제점을 정확히 분석해서 열강 제국과 맞설 수 있는 길을 모색하는 게 황실을 위한 일입니다."

"아니, 우리 제국어에 문제가 있다고요?"

"노부히로 교수님, 무슨 말씀이십니까? 국어과에서는 애국심 뒤에만 숨으면 모든 문제가 해결된다고 보시는 겁니까?"

예기치 못한 미야모토의 반문이었다. 노부히로가 당황해서 즉답을 못하자 미야모토가 말을 이어갔다.

"역사적으로 한자가 백 년에 이천 자 씩 늘고 있는 거 알고 계시지요?

"…"

"우리가 사용하고 있는 한자가 5천 자 규모라는 것도?"

"그야 당연히"

노부히로가 대답을 기회로 말을 가로채려하자 미야모토가 손을 내저으며 가로막았다.

"들어보세요. 교수님께서는 국어를 담당하시니 당연히 그 5천 자를 다 알고 계시겠지만 불행하게도 저는 그걸 다 모릅니다. 명색이 언어학자지만 어떤 글자를 까먹었는지조차도 몰라서 평소에 사전을 끼고 삽니다. 아직도 무슨 문제가 있는지 모르시겠습니까?"

미야모토가 비아냥거리듯 질문을 던지고 쓴웃음을 지었다. 듣고 있던 총장이 나섰다.

"자 자… 두 분 진정 좀 하시고…"

끝날 싸움이 아니었다. 논란이 지속 될수록 해결책도 없는 아픈 속사정만 드러나는 셈이었다. 적어도 학자라면 모두가 알았다. 다만 애국심 뒤에 숨어서 서로 말을 않을 뿐이었다. 그래서 어느 자리에서고 언어문제를 섣부르게 언급하는 것은 당사자의 애국심을 의심받는 큰 모험이었다. 이따금 미야모토 같은 젊고 소신 있는 학자들이 언급하기는 했지만, 대부분의 경우에는 금지된 논쟁 주제였다.

총장이 부랴부랴 상황을 정리했다. 종로서장에게 시도요체를 돌려주는 것은 일단 보류하기로 했다. 그리고 총독의 지침을 고려해서, 별도의 방침이 마련될 때까지 번역 작업은 계속하기로 했다.

두 사람은 화해하지 못한 채 각자의 연구실로 돌아갔다. 미야모토는 시도요체를 두고 벌어지고 있는 주변 상황에 매우 위태로움을 느꼈다. 노부히로처럼 교내에서조차 자신과 반대 의견이 있다는 것에 많이 놀랐다. 어떻게 해야 할지 대책이 떠오르지 않았다.

노부히로 또한 분한 마음을 가라앉히지 못했다. 시도요체 처리에 관한 한 자신의 판단이 명확히 옳다고 생각했다. 누구의 손에 들어가든, 그것이 세상에 존재하는 한 화근덩어리가 될 게 분명했다.

4

"그러면 시도요체를 두고 도대체 몇 사람이 붙은 거야?"
양이환이 갸우뚱하며 물었다.
"호호 정말 그렇네요… 그러니까 처음에 종로서장이 시도요체 해석을 맡겼고, 매일신문 고노 국장과 다카무라라는 정체불명의 사내, 그리고 이제는 노부히로 교수까지 미야모토의 적이 된 셈이네요."
"정말 일이 엉뚱하게 커졌구먼…"
강석규 교수가 끼어들었다.
"그런데 미야모토는 어떻게 시도요체를 지켜낸 거지?"
"그러게… 그 사람들보다 더 센 배경이 있었나?"
히로에가 웃으며 대답했다.
"호호호 그래서 제가 처음에 말씀드렸죠. 미야모토 교수가 총독과 만난 게 시도요체를 살린 거라구요."
"아니 총독과 난난 게 어떻게 시도요체를 살려?"
"총독은 미야모토 교수의 말을 진지하게 받아들였죠…"
"한글이 제국문자보다 낫다는 말?"
"결국은 그런 얘기예요. 그래서 조선 문자를 제국 문자로 바꿀 방안을 연구해보라고 했잖아요."

"그래, 그런 말을 했지…"
"그리고 연구에 필요한 게 있으면 뭐든 말하라고도 했어요."

시도요체를 둘러싼 소란이 잠시 진정 기미를 보이던 어느 날, 종로경찰서장이 사전 약속도 없이 경성제대 총장을 방문했다.
"갑작스레 방문하게 돼서 죄송합니다, 총장님."
"어서 오십시오. 어쩐 일이십니까?"
총장은 당황스러웠다. 서장과 얼굴을 마주한 건 처음이었지만 마음이 편치 않았다. 느닷없는 방문 때문에도 그랬고, 시도요체를 둘러싸고 벌어진 잡음 때문에도 그랬다. 그렇지 않아도 한번 따져야겠다고 생각하고 있었는데 미처 준비가 되기 전에 마주하게 돼서 더욱 그랬다.
서장은 머뭇거림 없이 바로 용건을 꺼냈다.
"시도요체 때문에 황급히 오게 됐습니다."
"아, 그 문제라면 저희도 드릴 말씀이 있습니다."
"예?"
"서장님 말씀을 먼저 듣고 나서 말씀드리지요. 무슨 일이십니까?"
"시도요체를 가져가야겠습니다."
"예?"
"해석을 중지한다는 말씀입니다."
총장은 흠칫 놀랐다.
"왜지요?"

"급히 법원에 보내야 할 사정이 생겼습니다."

"법원이요?"

"네, 급히 보내야 합니다."

총장은 얼른 대응할 말이 떠오르지 않았다. 증거물이 아니라고 판단해서 돌려주지 않기로 결정은 했지만, 직접 찾아와 돌려달라고 했을 때의 대처 방안 따위는 논의한 바가 없었다. 게다가 법원이라는 말에 황당할 수밖에 없었다.

"우리 교수님들을 좀 오시라고 해야겠습니다."

"해석을 맡고 계신 교수님들이요?"

"그렇습니다…"

총장은 비서관을 통해 미야모토와 노부히로를 찾았다. 미야모토는 외출하고 자리에 없었다. 잠시 후 노부히로가 총장 방으로 들어왔다. 노부히로는 서장을 보고 깜짝 놀랐다.

"서장님이 갑자기 어쩐 일이시지요?"

서장이 빙그레 웃으며 자리에서 일어나 손을 내밀었다.

"노부히로 교수, 서장님이 시도요체를 돌려달라고 하시네."

"네?"

노부히로가 눈을 휘둥그레 떴다.

"그건 돌려줄 수 없습니다."

"네? 돌려줄 수 없다구요?"

"그렇습니다. 그건 너무 위험한 책자라 파기해야 합니다."

"파기요? 누구 마음대로 파기한다는 겁니까?"

서장의 얼굴이 일그러졌다. 내밀고 있던 손을 거둬들였다.

"황실과 제국의 신조에 반하는 허무맹랑한 물건을 세상에 내놓을 수 없습니다."

노부히로가 냉랭한 목소리로 받아쳤다. 서장도 물러서지 않았다. 그러나 말을 주고받는 횟수가 늘어날수록 상황이 노부히로 쪽으로 기울었다. 불리함을 느낀 서장은 스스로 법정 증거물이 아님을 실토했다. 그리고 비웃는 눈빛으로 다음 말을 이었다.

"귀족원 고무라 의원님을 아시죠?"

"당연히 알지요."

"고무라 의원님께서 그 책자를 원하고 계십니다."

갑자기 조용해졌다. 고무라 의원이 누구인가. 나는 새도 떨어뜨린다는 권력 실세 중에 실세였다. 황실 수호자인 고무라 의원에게 황실과 제국의 신조에 어긋난다고 반박하는 것은 난센스였다. 그것이 무엇이 됐든, 어떤 경우든 그랬다.

격렬해질 듯하던 논쟁이 싱겁게 끝나버렸다. 노부히로는 고개를 숙이고 입을 다물었다. 흥분을 가라앉히는 것 외에 다른 방도가 없었다. 총장도 할 말을 잃고 창밖을 쳐다봤다.

서장이 침묵을 깨고 말했다.

"책자를 지금 가져가겠습니다."

마지막 선언처럼 한 마디 던지고 소파에 털썩 등을 기댔다. 두말 말고 가져오라는 의미였다.

총장의 얼굴에 불쾌한 기색이 역력했다.

"미야모토 교수가 외출 중인데 책을 어디에 두었는지도 모르오."
"그야 연구실에 있지 않겠습니까?"
"주인도 없이 잠긴 연구실을 어떻게 뒤진단 말이요?"
서장이 못마땅한 표정으로 총장을 쏘아봤다. 핑계를 대고 있다고 생각했다. 그러나 핑계를 대는 것도 소용없는 짓이다. 속으로 픽 웃고는 내일 가져가겠다고 일침을 놓고 자리에서 일어났다.

미야모토는 퇴근 무렵에야 연구실로 돌아와 서장이 시도요체를 찾으러 왔던 일과 고무라 의원이 책을 원한다는 말을 전해 들었다. 눈앞이 캄캄했다. 대왕의 정음 제작 비밀에는 근처에도 못 갔는데, 이 시점에 책자가 본토로 간다면 그 비밀은 영원히 묻히고 말 것이다. 누가 마음을 열어 책자를 다시 세상에 내놓을 것이며, 누가 망한 나라의 역사를 뒤져 옳게 분석을 하겠는가. 그렇다고 고무라 의원에게 사정 얘기를 해서 양해를 구할 수도 없는 노릇이고, 돌려주기를 거부할 수도 없는 노릇이었다. 헤쳐 나갈 앞길이 보이지 않았다.

해가 기울어 방안이 어둑했다. 책상 위에 꺼내 놓은 흑칠 상자로 눈길이 갔다. 천천히 뚜껑을 열었다. 누렇게 빛바랜 시도요체가 놓여 있다. 이게 마지막인가 싶어 조심스레 꺼냈다. 책장을 넘겼다. 글자들이 거뭇거뭇하게 눈앞을 스쳤다.

'해석을 끝냈어야 했는데…'

두 손으로 머리를 움켜쥐었다. 위대한 왕이 세상에 펼친 지혜가 영원히 묻힐 거라 생각하니 자신도 모르게 탄식이 나왔다. 절망감에 책을 덮었다. 아무것도 할 수 없는 자신이 한없이 원망스러웠다.

불도 켜지 않은 연구실에 맥없이 앉아 있다가 문득 어두워진 것을 깨달았다. 연구실을 나가야 했다. 그러나 그다음엔 어떻게 해야 할지 생각이 떠오르지 않았다.

때마침 전화벨이 울렸다. 총장이었다.

"미야모토 교수… 저녁이나 같이합시다."

총장은 미야모토를 아꼈다. 그의 천재성도 좋았지만 그에 못지않게 겸손하고 성실한 자세가 더욱 좋았다. 미야모토가 실의에 빠져 있을 거라 생각하니 마음이 아파서 그냥 둘 수가 없었다.

두 사람은 대학 건너편 작은 주점에 마주 앉았다. 미야모토는 자리에 앉자마자 죄송하다며 연거푸 술을 몇 잔을 들이켰다. 총장이 놀란 눈으로 쳐다봤다. 샌님 선비인 미야모토가 그렇게 마실 거라고는 생각해보지 않았다. 말릴 수가 없었다. 문자를 연구하겠다고 자진해서 고향 집을 떠나온 사람이니 오죽했으랴 싶었다.

미야모토가 술잔을 내려놓고 입을 열었다.

"정말 죄송합니다, 총장님…"

"죄송하긴… 막아주지 못해 오히려 내가 미안하오…"

총장의 얼굴도 허탈감에 젖어 있었다.

미야모토가 다시 술을 따랐다.

"다 끝난 것 같습니다…"

"미야모토 교수, 천천히 마셔요."

"…"

"방법을 찾아봅시다."

"그런 게 있겠습니까, 고무라 의원이라는데요…"

미야모토가 고개를 가로저었다.

"미야모토 교수… 지금 상황으로 보면 길은 하나요."

"이 상황에 무슨 길이 있겠습니까…"

"아니요, 고무라 의원보다 더 높은 사람이면…"

총장이 진지한 표정으로 말했다.

"그런 사람이 어딨겠습니까. 천황폐하 말고…"

"아니, 그러지 말고 생각 좀 해봅시다…"

"말씀만 들어도 감사합니다. 하지만…"

"혹시… 총독 각하 말이요."

"총독 각하요?"

"그렇소. 각하께 이유만 말할 수 있다면 막을 수 있지 않겠소? 이 일은 조선에서 벌어지고 있고, 조선에서 벌어지는 일은 모두 각하의 결정에 따라야 하오. 천황폐하가 아닌 다음에야 누가 감히 간섭할 수 있겠소?"

"그렇기는 하지만 무슨 수로…"

미야모토가 술잔을 만지작거렸다. 총장이 고개를 갸웃 거리며 말했다.

"한번 잘 생각해 봐요. 혹시 미야모토 교수가 총독 각하를 뵈러 갔을 때 나눈 얘기나 그런…"

"아!"

"왜요? 있소?"

"저번에 각하께서 조선 문자를 황국화에 활용할 방법을 강구해 보라고 하셨던 말씀… 아니면 아예 우리 것으로 만들던지…"

"그래, 바로 그거요!"

"그때 얼떨결에 대답했는데, 황국화에 활용하기 위해 시도요체 연구가 필요하다고 하면 어떻게 되는 건가요?"

"하… 그거 기가 막힌 데."

"그러면 제가 해석을 끝낼 때까지 시도요체를 가지고 있을 수도 있지 않을까요? 각하께는 죄송한 얘기지만…"

"아니, 죄송해 할 것 없어요. 지금 시도요체 내용을 다 아는 것도 아니니 활용할 방법이 있는지도 모르지 않소."

"예… 각하께서 들어만 주신다면…"

미야모토가 간절한 목소리를 냈다.

총장이 기쁜 얼굴로 말했다.

"미야모토 교수, 내일 아침에 총독부로 바로 가보시오. 비서관에게 중요한 보고가 생겼다고 둘러대고 틈이 날 때 뵙도록 하고."

미야모토는 기쁨을 감출 수가 없었다. 한껏 들떠서 총장에게 감사를 표하고 술을 따랐다.

다음 날 아침, 미야모토는 지체하지 않고 총독부로 출발했다. 비서관은 사전 약속 없이 온 것에 당황해했지만 상대가 동경제국대 교수였던 까닭에 틈을 내서 시간을 만들어주었다.

총독실로 들어갔다.

총독은 미야모토를 기억하고 반갑게 맞아 주었다.

"그래 숙소는 잘 잡았는가?"

"예 각하. 학교 옆에 이화동에 마련했습니다."

"잘했군. 연구는 잘 되고?"

"예, 각하. 일전에 각하께서 조선 문자를 황국화에 활용할 방법을 강구해보라고 하셨는데 마침 좋은 자료를 찾았습니다."

"호, 그래? 무슨 자료지?"

"조선 왕이 문자를 만든 과정을 기록한 겁니다. 제국어와의 관련성이나 역사적 허점을 연구하기에 좋은 자료로 보입니다."

"제대로 찾았군."

미야모토는 떨리는 목소리를 가다듬고 차분히 말했다.

"그런데 문제가 있습니다, 각하."

"문제라니?"

"그 책은 조선의 역사자료 없이 내지에서는 연구하기가 힘듭니다. 그런데 지금 그 책을 내지로 보내려고 하고 있어서 그걸 막아 주십사…"

"내가 말인가?"

"죄송합니다, 각하. 실은 귀족원에 고무라 의원님께서 그 책을 원하고 계십니다."

"고무라 의원이?"

총독이 눈을 휘둥그레 뜨고 물었다.

"예, 각하."

"고무라 의원이 그걸 어떻게 알았지?"

"경위는 자세히 모르겠지만, 수집가를 통해서 진귀한 고문서로 알고 계신 것 같습니다."

"허… 그런 경우가 있나."

총독은 미야모토를 물끄러미 쳐다보면서 고개를 끄덕였다.

"알았네. 중요한 일을 먼저 해야지, 수집이 문제가 아니라."

"감사합니다, 각하."

총독은 비서관을 불러 조치를 취하도록 지시했다. 미야모토는 날아갈 듯했다. 방을 나온 비서관은 미야모토의 말에 따라 바로 종로서장에게 전화해서 총독의 지시임을 밝히고 미야모토의 연구가 끝날 때까지 절대 시도요체에 접근하지 말 것을 명령했다.

서장은 너무 놀라서 대답조차 제대로 하지 못했다. 총독 비서관이 일개 서장에게 직접 전화하는 것은 상상하기 어려운 일이었다. 놀란 가슴을 진정시키는데 시간이 한참 걸렸다. 거부할 수 없었다. 고무라 의원에게 무어라 해명해야 할지 난감하기만 했다.

가을이 지나고 겨울로 접어들었다. 시도요체 해석이 예정보다 많이 늦어졌다. 미야모토는 서두를 이유가 없었다. 글자 하나하나를 해석하는데 그치지 않고 해당 날짜의 기록을 남기게 된 이유와 배경까지 파고들었다. 조선 역사를 모르니 자연히 정사와 야사를 모두 찾아야 했다. 할 일이 계속 늘어났지만 그건 오히려 미야모토가 바라던 바였다.

 순조롭게 진행되던 연구와는 달리, 한 가지 피할 수 없는 어려움이 있었다. 노부히로 교수였다. 그의 태도는 시간이 갈수록 강경해졌다. 기회가 있을 때마다 시도요체가 조선 민중에게 알려져서는 안 된다고 파기를 주장했다. 총장은 딱히 조치를 취하거나 하지 않았다. 총독 각하가 명한 일이니 연구를 하든, 파기를 하든 자신이 관여할 바가 아니었고, 비난이 일어난다 해도 자신이 책임질 일도 아니었다. 그의 주장은 주장일 뿐, 들어줄 이유가 없었던 것이다.

 노부히로가 불만이 있다고 해도 여기저기 나발을 불어대면서 동조자를 모으지는 못했다. 시도요체가 세상에 알려지기 전에 조용히 없애야 한다는 취지에 맞지 않았기 때문이었다. 문제를 확대할 수도, 포기할 수도 없는 진퇴양난의 처지에서 동지 하나 없이 외롭게 투쟁하던 어느 날, 노부히로는 매일신보 고노 국장으로부터 은밀한 연락을 받았다.
 고노는 시도요체를 손에 넣으려 했다가 종로서장을 통해서 총독의 지시가 내려왔다는 걸 알게 됐다. 눈치 빠른 고노는 아직 끝난 게 아니리는 걸 직감적으로 알아챘다. 반드시 기회가 다시 올 것이라 여기고 기자 몇 명을 경성제대에 집중시켰다. 아니나 다를까, 마침내 노부히로 교수가 시도요체 연구에 불만을 품고 있다는 사실을 알아냈고, 회심의 미소를 지으며 은밀히 전갈을 넣었던 것이다.
 불만 가득한 노부히로는 고노에게 너무나 쉬운 상대였다. 가려운 곳을 살살 긁어주자 노부히로는 바로 속마음을 드러냈다. 고노는 기회를 놓치지 않았다. 노부히로의 애국적 주장을 앵무새처럼 따라 하다가 그가 저주하는 사람들에게 비난의 화살을 돌리자 그는 눈물을 글썽이며 국장의 두 손을 꼭 잡았다. 진정한 동지를 만난 것이었다. 더 이상 말이 필요 없었다. 동지 의식의 건배를 나눴다. 그렇게 해서 학교 안에서는 노부히로가, 밖에서는 고노가 시도요체를 파기하는 데 힘을 쏟기로 했다.

고노의 연극을 훌륭하게 해냈다. 노부히로는 고노의 속셈을 눈치채지 못했다. 이제 노부히로를 통해 시도요체 해석이 완료된 시점을 알아내 재빨리 손에 넣기만 하면 된다. 책자를 빼돌린 뒤에 노부히로에게는 파기했다고 둘러대면 그만이다. 누가 감히 자신에게 책자를 돌려 달라고 할 것인가. 고노는 대륙침략의 주구^{走狗} 겐요샤^{玄洋社}의 일원이었다.

5

"총독이 좋은 뜻으로 시도요체를 구한 건 아니었군."
"그렇지. 아무려면 좋은 뜻으로 그랬겠나."
양이환이 강석규의 말에 토를 달았다. 히로에가 두 사람 대화에 끼어들었다.
"그게 다가 아니에요."
"그러면?"
"고노 국장은 겐요샤 조직원으로 어용신문사의 실세 국장이고, 욕심 많은 사람이었다는 거죠."
"아니, 어떻게 겐요샤 조직원이 신문사 국장까지 됐지?"
형석이 빙그레 웃으며 나섰다.
"제가 자료를 찾아보니까요, 겐요샤가 초기에는 칼 쓰는 낭인들로 조직을 꾸려가다가 세력이 점점 커지고 황실에서도 인정하니까 배웠다는 자들까지 조직에 끌어들였더라구요."
"그렇게까지 세력이 커졌나?"
"예, 그 줄기가 지금까지 이어져 오고 있구요."
"그럼 그게 극우세력 배훈가?"
"맞아요. 이번에 일을 일으킨 자들도 바로 그자들일 거예요."

히로에가 갑자기 고개를 숙였다. 모두의 시선이 히로에에게 쏠렸다. 그녀가 돌아가신 아버지를 생각하고 있다고 느꼈다.

양이환이 히로에의 어깨를 도닥였다.

"히로에… 힘을 내…"

"예, 아저씨…"

히로에가 눈물을 닦았다.

"자 모두들 잠시 바람 좀 쐬고 쉬었다가 하지?"

양이환의 말에 일행들은 자리에서 일어나 휴식을 취했다.

히로에가 기운을 회복하자 다시 설명이 이어졌다.

"결국 매일신보 고노 국장이 노리던 기회가 온 거예요."

"허… 끝난 게 아니었어?"

"예, 총독이 갑자기 동경으로 돌아가게 된 거죠."

"정말 난감하군."

"미야모토 교수도 황당했을 거예요."

"갑자기란 말은 임기가 끝난 게 아니라는 거지?"

"그렇죠, 임기가 끝난 게 아니에요. 1927년 초에 미영일 3국이 군축회의를 하게 됐는데, 일본 측 대표로 총독이 선정된 거예요."

"허…"

"총독이 해군 출신이라고 했잖아요. 그런데 그 군축회의 내용이 해군 전력에 관한 것이었대요. 제국 해군의 최고 수장이었으니 어쩌면 당연할 일이었죠."

"참, 어떻게 일이 그렇게 꼬이나…"

'三國軍縮會議全權朝鮮總督內定 삼국군축회의전권조선총독내정'

1927.3 3국 군축회의 일본 대표에 조선총독이 내정되었다는 신문 기사가 나왔다. 아직은 공식 발표가 아니라고 하면서도 본문에는 조만간 총독이 사임할 것이며, 본토로 건너가 임명장을 받고 제네바로 출국하게 될 것이라고 했다.

신문기사보다 하루 먼저 소식을 접하고 자리에서 벌떡 일어선 자가 있었다. 고노 국장이었다. 책상을 쿵 내리쳤다. 이제 미야모토가 언제 해석을 끝낼지 기다릴 필요가 없게 됐다. 총독이 없으면 해석도 끝이다.

노부히로 교수에게 전화를 걸었다.

"총독이 사임하고 떠납니다. 이제 정의를 실현할 때가 온 겁니다."

내일 아침까지 발설하지 말아 달라고 신신당부를 하면서 한 줄 기사 수준의 보도 내용을 대단한 비밀인 양 알려주었다.

노부히로는 기뻤다. 벼르고 별렀던 일을 처리하게 된 것도 그랬지만, 아직 세상에 알려지지 않은 최신 정보를 자신에게 알려준 고노 국장의 동지애에 감격한 것이다. 동지를 실망시킬 수 없었다. 사명감에 불타 밤새 잠을 설쳤다.

다음 날 아침, 신문을 펼쳐 들고 가장 놀란 사람은 미야모토였다. 마른하늘에 날벼락이란 바로 이런 경우를 두고 하는 말이었다. 군축회의가 도대체 뭔가. 왜 갑자기 그런 게 생겨나서 총독이 떠나게 하는

가. 머리가 어지러웠다. 책상 위에 수북이 쌓인 책들이 쓸모없는 종잇조각처럼 느껴졌다. 이번에는 피할 수 없다는 절망감에 빠져들었다.

총장실로 올라갔다. 비서관이 일과준비로 분주한 사이에, 노크와 동시에 불쑥 총장 방문을 열었다. 실수였다. 자신보다 한발 앞선 방문자가 있었다. 노부히로였다. 아차 싶었지만 이미 그와 눈이 마주쳤다. 노부히로는 갑자기 대화를 멈추고 자세를 고쳐 앉았다.

총장이 놀란 얼굴을 했다.

"미야모토 교수!"

"아, 총장님… 나중에 다시 오겠습니다."

미야모토가 우물쭈물하면서 돌아서려 하자 노부히로가 자리에서 벌떡 일어났다.

"아니, 제가 가겠습니다. 하여튼 총장님, 잘 생각해주십시오."

노부히로는 총장 대답도 기다리지 않고 성큼성큼 방을 나가면서 미야모토를 흘깃 쳐다봤다. 눈초리에 냉기가 가득했다.

총장이 씁쓸한 표정으로 자리를 권했다.

"앉아요. 왜 왔는지 알고 있소."

"아… 그럼 혹시 노부히로 교수도 그것 때문에?"

"그렇소."

"총독 각하께서 사임하시는 건 확실히 결정된 건가요? 아직 비공식이라고 나왔던데…"

"조만간 공식 발표가 있겠지요."

"…"

잠시 대화가 끊겼다. 두 사람은 똑같이 노부히로 같은 자들을 막아내지 못할 것이라고 생각했다.

미야모토가 어두운 표정으로 말했다.

"각하께 다시 말씀드리면 어떨까요?"

"말씀드리면 연구를 계속할 수 있을 거라고 생각해요?"

"…"

"신임 각하께서 부임하시면, 전임 각하께서 추진하던 일은 그것으로 끝이에요. 해석을 계속하는 건 불가능해요. 노부히로 교수는 매일신보 고노 국장까지 시도요체 파기에 가담하고 있다고 합니다."

"아…"

"각하 사임 기사도 이미 어제 연락받았다는 거요. 그러면서 시도요체를 종로서장에게 줘서는 안 되고, 고노 국장에게 줘야 한다고 하길래 성급하게 그러지는 말아달라고는 해놨소이다만…"

미야모토가 고개를 떨궜다. 희망이란 단어가 아예 세상에 존재하지 않았던 것처럼 느껴졌다.

총장이 천천히 말을 이었다.

"노부히로 교수 태도로 봐서는 총독 각하만 이임하시면 바로 달려들 것처럼 보입디다…"

미야모토는 맥이 빠진 채 총장 방을 나왔다. 무기력이라는 말조차 불필요했다. 연구실로 돌아와 얼빠진 사람처럼 멍하니 있다가 숙소로 돌아왔다. 몸에서 열이 나는 듯했다. 자리에 누웠다.

총장 말이 맞았다. 후임 총독에게 경위를 설명하고 연구를 계속

한다는 건 불가능한 일이다. 만일 그렇게 되면 노부히로 교수나 고노 국장이 가만히 있지 않을 것이다. 그런데다가 고노 국장은 신임 총독과 인터뷰를 핑계로 만날 수도 있지만 자신은 신임 총독과 면담할 빌미도 없었다.

뜬눈으로 밤을 새고, 하룻밤 만에 수척해진 모습으로 학교에 갔다. 책상 앞에 앉아 멍하니 벽을 보고 앉았다. 해석을 빨리 마치지 못한 것이 한없이 후회스러웠다.

전화벨이 울렸다. 총장이었다.

"미야모토 교수, 잠깐 방으로 오시겠소?"

풀죽은 모습으로 총장 방에 들어섰다.

"내가 생각해 봤는데 말이요…"

"예, 총장님…"

"시도요체를 총독 각하의 반출품에 포함시키는 건 어떻겠소?"

"예? 반출품에요?"

"그렇소. 어차피 이제는 조선 땅에서 연구를 계속하는 건 불가능할 게 아니겠소?"

"예, 저도 어려울 것이라고 생각하고 있습니다만…"

"그렇다면 총독 각하의 반출 물품에 포함시켰다가 동경에서 돌려받으면 어떨까 하는데…"

"하지만 어떻게 총독 각하의 반출 물품을 동경에서 돌려받는다는 말인가요. 반출품에는 어떻게 포함을 시키구요…"

"보세요. 그렇게 기운 없이 생각할 게 아니라… 일전에 내게 은사님이 총독각하와 잘 아는 사이라고 하지 않았소?"

"아, 예. 어린 시절부터 친한 친구분이라고…"

"그것 보시오. 총독 각하께서 동경으로 가시려면 아직 시간이 있소. 공식적으로 발표가 난 것도 아니니."

"예."

"은사님께 서신을 띄워서 부탁해보시오. 은사님께 말씀을 드려 반출 물품에 포함시켰다가 나중에 받을 수 있도록 하면 어떠냐는 거요."

"아! 그런 방법이… 정말 감사합니다, 총장님! 그렇게 해보도록 하겠습니다!"

미야모토의 얼굴에 화색이 돌았다. 은사에게 요청하는 것은 얼마든지 가능한 일이었다.

총장은 노파심에서 한마디 더했다.

"시도요체를 여기에 남겨두었다가는 온전치 못할 것이오. 노부히로 교수나 고노 국장은 파기하겠다고 난리고, 종로서장은 고무라 의원에게 바치지 못해 안달하고 있으니…"

"맞습니다. 지금 바로 서한을 만들어서 보내도록 하겠습니다. 정말 감사합니다. 총장님!"

다시 태어난 기분이었다. 바로 연구실로 돌아와 구구절절이 간절한 마음을 담아 서신을 작성했다. 마지막 희망이었다. 어쩌면 시도요체를 완전히 손에 쥐게 될지도 모른다는 생각까지 들었다.

예상은 적중했다. 며칠 후 가네와 교수로부터 온 서신에는 편지를 받는 즉시 총독을 찾아가라는 말이 들어 있었다. 미야모토는 뛸 듯이 기뻤다.

총장에게 서신 내용을 알리고 바로 총독부로 향했다.

총독은 껄껄 웃으며 말했다.

"하하 자네의 열정에 탄복했네. 그렇게 중요한 책자던가?"

"네, 각하. 각하의 말씀대로 조선 문자를 황국화에 이용할 수 있을지 노력을 아끼지 않고 연구하겠습니다."

"그래, 그래야지. 그런데 동경에서는 누가 가져가도록 하면 되겠나?"

"반출품 담당자를 이어주시면 그분께 알려드리겠습니다."

"어, 그러면 되겠구만."

총독은 비서관을 불러 미야모토의 얘기대로 해주라고 지시를 내렸다. 비서관은 총독 방을 나와 바로 반출품 담당관을 연결시켜 주었다. 담당관은 반출품에 있어서는 총독 다음가는 권력자였다. 그의 허락 없이는 새로운 품목을 넣는 것도, 빼는 것도 불가능했다. 미야모토는 그런 사실을 확인하자 너무 기뻤다.

얼마 후 시도요체는 흑칠 상자에 담겨 동경으로 건너갔다. 미야모토는 방학 기간 중에 동경으로 돌아가 시도요체를 다시 볼 수 있었다. 눈물을 흘릴 듯이 반가웠지만 학기가 시작되자 다시 조선으로 돌아와야만 했다. 그의 아내는 미야모토의 말에 따라 시도요체를 소중히 보관했다.

노부히로는 총장을 통해 시도요체가 총독의 반출 품목에 포함되었다는 사실을 알게 되었다. 그러나 총장과 미야모토의 계략으로 동경으로 가게 된 속사정은 알 수 없었다. 허탈했다. 고노 국장에게 그 사실을 알렸다. 고노는 쉽게 포기하지 않았다. 자신이 가질 수 없다면 당연히 없애야만 할 물건이라고 여겼다. 겐요샤 동경 지부에 연락해 시도요체의 실체를 알리고 반드시 찾아서 파기해야 한다고 전했다. 그러나 총독의 반출품은 쉽게 접근할 수 있는 물건이 아니었다. 조직원들은 전전긍긍하며 기회만 노렸다.

몇 해 후, 미야모토는 조선 땅에서 갑자기 병사했다. 그의 아내도 미야모토 사망 후 오래 살지 못하고 세상을 떠났다. 죽음을 직감한 그의 아내는 흑칠 상자를 친정으로 보내고 소중히 간직하도록 했다. 그녀의 결혼 전 이름은 모쿠아미 기에꼬였고, 모쿠아미 노인은 기에꼬의 친동생이었다.

6

강석규 교수는 초조했다. 호언장담했던 발표날짜가 하루하루 다가오고 있었지만 시도요체를 해석하는 데는 예상보다 날짜가 더 필요했다. 동동거리기는 양이환도 마찬가지였다. 일본에서 사건 발표가 있을 것이라서 어쩔 수 없이 서둘러 시도요체를 세상에 공개했지만 조금만 정신을 차렸다면 한 달이라고 못 박을 필요가 없다는 것을 알았을 것이다. 그러나 이미 엎질러진 물이었다.

일제시대에 미야모토 교수가 해석을 빨리 끝낼 수 없었던 것처럼, 시도요체에 담긴 내용은 파헤쳐 갈수록 깊이를 더했다. 한 글자 한 글자에는 대왕이 왕위에 오르게 된 과정과 선정을 베푼 내용, 훈민정음 창제에 관한 숨겨진 사실 등이 상세히 담겨 있었다. 야사에도 기록되지 않은 사실들이 하나씩 모습을 드러낼 때마다 연구소 관계자들과 양이환은 긴장을 더했다.

약속했던 날짜가 내일로 다가왔다. 며칠 전부터 빗발치는 기자들의 문의 전화 때문에 고전학술원은 아예 전화기 코드를 뽑아버렸다. 날짜가 다가오는데도 발표에 대한 언급이 없자 근거 없는 소문까지 떠돌기도 했다. 학술원이나 양이환은 콧방귀도 뀌지 않았다.

아침 일찍 강석규로부터 전화가 왔다.

양이환은 위로의 말을 먼저 했다.

"강 교수, 정말 고생이 많아. 기자들에게 잘 설명해서 날짜를 미루도록 해야지 어쩌겠나."

"양 교수, 그 문제가 아냐."

강석규가 긴장된 목소리를 냈다.

"그럼?"

"엊저녁에 일본에서 전화가 왔어."

"일본?"

"어떻게 된 건지 모르겠는데, 일본 기자가 또 다른 시도요체가 일본에 있다면서 경위를 설명할 수 있느냐고 묻는 거야."

"그게 무슨 말이야?"

"난들 아나. 하여간 그 사람 말은 일본에 또 하나의 시도요체가 있는데 한국에 있는 게 진짜가 맞느냐고 묻는 거야."

"허…"

"그러면서 지난번 발표 때 시도요체를 상자에 넣고 보여 주지 않은 이유가 가짜이기 때문에 그런 게 아니었냐는 거지."

"허, 그래시 뭐라 했이?"

"아니라고 했지 뭐라 했겠나…"

양이환은 일본 기자들의 집요함에 혀를 내둘렀다. 부랴부랴 히로에와 형석을 불렀다.

두 사람 얼굴을 보자마자 바로 물었다.

"그 사람들이 그걸 어떻게 알았을까?"

"오다가 생각해 봤는데요, 충분히 그럴 수 있을 거예요."

"그게 무슨 말이야?"

"지난번에 제가 미하루와 통화했을 때요…"

"어 그래."

"미하루 말이 카토 집에서 시도요체를 보았다고 했거든요."

"그랬지…"

"그때 다른 언론사 기자들도 같이 봤을 거예요. 미하루도 거기서 봤다고 했으니까요."

"맞다. 그랬겠네…"

"미하루도 제게 어떻게 된 거냐고 물었는데 다른 기자들도 봤을 테니까 당연히 의심했을 수도 있죠."

형석이 싱긋 웃으며 나섰다.

"교수님, 그 문제는 크게 신경 쓰지 않아도 될 것 같아요. 오히려 좋은 기회일 수도 있어요."

"좋은 기회?"

"예, 이번 기회에 시도요체에 관해서 한국과 일본 간의 관계를 명백히 하는 겁니다."

"아니, 어떻게?"

"내일 그 사람들은 분명히 시도요체를 보여 달라고 할 거예요."

"그러겠지."

"그 질문이 꼭 나와야 해요."

"그건 또 왜?"

"그 질문은 자기들 무덤을 파는 질문이거든요."

형석이 빙그레 웃었다. 그리고 일본 기자들이 던질 것으로 예상되는 질문과 우리 측에서 대답할 내용을 설명하고, 최종적으로 그들의 입을 완전히 봉해버리는 방법까지 상세히 얘기했다. 양이환은 형석의 번뜩이는 기지에 자기도 모르게 너털웃음을 터뜨렸다.

진위에 관한 관심을 반영하듯 동경에서 미하루로부터 전화가 왔다. 히로에가 정색하고 답했다.

"미하루, 올 필요 없어. 기자회견장에 참석하는 기자들은 곤란한 지경에 빠지게 될 거야."

"어머, 그래?"

"그럼, 여기에 있는 게 진본이야. 그 사람들 주장은 틀렸어."

"그러면 할 얘기가 없는 거네?"

"그렇다니까. 자세히 알고 싶으면 이찌하라 경사한테 물어봐. 대답을 제대로 해줄지는 모르겠지만 말야…"

"회사에서도 내가 가야 하는 게 아니냐고 하는데 그만둬야겠네…"

다음 날, 고전학술원의 제안에 따라 일본 측 기자들이 의기양양하게 한국으로 건너왔다. 그들 사이에는 한국에 있는 시도요체가 가짜라는 소문이 파다하게 퍼져 있었다. 그 소문이 사실이라면 하세카와 교수 살해사건의 본질과 달리 또 다른 특종이 될 수 있었다.

기자회견이 시작됐다. 회견장에는 일본 기자들뿐만 아니라 한국 측 기자와 관계자들까지 참석해서 발 디딜 틈이 없었다. 학술원 측으로서는 시도요체 발표가 늦어지는 것을 해명할 좋은 기회이기도 했다.

강석규가 단상에 서자 일본 측 기자가 먼저 손을 들었다.

"책자를 상자 안에 넣어놓고 존재를 발표한다는 것은 일반적으로 납득하기 어려운 발표 형식입니다. 카토의 집에서 발견된 시도요체가 진본이 아니라고 할 수 있습니까?"

회견장의 모든 시선이 강석규에게 쏠렸다. 강석규가 천천히 마이크에 입을 갖다 댔다.

"기자님께서는 카토의 집에서 발견되었다는 시도요체 내용을 직접 보신 적이 있습니까?"

"직접 보지는 못했지만 또 다른 시도요체가 있는 것만은 확인했습니다."

"좋습니다. 그러면 우에노경찰 측에서 자신들이 가지고 있는 시도요체가 진본이라고 하던가요?"

"…"

기자가 우물쭈물하자 또 다른 기자가 손을 들었다.

"그러면 고전학술원 측에서는 상자를 열어 보일 수 있습니까?"

갑자기 사방에서 플래시가 터졌다. 강석규의 난감한 표정을 찍으려는 듯이 보였다.

플래시 사례가 끝나자 강석규가 비아냥거리듯이 되물었다.

"제 대답 전에 한가지 만 묻겠습니다. 기자님께서는 시도요체 내용을 아십니까?"

"…"

"보시면 진짜인지 가짜인지 구별하실 수 있습니까?"

"…"

동문서답, 우문현답이다. 원래의 물건을 본 적이 없는 상태에서 물건을 보여준 들 진본인지 아닌지 어떻게 알겠는가. 회견장 곳곳에서 킬킬거리는 웃음소리가 들렸다.

기자는 얼굴이 달아올랐지만 물러서지 않았다.

"그럼 오늘도 보여주지 않을 것입니까?"

"우리는 갖춰진 상태에서 보여 드릴 것입니다."

"갖춰진 상태라는 게 무슨 뜻입니까?"

"진위 여부를 판단해 주실 학계 전문가분들께 보여드리겠다는 뜻입니다. 다만 여러분들을 이 자리에 초청한 책임이 있으니 상자를 열어 잠시 내용을 보여드리겠습니다. 그리고…"

강석규가 잠시 뜸을 들였다. 다시 플래시가 터졌다.

"일본에서 오신 기자분들은 여기로 오시기 전에 우에노경찰서를 먼저 가셨어야 했다고 생각합니다. 우에노경찰서에 가시면 그것이 원본이 아니라는 것을 바로 아실 수 있는데도 여기로 먼저 오신 점에 대해서, 한일 간 국민감정을 왜곡시키려는 일본 언론의 한 면모가 아닌가 하는 애석한 생각이 듭니다."

"…"

회견장이 쥐죽은 듯 조용했다.

"저희는 오늘 일부를 보여드리겠지만 우에노경찰서에서도 보여줄지는 모르겠습니다. 아마도 보여주지 않으리라 장담합니다."

다시 사방에서 플래시가 터졌다. 플래시를 터뜨린 건 모두 한국 측 기자들이었다. 그때 누군가 하나 불쑥 회견장 앞쪽으로 나가더니 일본 측 기자들을 향해 셔터를 눌렀다. 아차 싶었는지 다른 기자들도 우르르 앞으로 달려나갔다. 일본 기자들은 순간적으로 벌어진 어이없는 상황에 어쩔줄 몰라 했다. 그들은 플래시가 멈춘 틈을 타 재빨리 회견장을 빠져나가기 시작했다.

회견을 마치고 사무실로 돌아오자 강석규가 싱글싱글 거렸다.

"하여간 최 박사 대단해. 위급할 때마다 우리 학술원을 구해줘."

"하하 제가 뭘요, 그냥 순리대로 된 거죠."

형석의 겸손에 양이환이 흐뭇한 표정으로 거들었다.

"그래도 최 박사와 히로에의 공이 정말 컸어. 두 사람은 나라를 구한거야, 하하하"

"하하 맞아, 나라를 구했다고 봐도 무리가 아니지."

"그건 그렇고 강 교수, 시도요체 해석은 도대체 얼마나 된 거야?"

"이제 마지막 부분만 남았어. 단순히 글자만 해석해서 될 일이 아니라 내용을 앞뒤로 맞춰서 검증해야 하기 때문에 시간이 걸리는 거지."

"내용이 많아?"

"많다 적다를 떠나서 신중을 기할 수밖에 없어. 대왕과 신미대사가 처음 만나 대왕이 돌아가실 때까지 거의 이십년이 가깝도록 같이 나눈 얘기야."

"그렇게나 오래됐나?"

"그렇다니까. 그러다 보니까 두 사람은 미주알고주알 대화를 나눈 거야. 대부분이 대왕이 신미대사에게 한 말만 기록되어 있지만, 하여간 오래도록 대화를 나누다 보니 온갖 얘기가 다 담긴 거지. 그만큼 대왕과 신미대사는 가까운 사이였다는 거고…"

"두 사람이 마주하고 대화한 거야?"

"아니, 꼭 그런 건 아냐. 신미대사가 궁궐에 있다가 신하들 눈에 띠어서 문제가 됐어. 그래서 가까운 절에 머물면서 서로 필담을 주고받았는데 그게 오히려 두 분이 더욱 진지하게 된 거지."

"아니 그게 어떻게 더 진지하게 됐다는 건가?"

"하하하 이해가 안 가지?"

강석규가 너털웃음을 웃었다.

"떨어져 있는 게 함께 있는 것보다 더 진지하게 됐다니 말이 되나?"

"양 교수, 혹시 그런 추억이 없어?"

"무슨?"

"어렸을 때 단짝 친구와 편지를 주고받던 추억."

"아…"

"바로 그거야. 두 분은 오랫동안 서신을 주고받다 보니까 자연스레 많은 얘기를 진지하게 나눌 수 있었어. 내가 보기엔 그런 관계였던 거지."

양이환은 그제서야 이해가 된다는 듯이 고개를 끄덕였다.

"그래서 시도요체에는 대왕이 임금 자리에 앉게 된 경위부터 자기 때문에 장인인 심온 대감이 사약을 받았다는 얘기, 소헌왕후에 관한 얘기나, 태종의 유지를 받들어 나랏일을 열심히 한 것, 그리고 신미대사와 만나게 된 과정 등이 아주 상세하게 나와 있어. 흔히 둘도 없는 친구에게 푸념을 늘어놓듯이 주고받은 거야…"

강석규의 얘기에 모두 넋을 잃었다.

대화가 끝날 즈음 강석규가 연구원을 불렀다. 연구원은 강석규의 말에 알았다면서 방을 나갔다.

"우선 완성된 부분까지 자료를 줄 테니 읽어봐. 뒤에 몇 장만 더하면 해석이 끝나는 거야."

- 3부 -
아! 세종대왕

1

 1418년 6월. 태종은 무도^{無道}한 왕세자에게 종사^{宗社 나라}를 맡길 수 없다는 신하들의 주청^{奏請}에 따라 장남 이제^{李禔 양녕대군}를 세자에서 폐해 경기도 광주로 추방했다. 겉으로는 신하들의 주청을 받아들인 것처럼 하였으나 실은 왕의 마음이 떠난 지 이미 오래였다.
 태종은 사정전에 대소 신료들을 모아 놓고 말했다.
 "장자가 대를 잇는 것은 지극히 당연한 법도다. 양녕의 아들로 후사로 삼을 테니, 경들은 왕세손으로 부를지 왕태손으로 부를지를 의논해서 아뢰도록 하라."
 왕은 짧게 명을 내리고 옥좌에서 일어났다. 양녕대군에게는 다섯 살, 세 살의 두 아들이 있었다.
 신하들은 아연실색했다. 세자를 폐하도록 주청한 것은 자신들이었지만, 그의 아들로 후사를 잇는다는 것은 상상도 하지 못한 일이었다. 양녕은 왕이 아니라 왕세자였으니, 폐위가 되면 당연히 다른 대군^{大君}들 중에서 다음 세자를 정하면 되는 것이다. 신하들은 한 인물만 염두에 두고 있었기 때문에 만사 순조롭게 진행되는가 여겼는데, 엉뚱하게도 목전에서 일이 꼬이고 말았다.
 왕의 결정에 다른 목소리를 내기란 쉽지 않다. 특히 후사에 관해서라면 더욱 그랬다. 멀리서 예를 찾을 것도 없이, 방금 전에 옥좌에서 일어난 이가 바로 그 후계 문제를 둘러싸고 피의 살육을 벌인 당사자였다. 뒤통수라도 한 대 얻어맞은 듯이 모두가 얼이 빠져 있을 때, 영의정이 내전으로 향하는 왕의 등에 대고 소리 높이 고告했다.

"전하, 어진 사람을 고르시옵소서."

순간 왕이 발걸음을 멈춰 섰다. 뒤따르던 시종들도 따라 멈췄다. 갑자기 발소리가 끊기자 편전 안으로 싸늘한 정적이 퍼졌다. 지극히 당연한 말이지만 분명히 뼈가 있는 말이었다. 신료들은 그 말의 속뜻을 알았다. 망령이 난 게 아니라면, 환갑도 넘은 영의정이 다섯 살, 세 살의 어린 손자를 두고 어진이를 운운했겠는가.

"전하, 세상일에는 권도權道와 상경常經이 있사옵니다. 천지의 이치에 따라 어진 사람을 고르시옵소서."

영의정의 통절한 목소리가 이어졌다. 늙은 목숨이니 아까울 게 없다는 것인지, 노신이 물러설 기미를 보이지 않자 대소신료들도 용기를 얻어 '전하'를 외쳤다.

신하들의 주청을 받아들여 양녕을 폐했다면, 어찌하여 새로이 세자를 책봉하는 일은 묻지도 않고 혼자 결정한단 말인가. 게다가 멀쩡히 남아있는 두 명의 내군을 제쳐 두고 어린 손자로 후계를 삼는다는 건 더욱 이치에 맞지 않는 일이다. 설사 목이 달아난다 해도 임금의 하교를 받아늘일 수 없었다.

태종은 부복한 채 소리치는 신료들을 매서운 눈초리로 쏘아보다가 가던 걸음을 이었다. 왕이 시야에서 사라지자 누군가 헛기침 소리를 냈다. 부복했던 신하들이 몸을 일으켰다.

영의정이 말을 꺼냈다.

"옛 제도에 세자였던 아비를 폐하고 그 아들이 세자가 된 경우가 있소? 난 그런 걸 본 기억이 없소만…"

"아니, 예전에 그런 사례가 있었다면 지금이라도 차용해서 쓰시겠다는 말씀이십니까?"

"허, 그럴 리가 있소? 고사에도 그런 일은 없었다고 아뢰려는 거지요."

"여하튼 영상領相 영의정께서 말씀하신 어진이가 누구를 뜻하는지는 전하께서도 모르시는 건 아닐 거외다."

"그야 다시 이를 일이요."

"남은 대군이 두 명이나 있는데 왕세손은 절대 아니지…"

신하들의 대화가 오가는 중에 어진이가 누구인지는 언급되지 않았다. 또한 그게 누구인지 묻는 사람도 없었다. 그건 모두의 분명한 의사였다. 이들은 임금이 명한대로 왕세손으로 부를 것인지, 왕태손으로 부를 것인지는 언급조차 하지 않고, '어진 사람'으로 후사를 이어야 한다고 의견을 모았다.

지신사知申事 비서실장 조말생이 내전으로 들어갔다. 태종은 지신사를 기다리고 있었다.

"무어라 부르기로 했소?"

"전하…"

지신사는 다음 말을 잇지 못하고 대신하여 신료들의 의견을 모은 계문啓聞 임금에게 올리는 글을 바쳤다.

왕이 부리나케 펼쳐 들었다. 여러 신하들의 논리와 간절함을 담은 장문이었다. 시간이 흘렀다.

"왕세손인지 왕태손인지는 의견을 내지 않았다?"

"전하, 다른 대군들을 제쳐두고 세손으로 후사를 삼는 것은 고사에도 없는 일이오니…"

태종은 손을 내저어 지신사의 말을 가로막았다.

"알겠소. 편전으로 나갈 것이니 물러가 계시오."

왕이라 해도 나이 많고 경험 많은 대신들에게는 하대하지 않았다. 지신사가 방을 나가자 다시 계문을 펼쳐 들었다. 고개를 끄덕이며 입가에 미소를 흘렸다.

내전으로 향했다. 왕후는 폐세자廢世子 일로 심기가 몹시 불편해 있었다. 사실 폐세자 때문이 아니더라도 반가운 기색 없이 왕을 맞은 지는 이미 오래됐다.

태종은 자리에 앉자마자 불쑥 말을 꺼냈다.

"신료들 의견은 어진이로 왕세자를 삼아야 한다는 것이오."

눈을 피하고 있던 왕비가 날카롭게 쏘아보며 말했다.

"그래서 이제 소인의 의견을 듣고자 하십니까?"

찬바람이 불었다. 왕이 얼른 대답을 못하고 머뭇거리자 왕후가 말을 이었다.

"형을 쫓아내고 아우를 세우는 것은 화란禍亂의 원인입니다. 그 원리를 모르십니까?"

왕후는 남편을 왕으로 만든 일등공신 중 한 사람으로, 자리다툼의 비정함을 누구보다 잘 알았다. 그러나 자리다툼도 욕심이 있어야 일어나는 법이다. 양녕이 자리에서 쫓겨난다 해도, 흑심을 품고 난을 일으킬 만한 성품이 못된다는 것을 잘 알면서 엉뚱한 논리로 쏘아붙였다. 임금이 하는 일은 무엇이든 고분고분 따르고 싶지 않았다.

"하나같이 충녕을 원하는데 화란 될 일이 무엇이오."

태종은 어깃장을 놓는 왕후의 속심은 무시하고 자신이 하고 싶은 말만 했다.

"누가 감히 전하 앞에서 머리를 들겠습니까? 쳐들 머리나 남아 있습니까?"

왕후는 다시 쏘아붙이고 더 이상 대화가 필요 없다는 듯이 고개를 돌렸다. 자신의 친정 오라비들을 역적으로 몰아 죽인 남편이다. 친정 오라비들도 모자라 이제는 자식까지 내치고 있다는 생각이 들자 몸서리가 쳐졌다. 가리고 못 할 말이 없었다.

"또 옛날 생각에 차 있구려."

태종은 왕후의 가시 돋친 말에 화가 나서 횡하니 자리를 박차고 나왔다. 임금의 자리에 앉고 나서, 개국보다 어려운 게 수성이라는 것을 알게 됐다. 개국은 한 번이지만 수성은 평생인 까닭이다. 어찌 그 이치를 깨닫지 못하는가. 남자들도 범접하지 못할 지략이 있었건만, 지금의 왕후는 모성애에 찬 아녀자일 뿐이라는 생각이 들었다.

편전으로 향했다. 지신사의 계문이 떠올랐다. 충녕은 어질고 현명했지만 근본이 선했다. 자신처럼 정적들을 과감히 물리칠 소양이 없었기 때문에 왕의 자리에 앉기 전에 앞길을 닦아주어야만 했다. 폐세자를 생각할 때부터 고민해오던 화두였다.

여러 날을 궁리한 끝에 마침내 묘수를 찾아냈다.
신료들이 충녕대군을 염두에 두고 있는 것을 뻔히 알면서 양녕의 자식으로 세손을 삼겠다고 명을 내린 것이다. 천리 밖에 사는 양민 천민 백성들조차도 충녕이 세자가 될 것으로 여기고 있는 판에, 양녕의 아들로 세손을 삼겠다고 했으니 황당했으리라. 혼란에 빠졌다가 정신을 차리고 나면 누군가는 목숨을 걸고라도 충녕을 세우려 할 것이고, 누군가는 분명히 반대할 것이다. 과연 반대하는 자가 누구인가?
제갈공명도 울고 갈 신묘지략이라 여겼건만 반대자의 얼굴을 보게 될 거라는 기대와는 달리 그들은 하나 같이 '어진이'를 택해야 한다고 계문을 올렸다. 여우같이 똑똑한 자들이었다. 비록 자신의 계략이 빗나가긴 했어도 한편으로는 만족스럽기도 했다. 이것 또한 충성스런 신하들의 한 면모가 아니겠는가.

임금은 편전에 들어서자 좌우를 둘러보고 말했다.
"경들의 뜻에 따라 충녕으로 세자를 삼겠다. 충녕은 천성이 어질고 학문이 깊어 능히 대위大位 왕의 자리를 맡을 만하다."
"전하, 신들도 충녕대군을 가리킨 것이었습니다."
영의정의 말에 문무백관들이 일제히 전하를 외쳤다. 그것은 정녕 하늘의 뜻이었다. 그 '어진이'는 훗날 세종대왕으로 불리고 있는 충녕대군 이도^{李裪}였다.

태종은 세자 책봉 3개월 만에 임금의 상징인 대보$^{大寶\ 임금의\ 도장}$를 왕세자에게 건넸다. 그것은 바로 선위$^{禪位\ 왕위를\ 물려줌}$를 의미하는 것이었다. 세자는 밤낮으로 왕명을 거둬줄 것을 아뢰었지만, 왕은 받아들이지 않고 옛 세자궁인 연화방으로 거처를 옮겼다. 새벽부터 찾아와 울부짖는 세자를 만나 주지도 않고, 신하들의 호곡성 소리조차도 무시해버렸다.

그로부터 사흘 후, 태종은 왕세자에게 호위군사를 보내 주장$^{朱杖\ 붉은\ 장대}$과 홍양산$^{紅陽傘\ 붉은\ 양산}$을 받치고 오도록 명했다. 주장과 홍양산은 임금의 상징이다. 즉위식을 거행하겠다는 뜻이었다. 모두가 놀랐지만 지엄한 어명에 내신$^{內臣\ 측근}$들조차도 다른 소리를 내지 못했다.

"세자궁으로 가서 세자가 홍양산을 앞세우고 오는지 미리 확인하고 오도록 하라."

명을 받든 늙은 내관이 서둘러 자리를 물러 나왔다. 세자궁에서는 작지 않은 소란이 벌어지고 있었다.

"청양산을 받치도록 하라."

"아니옵니다, 세자저하. 전하께서는 청양산이 아니라 홍양산을 받들라 명하셨사옵니다."

"네가 아바마마 말씀을 잘못 들었을 것이다."

"소신만 들은 것이 아니라 여기 내금위장$^{內禁衛將\ 호위무사\ 대장}$도 들었사옵니다. 세자저하…"

"아니다, 청양산을 받쳐라!"

아직 정정한 부왕에게서 선위를 받는다는 것은 불충이자 불효였다. 대보를 물려받는 것도 완강히 사양하고 있는 판에 즉위식이 웬 말인가. 뜻을 내세워 왕세자의 상징인 오장^{烏杖} 검은 장대에 청양산^{靑陽傘} 청색 양산을 받치도록 했다.

내관이 한발 먼저 달려가 임금께 고했다.

왕세자가 상왕전 문턱을 넘어서자마자 고함 소리가 쩌렁 울렸다.

"그러려면 아예 오지도 말거라!"

충녕은 기가 질렸다. 어찌할 바를 몰라 하다가 다시 돌아가 홍양산을 앞세우고 임금 앞에 무릎을 꿇었다. 눈물을 흘리며 명을 거둬줄 것을 읍소했다. 임금은 아랑곳하지 않고 무릎을 꿇은 충녕의 머리에 손수 익선관^{翼善冠} 임금의 모자을 씌어주고 즉위식에 가도록 했다. 세자는 바닥에 엎드려 눈물을 흘렸다.

"정녕 아비의 말을 거역할 것이냐?"

"아바마마…"

세자는 더 이상의 사사^{辭謝} 사양를 드릴 수 없었다. 눈물을 닦으며 임금에게 질을 올리고, 화려하게 의장을 갖춘 호위청과 금위영 무사들의 호위를 받으며 근정전으로 나섰다.

풍악이 울렸다. 넓은 뜰에 도열해있던 대소신료들은 익선관을 쓰고 나타난 젊은 임금의 선명한 풍채에 입을 다물지 못했다.

그렇게 조선국 제4대 국왕의 즉위식이 거행되었다. 태종은 그날부터 상왕으로 물러나 앉았다.

2

새 임금의 즉위식은 순서가 바뀌었다. 아니, 상왕 태종은 처음부터 순서를 무시해버렸다. 황제의 고명誥命 임명장을 받기도 전에 왕세자 충녕에게 왕위를 넘겨준 것이다. 신하들은 걱정했다. 그러나 뚝심의 태종은 눈 하나 깜짝하지 않았다.

즉위하고 얼마가 지나서, 명나라 고명 사은사謝恩使 문제가 제기되자 적합 인물로 지돈녕부사知敦寧府事 한장수가 천거되었다.

지신사의 계문을 받아든 상왕 태종은 일언지하一言之下로 신하들의 의견을 묵살해버렸다.

"영의정 심 온을 사은사로 삼으라. 심 온은 명나라 사신 황 엄과 친분이 두터울 뿐만 아니라, 사은사는 임금의 친척이어야만 한다."

상왕의 확고한 의지에 눌려 지신사는 다른 말을 꺼내지 못했다.

선지宣旨 상왕의 명령서를 받아든 신료들은 의아했다.

"지돈녕부사 한장수 내감은 상왕선하의 외숙이 아니오?"

"왜 아니겠소. 상왕전하의 둘째 외숙이지요."

"그렇다면 진척이 아닌가."

"그렇다 뿐이요? 태조 전하 때부터 국경 변방을 지키면서 명나라 사신을 맞은 건 세상이 다 아는 일인데."

한장수는 태종의 어머니 청주한씨의 둘째 남동생으로, 중군총제中軍摠制를 지낸 충신이었다. 어느 모로 봐도 한장수를 제쳐두고 심온을 사은사로 삼아야 할 뚜렷한 이유를 찾기 어려웠다. 모두들 고개를 갸우뚱거렸지만 서슬 퍼런 상왕의 명에 이의를 제기할 신하도 없었다.

심 온은 누구인가. 사위 충녕대군이 왕세자로 책봉된 지 3개월 만에 왕위에 오르자, 졸지에 대군의 장인에서 임금의 장인이 되어 청천부원군 작위를 받았다. 경사가 겹쳐서 이제 명나라 사은사까지 되니 왕과 왕비는 물론이고 문중에서도 가문의 영광이라고 반기며 기뻐했다. 영화가 어디까지 이어질지 누구도 끝을 알 수 없었다. 조석을 가리지 않고 몰려드는 빈객 때문에 대문턱이 닳았다.

심 온이 명나라로 떠나는 날, 전송객들이 연서역延曙驛 서대문 역촌역 부근까지 따라나서 서울 장안이 비었다는 소문이 돌 지경이었다.

태종은 세자 충녕에게 선위하면서 병권을 주지 않았다. 표면상 왕이 아직 미숙하여 후원한다는 이유였으나 이는 필연적으로 부작용을 만들었다. 젊은 임금과 병권을 쥔 상왕. 마치 두 개의 태양이 하늘에 떠 있는 모양새다. 아랫사람들은 반드시 혼돈을 겪게 될 일이다. 세상 풍파를 다 겪은 태종이 그런 이치를 모를 리가 없다.

아니나 다를까, 시간이 지나자 문제가 나타났다. 병권을 둘러싸고 불경不輕한 소문들이 은밀히 입을 타고 건너다녔다. 한 날, 마침내 상왕의 귀에까지 들어갔다.

해가 지고 궐문이 닫히자 상왕은 기다렸다는 듯이 내관을 불렀다.

"대간臺諫 감찰관에게 오매패烏梅牌를 보여주고, 자시子時 밤 11시에 말구종驅從 말고삐 잡는 하인도 부리지 말고 사람 눈을 피해 들라하라."

오매패는 왕의 호출을 확인해주는 징표다. 오매패의 오른쪽 조각은 왕이, 왼쪽 조각은 신하가 각각 가지고 있다가 왕명을 받들고 나온 자가 오매패를 내밀면 서로 조각을 맞춰보고 임금의 명소命召 임금의 호출를 확인했다.

'上命尙衣院, 加造象牙圓牌十二, 烏梅牌三十 상명상의원, 가조상아원패십이, 오매패삼십'

'임금께서 상아 원패 12개와 오매패 30개를 더 만들라고 상의원에 명했다.' (세종실록 1권 1418년 8월 24일)

때로는 은밀히, 때로는 시급한 군사 목적 등으로 요긴하게 사용하던 오매패를 한 번에 30개씩이나 제조를 명한 전례는 없었다. 임금은 갑작스런 상왕의 명에 따라 오매패를 만들어 올리기는 했지만, 그 많은 오매패를 누구에게 나눠줬는지 다 알지 못했다. 단지 상왕께서 군권을 부리는데 사용하시겠거니 추측했을 뿐이었다.

이제 그중 하나가 궐문을 빠져 나가려 하고 있다.

"일을 입 밖에 내면 네 목숨을 보전치 못할 것이다."

상왕은 엄명으로 내관을 입단속 시켰다.

그날 밤, 사헌부 대간이 상왕전에 불려온 사실을 아는 신료는 아무도 없었다. 뿐만 아니라 궐문지기 조차도 낯익은 내관이 내민 오매패를 보고 허겁지겁 협문夾門 정문 좌우의 작은 문을 열어주었을 뿐, 어둠 속에 들어오는 사람의 얼굴은 보지 못했다.

대간이 도착하자 상왕은 상궁 나인들을 모두 물러가도록 했다. 늦은 밤에 신하가 왕의 침소로 들어간다는 것은 좀처럼 없는 일이다. 그 자체만으로도 큰 비밀이 될 수도 있다. 대화 내용을 엿들어서도 안 되고, 무엇이든 입 밖에 내서도 안 된다. 그러한 사정을 알고 있는 상궁 나인들은 머뭇거림 없이 서둘러 자리를 피했다.

두 사람은 밤새 촛불을 마주하다가 종각 파루를 칠 무렵에서야 대화를 끝냈다. 그리고 대간은 들어올 때와 마찬가지로 사람들 눈에 띠지 않게 바람처럼 궁궐을 빠져나갔다. 파루가 울려 도성 안에 통행금지가 해제되면 새벽에 입궐하는 신하들과 마주칠 수 있기 때문이었다.

며칠 후, 대간이 다시 상왕전에 나타났다.

"상왕전하, 사헌부 대간 입시入侍이옵니다."

내관이 거래를 올리자 태종은 기다렸다는 듯이 불러들였다. 대간은 방에 들어서 고두叩頭 무릎 꿇고 머리를 조아림를 올렸다.

상왕이 바싹 다가앉도록 했다.

"어찌 되었느냐."

"송구하옵게도 상왕전하께서 성청聖聽 임금이 들은 소문하신 일이 모두 맞았사옵니다."

"그래?"

"그러하옵니다 상왕전하. 병조참판 강상인이 상왕전하의 하교에 따르지 아니하고 군무를 주상전하께만 아뢴 것이 확인되었사옵니다."

"진정 주상에게만 아뢰었단 말이냐?"

"그러하옵니다 상왕전하. 그뿐이 아니옵니다. 지난번에 자신의 아우인 강상례에게 사직司直 정5품 무관 벼슬을 내릴 때, 주상전하께서는 상왕전하의 하교라 거짓으로 아뢰고 상왕전하께는 주상전하께서 사직으로 삼으셨다고 거짓 아뢴 것도 확인되었사옵니다."

"뭐야? 그게 거짓이었다고?"

상왕의 얼굴이 붉다 못해 검게 변했다. 강상인은 대군 시절부터 고락을 함께 해온 가신이었기 때문에 누구보다도 믿었다. 신심信心을 의심할 바 없어 사저 관리까지 맡겼다. 처음 강상인에 대해 소문을 들었을 때는 고개를 가로저었다. 대간에게 사실 확인을 시키면서도 끝까지 아니기를 바랐다. 왜 하필 상인이란 말인가.

'원종공신原從功臣 개국공신 다음가는 공훈신하 상인이…'

입을 굳게 다물었다. 더 이상 덮어둘 수 없는 일이었다. 지체 없이 의금부에 명해 강상인을 잡아 들였다. 느닷없이 끌려온 강상인은 처음에는 상왕의 하교를 잘 몰랐다고 변명했으나 문초가 이어지자 견디지 못하고 모두 시인했다.

조정이 발칵 뒤집혔다. 신료들은 중벌에 처할 것을 아뢰었다. 병권에 대한 상왕의 명을 어겼을 뿐만 아니라, 북방 국경에는 야인들이 수시로 침범하고 해안가에는 왜구들이 빈번히 문제를 일으키고 있는 마당에 군무를 제대로 보고하지 않는 건 큰 문제라고 목소리를 높였다.

상왕은 주저했다. 모든 것이 밝혀졌음에도 명쾌하게 처벌하려 하지 않았다. 상왕이 평생 보여준 호랑이 같은 품성과는 몹시 다른 태도였다. 신료들은 몇 날 며칠을 소원訴願하고, 젊은 임금까지 나서서 중벌의 이유를 아뢰었지만 상왕은 끝내 받아들이지 않았다.

"상인은 30년간 나를 따라 다녔다. 옛일을 생각해서 죄를 주지 않겠으니 고향으로 돌아가 반성하라."

원종공신이라는 이유로 벌주지 않고 낙향을 명했다. 신하들이 가만히 있지 않았다. 태종은 시달림을 견디다 못해 강상인과 연루자 박습의 녹권錄券 공훈증과 직첩職牒 임명장을 거두었다가 다시 강상인은 함남 단천 관노官奴로, 박 습은 경남 사천으로 각각 귀양을 보냈다. 박 습은 병조판서로서 하급자인 참판 강상인의 말에 동조한 죄였다.

사헌부 대간은 사흘이 멀다 하고 야심한 밤에만 상왕전을 찾았다. 그런 날이면 상궁 나인들은 의례히 자리를 피했고, 침소를 밝힌 오봉촛대는 밤새 타올랐다.

"유후사留後司 개성부를 다스리는 관아는 언제 출발하면 좋겠느냐?"

"시월 하순경에 출발하시면 될 것 같사옵니다."

"그 다음은?"

"상왕전하…"

대간이 다음 말을 잇지 못하고 납작 엎드렸다.

"왜 말을 못 하느냐? 그러고도 네가 충심으로 임금을 섬기는 신하라 말할 수 있겠느냐?"

"전하…"

바람 한 점 없는 방안에서 촛불이 흔들렸다. 상왕 태종의 불같은 눈빛 때문이라 해도 고개가 끄덕여질 만했다.

대간의 이마에서 땀방울이 흘러내렸다.

"상왕전하…"

"어서 말해 보거라."

"하오시면 다음으로는 중궁마마 정비正妃 책봉을 거행 하시옵소서…"

"중궁을?"

"그렇사옵니다. 중궁마마의 정비 책봉을 마치시면 훗날의 염려를 한가지 덜 수 있을 것이옵니다."

"심 온 부원군이 돌아오기 전에 책봉가례冊封嘉禮를 끝내라?"

"그렇사옵니다, 상왕전하."

"허… 생각해보니 일리가 있구나…"

태종이 고개를 끄덕이다가 문득 물었다.

"허나 아비인 부원군이 명나라에서 돌아오지도 않았는데 가례를 치루면 대신들이 이상하게 생각하지 않겠느냐?"

"아니옵니다 상왕전하. 오히려 주상전하께서 유후사를 다녀오신 후에는 책봉을 미룰만한 마땅한 이유가 없사옵니다."

"호… 역시 대간이다."

태종은 눈을 가늘게 뜨고 흐늘거리는 촛불을 한참 동안 바라봤다.

"그건 그렇고, 상인이 찾아다닌 인물이 또 누구라더냐?"

"병조참판이니 만나지 못할 인물은 없사옵니다. 해서 만난 자가 문제가 아니라 군무를 의논한 자가 누구냐의 문제이옵니다."

"그렇구나… 하면, 의논한 자를 찾아냈느냐?"

"상왕전하…"

"허… 왜 또 말을 못 하느냐."

태종은 답답하다는 듯이 사방침四方枕 팔꿈치 베개을 툭툭 치며 목소리를 높였다.

"상왕전하, 죄인은 소신이 찾겠사오니 전하께서는 염려를 놓으시옵소서…"

"하하하… 믿어도 되겠느냐?"

"상왕전하…"

대간은 대답 대신 머리를 조아렸다.

이날도 파루가 울릴 때쯤이 되어서야 대화가 끝났다. 청사등롱을 들고 길을 인도하던 내관은 궐문 앞에 도착하자 호군 문지기들을 한쪽으로 불러 모았다. 대관은 그 틈에 협문을 빠져 나갔다.

1418년 10월, 젊은 임금은 태조 이성계의 정비正妃인 신의왕후 제릉齊陵에 즉위를 고하고자 개성 유후사留後司로 출발했다. 유후사는 건국 초기에 서울이었던 개성을 관리하고자 설치한 관아였고, 제릉은 개성에서 가까운 개풍 부소산 남쪽 기슭에 있었다.

임금은 우의정 이 원 등과 함께 개성에 도착해 유후사에 들렀다가 태조의 어진御眞 왕의 초상화을 모시게 될 진전眞殿의 건축 상황을 살펴보고, 제릉에서 제사를 지낸 후 7일 만에 한양으로 돌아왔다. 이로써 모든 조상 제위께 즉위를 고하는 절차를 마쳤다.

상왕은 유후사에서 돌아온 임금을 위해 주연을 베풀었다. 종친과 대소 신료들이 모두 참석해 술을 마시고 춤을 추는 흥겨운 잔치가 되었다. 넉넉하게 취한 태종이 말했다.

"할머님께도 즉위를 여쭈고 왔으니 이제 가례를 해야겠다."

"가례라 하오시면…"

"중궁 책봉을 더 미룰 일이 아니지 않느냐."

임금은 상왕의 뜻하지 않은 말에 감읍해서 머리를 조아렸다. 이런저런 이유로 왕비 책봉이 늦어져 상왕 눈치만 보던 중이었다.

젊은 임금이 기쁨을 감추지 못하고 말했다.

"아바마마 분부에 따라 청천부원군이 명나라에서 돌아오면 바로 거행토록 하겠사옵니다."

"아니다. 부원군이 돌아오려면 아직 멀었는데 조상님께 고하는 일도 마친 마당에 무엇을 더 기다린단 말이냐. 책봉을 기다리고 있을 중궁에게도 좋을 것이다."

맞는 말이었다. 조상님께 즉위를 고하는 의식이 끝났으니 더 늦출 이유도 없고, 아무리 조신하고 겸양지덕을 갖춘 중궁이라 해도 책봉

가례의 영광을 누려보고 싶을 것이었다.

상왕이 언급한 지 불과 며칠 만에 가례를 거행하게 됐다. 예조에서 의식 절차를 아뢰었다. 임금이 꼼꼼히 확인하고 만족해하자 사설서司設署 예조 행사담당부서 관리들이 바빠졌다. 절차에 따라 창덕궁 인정전에 임금의 자리를 마련한 후에 청동 수로獸爐 와 책안冊案과 인안印案 등 각종 집기를 위치에 맞게 배설하고, 신료들의 자리와 악공이 설 자리를 정한 후 진행절차를 꼼꼼히 점검했다.

다음날, 인정전 앞뜰에 조복朝服 관원의 예복을 말끔히 차려입은 만조백관들이 모였다. 왕비 책봉을 축하하며 덕담을 하던 중에 선정전 쪽을 바라보고 있던 악장집사가 휘麾 연주 때 쓰는 깃발를 번쩍 들어 보이자 기다렸다는 듯이 악기들이 소리를 내기 시작했다. 정전 뜰 안으로 풍악이 가득히 울려 퍼졌다. 잠시 후 강사포絳紗袍 임금의 붉은색 조복에 원유관遠遊冠 모자을 쓴 젊은 임금이 선정문으로 들어섰다. 풍악 소리가 더 크게 울렸다. 신료들은 젊은 임금을 향해 일제히 숙배를 올렸다.

창덕궁을 지은 이래 가장 경사스러운 행사였다. 임금이 용상에 앉자 풍악이 멈추고 가례가 진행됐다. 문무백관이 도열한 가운데 진책관進冊官과 진보관進寶官이 각각 옥책玉冊 책봉 문서과 금인金印 왕비 도장을 받들고 내전으로 향했다. 왕비는 책봉 절차에 따라 중궁전에서 옥책과 금인을 받았다. 책봉문에는, 심씨는 단정 정숙하고 유순 공손하여 왕공비王恭妃로 책봉하니 따뜻한 교화를 펴서 백년대계를 이룰 수 있도록 덕을 펴라는 덕담을 담았고 이에 왕비는, 부족하여 부끄러우나 하늘에서 은총이 내렸으니 명을 받들어 도리와 웃어른의 뜻을 따르고, 창성을 축원한다고 화답했다.

책봉례가 끝나자 왕비는 종친과 대신의 부인들로 구성된 명부命婦로부터 조알을 받았다. 조알은 새로 책봉된 왕비에게 종친과 대신의 부인들이 처음으로 예를 갖춰 올리는 인사였다.
이로써 공비 소헌왕후는 만백성의 어머니가 되었다.

3

덤불을 헤치며 어디론가 가고 있다. 나무와 덩굴이 우거져 앞이 보이지 않았다. 온몸이 가시에 찔리고 긁혀 피와 땀으로 범벅이다. 무엇에 쫓기고 있는 건지, 아니면 어디를 가야 하는 건지도 모른 채 막연한 중압감에 눌려 엎어져도 다시 일어났다.

"춤을 추거라."

어디선가 지엄한 목소리가 들려왔다. 누구의 목소리인지 알아채자 등덜미가 서늘해졌다. 상왕이었다. 걸음을 멈추고 어깨를 들썩들썩했다. 움찍 거릴 때마다 몸이 둥실둥실 떠올랐다. 덜컥 겁이 났다. 쓰러지지 않으려고 팔을 휘저었지만 기우뚱, 발버둥을 치면 칠수록 몸은 더 기울었다.

"전하!"

중전이 다급하게 소리쳤다. 임금의 숨소리가 거칠어지고, 무엇에 쫓기기라도 하는 듯이 허둥거리자 깨워야겠다고 생각했다.

임금은 귓전을 울리는 생생한 목소리에 놀라 눈을 떴다. 중전의 얼굴이 보였다. 꿈인지 생시인지 얼른 구분이 되지 않았다. 급히 몸을 더듬었다. 다친 곳은 없었지만 온 몸이 땀에 젖어 있었다.

중전이 걱정스런 목소리로 물었다.

"나쁜 꿈을 꾸셨사옵니까?"

대답 대신 중전의 얼굴을 물끄러미 쳐다보았다.

"냉수를 대령하오리까?"

"그래주시겠소?"

중전은 직숙直宿 야간근무하고 있는 상궁에게 시원한 물 한 그릇을 명했다. 조갈이 난 사람처럼 냉수를 벌컥벌컥 들이켜고 나자 열기가 가라앉고 정신이 들었다. 그래도 섬뜩한 느낌은 가시지 않았다. 무엇보다도 상왕의 목소리가 귓가에 들리는 듯했다.

"몇 시각이냐?"

임금은 장지문 밖 마루방에 부복하고 있는 노상궁老尙宮에게 때를 물었다.

"조금 전에 인시寅時 새벽 3시 북소리가 울렸사옵니다. 전하"

일어나기에는 아직 이른 시각이다. 걱정스런 표정으로 바라보고 있는 중전을 안심시키고 다시 자리에 누웠다. 눈을 감자마자 버둥대던 섬뜩한 느낌이 되살아났다. 생각을 떨쳐버리려고 몸을 뒤척였다.

상왕 태종을 실망시키지 않기 위해 태연한 척 했지만 꿈속에서까지 속일 수는 없었다.

왕비 책봉이 끝나고 며칠이 지나자, 상왕은 갑자기 태도를 바꿔 사천에 유배 중인 병조판서 박 습을 묶어 올려 의금부에 가둘 것을 명했다. 느닷없는 하명에 신하들은 어리둥절했다. 그렇지 않아도 처벌이 가벼워 불만스럽기는 했지만, 갑자기 변심한 상왕의 저의를 알 수 없었다.

"어떤 죄로 다스리오리까?"

"박 습이 군무를 아뢰지 않은 것에 다른 속셈이 있었는지 확인하라."

마치 새로운 국문鞠問거리라도 되는 것처럼 들릴 수도 있지만, 실상은 이전 국문에서도 물었던 내용이었다. 귀양까지 보낸 죄인을 불러 같은 내용을 다시 묻는다? 둔한 신하들은 머리를 갸웃했고, 눈치 빠른 신하들은 알아챘다. 상왕이 원하는 답이 있다는 뜻이었다.

국문이 시작되자 박 습은 오래 견디지 못하고 강상인과 논의한 내용을 상세히 자백했다. 상왕이 바라던 바였다. 즉시 강상인을 다시 잡아와 매달았다. 강상인은 억울하다고 눈물로 하소연했지만 상왕은 제대로 자백하지 않았다고 분노했다.

살점이 떨어져 나간 강상인의 볼기에서 피가 흘렀다. 그래도 원하는 답은 나오지는 않았다. 다시 무자비한 고문이 시작됐다. 깨진 그릇 조각이 깔린 사금파리 위에 무릎을 꿇리고 그 위에 커다란 맷돌을 얹었다. 지옥이 따로 없었다. 차라리 죽는 편이 나았다. 강상인은 더 이상 버티지 못하고 원하는 자백을 하기에 이르렀다.

"내가 판서대감 박 습에게 군사의 일은 한 곳에서 나오는 것이 어떠냐고 물으니 대감도 그게 옳다고 하더라."

"한 곳이란 어디를 의미하느냐?"

"주상전하를 의미한다."

"그러면 상왕전하의 명을 거역한 것이 아니냐."

"그렇다…"

"왜 거역했느냐."

"주상전하께 잘 보이려고 그랬다."

"또 누구와 의논을 했느냐."

함께 의논한 자가 누구인지는 상왕의 최대 관심사였다. 강상인은 다시 이를 악물고 입을 닫았다. 그러나 반드시 캐내라는 상왕의 엄명이 떨어지자 다시 곤장과 압슬형이 가해졌다. 사방으로 피가 튀고 사금파리 바닥이 온통 피로 물들었다. 버틸 장사가 없다. 결국 동지총제 심 청, 이조 참판 이 관, 전 총제 조 흡, 장천군 이종무, 우의정 이 원 등이 줄줄이 언급되고, 급기야 청천부원군 심 온까지 거명되었다.

곧바로 계사^{啓辭} 죄를 밝힌 문서가 올라갔다. 상왕이 대노했다. 신료들을 불러 놓고 손을 부르르 떨면서 엄명을 내렸다.

"이제야 간사한 무리들이 밝혀졌다. 간악한 무리들을 모두 제거해야 하니 엄중히 문초하라."

장안이 발칵 뒤집혔다. 창졸간에 포승줄에 묶여 의금부에 끌려온 대신들은 억울하다고 강상인과 대질을 요청했다. 결백을 증명하지 못하면 목숨이 날아갈 판이었다. 숨만 겨우 붙어 있던 강상인은 조 흡, 이종무, 이 원 등을 고문에 못 이겨 무고하였다고 번복했다. 벼랑 끝에서 세 사람은 살아났지만 엉뚱하게도 명나라에서 황제의 고명을 기다리고 있던 청천부원군 심 온이 주모자로 내몰렸다.

임금은 장인 심 온이 주모자로 밝혀졌다는 말을 듣자 가슴이 덜

쿵 내려앉았다. 상왕의 명을 거역한 자들을 찾아내야 한다고 생각은 했지만 거기에 청천부원군이 끼게 될 줄은 상상도 못 했다.

'주모자라니…'

급히 지신사를 불렀다.

"청천부원군이 주모자라는 게 사실이오?"

"전하, 소신도 놀라 지금 의금부에서 확인하고 오는 길이옵니다."

"뭔가 잘못된 게 아니겠소?"

"소신도 그렇게 생각은 하지만 강상인이 부원군의 일을 소상히 말하고 있어 가늠하기가 쉽지 않사옵니다."

젊은 임금의 표정이 굳어졌다.

"조 흡과 장천군, 우의정이 무고로 밝혀졌다구요?"

"그렇사옵니다. 강상인이 고문에 못 이겨 거짓으로 복죄伏罪 죄를 인정함했다고 하옵니다."

"하면 부원군도 대질을 해야 하지 않겠소?"

"그렇기는 합니다만 상왕전하께서 어떤 명을 내리실지…"

임금은 지신사의 마지막 말에 눈을 감았다. 대질이라는 묘수가 있는가 싶었는데 이내 상왕이라는 절벽을 만난 것이다.

"무슨 일이 있어도 대질을 해야 하오…"

혼잣말처럼 중얼거리다가 지신사를 보내고 내전으로 향했다. 왕비가 걱정됐다. 지금쯤이면 내전까지 소식이 전해졌을 것이다. 발길을 서둘러 내전에 도착하니 왕비는 이미 초죽음이 되어 있었다.

왕비는 임금을 보자 왈칵 눈물을 쏟았다.

"전하…"

임금이 왕비를 끌어안았다. 순간 무어라 위로의 말이 떠오르지 않았다. 울먹이며 어깨를 들썩이는 왕비의 등을 쓰다듬었다.

"진정하시오. 부원군이 주모자라는 건 당치도 않소."

"하오나 이미 계사(啓辭)가 올라갔다 하오니…"

고개를 든 왕비의 눈에서 눈물이 주르륵 흘러내렸다. 임금이 두 손으로 눈물을 닦아주며 말했다.

"조 흡과 장천군, 우의정 대감이 상인과 대질해서 무고함이 밝혀졌다고 하오. 그자가 급하면 아무나 갖다 붙이는 모양인데, 내가 부원군과 대질시켜 반드시 무고함을 밝히겠소."

"전하…"

왕비는 눈물을 그치지 못했다. 믿을 사람은 오직 임금뿐이었지만 상왕 앞에서의 임금은 힘이 없다는 사실을 잘 알고 있었다.

"전하, 꼭 대질을 이뤄 주시겠사옵니까?"

"걱정 마시오. 내 반드시 대질을 이뤄 보이겠소. 당장 상왕전하를 찾아뵈리다."

임금은 눈물짓는 중전을 다독이고 내전을 나왔다. 이 난국을 정상으로 돌려놓을 방법은 오직 부원군을 대질시켜 무고함을 밝히는 길뿐이었다. 그러나 한 발짝씩 걸음을 옮길 때마다 마음이 무거워짐을 느꼈다. 상왕은 나랏일을 사사로운 감정으로 처리하지 말라고 가르쳐왔다. 그래서 나랏일에 역행하는 자들은 엄단했어도 상왕 자신의 잘못을 지적하는 신하들은 털끝 하나 건드리지 않았다.

'아바마마께 뭐라고 아뢸 것인가…'

왕비를 안심시키기 위해 서두르기는 했지만 현실 앞에서 무너지고 있는 자신을 발견했다. 잘 못 아뢰면 차라리 아뢰지 않느니만도 못한 일이 될 수도 있는 것이다.

임금이 상왕전에 들자 내관이 거래를 올렸다. 상왕은 의금부 계사를 읽고 임금이 찾아올 것이라 예상하고 있었다.

거두절미하고 말했다.

"청천부원군이 주모자라는 사실을 알고 있느냐?"

"아바마마 하오나…"

"그래, 대질을 해야겠지."

상왕은 예상했다는 듯이 고개를 끄덕였다. 임금이 놀라서 넙죽 엎드렸다.

"아바마마 은혜가 하해와 같사옵니다."

"그럴 거 없다. 의금부 계사를 보니 우의정 이 원과 장천군, 조 흡이 무고라 하더구나."

"소자도 들었사옵니다, 아바마마."

"하니 부원군도 대질을 해야 억울함이 없지 않겠느냐."

상왕은 눈물을 글썽이는 임금을 물끄러미 바라봤다.

"주상이 감읍하는 이유가 무엇이더냐?"

"아바마마…"

임금은 상왕의 예상치 않은 물음에 식은땀이 났다.

"소자는 단지 청천부원군이 모함에서 벗어나길 바라는 마음에서…"

"모함이 맞는다 더냐?"

말문이 턱 막혔다.

상왕은 다시 임금을 뚫어지게 쳐다보고 말했다.

"처족 일과 나랏일을 혼동하고 있느냐?"

"아바마마…"

"네 형 양녕은 귀양을 갔고, 효령은 머리 깎고 중이 되었다. 형들이 죄인이 되고, 네 어미가 병이 들어가면서 넘겨준 자리가 바로 그 자리인데 너는 지금 한가하게 처족 염려나 하고 있느냐? 나라와 백성은 안중에 없더냐?"

"아바마마…"

임금은 상왕의 말에 왈칵 눈물이 쏟아졌다. 엎드려 사죄를 올렸다. 부끄럽고 죄스러워서 고개를 들 수가 없었다.

"원한다고 모두 그 자리에 앉는 것이 아니다."

"…"

"임금의 자리는 하늘이 내리는 것이다. 너를 그 자리에 앉게 한 하늘의 뜻이 무언지 생각해 보거라."

임금의 울먹임으로 한동안 대화가 끊겼다.

"이 일로 인해 그 누구에게도 흔들림을 보여서는 아니 된다. 주상은 누구의 무엇이 아니라 만백성의 아버지임을 명심하거라, 알겠느냐?"

"아바마마의 말씀을 뼈에 새기겠사옵니다."

임금은 눈물을 닦고 상왕전을 나왔다. 부원군의 대질은 성사되었지만 그보다 더 큰 짐을 짊어진 느낌이 들었다. 상왕의 한 마디 한 마디가 머릿속에서 떠나지 않았다.

'나를 왕의 자리에 앉힌 하늘의 뜻…'

젊은 임금의 얼굴에서 표정이 사라졌다.

판전의감사判典醫監事 의관 이 욱을 의금부 진무鎭撫 백성들을 위로하는 일로 삼아 의주로 보냈다.

상왕은 출발 직전 이 욱을 불러 말했다.

"심 온이 명나라 사신과 같이 오면 병을 핑계 삼아 잡아두었다가 사신들 모르게 비밀리에 호송하라."

"포승줄로 묶어 압송하오리까."

"역적이니 인정 볼 것 없다. 묶어라."

황제의 고명을 받들고 오는 신하를 포승줄에 묶는 것은 있을 수 없는 일이다. 만일 그가 역모를 꾸몄다면 황제에게 역모 사실을 고하고 허락을 받아 조사해야 할 것이다. 그러나 상왕 태종은 처음부터 그럴 의사가 아예 없었다.

임금이 상왕전에서 눈물을 흘리고 나온 다음 날, 상왕 스스로 대질을 약속해 놓고도 심 온과 연루자들의 가산 몰수를 명했다. 그 조치는 앞으로 어떤 일이 벌어질지 충분히 암시하고도 남았다.

아니나 다를까, 상왕은 중죄인에게는 대질이 필요 없다는 중신들의 주청을 받아들여 졸지에 강상인을 처형해버렸다. 청천부원군 심

온의 무죄를 증명해줄 증인을 죽인 것이다. 표면상으로는 상왕 자신의 의견이 아니라 중신들의 의견이었다. 젊은 임금과 왕비에게는 청천벽력 같은 일이었다. 그로써 모든 게 끝나버렸다.

임금이 급한 걸음으로 편전을 나섰다. 이제 누가 더 죽어 나갈지 아무도 모른다. 희망이 없다. 당장은 왕비가 견디고 살아갈 수 있을지 의문이 들었다. 왕비가 단단히 마음먹도록 만들어야 했다.

내전 장지문 앞에선 상궁 나인들이 눈물짓고 있다가 임금의 행차를 보고 놀라 급히 거래를 올렸다.

"주상전하 납시오."

장지문이 열렸다. 왕비는 주섬주섬 매무새를 가다듬었다. 얼굴은 쳐다보기 민망할 정도로 상해 있었다.

임금은 앉지도 않은 채 말했다.

"중전… 날 원망하오…"

"전하…"

겨우 입을 뗀 왕비가 비틀거렸다. 상궁이 급히 다가가 부액扶腋했다.

"자리에 누우시오 중전…"

"아니옵니다…"

"아니오 누우시오."

나이든 상궁이 임금의 눈치를 살피며 중전을 자리에 눕혔다.

왕비는 사양할 상태가 아니었다. 아비가 주모자로 몰린 이후로 며칠간 음식은커녕 물 한 모금도 제대로 마시지 못했다. 아비의 생목숨이 끊어질지도 모른다는 게 너무 무서웠다. 어쩌면 이 모든 화가 자신 때문에 생긴 것이라 여겼다. 왕비가 되지 않았다면 아비가 부원군이 되지 않았을 것이고, 명나라에 가지 않았다면 대질도 했을 것이다. 가산이 몰수되어 집안이 풍비박산이 났다. 지밀상궁이 은밀히 알아보니 친정어머니가 관노가 될 것이라 했다. 살고 싶은 마음이 없어졌다. 그러나 목을 매고 싶어도 상궁 나인들 때문에 마음대로 할 수도 없었다.

"중전은 다른 마음을 먹어서는 아니 되오."

임금은 왕비의 속을 꿰뚫어 보기라도 하는 듯이 정곡을 찔렀다.

"중전은 온 백성의 어머니라는 걸 잊지 마시오…"

왕비는 참고 있던 울음을 터뜨렸다. 온 백성의 어머니라는 이름만으로 견뎌내기에는 너무나 힘든 고통이었다.

임금이 고개를 숙였다. 하늘이 원망스러웠다. 차라리 용포龍袍를 벗어던지고 왕비를 끌어안고 소리 내어 울고 싶었다.

한 달 후, 의금부 진무사가 심 온을 포승줄에 묶어 수원 관아로 압송했다. 지체하지 않고 국문이 시작됐다. 문사낭청問事郎廳 죄목기록담당관리이 죄상을 읽어 내려갔다.

심 온은 황당했다.

"내가 이신벌군以臣伐君 신하가 군사로 임금을 침을 한 것도 아니고, 단지 군사를 한 곳으로 모아야 한다고 의논한 것이 왜 죄가 되느냐!"

심 온은 강상인, 박 습의 죄와 연관을 짓는 사간^{司諫}에게 거칠게 항의했다. 사간은 대꾸하지 않았다. 그럴수록 심 온은 거칠게 소리쳤다.

"전하께서도 알고 계시느냐!"

"…"

"전하께서 시키신 일이더냐!"

사간은 흔들리지 않았다. 대답 대신 의금부 나졸을 시켜 하루에 두 번이나 장 매를 치고, 세 번이나 압슬형을 가했다. 심 온은 사람 형상을 잃어갔다.

눈물을 흘리며 말했다.

"너희들이 이렇게까지 억지를 부리는 것은 정녕 내가 상왕전하께 무례를 범했다고 복죄^{伏罪}하라는 것이구나…"

그러나 복죄도 간단한 일이 아니었다. 자신이 죄를 잘 못 인정하게 되면 누구에게 화가 미치게 될지 알 수가 없었다. 이러지도 저러지도 못하고 있던 중에 도제조^{都提調 정1품 고문직}가 찾아왔다.

도제조가 해 줄 말은 한 가지밖에 없었다.

"강상인이 거열^{車裂 찢겨 죽음}을 당하고 박 습이 참형에 처해졌소. 대질이 없어졌으니 어떻게 대감 속을 보일 수 있겠소이까…"

"…"

"형국을 보아 알겠지마는 승복을 거부하기는 어려울 것이오."

"…"

"남은 건 부원군 대감 한 사람뿐이오…"

도제조는 차마 다음 말을 잇지 못했다. 오로지 고통을 덜어주고 싶을 뿐이었다. 심 온이 말뜻을 알아채고 눈물을 흘리자 도제조는 더 지켜보지 못하고 자리에서 일어났다. 이윽고 다시 시작된 문초에서 강상인, 박 습과 같은 죄를 범했다고 순순히 자백했다.

상왕께 계사(啓辭)가 올라갔다. 자백했다는 소리를 듣고 신하들은 참형에 처할 것을 아뢰었지만, 상왕은 부원군이 왕비의 친부인 것을 감안해서 참형 대신 사약을 내리고 장사를 지내주도록 명을 내렸다. 처자식들은 모두 관노비가 되었다.

심 온이 처리되고 나자 시선이 중전에게 돌아갔다. 강성의 신료들이 상왕을 찾아가 아뢰었다.

"상왕전하, 역적의 딸을 주상전하의 곁에 두는 것은 사리에 맞지 않사옵니다."

"아니다, 민간에서도 출가외인이라 하지 않느냐. 연좌는 옳지 못하다."

상왕은 딱 잘라 말했다. 그리고 준비해둔 말을 이었다.

"게다가 이미 책봉 가례를 해서 국모가 되었는데 국모를 내치는 것은 전례가 없는 일이니 더 이상 논하지 말라."

신료들은 지엄한 명에 입을 다물 수밖에 없었다. 모두 꿀 먹은 벙어리가 되어 초라하게 상왕전을 물러 나왔다. 아쉬운 듯 서로의 표정을 살피다가 누군가 먼저 입을 열었다.

"중전마마를 폐위하지 않는다고 해서 이대로 놔둘 수는 없소."

"그러면 어찌한단 말이오?"

"자고로 임금은 자손이 많아야 하니 주상전하께 비빈마마를 들이도록 합시다."

"허, 그거 좋은 생각이구려. 폐위만은 못하지만…"

"그것도 빈을 여럿 두어야 할 것이오."

"좋은 생각이긴 하오만 주상전하께서 받아들이시겠소?"

"가능한 방법이 있소이다. 상왕전하께는 중전마마 폐위를 대신하는 조처라 주청하고, 주상전하께는 상왕전하의 분부라고 아뢰면 물리치지 못할 것이오."

모두가 고개를 끄덕였다. 가던 발길을 돌려 상왕전으로 향했다.

신료들을 다시 맞은 상왕은 의아했다.

"무슨 일인가? 다시 온 이유가?"

"상왕전하, 중전마마 폐위를 거론 않는 대신 주상전하께 비빈을 들이시도록 하시옵소서."

"비빈을?"

"그렇사옵니다. 이런 지경에 중전마마 한 분만 주상전하를 모신다는 것은 만부당하옵니다. 비빈이 여럿 계셔야 하옵니다."

"음… 그거 일리가 있군."

상왕의 눈빛이 반짝거렸다.

"그리고 중전마마께서 평생 시기 질투하지 않도록 단서를 달아 두셔야 하옵니다."

"단서? 천성이 착한 공비恭妃에게 단서까지 필요하겠는가?"

"아니옵니다, 상왕전하. 비빈이 늘어날 때를 대비해서 반드시 언급해야 하옵니다."

"그럴 수도 있겠구나."

상왕은 신료들의 제안을 흔쾌히 받아들였다. 그리고 서둘러 가례색嘉禮色 혼사담당부서을 세우라 명하고 말했다.

"이 일은 주상이 관여할 바가 아니니 과인의 명을 따르도록 하라."

"상왕전하, 하오나 어찌 주상전하께 알리지 않고 가례색을 세울 수가 있겠사옵니까?"

"아니다. 때가 되면 내가 이르니 내 명을 따르도록 하라."

신료들은 절반의 승리에 만족해서 상왕전을 나왔다.

젊은 임금은 이런 사정을 알 수 없었다.

임금은 매일 상왕전에 문안을 올렸다. 상왕은 평소와 다름없이 크고 작은 나랏일에 관해서 언급했다. 젊은 임금은 한 가지도 빼놓지 않고 귀담아들었지만 심 온에 대해서는 단 한 마디도 꺼내지 않았다.

심 온이 사약을 받던 날은 도저히 상왕전에 문안을 갈 수가 없었다. 견디기 힘든 날들이 이어졌다. 잠을 이루지 못하다가 겨우 잠이 들어도 악몽에 시달리기 일쑤였다. 환자 아닌 환자가 되어 며칠 새 수척해졌다. 눈물 젖은 중전을 달래주다가, 이제는 임금이 중전을 걱정해야 하는 건지, 중전이 임금을 걱정해야 하는 건지 처지가 불확실하게 됐다. 상왕은 그런 임금의 동정을 은밀히 살폈다.

심 온이 사약을 받은 다음 날, 상왕은 임금을 위로한다며 주연을 베풀었다. 중신들이 참석해 술을 마시고 춤을 추었다. 상왕은 임금의 효성이 지극하다고 칭찬했다. 임금은 머리가 혼란스러웠다. 마시지 못하는 술을 억지로 마신 탓에 머리가 깨지는 듯이 아팠다. 끊이지 않는 웃음소리 속에서, 눈물짓고 있을 중전의 모습을 떠올렸다. 상왕은 핏기없는 임금의 얼굴을 보고 몸이 허약하다고 걱정했다.

다음날은 의정부와 육조에서 상왕의 장수를 비는 헌수獻壽를 올렸다. 풍악이 울리고 술이 몇 순배 돌자 대소 신료들이 일어나 춤을 추기 시작했다. 상왕은 신하들의 충심 어린 모습을 보고 기뻐했다. 술잔을 들고 임금의 효성이 지극하다고 다시 칭찬했다. 대신들은 상왕의 은덕이라고 기뻐하며 축수祝壽를 기원했다.

4

세종 즉위 4년인 1422년 5월 10일, 상왕 태종이 연화동 이궁離宮 궁궐 밖 별궁에서 56세를 일기로 승하했다.

십여 일 전, 상왕은 임금과 함께 동교東郊 뚝섬 부근에서 매사냥을 구경하고 돌아온 후에 갑자기 자리에 누웠다. 임금이 전갈을 받고 상왕전에 당도했을 때는 이미 병색이 완연했다. 불과 몇 시각 전에 함께 말을 탔다고 믿기 어려울 지경이었다.

임금이 손수 약처방을 살피고 간호했지만 차도가 보이지 않았다. 전국에 영令을 내려 죄수를 석방하고, 진관사와 길상사에 대신을 보내 수륙재와 나한재를 지냈다. 그래도 효험이 없었다. 상왕은 자리에 누운지 20일도 되지 않아 세상을 떠났다.

젊은 임금은 상왕 생전이나 사후나 나라를 지키고 백성을 돌보는 일상에는 달라질 게 아무것도 없었다.

'주비수불행舟非水不行'

물이 없으면 배가 갈 수 없는 것처럼, 백성 없이는 임금 노릇도 할 수 없다고 상왕은 귀에 딱지가 앉도록 말했다. 자리에 누운 상왕이 마지막으로 의식을 차렸을 때 유언처럼 남긴 말도 바로 그것이었다. 덕분에 '백성'은 젊은 임금이 세상을 바라보고 판단하는 유일한 기준이 되었다.

평안도 덕천에 기민饑民이 발생했다. 밭농사로 겨우 생계를 이어가는 시골 마을에 가뭄이 들자 양식이 바닥이 난 것이다. 임금은 안주 목사牧使 지방행정관가 올린 상서를 읽고 지체 없이 명을 내렸다.

"목사는 곧바로 덕천 고을에 진제미賑濟米 구호용 쌀를 보내 양민, 천민을 가리지 말고 구휼救恤토록 하라."

구휼에 관한 전교傳敎는 수도 없이 내렸지만 제대로 먹지 못해 부종이 나고 주려 죽는 백성들은 항상 있었다. 부패하거나 해이한 관리들 때문이었다.

임금이 안타까운 표정으로 물었다.

"안주 목牧 예하에 다른 고을은 어떠하냐. 덕천이 그러하면 인근 고을도 마찬가지일 것이 아니냐?"

"전하, 덕천은 전년도에 황충蝗蟲 메뚜기 피해가 극심했던 데다가 가뭄이 계속되어 진제미가 바닥났다고 하옵니다."

"황충? 황충이 덕천만 들끓었느냐?"

"..."

"가뭄이 들었다면 사방 백리는 온전치 못할 것인데 어찌 덕천만 진제미가 바닥이 났느냐. 덕천에서는 무엇을 수확하느냐?"

"전하, 덕천에 물을 대는 논은 없고 개간한 밭 6천여 결結 농지 단위에서 기장과 콩, 보리를 수확하옵니다."

"이웃 고을은 어디더냐?"

"맹산, 개천, 순천 등이온데 그곳은 언급이 없사옵니다."

"언급이 없다… 그러면 그곳은 덕천과 수확물이 다르더냐?"

"아니옵니다, 차이가 없사옵니다. 전하"

"그래?"

임금이 미간을 찌푸리고 잠시 생각에 잠겼다.

"아무래도 밝혀야할 사연이 있을 법하다. 지체 말고 암행어사를 보내 잠행체찰潛行體察로 경위를 알아보도록 하라."

임금의 하교는 예리했다. 편전에 엎드린 신료들은 식은땀이 흘렀다. 똑같이 황충과 가뭄을 맞았는데 이웃 고을에서는 기민이 없다는 사실을 그때서야 깨달은 것이다. 임금은 틈만 나면 녹봉이 아깝지 않도록 백성을 돌보는데 전념하라고 신하들을 다그쳤다. 어떤 때는 중신 대신을 가리지 않고 한 사람 씩 불러들여 몰아붙였다. 한 겨울에도 목줄기에서 땀을 닦으며 편전에서 물러나오기 일쑤였다. 신료들은 오로지 백성만을 생각하는 젊은 임금을 당해낼 수가 없었다.

암행어사가 출발한지 열흘 만에 계사가 올라왔다. 두루마리를 펼쳐든 임금의 양 손이 부르르 떨렸다.

"덕천 군사郡事 지방관리 최세온이 관물을 도적질하였구나."

좌중이 일순간에 조용해졌다. 우려했던 상황이 발생한 것이다. 영의정이 침묵을 깨고 고했다.

"전하, 잠행체찰을 멈추고 고을 백성과 직접 면대해서 피해를 낱

낱이 밝히도록 하옵소서."

"아무래도 그게 좋을 듯싶소. 고을 백성들을 만나 피해를 확인해 보고 도적질한 최세온은 바로 압송토록 하시오!"

"바로 거행토록 하겠사옵니다. 전하."

"그리고 경차관敬差官 특수임무를 띤 관원을 보내 백성들을 구제하되, 덕천 고을 백성들뿐만 아니라 관내외 떠돌이들도 출신이나 고향을 묻지 말고 모두 구휼토록 하오."

임금은 굶주리는 백성만 생각하면 가슴이 미어터졌다. 특히 먹을 것을 두고도 수령의 잘못으로 굶주리는 경우에는 더욱 그랬다.

지신사를 불러 각 도 관찰사들에게 전지를 내렸다.

"굶주린 백성을 숨기고 알리지 않은 수령, 굶주리고 있는 자는 모른 체 놔두고 굶주리지도 않는 자에게 진제미를 타먹게 한 수령, 규정대로 하지 않고 미두*米豆와 장醬을 부족하게 주어서 굶주리게 한 수령 등을 모두 찾아내 죄가 중한 자는 압송하고, 나머지 자들은 형률에 따라 곤장과 매로 엄히 처벌하라!"

추상같은 명이 떨어지자 전국 각 고을 수령들은 기겁해서 기민을 챙기기 시작했다. 아전을 시켜 집집마다 확인하고 떠돌이들을 데려와 급식하느라 난리를 피웠다. 단 한 사람도 굶지 않도록 긴장해야 했건만 그래도 따르지 않는 수령이 더러 있었다. 알고 그랬든 모르고 그랬든, 의도적이든 아니든 간에 후에라도 죄상이 드러나는 자는 예외 없이 중한 벌을 받았다.

시간이 지나자 최세온의 죄상이 상세히 올라왔다. 그는 가을에 진제미가 들어오면 누에고치로 바꿔 사사로이 챙기고 장부에는 곳간이 꽉 찬 것으로 기록했다. 붓을 든 아전들조차도 혀를 내둘렀다. 가뭄 기간 동안 백성들은 쌀 한 톨 구경하지 못했지만 장부에서는 진제미가 한 섬, 한 섬 착실히 지워져 나갔다. 자식 없는 노인과 홀로 된 병자들이 먼저 죽었다. 백성들은 하나 둘 마을을 떠났다.

임금은 분노했다. 군사郡事 직책을 내려 백성 돌보는 근심을 나누도록 한 임금의 뜻은 천리만리 밖에 있었다. 사헌부에 엄히 문초할 것을 명했다. 며칠 후, 조사를 마친 사헌부에서 감수자도율監守自盜律에 따라 참형에 처해야 한다는 계사를 올렸다. 임금은 주려 죽은 백성의 고통을 생각하자 털끝만큼도 용서하고 싶은 마음이 생기지 않았다. 율법에 따라 최세온이 참형에 처해진다는 소문이 나라 안에 쫙 퍼졌다. 백성들은 하늘이 내린 성군이라고 감격해서 눈물을 흘렸다.

임금은 최세온 사건을 계기로 지방관 선정에 문제가 많다고 느꼈다. 그 날 이후로 지방관이 되려는 자나 승진하려는 자 등은 삼정승과 육조 제조의 집을 드나들지 못하도록 엄명을 내렸다. 학식과 자질이 부족한 자들이 정승들에게 뇌물이나 바쳐 관리로 등용되는 폐단을 막기 위함이었다.

왕의 말이 대열에서 자리를 잡자 뒤 따르던 병조판서가 금군별장禁軍別將 호위장수에게 출발신호를 보냈다. 북이 둥둥 울리고, 양 옆으로 길게 늘어서 있던 호위 무사들이 일제히 말에 올랐다. 다시 북소리가 울리자 행렬이 움직이기 시작했다. 맨 앞에선 금군별장 뒤로 황금색, 붉은색 등 각종 깃발들이 휘날리고 번쩍이는 의장품들이 겹겹이 줄을 지어 따랐다. 금군과 겸사복兼司僕 기병 친위대 무사들이 두 겹으로 왕을 에워싸고, 그 뒤로 병조판서와 왕실 종친, 중신들이 따르고, 다시 수십 명의 기마 병사들이 뒤를 이었다.

연도에 엎드린 백성들은 펄럭이는 깃발과 말 탄 장수들의 위엄에 눈을 휘둥그레 하면서도 행여나 임금의 용안을 볼 수가 있을까 해서 슬쩍 슬쩍 고개를 쳐들었다. 행렬은 속도가 빨랐다. 어떤 이는 용안을 보는 행운을 얻기도 하고, 어떤 이는 안타까워하면서 다음을 기약해야 했다. 용안을 보았다는 백성들은 우쭐했다. 그들은 용안을 보았다는 사실만으로도 행복할 수 있었다.

행렬이 한강진한남동에 도착했다. 왕과 종친, 대신, 친위군사 등은 커다란 군선에 나눠 타고, 나머지 금군 병사 등은 대기하고 있던 크고 작은 군선을 타고 한강을 건너갔다. 임금이 사평나루신사동 부근에 도착하여 말에 오르자 다시 행렬이 시작됐다. 잠실과 몽촌, 추탄강일동을 거쳐 덕풍에 도착했다. 덕풍 마을 입구에는 경기 감사와 경기 강원 충청 찰방察訪, 광주 목사와 판관 등이 부복한 채로 임금을 맞았다.

임금이 검단산 아래 악차幄次 임금이 머무는 장막에 도착해 용상에 앉자 절제사節制使가 무릎을 꿇고 아뢰었다.

"전하, 제1진은 검단산 뒤편 배알미에, 제2진은 용마산 아래, 제3진은 남한산 아래에 진을 치고 있사온데, 어느 진을 먼저 거행하오리까?"

임금은 종친, 대신들과 함께 사냥을 나왔다. 그러나 그것은 단순한 사냥이 아니었다. 사냥한 멧돼지나 사슴을 종묘 제사상에 올려야 할 이유도 있었지만 그보다 더 중요한 것은 군사훈련이었다.

"대열大閱 진법을 볼 터이니 남한산 아래에서 먼저 진행토록 하라."

"분부대로 거행 하겠사옵니다. 전하."

군사훈련의 기본은 대열이었다. 임금은 동교東郊의 넓은 평지에서 군사들을 동군과 서군으로 나눠 북소리와 수기 신호에 따라 진을 짜거나 공격하고 후퇴하는 대열 연습을 수시로 해왔다. 작게는 5천 병사에서 크게는 1만 병사를 동원했다. 그러나 조선 땅은 어느 지역이나 산과 강이 있다. 평지 훈련만으로는 부족했기 때문에 산지 훈련이 필요했는데, 검단산은 한양에서 가깝고 산과 언덕이 있어 훈련지로 적합했다.

절제사가 출발하고 얼마간 시간이 지나자 병조판서가 거둥擧動 임금의 행차을 아뢰었다. 임금은 종친, 대신들과 함께 병조판서를 따라 검단산 언덕으로 향했다.

훈련이 시작됐다. 반 마장 쯤 떨어진 거리에, 남한산 방향에서 군사들이 희거나 붉거나 각종 색과 모양으로 만들어진 군기를 높이 쳐들고 내려 오는 것이 보였다. 잠시 후 척후 병사가 징을 치고 나팔을 불었다. 적군을 발견했다는 신호였다. 병사들이 경계를 취하면서 전진하던 중에 다시 징과 북이 울리면서 나팔소리가 이어지자, 들판에 널리 퍼져 내려오던 군사들이 갑자기 좌우로 흩어지더니 십여 명 씩 일렬종대로 진형을 만들어 전진했다. 적군에게 접근하기 위한 진법이었다.

진형이 완성되자 다시 북과 징소리가 울렸다. 이전과는 달리 북소리와 징소리가 섞였다. 마치 한발 한발을 힘차게 내딛어야 할 것만 같은 우렁찬 소리였다. 병사들은 적군을 마주보듯이 일자 $^-$字 횡렬로 늘어서 벌판을 가득 메웠다. 앞줄에 서지 못한 병사들은 뒤에 줄을 새로 만들었다. 한 순간 나팔소리, 북소리, 징소리가 요란하게 울리자 병사들은 함성을 지르며 적을 향해 내달렸다.

산언덕에 위치한 임금과 대신들은 병사들이 신호에 따라 어느 쪽으로 어떻게 움직이는지 자세히 볼 수 있었다. 뭉쳤다가 흩어지기를 몇 번, 가상의 적을 두고 일사불란한 진법이 펼쳐졌다. 병사들은 진법 신호를 잘 이해했다. 임금은 만족해서 장수와 병사들의 노고를 치하하고, 다음 사냥까지 쉬도록 명을 내렸다. 종친 대신들도 병사들 훈련이 잘 된 것을 이구동성으로 칭찬했다.

언덕을 내려가던 임금이 물었다.

"병조판서"

"예, 전하"

"저 진법신호를 다른 병사들도 알아야 하지 않겠소?"

"그렇사옵니다 전하. 다른 병사들도 모두 알 수 있도록 계속 훈련을 하고 있사옵니다."

"그렇다니 다행…이오만…"

임금이 갑자기 말끝을 흐렸다. 종친 대신들은 어쩐 일인가 해서 임금의 얼굴을 쳐다봤다.

"전하, 무슨 일이 계시옵니까?"

"저기 저…"

임금이 미간을 찌푸리며 들판을 지나는 군사들을 가리켰다. 종친과 신하들은 임금이 가리키는 언덕 아래를 쳐다봤지만 무슨 일인지 바로 알아채지 못했다.

신료들이 쭈뼛거리자 임금이 혀를 차며 말했다.

"훈련 끝난 병사들이 어찌 채마밭을 짓밟고 간단 말이요?"

"전하…"

병조판서의 얼굴이 하얗게 질렸다. 검단산 경사를 벗어나 한강 쪽으로 이어지는 평지에는 인근 고을 백성들이 가꾸는 채마밭이 있었다. 굳이 채마밭을 짓밟고 갈 이유가 없어 보였건만, 말 탄 장수들이 앞서 밭을 밟고 지나가자 뒤따르던 병사들도 줄 아닌 줄을 지어가며 뒤를 따랐다.

"저것이 병사들 잘못이오?"

"전하, 드릴 말씀이 없사옵니다…"

"이것이 누구를 위한 군사훈련이었소? 백성들 지키자고 벌인 훈련이 아니었소?"

임금은 흡족했던 마음이 한 순간에 사라졌다. 악차로 내려오자 즉시 절제사를 불렀다. 훈련 잘 된 것을 치하하기가 무섭게 말을 타고 앞서 가던 장수가 채마밭을 밟고 지나간 잘못을 호되게 꾸짖었다. 그리고 '백성'을 잊은 잘못을 물어 절제사를 직위에서 해제했다.

'주비수불행'

임금은 기회가 있을 때마다 절대 존재인 '백성'을 신료들에게 각인시켰다. 임금의 나랏일 판단 기준은 오직 백성이었다. 지신사를 불러 채마밭 주인에게 끼친 손해를 배상해주도록 명을 내렸다.

5

"화포 시험을 보았느냐?"

"이제 막 보고 오는 길이옵니다, 아바마마…"

"어떤 차이가 있더냐?"

"천자화포(天字火砲)가 이전에는 4,5백보에 불과했는데, 이번에 만든 것은 화약을 더 적게 넣고도 천보를 날아갔사옵니다."

임금이 고개를 끄덕이며 말했다.

"아주 잘됐구나. 화포는 전쟁에서 아주 중요한 병기다. 선왕 때부터 내가 심혈을 기울였던 일이니라."

"명심하겠사옵니다."

"끊임없이 개선을 해야 한다. 예전에 지자화포(地字火砲)나 현자화포(玄字火砲)가 화약은 많이 들어도 화살은 5백보도 나가지 않았는데 부리(嘴, 포신)를 길게 하니 화약을 적게 넣고도 화살은 멀리 날아갔다."

"아, 황자포(黃字砲)를 이르시는 것이옵니까."

"맞다. 세자도 그처럼 끊임없이 연구를 계속하도록 해야 할 것이다."

"명심하겠사옵니다, 아바마마"

"그래 그건 그렇고… 명나라 사신이 오는 것을 알고 있느냐?"

"빈객賓客 세자의 스승에게 들어서 알고 있사옵니다."

"그의 횡포에 대해서도 알고 있느냐?"

"예, 아바마마. 국경 건너 지나는 마을마다 대접이 소홀하다고 횡포를 부렸다 하옵니다."

"알고 있었구나. 그래 무슨 생각을 하였느냐?"

"힘을 키워야 한다고 생각했사옵니다. 아바마마."

"그렇지. 사신이 횡포를 부리는 것은 스스로 상국신하라고 생각하고 있기 때문이다. 힘이 있어야 나라와 백성을 지킬 수 있다는 것을 반드시 명심하거라."

임금은 평소 세자에게 나랏일에 대해서 스스로 질문하고 답을 구해보라고 가르쳤다. 열린 왕세자 수업 방식이었다. 임금은 이따금 어떤 화두를 정했는지 물었고, 그 때마다 세자는 생각하고 있는 바를 스스럼없이 말했다. 임금은 나이에 어울리지 않게 생각이 깊고 성실한 왕세자를 볼 때마다 흐뭇했다.

"명나라 사신들의 토색討索이 이번이 처음은 아니다."

"과거에도 그랬사옵니까?"

"태종대왕 때는 더 심한 일도 있었지. 대왕께서 명나라 사신의 횡포를 직접 당하시고 몇 날 며칠 동안이나 분을 삭이셨는데 지금도 그 기억이 생생하구나."

임금은 지그시 눈을 감고 선왕 태종의 모습을 떠올렸다.

명나라에서 1만 필의 말을 요구했다. 처음에는 명나라에서 요구하는 대로 1만 필의 말을 구해주었다. 명나라는 그 말로 금나라를 정벌하는데 이용했다. 전쟁에서 이겼다. 해가 지나자 다시 1만 필의 말을 요구했다. 조선으로서는 큰 문제가 아닐 수 없었다.

태종이 어두운 낯빛으로 말했다.

"어찌하는 것이 좋겠소? 경들의 의견을 말해보시오."

"전하, 1만 필을 보내 준지 얼마 되지 않았는데, 다시 1만 필을 모으는 것은 무리이옵니다."

"아니옵니다. 모아주어야 합니다. 중신 대신 집에서 기르는 말까지 십시 일반으로 거두면 1만 필을 모을 수는 있사옵니다."

"아니옵니다. 무리해서 1만 필을 모으면 상 등급 말을 모을 수 없을 테고, 그리하면 명나라에서 받지 않을 것이옵니다."

"전하, 부족한 말은 제주에서 가져오면 될 수 있을 것이옵니다."

"아니되옵니다. 제주말까지 모두 거두어 가면 우리 군사들은 어떻게 나라를 지키겠사옵니까. 변방 무리들이나 왜적들이 쳐들어온다면 맞설 수 없을 것이옵니다."

양측의 주장이 팽팽히 맞섰다.

태종은 고민에 빠졌다. 양측 주장이 다 옳았기 때문이었다. 그처럼 의견이 나뉘어 결정을 내리지 못하고 있을 때 명나라에서 1만 필 말 값을 보내왔다. 피할 수가 없게 되었다. 결국 5천 마리를 구해 먼저 보냈다. 명나라까지 가는 길은 멀었다. 이송 도중에 먹이를 제대로 주지 않아 병들어 죽거나 혹은 볼품없이 야위어서 반품된 말이 2천이나 되었다. 조선은 황당했다. 아무리 좋은 말을 구해줘도 먼 길에 먹이를 제대로 주지 않으면 언제라도 벌어질 일이었다.

사신과 조선 관리 사이에 언쟁이 벌어졌다.

"분명히 멀쩡한 상등품을 보냈는데 귀 측에서 먹이를 제대로 주지 않아 그렇게 되었소."

"어쨌든 숫자가 맞지 않으니 부족한 숫자를 채워 주든가, 아니면 돈을 돌려주시던가 하시오."

"이미 숫자를 헤아려 거래한 것을 이제 와서 숫자가 부족하다는 것은 이치에 맞지 않소."

대화가 진척될 수 없었다. 끝을 맺지 못한 채 해를 넘겼다. 말을 제대로 받지 못했다는 명나라나, 더 내 줄 말이 없는 조선이나 서로 물러서지 않았다.

다음 해에 다시 명나라에서 사신이 왔다. 태종은 말馬이나 조공 문제 등 여러 가지 상황을 고려해 직접 태평관에 나가 사신을 영접하고 연회를 베풀었다.

사신은 분위기를 살피며 말했다.

"전하, 이번에 황제폐하께서 말씀하시기를 제주 법화사法華寺에 있는 미타삼존彌陀三尊은 원래 원나라 양공良工이 만든 것이니 이제 명나라에 돌려주어야 한다고 하셨습니다."

"그건 옳은 말이오. 사람을 보내 가져오도록 하겠소."

"아닙니다, 전하. 황제폐하께서 소신이 직접 건너가 확인하고 가져오라는 명을 내리셨습니다."

태종이 놀란 표정으로 말했다.

"아니오, 지금은 장마철이니 사신이 수고를 겪기가 쉽지 않을 것이오. 날랜 병사들을 보내 서둘러 가져오도록 하겠소."

"아닙니다, 전하. 떠날 차비가 마련되는 대로 직접 가서 가져오도록 하겠습니다."

태종은 사신이 극구 고집을 피우는 것에 미심쩍은 생각이 들었다. 평소 같으면 황제가 직접 가라했어도 칭병을 핑계로 다른 사람을 보내고 자신은 산천구경이나 매사냥, 아니면 주연酒宴 술잔치에 빠졌을 것이다. 연회를 마치고 궁궐로 돌아오는 내내 석연치 않았다. 궁궐에 도착하자마자 신료들을 불러들였다.

"사신이 직접 제주에 가겠다는 것이 무슨 의도인 것 같소?"

병조판서가 먼저 나섰다.

"소신도 이유를 생각해보았사온데…"

"그래 답을 구했소?"

"소신 생각에는 불상은 구실에 불과하고 제주를 염탐하기 위함이 아닌가 하옵니다."

"제주를 염탐해?"

"그러하옵니다, 전하. 저들은 지난날 우리가 부족하게 건네준 말 조공에 의심을 품고 실제로 조선에 말이 부족한지 제주의 말 사육을 살피기 위함이 아닌가 하옵니다."

"허… 그럴 수도 있겠군…"

태종이 고개를 끄덕이다가 말했다.

"그래서 눈으로 직접 확인하고 더 요구할 것인지 결정하겠다?"
"그러하옵니다. 전하."
"허… 그게 사실이라면 어찌하는 것이 좋겠소?"
영의정이 나섰다.
"소신도 병조판서와 같은 뜻입니다. 해서 사신이 제주로 가지 못하게 막아야 한다고 사료되옵니다."
"하면 어떤 방법이 있겠소이까? 어지간한 이유로는 막을 방법이 없지 않소?"
"전하, 사신이 거치는 고을마다 성대히 연회를 베풀어 걸음을 늦추고 그 사이에 군사를 보내 불상을 육지로 옮기는 것이 좋을 듯하옵니다."
병조판서가 다시 나섰다.
"들자하니 사신은 매사냥을 아주 좋아한다고 하옵니다. 지리산 자락에 다다랐을 때 응사鷹師 매사냥꾼들을 동원해 매사냥을 병행하는 것도 좋을 듯 하옵니다."
"그거 좋겠군. 그러면 사신이 가는 곳마다 잔치를 베풀어서 시간을 끌고, 매사냥에 빠지게 해서 제주에 가는 것을 막도록 하시오."
사신은 길 떠날 준비가 완성되자 호위무사와 시종, 일꾼들을 이끌고 길을 떠났다.
오산, 천안, 대전, 목포를 거쳐 진도에 도착할 예정이었으나 나주에서 발목이 잡혀 더 이상 가지 못한 채 연회와 매사냥에 빠졌다. 며칠이 지났다. 그 사이에 군사들은 사신이 머무는 곳을 돌아서 다른 길을 통해 제주에서 불상을 가져왔다. 사신은 불상이 도착했다는 소식을 듣자 정신이 번쩍 들었다. 그때서야 가는 곳마다 성대한 잔치와 매사냥을 벌인 이유를 깨달았다.

망연자실했다. 같이 온 일행이 있으니 황제에게 고할 때 연회와 매사냥에 빠졌던 사실을 숨기지 못할 것이다. 수고 없이 앉아서 불상을 받았지만 기뻐할 수가 없었다. 조선의 신료들은 그런 속사정을 모른척 했다. 사신은 자신을 바보로 만든 임금에게 복수하고 싶었다.

돌아갈 날짜에 임박해 임금이 환송연을 열어주었다. 왕이 태평관에 도착하자 사신이 예를 갖추고 한마디 했다.

"이 불상은 상국에서 모시던 동불銅佛이오니 전하께서 자리에 앉기 전에 오배삼고두五拜三叩頭를 올리고 자리에 앉아야 예가 될 것입니다."

임금을 바라보는 사신의 눈초리가 매서웠다. 시위하고 있던 영의정이 충격을 받은 듯 휘청거렸다. 대소 신료들도 모두 놀라 입을 벌리고 다물지 못했다. 임금이 옥좌에 앉는데 불상에게 절하고 앉는다는 것은 상상도 할 수 없는 일이다. 더구나 외국의 사신이 방문국 국왕에게 그런 무례한 요구를 한다는 것은 모욕을 주어서 전쟁을 일으키자는 게 아니라면 있을 수 없는 일이었다.

한순간에 분위기가 험악해졌다. 태종의 얼굴이 붉어지고 미간이 찌푸려 졌다. 무언가 일어날 것만 같은 일촉즉발의 순간이었다. 영의정은 어떻게든 위기를 넘겨 상황을 진정시키고 싶었지만 적합한 말이 퍼뜩 떠오르지 않았다.

'어찌 저리 무례한 소리를 하는고…'

"하하하"

영의정이 어쩔 줄 몰라 눈치를 보내고 있던 중에 갑자기 임금의 호탕한 웃음소리가 터져 나온 것이다.

"태감太監 사신의 호칭이 무리한 요구를 하는 구려. 저 불상 안에 황제폐하의 무엇이라도 들어 있다면 엎드려 절이라도 하겠소만 저건 한낱 쇠붙이에 불과한데, 과인이 쇠붙이에 대고 예를 올린다면 과인을 왕으로 임명한 황제폐하의 권위는 무엇이 되는 것이오? 과인이 쇠붙이에 절을 올렸다고 황제폐하께 아뢰겠소이까?"

칼이라도 빼들까봐 모두가 긴장하고 있던 순간에, 임금이 예상치 못한 말로 상대를 바보로 만들어 버렸다. 조선은 명나라와는 달리 불상을 영혼 없는 쇳조각으로 여겼다. 명나라는 불교를 숭상했지만 조선은 국가 차원에서 불교를 배격했다. 두 나라는 그러한 종교적 차이를 서로 인정하고 있었다.

물을 끼얹은 듯 잠시 침묵이 흘렀다. 신하들은 속으로 쾌재를 불렀고, 사신은 눈만 동그랗게 뜬 채 멍했다. 사신의 얼빠진 모습을 보고 태종은 신경 쓸 일이 아니라는 듯이 성큼성큼 자리에 가서 앉았다. 신료들도 주섬주섬 자리를 찾아갔다.

연회가 시작됐다. 평소 같으면 흥겨웠을 연회가 썰렁하게 진행됐다. 형식적으로 흥겹고 형식적으로 웃다가 파했다. 사신은 자신이 패했음을 여실히 깨달았다. 태종은 태종대로 말을 잃었다.

궁궐로 돌아온 왕은 신료들을 물리고 홀로 남았다.

'환관 사신 따위가 감히 날 능욕하는가…'
생각할수록 분하고 괘씸했다. 기지를 발휘해 받아 넘기기는 했지만 그것에 만족하고 끝날 수 있는 일이 아니었다. 잊으려 해도 자꾸 떠올랐다. 평생 이런 모욕을 받아본 적이 없었다.
'동불^{嗣佛}에 절을 하고 자리에 앉아야 할 것이오…'
태종은 모욕감에 주먹을 부르르 떨었다.

"힘없는 나라는 상대가 부당하고 무례한 짓을 해도 참는 수밖에 다른 도리가 없다. 아니면 전쟁을 하겠느냐?"
임금은 세자를 뚫어지게 바라보았다.
"할바마마의 마음을 조금은 알겠사옵니다."
"그래, 할바마마께서는 자나 깨나 항상 강한 군사를 말씀하셨다. 힘이 있어야 굴욕을 당하지 않을 것이다."
"명심하겠사옵니다. 아바마마."
"내일 사신들이 한양에 도착할 것이다."
"오늘 낮에 임진나루를 건넌다는 말을 들었사옵니다."
"그냥 둘 것이냐?"
"하오시면 방책이 계시옵니까?"
임금과 왕세자는 여니 날과 다르게 오래도록 얘기를 나눴다.

다음날 오후 사신이 도착했다.
임금과 왕세자가 태평관으로 나가 사신을 맞았다.

"먼 길 오시느라 고생이 많으셨소. 내일 저녁에 궁궐에서 연회를 베풀 예정이니 궁궐로 와주시오."

사신은 임금의 환대에 흐뭇해서 흔쾌히 받아들였다. 국경 넘어서부터 대접이 소홀하다고 소란을 피운 보람이 있다고 생각했다.

다음날, 궁궐에서 나인 시종들이 연회를 준비하는 사이에 경복궁 뒤뜰에서는 한 무리의 병사들이 무언가를 분주히 준비했다. 연회준비로 복잡한 판에 병사들까지 우르르 몰려다녀 궁궐 안이 더욱 소란스러웠다.

해가 뉘엿하자 영의정은 경복궁 영추문 밖 서촌에서 머물고 있는 사신을 찾아갔다.

"오래 기다리셨소. 어서 채비하고 연회에 드시지요."

"하하하 영의정께서 직접 나오셨소?"

사신은 영의정이 직접 나온 것을 보고 흡족해서 웃음을 터뜨렸다.

"우리 조선이야 항상 사신들을 깍듯이 모시지 않소. 새삼스레 허허허."

"글쎄 그러는 듯이 보이기는 하오만… 내가 문제가 아니라 황제폐하께서 흡족하실 일이 있어야 할 텐데…"

사신은 자신이 부려온 탐욕과 횡포는 감추고 황제 핑계를 댔다. 영의정은 어이가 없어 속으로 웃었다.

'바로 이런 작자들 때문에 황제께서 칙유勅諭를 내렸던 게 아닌가…'

황제는 조선에 나가는 사신들이 사사로이 청하는 물건이 너무 많다는 것을 알고, 사신들의 요구에 휘둘리지 말라고 조선을 포함한 주변국에 칙유를 내렸다. 그러나 그 효과는 그리 오래 가지 않았다. 한두 해가 지나자 다시 토색질이 벌어진 것이다.

사신은 보라는 듯이 거들먹거리며 입궁준비를 했다. 겉옷을 입고 매무새를 다듬던 순간이었다.

"꽝!"

갑자기 하늘 무너지는 소리가 울렸다. 사신은 까무러치듯 놀라 저만치 나가떨어졌다. 의관이 흐트러지고 두 발을 허공에서 덜덜 떨었다. 영의정은 무슨 일이 있냐는 듯이 뒷짐을 지고 사신을 내려다 봤다.

"꽝! 꽝!…"

소리가 다시 이어졌다. 문짝이 떨어져 나갈 듯이 덜컹거리고 서까래 지붕이 들썩했다. 사신은 사방침 뒤에 머리를 박고 덜덜 떨었다. 몇 번의 대포 소리가 더 울렸다.

영의정은 사신을 보자 웃음이 나왔다.

"허허 태감太監 정신 차리시오. 이제 그쳤소이다."

영의정이 다가가 어깨를 잡고 흔들었다. 제정신이 아니었다. 영의정이 사신의 몸을 일으켜 세웠다. 얼굴이 파랗게 질렸다. 눈을 껌벅거리며 정신을 차리는가 싶더니 갑자기 웩웩하고 속에 든 것을 모두 토해냈다. 방 안이 아수라장이 됐다. 시종들이 우르르 방으로 몰려 들어와 토사물을 치우느라 부산을 피웠다.

사신을 자리에 눕혔다.

"좀 어떠시오? 어서 궁궐로 들어가야 할 터인데…"

"영의정 대감… 아무래도 난… 난 연회에 참석치 못할 것 같소…"

"아니 그게 무슨 소리요. 상감마마께서 세자저하와 함께 기다리고 계신데 자리를 하지 않겠다니?"

"내가 어제부터 속이 좋지 않았는데 아무래도 오늘은 음식을 참아야 할 것 같소이다…"

"아니, 화포 소리에 놀란 것이오까?"

"뭔… 당치 않은 말씀을…"

황제국 사신이 화포 소리에 놀라 어린 아이들처럼 경기驚氣를 일으켰다는 말이 나오게 할 수는 없었다. 겨우겨우 손을 내저으며 말했다.

"가서 전하께 잘 말씀드려 주시오…"

사신은 말을 마치고 아예 자리에 누어버렸다. 영의정은 통쾌하게 웃으며 궁궐로 돌아왔다.

임금과 왕세자에게 얘기를 전했다. 모두들 한바탕 웃었다.

전날, 임금과 왕세자는 마침 성능을 시험 중이던 대포로 사신을 골려주기로 하고, 일부러 사신을 경복궁 서쪽 영추문 밖 담장 가까이 있는 정승집에 미리 데려다 놓았다. 해가 질 무렵, 영의정이 사신을 찾아가 집안으로 들어서자 신호를 받은 군사들이 영추문 밖으로 대포를 쏘았다. 포신이 정승집 지붕을 향해 있었기 때문에 사신이 머무르고 있던 방은 화포 소리를 고스란히 받을 수밖에 없었다. 영의정은 화포 쏠 것을 뻔히 알고 있었기 때문에 견딜 수 있었지만 사정을 모르고 있던 사신은 당할 수밖에 없던 것이다. 사신은 궁궐 연회에 참석하지 못했고, 그로부터 몇 해간 조선에 나타나지 않았다.

6

'푸다닥'

"장끼^{수꿩}다!"

언덕 아래에서 작대기로 덤불을 내리치며 새 몰이를 하던 털이꾼들이 꿩을 발견하고 소리를 질렀다. 응사^{鷹師}가 날아오르는 꿩을 향해 몸을 틀었다. 매가 꿩을 발견하고 날개를 퍼덕이자 응사는 때를 놓치지 않고 팔을 번쩍 들어 올렸다. 매가 허공으로 날아올랐다. 이어 미끄러지듯 언덕 아래로 날아가는 멋진 모습에 구경꾼들이 감탄을 토했다.

"야…"

거리가 좁혀졌다. 낚아챌 수 있을까 하는 의구심도 잠깐, 순식간에 장끼에게 다가간 보라매가 날카로운 발톱을 들이밀었다.

"끼약! 꺅!"

파드득 파드득, 한바탕 싸움이 벌어졌다. 모두들 숨을 죽이고 공중에서 벌어지고 있는 생사의 싸움을 지켜봤다. 꿩이 퍼덕거리자 깃털이 뽑혀 떨어졌다. 치열함을 고스란히 느낄 수 있었다. 잠시 후 싸움이 끝나는가 싶었는데, 꿩이 퍼덕거리며 빠져나가려 하자 매는 크게 회전하며 자세를 고쳐 다시 날카로운 발톱을 들이밀었다. 사냥에 나선 이후 단 한 번도 사냥 감을 놓친 적이 없었다. 싸움이 끝나자, 보라매가 늘어진 꿩을 움켜쥐고 덤불로 내려앉았다.

"딸랑 딸랑…"

수풀 어디선가 매방울 소리가 들렸다. 매가 먹이를 물어뜯느라 몸을 움직이면 꼬리에 달린 방울이 울려 매의 위치를 알게 되는 것이다. 응사 일행은 소리나는 쪽을 향해 달려갔다.

"딸랑… 퍼더덕! 퍼더덕!"

다시 방울 소리가 들렸다. 뭔가 이상하다. 단순히 꿩을 물어뜯는 소리만이 아니었다. 응사는 심상치 않음을 느끼고 서둘러 덤불에 이르자 예상치 못한 광경이 벌어지고 있었다.

"으르르…"

'퍼덕 퍼덕…'

늘어진 꿩을 앞에 놓고 동네 개와 보라매 사이에 싸움이 벌어졌다. 매의 날카로운 야생성도 자신보다 덩치가 큰 개 앞에서는 통하지 않았다. 응사가 얼른 뛰어가 발길질을 했다.

"저리가! 이 똥개새끼가…"

주인의 응원을 받은 매가 날갯짓을 멈췄다. 응사는 매를 팔에 얹고 머리를 쓰다듬었다. 일행이 꿩을 가지고 자리를 뜨자 개는 거리를 두고 뒤를 따라왔다. 털이꾼 사내가 발길질 시늉을 했다. 개는 피하는 척하다가 다시 어슬렁거리며 쫓아왔다.

응사가 명나라 사신 앞에 꿩을 내려놓았다. 사신은 신기한 듯 꿩과 보라매를 번갈아 쳐다보았다.

털이꾼 사내가 불쑥 나서 호들갑을 떨었다.

"어이구, 저 개새끼가 매를 죽일 뻔 했어!"

사람들의 시선이 개에게 쏠렸다. 사내가 돌을 주워 개에게 던졌다. 그 모습을 보고 사신이 역관에게 물었다.

"說什麼呢? 뭐라고 하는 건가?"

"저 개가 매를 해치려고 했답니다."

사신은 역관의 말을 듣고 흠칫 놀라서 소리를 질렀다.

"那條狗,殺了它! 저 개를 잡아 죽여라!"

역관이 주저하자 사신이 다시 소리를 쳤다.

"抓住那條狗! 食吧! 저 개를 잡아서 먹이로 줘라!"

"저 개를 잡으랍신다!"

창을 들고 서있던 병졸들이 느닷없는 하명에 어리둥절해 하자 역관이 다시 소리를 질렀다.

"어서 저 개를 잡으란 말이다!"

그제서야 병사들이 우르르 개에게 몰려갔다. 개는 자신을 향해 달려오는 병사들을 보고 놀라 저만치 달아났다. 다가가면 달아나고 다가가면 또 달아났다. 뛰어가서 개를 잡는 것은 불가해 보였다.

사신의 얼굴이 벌겋게 달아올랐다.

"射箭吧! 활을 쏘아라!"

"활을 쏘랍신다!"

역관의 외침에 구경하고 섰던 사람들이 모두 놀랐다. 숨소리도 내지 못하고 시위무사들의 활 꺼내는 모습을 지켜봤다.
　개가 어슬렁어슬렁 다가왔다.
　무사는 좀 더 다가오기를 기다려 팽팽하게 당겼던 활시위를 놓았다.

　"그래 정말 그 개를 죽였단 말이오?"
　"그러하옵니다, 전하."
　"하면 개 주인은 뭘 한 것이오?"
　"개 주인은 그 자리에 없었는데, 나중에 불려와 매를 맞고 쫓겨났다고 하옵니다."
　"허… 어찌하여 개 주인에게 매를 칩니까?"
　"이유인 즉은, 그 개를 키우던 집 어린 아이가 개가 죽은 것을 알고 사신의 숙소에 찾아와 울부짖자 그의 애비를 데려다 곤장을 쳤다는 것입니다. 그뿐만이 아니라 시치미를 만든다고 소를 잡으라 명하고…"
　"소를 잡아?"
　"그러하옵니다, 전하. 매 꼬리에 다는 시치미를 쇠뿔로 만드는데 시치미를 만든다고 멀쩡한 소를 잡으라 했다는 것입니다."
　"허, 가관이요…"
　"뿐만이 아니옵니다 전하. 개도 빼앗고 장닭도 빼앗고 백성들의 피해가 이만 저만이 아니옵니다.
　"값도 치루지 않고?"

"그러하옵니다, 전하."

"아…"

임금의 입에서 탄식이 나왔다.

좌의정이 무거운 표정으로 입을 열었다.

"해서 첨절제사僉節制使 이징옥이 명나라에 보내주려고 징발했던 매를 날려주었다는 것이옵니다. 하오니…"

임금이 고개를 좌우로 저었다.

"그렇기는 하지만 말이오…"

"…"

"아무리 부아가 치밀어도 그건 아니었소. 이건 아홉 길 산을 만들다가 삼태기 흙 한 덩이를 잘 못 부어 일을 망치게 된 게 아니겠소…"

임금의 말에 모두가 입을 다물었다. 한동안 침묵이 이어졌다.

좌의정이 다시 말을 꺼냈다.

"하오면… 전하, 첨절제사를 매를 놔준 죄로 다스릴 것이 아니라 다른 죄로 다스리면 어떻겠사옵니까."

"다른 죄요?"

"예 전하, 소신이 듣자 하니 첨절제사가 사신이 빼앗아간 개를 원 주인이 몰래 가져가도록 했다 하옵니다."

"허…"

"하오니 매를 놔준 죄로 묻지 말고 개를 훔친 죄로 다스리는 것이 어떠 하겠사옵니까."

듣고 있던 영의정이 천천히 고개를 가로 저으며 나섰다.

"전하, 바른대로 죄를 물어야 훗날 뒤탈이 없을 것입니다. 사신이 진의를 알게 되면 일이 더 복잡해질 수 있사옵니다."

임금이 두 눈을 감았다.

신료들과 논란 끝에 사신이 원하는 대로 해동청을 구해주기로 결정했었다. 해동청을 구해주지 않으려면 그이상의 무언가로 막아야 하고, 토라진 사신을 달래기 위해서는 더 큰 모욕을 참아야 할 게 분명했기 때문이다. 그래서 그들이 온 나라를 휘젓고 무리하게 공물을 요구해도 받아준 것인데, 첨절제사가 그런 사정을 뻔히 알면서도 끝내 참지 못하고 일을 저지른 것이다. 이것도, 저것도 모두 쉬운 일이 아니었다. 좌의정도 영의정도 다 옳았다.

'도대체 매사냥이 뭐라고…'

왕은 신료들을 모두 물러가게 했다.

해동청. 조선에서는 보라매라 부르고 중국에서는 다른 매와 구분 짓기 위해 해동청이라고 불렀다. 매사냥은 명나라 귀족 한량들에게 최고의 놀이거리였다. 사냥매를 한 마리쯤 키워야 한량들 대화에 낄 수 있는데, 그중에서도 해동청을 가진 자의 목소리가 가장 컸다. 모두가 갖고 싶어 했다. 이처럼 안달이던 차에 황제가 해동청을 구해오라고 했으니 명을 받든 사신의 기쁨이 어땠을지는 짐작이 가고도 남을 일이다.

사신은 황제전을 물러나오기가 무섭게 입가에 웃음을 흘렸다. 이제 조선 땅 어디를 가서 소를 잡든 개를 잡든, 해동청과 관계된 일이라면 모두 황명皇命이 된다. 황제에게는 조선 최고의 사냥매라는 백송고리 한 마리를 바치고, 여벌로 징발한 해동청은 모두 빼돌릴 것이다. 부르는 게 값이니 얼마를 거머쥐게 될지 생각만 해도 흐뭇했다.

 황명을 받든 사신은 조선 땅에 발을 내디딜 때부터 패악을 부렸다. 그들은 패악을 떨면 떨수록 고물이 많이 떨어진다는 사실을 잘 알고 있었다. 덕분에 사신이 거쳐온 고을 수령들은 진이 빠질 대로 빠졌고, 그런 소식은 바로바로 조정에 알려졌다.

 그러던 어느 날 저녁, 사신이 낮 동안 매사냥을 구경하고 숙소에 누워 쉬고 있을 때 헐레벌떡 뛰어든 역관으로부터 이징옥의 소행을 듣게 됐다. 사신은 자리에서 벌떡 일어났다.

 "이자가 감히!"

 죽으려고 작정을 한 게 아니라면 어찌 황명을 거역할 수 있단 말인가. 칼이라도 뽑아들고 쫓아갈 기세를 보였다. 역관은 자신이 고해 놓고도 어쩔 줄 몰라 했다. 사신은 문득 다른 생각이 들었다. 덕치德治의 조선 임금이 그깟 사냥매 한 마리 때문에 신하를 죽게 놔두지는 않을 것이다. 그렇다면 이건 더 큰 기회가 될 수 있지 않은가. 게다가 판을 키우는 게 어렵지도 않다. 모두가 보는 앞에서 황제께 고하겠다고 펄펄 뛰기만 하면 된다. 묘수가 떠오르자 지체하지 않고 예조판서에게 전갈을 보내 왕의 귀에 들어가도록 한 것이다.

 며칠 후, 왕은 대소 신료들이 모인 자리에 명나라 사신을 불러놓고 엄한 목소리로 말했다.

"첨절제사 이징옥이 해동청을 날려버린 죄를 물어 관직을 삭탈한다."

신료들은 입을 다물었다. 역관이 낮은 목소리로 사신에게 상황을 설명했다. 사신은 입을 쭈뼛거리며 거만한 태도를 보였다. 그것으로는 어림도 없다고 얼굴에 쓰여 있었다.

임금은 사신의 태도가 몹시 못마땅했다. 불쾌한 마음을 감추고 말했다.

"태감에게 묻겠소."

"예, 전하."

"이번에 해동청을 몇 마리나 구했소이까?"

사신은 순간 머뭇했다.

"다섯 마리를 구했습니다. 전하"

"연경까지 돌아가는데 장닭과 개는 충분하오? 시치미를 만든다고 하던데 황소가 더 필요하지는 않소이까?"

역관의 설명이 길어지자 사신의 얼굴이 붉어졌다. 왕이 자신의 토색討索을 돌려서 말한 것이었다.

임금은 몰아붙일 작정으로 불편한 질문을 일부러 한 번 더했다.

"황제폐하께서 명하신 해동청은 몇 마리이오까?"

"…"

사신은 질끈 눈을 감았다. 몇 마리라고 말하는 것은 스스로 족쇄를 차는 일이다. 한 마리라고 하면 자신이 한 짓이 드러나는 것이고, 몇 마리라고 하면 황제의 명을 거짓으로 말하는 것이 된다. 하지만

군이 대답이 필요 없는 질문이었다. 황제가 해동청 장사를 하는 것도 아닌데 몇 마리를 명했겠는가. 황제가 몇 마리를 명했을 지는 모두가 짐작하고도 남을 일이었다.

대답이 궁색해 우물쭈물거리다 입을 열었다.

"만일을 위해 여분을 준비한 것이옵니다, 전하…"

"잘했소이다. 어쨌든 첨절제사 이징옥이 황제폐하의 명을 거역한 죄로 관직을 삭탈했소만 그것으로 충분하다 할 수 없소. 태감이 연경으로 돌아가 황제폐하를 알현 할 때, 전후 사정을 아뢰고 이징옥에게 참수斬首의 죄를 청하려고 하는데 폐하를 뵐 수 있도록 기회를 만들어 주시겠소이까?"

"…"

임금이 머뭇거리는 사신을 보고 다그치듯이 말을 이었다.

"이징옥의 불경한 소행을 폐하께 숨길 수는 없지 않겠소이까?"

사신의 얼굴색이 하얗게 변했다. 황제에게 이징옥의 죄상을 밝히게 되면 자신의 토색질이 드러나는 것은 너무도 당연한 일이다. 두말할 것도 없이 자신의 목이 먼저 잘려나갈 것이었다.

"전하, 참수를 청하신다는 성교聖敎 임금의 말씀는 과한 줄로 아옵니다. 이징옥의 삭탈관직으로 충분하와 황제폐하께는 아뢰지 않도록 하겠습니다."

사신은 진땀이 났다. 조선의 중신 대신들이 왕에게 불려가 호되게 질책을 당한다는 말은 익히 들었지만 이렇게까지 옴짝 달싹 못하게 되리라고는 미처 생각지 못했다. 임금이 자신을 부른다기에 옳다구나 하고 달려왔건만, 횡재는커녕 목숨 부지할 궁리를 해야 했다.
임금은 그치지 않고 못을 박았다.
"그렇게 하는 것은 폐하에 대한 예가 아닌 것으로 생각되오만…"
"아니옵니다 전하. 황제폐하께서는 평소 전하의 덕치德治를 높이 칭송하고 계시옵니다."
사신은 땀을 뻘뻘 흘리며 연신 고두를 올렸다. 임금은 마지못한 듯이 사신의 제안을 받아들였다. 신하들은 사신에게 싸늘한 시선을 보냈다. 사신은 좌불안석이 되었다. 눈치를 살피며 편전에서 나갈 때를 기다렸지만 임금은 물러가라는 말을 하지 않았다. 임금이 한마디 할 때마다 자신의 얘기가 다시 나오나 해서 긴장으로 초죽음이 됐다.

임금은 백성들의 피해를 물어주도록 명을 내리고, 다음 해에 이징옥에게 새로운 관직을 내려주었다.

7

"왜국 사신이 단식을 한다는 게 사실이냐?"

"그러하옵니다, 전하. 사신 규주圭籌가 이번에 대장경판을 가져가지 못하면 조선 땅에서 죽으리라며 식음을 전폐하고 있사옵니다."

"허허 저런 어처구니없는 경우가 있나. 통사通事 통역관는 사신을 잘 위무慰撫해서 단식을 멈추도록 하라."

임금은 어이가 없다는 듯 혀를 찼다. 행동은 사리에 맞지 않았지만 사신이 죽으면 이유가 어떻든 두 나라가 서로 곤란해진다. 교린정책의 의도에 맞지 않는 일이 벌어지는 거다.

통사 박희중이 임금께 숙배를 올리고 어전을 물러 나왔다. 사신이 머물고 있는 숙소를 찾아갔다. 규주는 통사가 찾아온 것을 알고 절박함을 보여 주려고 얼른 방 한가운데 가부좌를 틀고 앉았다. 통사가 방으로 들어오자 눈을 감았다.

박희중이 방안을 둘러보고 말했다.

"눈을 떠보시게. 뭘 좀 먹어야 하지 않겠는가."

"…"

"허허 이사람… 대장경판은 하나밖에 없어서 내줄 수 없다고 우리 전하께서 말씀하시지 않았나."

규주가 가늘게 눈을 뜨고 토라진 낯빛으로 말했다.

"이미 선왕 정종께서 내려주시겠다고 약속을 하였는데 어찌하여 이제 와서 못 주겠다고 하십니까. 예와 덕의 나라 조선에서 국왕이 내린 약속을 지키지 않아도 되는 건지 의문입니다."

"그건 자네 말이 맞네. 선왕께서 말씀하시기를, 한 본*은 우리에게 필요하니 내줄 수 없고, 다른 한 본은 해적들이 불태워서 없어진 부분이 많으니 빠진 부분을 보충해서 주겠다고 하셨지."

"맞습니다. 통사께서도 옳게 기억하고 계십니다."

"허나 이치를 따져봄세. 선왕께서 빠진 부분까지 채워서 주겠다고 하셨는데 그렇게 채워서 내주시려는 이유가 뭐였나?"

"그야…"

규주가 얼른 대답을 못하고 쭈뼛거렸다.

"자네 입으로 못하는 말을 내가 해줌세. 대장경판을 내줄테니 시도 때도 없이 건너와 노략질하는 짓을 멈추라는 뜻이 담겨 있지 않았나."

"…"

"인두겁을 썼다면 지킬 일이 있는 게지. 선왕께서 대장경을 내려주시겠다고 하신 후로도 옹진, 풍주, 풍해도 등에서 얼마나 많이 노략질을 했던가?"

"그건…"

"여러 말 말게. 무엇이 예뻐서 부족한 것까지 채워서 내주겠나?"

"하지만 나으리, 저희들이 조선에 건너오기 전에 어소에서 아뢰기를, 만일 이번에 경판을 가져오지 못하면 돌아오지 않겠다고 하였으니 대장경판을 얻지 못하면 죽는 수밖에 없습니다."

규주가 눈물을 찔끔 거렸다.

박희중이 혀를 끌끌 차며 말했다.

"허허 이보시게, 규주. 전하께서 대장경 대신에 내리신 금자金字화엄경과 밀교대장경판은 천축에서 가져온 보배인데 그 귀함으로 모르고 경솔하게 구는가. 게다가 한 나라의 사신이 뜻대로 되지 않는다고 토라져서 밥을 굶은 사실이 온 세상에 알려지길 원하는가."

규주가 박희중의 마지막 말에 얼굴을 붉혔다. 박희중은 알아들을 수 있도록 한바탕 훈시를 이었다.

"통사 나으리, 제가 금자화엄경의 가치를 몰랐습니다. 그걸 가져가게 되면 저희 국왕께서도 기뻐하실 겁니다."

규주가 기쁜 낯으로 말했다. 박희중은 좋은 말을 해주고 하인들에게 음식을 후하게 차려 내도록 했다.

며칠 후, 형조판서가 급한 걸음으로 내전에 들었다.

"전하, 왜국 사신의 반인伴人 수행원이 찾아와 고하기를, 이번에 대장경판을 얻지 못하게 되면 병선을 몰고 쳐들어와 대장경을 빼앗아 갈 것이라는 말을 들었다 하옵니다."

임금은 깜짝 놀랐다.

"심문을 제대로 하였소?"

"워낙 사안이 중한 터라 신중에 신중을 거듭하였사옵니다."

"그 자가 제 발로 찾아와서 고했단 말이오?"

"그렇사옵니다, 전하. 그는 원래 조선 사람인데 이번 일로 다시 일본국으로 돌아가면 살아남지 못할 것이니 돌아가지 않고 남게 해달라고 요청하고 있사옵니다."

"원래 조선사람? 그 사실을 어찌 알게 되었답니까?"

"그 자는 임진년에 끌려가 지금까지 대마도에 살았는데, 이번에 조선으로 출항하기 직전에 왜국 왕이 대마도주에게 대장경을 얻지 못하면 침략해서 빼앗을 것이니 전함을 수리해 놓으라고 했답니다. 그 말이 지역 백성들 간에 은밀히 퍼져 있다는 것입니다."

병조판서는 의심의 여지가 없다고 판단하는 것 같았다.

임금도 의문 나는 몇 가지를 물었지만 거짓이 아닌 것으로 보였다. 서둘러 삼정승을 포함한 대신들을 불러들였다.

"경들은 어찌 생각하오?"

"이제까지의 소행으로 봐서 충분히 그럴 수 있는 자들입니다, 전하."

병조판서가 다른 의견을 말했다.

"전하, 하오나 왜인들은 천성이 시류에 따라 반복무상反覆無常하여 설사 그런 일이 있었다 하더라도 미리 두려워 할 일은 못 됩니다."

"하면?"

"이번에 왜국 사신이 돌아가는 길에 회례사를 보내 전후를 살핀 후에 결정하시옵소서, 전하."

"그거 좋은 생각이오. 괘씸하기 짝이 없지만, 그게 사실인지 먼저 확인하는 것이 순서겠지. 다른 의견은 어떠시오?"

임금이 좌중을 둘러보고 물었다. 영의정이 대답했다.

"합당하오나 우리에게 준비는 있어야 할 것이옵니다, 전하."

"당연히 그렇지요. 그 준비에 대해서는 삼정승과 병조판서가 의견을 나눈 뒤에 다시 아뢰도록 하시오."

세종 1년^{1419년}에 체찰사^{體察使 사령관} 이종무가 대마도를 평정하고 난 후, 한동안 왜적들은 조선 침략을 자제했다. 그러나 시간이 지나자 다시 무리하게 교역을 요구하거나 해안가 마을에 침입하여 식량을 약탈하고 백성들을 죽였다. 임금은 수시로 해안가 고을 수령들에게 대비하도록 명을 내렸지만 한계가 있었다. 그들이 늘 교묘하게 허술한 곳을 찾아 노략질을 해왔기 때문이었다. 피해 고을에서 장계가 올라올 때마다 임금은 부르르 떨고, 분노를 삭이느라 이를 악물었다. 단단히 손을 보고 싶은 생각은 굴뚝같았지만, 전쟁에는 백성들을 동원해야 하고 이긴다 해도 내 백성이 안 다칠 수는 없었다. 그래서 도주하는 왜적들을 뒤쫓거나 섬 사이에 숨어 있는 도적들을 찾아내 궤멸하는 것에 그쳤다. 그러나 걸어오는 싸움마저 피할 생각은 추호도 없었다. 그런 날을 위해 춥거나 덥거나 가리지 않고 강무^{講武}를 해왔고, 군선을 만들어 왔던 것이다. 임금은 이번이 바로 그때일지도 모른다고 생각했다.

"다른 의견은 없소?"

"전하, 회례사의 회신 방법도 사전에 약정해야 할 것입니다."

"옳은 생각이오. 회례사의 회신이 즉시 이루어져야 대비를 할 것인데 묘안이 있소?"

"전하, 계책이 있사옵니다."

"오, 어서 말해보시오."

"사신과 회례사 일행보다 먼저 상인의 배 한 척을 대마도에 보내 머물게 했다가 회례사가 왜왕의 동정을 확인하여 알려주면 교역을 끝낸 것처럼 꾸며 먼저 돌아오게 하소서."

"그것 참 좋은 생각이오."

병조판서가 동분서주하면서 병선과 군사들을 정비하던 중에 엉뚱한 일이 벌어졌다. 왜국 사신 규주가 은밀히 본국에 서신을 보내려다 발각 되었는데 그 내용이, 대장경 입수에 실패했으니 병선을 보내 강제로 빼앗는 방법 밖에 없다는 것이었다. 앞서 반인伴人의 제보와 딱 맞아떨어졌다. 조정이 발칵 뒤집혔다. 소식을 전해들은 규주는 그런 서신을 작성한 사실이 없다고 잡아뗐다. 그의 수행원인 중僧 가하加賀가 고한 것이기 때문에 의심의 여지가 없었으나 주리를 틀 수 없다 보니 보니 명백히 가리기가 어려웠다. 신료들의 의견이 나뉘었지만 임금은 고심 끝에 규주를 용서하고 자기 나라로 돌아가도록 했다. 다만 가하와 반인 등 희망하는 자들은 조선에 남도록 허락했다.

며칠 후, 회례사 박안신이 규주 일행과 함께 적간관赤間關 시모노세키에 도착했다. 박안신은 도착 즉시 임금의 서신과 예물을 왜왕에게 보냈다. 임금의 서신은 대장경판은 한 벌 뿐이라서 줄 수가 없고, 부처에 대한 지극한 정성을 생각해서 밀교대장경과 화엄경판, 금자화엄경과 바라밀경 등을 보내고, 예물로 마포, 저포 인삼 등을 보내니 이것으로 만족하기를 바란다는 내용이었다.

박안신은 숙소에 머물면서 왜왕의 회신을 기다렸으나 며칠이 지나도록 소식이 오지 않았다. 의문이 든 박안신은 사람을 시켜 은밀히 왜국 어소御所의 동정을 캐도록 했다. 며칠 후 돌아온 소식은 놀라웠다. 그들이 대장경을 빼앗기 위해 조선 침략을 준비 중이라는 소문이 은밀히 나돈다는 것이었다. 박안신은 어이가 없었다. 발끈해서 왜왕에게 서신을 보냈다.

박안신의 서신 내용은 이러했다.

조선은 태조 대왕의 개국 이래 이웃나라간의 신의를 지키기 위해 왜국과도 교류하면서 장경과 법기를 요구할 때마다 구해 보내주었다. 이번에도 대장경을 요구하였으나 대장경판은 조선에도 한 본本 뿐이라서 내주지 못하고 대신하여 금자 화엄경과 밀경 등을 보내주었음에도 그 저의를 모르고 다른 마음을 먹는 것은 신의를 저버리는 행위다. 교류를 끊을 일이 아니라면 조선 임금이 내린 물건을 감사히 받고 스스로 단속해서 조선을 침범하려는 일도 그만두어야 할 것이다. 그간 체찰사 이종무의 대마도 정벌이후 자제했던 조선 침범이 근자에 다시 행해지고 있으니 양국 간의 원만한 교류를 원한다면 노략질을 막도록 해야 할 것이다.

왜국왕은 박안신의 날카로운 지적에 승복했다. 그러면서 조선에서 내준 예물을 감사히 받고 앞으로도 양국 간의 지속적인 교류를 희망한다는 서신을 써서 임금에게 보냈다.

임금은 지혜로써 전쟁을 막은 박안신의 공을 높이 치하하고 후한 상을 내렸다. 임금은 싸우지 않고 이기는 것을 최상으로 여겼다.

임금은 이해할 수 없다는 듯이 고개를 갸웃했다.

"왜국에서 어찌 그리도 대장경을 원하는지 행동이 좀 과하다고 생각되지 않소? 그것이 백성들을 전쟁에 내몰만한 물건이오?"

"전하, 소신이 듣자 하니 왜국왕의 모친이 지극한 불신도라 하옵니다. 해서 올 한 해에도 벌써 수차례나 건너와 대장경을 요구하였사옵니다."

"그리하면 스스로 대장경을 만들 일이 아닌가?"

"워낙 저들 간에 많은 전쟁을 치르다 보니 학문과 불사를 이룰 여건이 마련되지 않는 것으로 알고 있사옵니다."

다른 신하가 끼어들었다.

"전하께서 내려주신 밀교장경도 해석이 불가능해서 가져가 봐야 아무 소용이 없다고 사신 규주가 하소연하는 소리를 들었사옵니다."

"허… 밀교경전을 해석할 학자가 없다?"

또 다른 신하가 끼어들었다.

"전하, 그들이 비록 밀교경전을 해석하지 못한다고는 하지만 꼭 그렇게 열등으로만 치부할 일도 아니옵니다. 소신은 왜국에 백편상서 百篇尙書가 남아있다는 말을 들은 사실이 있사옵니다."

임금이 화들짝 놀라 물었다.

"백편상서라고 했소?"

"그러하옵니다, 전하. 왜국에 남아있다는 소문이 돌고 있사옵니다."

백편상서. 고대부터 내려오는 수 천편의 서경書經 내용 중 공자가 정리한 102편을 백편상서라 불렀다. 군주의 치세교범으로 후대에 전해 내려 오다가 유학자를 탄압하는 진시황의 분서갱유焚書坑儒로 불타 없어졌다. 사람들은 진시황이 죽자 백편상서를 되살리려 했다. 그러나 절반가량은 찾지 못했다. 세상이 어지러울수록 사라진 부분에 대한 궁금증은 컸다. 후대의 황제들은 어디엔가 남아 있다는 소문만 들리면 신하를 보냈다. 체면을 구겨가며, 소중화小中華로 일컬어지는 조선에도 보냈지만 모두 헛일이었다. 그렇게 완판 백편상서는 세상에 없는 상상 속의 경전이 되었다. 그러던 차에 완판이 있다는 말을 들으니 놀랄 수밖에 없었다.

"만일 그게 사실이라면 놀라운 일이오."

"전하, 그뿐만이 아니옵니다. 왜국이 비록 학문이 깊지 못하다 하지만 오래전부터 만엽집万葉集이라는 그들만의 문집을 만들어 자랑으로 여기고 있사옵니다."

"만엽집이라 했소?"

"그러하옵니다, 전하."

"무엇에 관한 서책이오?"

"전통적으로 내려오는 시가나 이야기를 모은 것인데, 근자에 들어 자신들의 문자로 엮고 있다고 하옵니다."

"허… 자신들의 문자라… 내 언젠가 알고 싶기는 했는데, 도대체 그들의 문자란 게 무엇이오?"

"전하, 왜국 문자는 우리의 이두와 아주 유사하옵니다."

"이두와 유사하다?"

임금이 호기심을 보이자 다른 신하가 선 듯 나섰다.

"그렇사옵니다 전하. 한자 부수에서 자신들의 말과 비슷한 것들을 몇 글자 따다가 사용하는데 운용 방법이 우리의 이두와 아주 유사하옵니다."

"그런데도 그들의 말을 기록할 수 있다는 것이오?"

"말을 기록한다고는 하나 한자의 보조 문자로 쓰이기 때문에 별반 의미는 없사옵니다."

"한자의 보조문자로…"

임금이 고개를 끄덕였다.

늙은 대신이 나섰다.

"전하, 그렇기는 하오나 한자를 놔두고 자기 글을 쓰는 것은 야만인들이나 하는 짓이옵니다."

"야만이오? 경은 야만이라 하나 자신들의 문자를 쓴다는 것은 중요한 의미가 있는 일이오."

임금이 언짢은 표정을 보였다.

늙은 신하는 지지 않고 한마디 더했다.

"하오나 그런 천박한 문자를 어디에 쓰겠사옵니까?"

"천박한 문자라고 했소? 경은 지금 과인에게 용처를 묻는 것이오? 아니면 품위를 묻는 것이오?"

임금이 발끈하자 노신은 당황했다.

"전하 소신은…"

노신의 머뭇거림에 임금이 좌중을 보고 물었다.

"경들은 노걸대^{老乞大}나 박통사^{朴通事}를 읽어본 일이 있소?"

편전 안이 갑자기 조용해졌다. 임금은 신료들 한 사람, 한 사람을 뚫어져라 쳐다봤다. 모두 고개를 숙였다. 노걸대와 박통사는 역관인 통사^{通事}들의 어학교재로서, 조정회의에 참석한 신료들이 읽을 책은 아니었다. 임금은 그런 사실을 뻔히 알면서도 물은 것이다.

"일전에 노걸대와 박통사가 부족해서 역관들이 필요할 때마다 일일이 손으로 전사^{轉寫}한다는 말을 듣고 인쇄해서 나눠주라고 주자소에 명한 사실이 있소. 경들도 기억이 날 것이오. 그때 지신사가 새로 인쇄된 책이 나왔다고 가져와서 살펴봤더니 황당하더이다."

임금의 핀잔 섞인 말투에 신하들은 다시 긴장했다.

"그래서 다른 나라 말의 서책도 가져오라 해서 봤소. 예상대로 중국말이나 몽고말이나 여진말, 무슨 말이고 간에 교재란 교재는 모두 한자로 표시되어 있더이다. 경들은 그런 사실을 알고 있었소?"

"…"

납작 엎드린 신료들이 그런 사실을 알 턱이 없었다. 임금이 신료들을 질타할 때에는 늘 그런 식으로 생각지도 못한 얘기를 꺼냈다. 쉬지 않고 매달린 독서량의 차이였다.

"한자말을 배우는데 소리값이 한자로 표시되어 있다는 게 무엇을 뜻하는지 알고 있소?"

"…"

"어떻게 생각하오? 한자를 읽는 방법이 우리와 명나라가 같소?"

"…"

"표시된 한자를 어떻게 읽어야 하오? 설사 아는 글자라 해도 그걸 우리식으로 따라 읽으면 명나라 사람들이 알아들을 수 있겠소? 그게 조선말이오, 명나라 말이오? 그러니까 대신들이 사은사라고 명나라에 가도 말 한마디 못하고 필담이나 하다 오는 게 아니겠소?"

"…"

신료들은 진땀을 흘리는 것 외에 아무것도 할 수 없었다. 명문명필이면 뭐하나. 임금의 말처럼, 편전에 엎드린 신하들 중 명나라 관료들과 단 한 마디 제대로 나눌 수 있는 사람은 아무도 없었다. 말을 못하니 궁궐 근처 어딘가에 조용히 처박혀 있다가 황제의 부름도 받지 못한 채 환관이 전하는 말이나 듣고 오는 게 고작이었다.

임금의 질타는 거기서 그치지 않았다.

"한자로 표시된 여진 글을 따라 읽으면 여진 사람들이 그 말을 알아들을 수 있겠소? 그래가지고 대화가 되겠소이까?"

"…"

"통사가 되려는 자가 한자로 써진 노걸대나 박통사를 보고 말을 익힌다는 건 애초부터 불가능한 일이오."

"…"

"그래서 자신들의 문자가 중요한 의미가있는 것이오."

신료들은 생각해본 적이 없는 주제였다. 혹여 우연히 생각을 했다 해도 답을 찾을 능력도 없는 얘기들이었다.

임금이 싸늘한 시선으로 말을 이었다.

"일전에 이조에서 계하기를, 몽고말은 숭상하는 바가 적어서 익히려는 자가 없다고 했고, 여진 말은 아는 자가 없어서 통사가 부족하다고 했소. 숭상하려고 해도 아는 게 없고, 익히려 해도 익힐 방법이 없는데 통사가 길러질 수 있겠소?"

칼을 들고 설쳐대는 것도 아닌데도 편전 안에는 살벌한 정적이 흘렀다. 신료들은 한 마디도 대구하지 못했다. 임금이 흥분해서 몰아붙인 데도 이유가 있지만, 할 수 있는 대답 또한 아무것도 없었다.

8

"사배^{四拜}를 올리시오."

집례관의 유려한 목소리에 종묘 정전^{正殿} 판위^{版位}에 섰던 임금이 신실^{神室}을 향해 사배를 올렸다. 잠시 후 임금이 몸을 바로 세우자 집례관은 기다렸다는 듯이 다음 순서를 알렸다.

"전폐례^{奠幣禮}를 올리시오."

"거휘!$^{擧麾!}$"

뒤를 이어 악사장이 짧게 외쳤다. 기^{麾}를 들라는 '거휘' 외침을 신호로, 모든 악사들이 악기를 울리기 시작했다. 전폐례는 하늘에 향을 피워 혼^{魂}을 부르고, 땅에 술을 부어 백^{魄}을 부르는 의식이다. 악사들은 신^{神}을 맞이 하는 영신희문^{迎神熙文}을 연주하고, 무용수들은 일무^{佾舞}를 추었다.

정전 안으로 제례악이 가득 퍼지자 알자^{謁者}가 임금에게 다가가 길을 인도했다. 동쪽 계단을 올라 첫 번째 신실로 들어섰다. 태조 이성계와 신의왕후, 신덕왕후 신주가 모셔져 있다. 경건한 마음으로 무릎을 꿇고 삼상향^{三上香}을 피운 후에, 관지통에 술을 붓고 명주실을 예물로 바쳤다.

신실 안으로 향내가 퍼졌다. 흔들거리며 피어오르는 연기 사이로 임종 직전의 할아버지 모습이 어른 거렸다. 병색이 깊기는 했지만, 거친 무장의 삶을 살아온 흔적이 얼굴에 새겨져 있다. 할아버지는 임종 순간까지도 아버지를 미워했다. 당시에는 나이가 어려 두 사람이 미워하고 갈등하는 이유를 잘 알지 못했다. 어린 마음에 안타까운 생각이 들어 연유를 물었지만 어머니는 입을 닫았고, 형님들도 언급을 피했다. 세월이 흐르자 자연스레 갈등의 이유를 알게 됐고, 왕이 된 지금은 자신이 그 갈등의 산물이 아닌가 하는 생각을 문득 문득 했다.

'누가 운명을 알겠는가…'

임금은 허공에 향을 피우고 땅에 술을 붓는 제사가 마음에 진지하게 다가온 것은 아니지만 정성만은 다했다. 그렇게 해서라도 미움과 원망을 안고 가신 할아버지가 모든 걸 용서하시기를 빌었다.

'부디 할바마마께서 세우신 이 나라와 백성들을 굽어 살피옵소서…'

태종의 신실로 들어섰다. 아버지 태종대왕과 어머니 원경왕후의 신주가 모셔져 있다. 향과 술을 올리고, 명주실을 담은 폐비弊篚 폐백을 담는 광주리를 두 손으로 공손히 받쳐 들었다.

'어머니께서 좋아하실까…'

여자로서의 아름다움보다는 나라 생각을 많이 하셨던 분이다. 할아버지와 마찬가지로 아버지와 갈등을 겪었다. 외가의 멸문滅門으로 가슴에 맺힌 한을 끝내 풀지 못했다. 왕위에 오른 뒤에, 남은 여생을 극진히 모시려 했지만 서둘러 세상을 떠나셨다.

신주함 가운데에 뚫린 규竅 혼이 드나드는 구멍가 오늘 따라 유난히 커 보인다.

'혼령이 오셨을까…'

사이가 좋기라도 한 듯, 두 개의 신주가 나란히 놓이기는 했어도 다정한 두 분의 모습은 떠오르지 않았다. 아버지께서 어찌 그리도 어머니께 모질게 하셨는지 생각하면 가슴이 아팠다.

고개를 들어 신주함을 바라봤다.

'무슨 생각을 하고 있느냐!'

홀연히 부왕의 목소리가 들려왔다. 반쯤 감았던 눈을 번쩍 떴다.

'네가 왜 그 자리에 앉게 되었는지 이유를 알았더냐!'

멈칫했다. 한시도 잊어본 적이 없는 부왕의 일침이었다.

'아무나 앉을 수 없는 자리…'

갑자기 무거운 돌덩이가 가슴을 짓누르는 듯 했다. 두 형님을 생각할 때마다 왜 자신이 이 자리에 앉게 되었는지 답을 구하려고 애써왔다. 책을 읽으며 밤을 새우기도 하고, 식음을 전폐하면서 나랏일에 매달려도 봤다. 정성이 부족한 건가, 아니면 원래 답이 없는 건가.

'하오면 소자가 어떻게 하길 바라시옵니까…'

시간이 흐를수록, 답은 고사하고 고통스러운 과거만 불쑥 불쑥 되살아 났다. 외숙들의 죽음은 차치하고 중전을 볼 때마다 억울하게 죽은 청천부원군이 떠올랐다.

'꼭 그리하셔야만 했는지요…'

중전은 아버지 청천부원군의 초상이 끝나자 억장 무너진 마음을 감추고 내색하지 않았다. 임금은 그게 더 괴로웠다. 차라리 눈물이라도 흘리고 있으면 닦아주고 위로라도 하련만, 속을 감추고 말을 아끼고 있는 모습을 보면 더욱 가슴이 아팠던 것이다.

'그 심정이야…'

고개가 숙여졌다. 중전은 정녕 하늘이 내린 여인이었다. 온 백성의 어머니인 것은 물론이고, 신료들의 성화로 맞아들인 계비繼妃들에게 조차도 윗사람으로서의 예에 어긋나는 법이 없었다. 계비들도 감읍해서 중전을 존경으로 대했고, 계비가 낳은 왕자들까지도 중전을 친 어머니인 양 따랐다. 임금은 코끝이 찡했다. 그럴수록 나라와 백성에 매달렸다.

'그토록 한 서리게 자리를 물려주신 이유가 무엇이옵니까?'

임금은 스스로 고행의 짐을 지고 살았다. 문득 부왕의 가르침이 머리를 스쳤다.

'제왕에게 세 개의 보배가 있으니 첫째는 토지이고, 둘째는 백성, 셋째는 정사政事니라. 그것들이 보배가 될지 재앙이 될지는 주상主上 하기에 달렸도다!'

궁궐로 돌아가던 임금은 연도에 엎드린 백성들을 보자 가슴이 뭉클했다.

'이들에게 해줄 것이 무엇인가…'

"정녕 아무것도 남아 있지 않더란 말이냐?"

"전하, 백방으로 수소문 했지만 원元나라가 망한 지 70여 년이 지나다보니 흔적을 감춘지 이미 오래된 듯싶사옵니다."

"허.. 제자원리制字原理를 아는 이도 없더냐?"

"알만한 이들은 모두 죽고 없을 뿐만 아니라, 명성 있는 학자들도 첩아월진帖兒月眞 파스파 문자의 옛 이름을 언급하면 모두 의아한 눈초리를 하는 통에 수소문이 곤란할 지경이었사옵니다."

"낭패로다… 어찌 그럴 수가…"

임금은 못내 아쉬운 듯 혀를 찼다. '첩아월진' 또는 '첩월진'으로 불리던 파스파 문자는 초원의 몽골족이 중원中原에 원나라를 세운 후에, 한자의 발음을 표시하기 위해 토번국吐藩國 티베트의 옛이름 승려 파스파八思巴를 시켜 만든 소리 문자였다. 1368년에 원나라가 망하고 명나라가 들어서자, 한족漢族들은 자신들의 문자인 한자에 발음 기호를 달 필요가 없는데다가, 이민족 지배의 악몽을 지우기 위해 첩월진의 형적形迹을 깡그리 지워버렸다. 첩월진을 언급하는 것이 일체 금지되고, 황제의 명을 어기고 서책을 숨기고 있다가 발각나면 참형에 처해졌다. 그런 이유로 불과 70여 년 만에 흔적도 없이 사라진 것이다.

한족漢族에게는 첩아월진이 치욕의 증거였지만, 조선의 젊은 임금에게는 다른 의미가 있었다. 한자로는 백성들에게 농사의 신기술을 가르칠 수도 없고, 삼강오륜도, 형률도 가르칠 수 없다는 사실을 깨달은 것이다. 사대부들도 평생을 매달려 겨우 문자 소통이나 하는 판에, 하루 종일 농사일에 매달리던 백성들이 밤을 도와 한자를 학습한다는 게 가능하겠는가. 시간이 갈수록 한자로는 안된다는 생각이 깊어만 갔다.

'스스로 깨우칠 수 있는 뭔가가 필요해…'

밤을 지새는 날이 늘었다. 비빈^{妃嬪}들이 건강을 우려해 무리하지 않도록 간청을 올렸으나 소용이 없었다. 야심한 시각까지 잠들지 못하다가 문득 생각이 떠오르면 뜰로 나갔다. 그러나 생각은 논리와 상상 사이를 왔다 갔다 할 뿐 손에 잡히는 것은 아무것도 없었다.

서책의 종류를 바꾸기로 했다. 늘 곁에 두고 있는 사서^{史書}나 경전은 너무 익숙해서 새로운 발상을 하기에 적합하지 않았다. 평소 멀리하던 누항^{陋巷}의 이야기나 잡저^{雜著}를 가져오도록 했다. 내관들은 갑자기 임금의 서책이 달라진 것에 많이 놀랐지만 이유를 물을 수는 없었다.

그러던 어느날 밤, 임금은 잡저를 읽다가 고려 공민왕에게 시집온 원나라 노국공주가 고향에 편지를 쓰면서 외오아$^{畏吾兒\ 위구르}$ 글자를 썼다는 사실과, 국가에서는 공식적으로 첩아월진을 쓰고 있었다는 사실을 알게 되었다. 문득 호기심이 일었다. 왜 노국공주는 나라에서 권장하는 첩아월진을 놔두고 외오아 글자를 썼을까. 이유가 궁금해서 잡기를 뒤지던 중에 첩아월진이 인위적으로 만든 41개의 소리글자라는 사실을 알고 깜짝 놀랐다.

'41개의 글자로 글을 쓸 수 있다고?'

눈이 휘둥그레 해졌다. 그동안 가슴을 답답하게 짓누르던 뭔가가 보이는 듯 했다. 한동안 돌부처처럼 앉아 있다가 갑자기 무릎을 탁 쳤다.

'그래, 이거다!'

날이 새자 부랴부랴 내관을 불렀다.

"서고에서 첩아월진의 제자원리에 관한 서책을 찾아오너라."

임금은 흥분을 감출 수가 없었다. 문자의 전체 구성과 제자원리가 알고 싶었다. 한나절이 지나자 내관이 울상이 되어 돌아왔다. 첩아월진으로 된 책자는 아무 것도 없었다. 이유는 간단했다. 몽고어를 사용하지 않으니 첩아월진 책자를 들여올 이유가 없던 데다가, 그나마 보관하고 있던 몇 권의 서책마저도 황명皇命에 따라 오래전에 모두 파기해버렸다. 다만 몽어蒙語를 통역하는 통사들이 학습 교재로 몇 권 가지고 있기는 했지만 이 또한 왕실 서고에 보관할 수준이 아니었다. 북방 몽고족과의 소통을 위해 역과譯科 시험과목에 첩아월진을 포함시키기는 했지만 임금 자신도 관심을 갖지 않았다.

부랴부랴 몽어蒙語 통사들을 입궐하게 했다. 임금은 그중 가장 총명해 보이는 자에게 물었다.

"첩아월진의 제자원리를 아느냐?"

통사가 어쩔 줄을 몰라 했다.

"전하, 황공하옵게도 소신은 첩아월진의 제자원리를 배운 것이 아니라 단지 말을 소통하고 글자 읽는 방법만 배웠을 따름이옵니다."

다른 통사에게도 물었지만 결과는 모두 같았다. 실망스러웠다. 몽어가 역관이 되려는 자들에게 인기 없는 언어이다 보니 열성을 가지고 공부하지 않는다. 아니, 그보다는 그들은 말하고 글자만 읽을 줄 알면 되지 제자원리까지 배울 필요가 없었다. 학식 있다는 선비들 조차도 오래전에 망한 나라의 문자는 기억하지 않았다.

'제자원리를 알면 도움이 될 텐데…'
아쉬움과 안타까움뿐이었다. 애타는 임금의 속마음을 아는 사람은 아무도 없었다.

사은사의 답을 듣고 실망에 빠져 있던 어느 날 밤, 뜰을 걷다가 문득 스스로 원리를 찾는 건 어떨까 하는 생각이 들었다.
'못할 게 무엇인가…'
생각이 거기에 미치자 내전으로 들어가 좌정하고 내관을 불렀다.
"서고에 가서 문집을 가져오너라."
"어느 시대 문집을 가져오리까?"
"시대는 상관없으니 밤새 읽을 만큼 가져오너라."
 내관은 흔히 있는 일이라 서책의 분량을 알았다. 임금은 자리를 고쳐 앉고 눈을 감았다.
'날 가르칠 스승은 오로지 서책뿐이다…'
몇 날 며칠이 걸리든지 서고에 보관중인 서책을 모조리 읽어서라도 반드시 실마리를 풀어내리라 마음먹었다.
내관이 서책 한 바구니를 가져왔다. 첫 권을 펼쳤다.
도연명陶淵明의 시詩가 눈에 들어왔다.

行止千萬端誰知非與是 행지천만단 수지비여시
是非苟相形雷同共譽毁 시비구상형 뇌동공예훼
三季多此事進士似不爾 삼계다차사 진사사불이

咄咄俗中遇且當從黃綺 돌돌속중우 차당종황기

사람의 행동거지는 천만 가지이니 누가 옳고 그름을 알겠는가
시비를 멋대로 정해놓고 줏대없이 같이 칭찬하고 헐뜯는구나
하상주 삼대 후로 이런 일 많으나 깨인 선비들은 그렇지 않았으니
쯧쯧 속세 어리석은 자들아 마땅히 하황공과 기리계를 따르거라

'돌돌咄咄이라…'

임금은 한자를 따라 읽다가 자기도 모르게 혀를 끌끌 찼다. 한자 표기로는 '돌돌'이지만 우리식으로 소리를 내면 '쯧쯧'이 된다. 나라마다 말소리가 다르다는 게 신기하기도 하고, 어쩌다 그렇게 됐는지 오묘한 신의 조화라는 생각이 들었다.

다시 책장을 넘겼다.

몇 수를 읽어내려 가다가 문득 이백李白의 시가 눈에 들어왔다.

千千石楠樹 萬萬女貞林 천천석남수 만만여정림
山山白鷺滿 澗澗白猿吟 산산백로만 간간백원음
君莫向秋浦 猿聲碎客心 군막향추포 원성쇄객심

수천 그루의 석남 나무와 수만 그루의 여정나무 숲
산마다 백로가 가득하고 골짜기마다 흰 원숭이가 울부짖네
그대들이여 추포로는 가지 말게나

원숭이 울음소리가 나그네 마음을 부수나니

'흰 원숭이가 울부짖어 나그네의 마음을 부순다…'
임금은 어린 시절에 원숭이를 본 기억이 났다. 그러나 원숭이가 어떻게 우는지는 생각나지 않았다.
'원숭이가 어떻게 울길래 나그네 마음을 찢어 놓았을까?'
그 소리를 들어 본 기억도 없었지만 글로 읽은 기억도 나지 않았다. 문득, 한자로 표시하면 그 울음소리를 제대로 알 수 없기는 마찬가지가 아닐까 하는 생각이 들었다. 혀를 차는 '쯧쯧' 소리를 '돌돌'이라고 썼으니, 혹시나 '찍찍'이라는 울음소리를 '딕딕'이라고 할지도 모를 일이 아닌가 말이다.

이 생각 저 생각으로 내전 뜰을 거닐다가 집현전으로 걸음을 옮겼다. 임금은 경복궁 경내에 집현전을 두고 학사들이 책을 읽거나 나랏일을 연구하는데 소홀함이 없도록 하면서 밤에는 직숙直宿을 세워 전각을 비우지 않도록 했다. 시간에 구애받지 않고 학사들과 국정을 논의하기 위함이었다. 그래서 가끔은 늦은 밤에도 불쑥 찾아갔기 때문에 직숙하는 학사들은 잠들지 않았다. 이날도 임금이 행차하자 젊은 학사는 자리에서 일어나 숙배를 올리고 옥음玉音 임금의 말을 기다렸다.
"한시에 가장 많이 등장하는 동물이 무엇인지 아느냐?"
임금의 엉뚱한 질문에 학사는 얼굴이 달아올랐다.
"전하…"

평소에는 국정에 관해 연구한 결과나 혹은 논의되고 있는 현안 등을 물었기 때문에 학사들은 거기에 맞춰 답변을 준비했다. 그래서 임금이 다녀간 다음날 아침이면 임금이 질문한 내용을 주제로 다시 토의해서 새로운 결과를 내거나 혹은 추가 의견을 내서 다음 직숙에 참고하곤 했다. 학사가 당황해 하자 임금이 소리 내어 웃었다.

"하하하 괜찮다. 답을 기대한 것은 아니다. 하지만 어느 동물이라고 생각하느냐?"

"전하… 소신의 생각으로는, 이백李白의 촉도난蜀道難에는 소쩍새가 나오고, 두보杜甫의 강촌羌村에는 참새가 나오고, 왕유王維의 적우망천장작積雨輞川莊作에는 꾀꼬리가 나오니 새가 아닐까 하옵니다."

"호… 그럴 수도 있겠구나. 하면, 그 새들의 울음소리를 읽은 기억은 있느냐?"

학사가 고개를 갸우뚱 했다. 어렵지 않게 시를 기억해 내기는 했지만 새의 울음소리를 문자로 읽은 기억은 나지 않았다.

"전하… 소신은 새의 울음소리를 읽은 기억이 없사옵니다…"

"하하하 그럴 것이다."

임금이 다시 웃었다.

학사가 민망한 듯 몸을 움츠리고 임금을 올려보았다.

"하오시면…"

"내가 헤아려 보니 한 가지 동물로는 원숭이가 가장 많더구나."

"아! 전하…"

"그래, 기억이 나느냐?"

"전하, 이백의 원성최백발猿聲催白髮입니다. 원숭이 우는 소리가 백발을 재촉하니…"

"그렇지! 추포가秋浦歌에 원숭이가 등장하지."

"황공하옵니다, 전하."

"그러면 원숭이가 슬피 운다고 했는데 어떻게 우는지 아느냐?"

"전하… 소신은 원숭이를 본 일이 없사와 울음소리를 알지 못하옵고, 문자로도 읽은 기억이 없사옵니다."

"그럴 것이다. 동물 울음소리를 표시한 한시는 없다. 다만 슬피 운다고만 했지."

임금은 만족한 표정으로 내전으로 돌아갔다. 학사는 임금의 환한 표정을 이해할 수 없었다. 다음날 아침 동료들에게 대화내용을 말하자 모두가 의아해 했다.

9

"전하, 효령대군 문안이옵니다."

"오! 그래 어서 뫼시어라!"

임금은 밝은 목소리로 답하고 읽고 있던 서책을 덮었다. 장지문이 열렸다. 승복차림의 효령대군이 들어와 합장하고 고두叩頭를 올렸다. 고두는 종친이나 중신 대신도 하지 않는 자세였다.

임금은 효령의 과도한 격식이 불편했다.

"편히 하시지요, 형님."

"아닙니다, 전하."

효령이 애써 사양하자 임금은 문득 깨닫고 시종들을 방에서 내보냈다. 효령은 그제서야 고개를 들고 몸을 편히 했다.

신료들이 임금의 형님들을 경계하고 있다. 큰형인 양녕대군은 귀양살이 중이라서 아예 한성에 발을 들여놓지 못하게 했고, 작은 형인 효령은 승려가 되었어도 임금과 단 둘이 만나는 것을 꺼려했다. 굳이 표면적인 이유를 들자면, 국가적으로 불교를 배격하고 있으니 승복이 대궐 안을 휘젓고 다니는 게 달갑지 않았고, 또한 임금께 좋지 않은 영향을 끼칠까 염려한 때문이다. 거기에는 고려말에 불교가 왕실에 끼친 폐해의 악몽이 짙게 드리워져 있었다. 그래서 신하들은 둘이

서만 은밀히 만나지 말고 종친 모임 등에서 공개적으로 만나라고 요구했고, 그 요구가 틀리지 않다 보니 임금도 마냥 무시할 수가 없었다.

그러던 어느 날, 한강에서 수륙재水陸齋를 지내게 되자 임금은 내탕고內帑庫 왕실창고를 열고 효령대군에게 행사 책임을 맡겼다. 수륙재는 물과 땅에서 방황하는 영혼을 달래고 방생을 행하는 불교행사지만 백성들을 위무하는데 좋은 기회였기 때문에 신하들도 막지 못했다. 덕분에 효령에게 궁궐을 드나들 명분이 생겼지만 신하들은 왜 하필 책임자가 효령인지 불만이었다. 그렇다고 대놓고 임금에게 항의할 수는 없었다. 효령은 종친으로부터 일부 신료들이 트집 잡을 궁리만 하고 있다는 말을 전해 들었다. 가벼이 흘려버릴 얘기가 아니었다. 행여나 시종들의 입을 통해 경거망동이 새어 나가지 않도록 다소 과하게 예를 갖추었다.

'주상전하께 누를 끼칠 수는 없지…'

한 때는 아버지를 원망하기도 하고 세상을 원망하기도 했지만 지금은 아니다. 세월이 흐르고 보니 자신은 주상처럼 나라를 다스리고 백성을 돌보는 게 불가능하다는 것을 깨달았다. 시간이 흐를수록 절로 고개가 숙여 졌다. 신분이 낮아서 왕에게 고두의 예를 갖춘 것이기도 했지만, 진정으로 존경해서 몸을 낮춘 뜻도 들어있었다.

임금이 환한 얼굴로 말했다.

"수륙재가 잘 진행되었다고 들었습니다."

"아, 이미 성청聖聽하셨습니까 전하…"

"예, 상궁 나인들을 보내서 살펴보도록 했지요."

"그러셨군요. 모두 전하의 높으신 은덕 덕분입니다."

"하하 무슨 그런 말씀을… 부족한 건 없으셨습니까?"

효령이 임금의 말에 놀라 두 손을 가로 저었다.

"부족하다니요, 전하께서 내주신 공양미로 음식을 차려 고혼孤魂과 아귀餓鬼도 달래고, 가난한 백성들도 잘 먹고 흥겨운 잔치를 벌였습니다. 모두 전하의 은덕이옵니다."

"허허 제가 한 게 뭐가 있나요. 모두가 형님께서 나라와 백성들을 위해 선뜻 나서주신 덕분이지요."

"부끄럽습니다 전하. 그런데 신료들 소란이 있었다고 들었사온데…"

"소란까지는 아닙니다. 중신들이 수륙재가 과하게 벌어져 폐가 크다고 했지만 염려하실 정도는 아닙니다. 군량미나 진제미를 내린 것도 아니고 왕실 내탕고를 풀었는데 그들이 관여할 바가 무엇이겠습니까."

"그렇기는 하옵니다만…"

"가증스러운 일입니다. 대소 신료들 모두 자신의 집안 행사에서는 재물을 아끼지 않고 몰래 부처를 모시면서, 제 앞에서만 부처를 멀리하라고 요구합니다. 해서 백성들의 삶을 세세히 보살피지 못하고 있습니다…"

"아닙니다, 전하. 백성들 모두 진심으로 전하를 칭송하고 있습니다. 하늘이 내리신 성군이라고 서슴없이 말합니다."

"과한 말씀이십니다, 형님…"

임금이 말끝을 흐리면서 고개를 숙였다. 갑자기 침묵이 흐르고 분위기가 묘하게 가라앉았다.

효령이 눈치를 살피며 말했다.

"전하, 무슨 미편^{未便}하신 일이 있으십니까?"

"미편은 아니지만…"

임금이 다음 말을 잇지 못하고 가늘게 한 숨을 내쉬었다.

"무슨 일이시온지 말씀을 하시지요. 소승이 도울 수 있는 일이라면 무엇이라도 돕겠습니다, 전하."

임금이 천천히 고개를 들었다. 멋쩍게 웃으며 말을 꺼냈다.

"좀 민망스럽기는 합니다만… 형님께서 그렇게 말씀을 하시니 편히 말씀을 드리지요."

"그러시지요. 전하…"

"아바마마께서 생전에 제게 그런 말씀을 남기셨습니다."

효령은 돌아가신 아버지 얘기가 나오자 흠칫했다. 침도 삼키지 못한 채 임금의 말에 귀를 기울였다.

"제가 임금의 자리에 앉게 된 데에는 반드시 이유가 있으니 그 이유가 뭘지 생각해 보라는 말씀이었습니다."

"…"

"지금도 생생합니다. 청천부원군에게 사약을 내릴 때쯤 얘깁니다. 잊을래야 잊을 수도 없고, 잊어본 적도 없습니다…"

"아… 그 일…"

"그렇습니다… 그러시면서 두 분 형님 말씀을 하셨지요."

효령은 두 분 형님이라는 말에 다시 긴장했다.

"큰 형님은 귀양길에 오르시고, 형님은 출가를 하시고…"

"…"

"그렇게 두 분을 죄인으로 만들고 제가 자리에 앉았으니, 그렇게까지 한 하늘의 뜻이 무언지 생각해보라는 말씀이지요."

"아 하늘의 뜻이요…"

효령이 탄식하고 눈을 감았다. 그리고 염주알을 굴리면서 들릴 듯 말 듯 아미타불을 외웠다.

"전하, 소승이 우둔하여 뒤늦게 깨달았지만 아바마마께서는 이 나라와 백성을 지키려고 하셨던 겁니다."

"예, 그렇지요… 그래서 저도 아바마마 뜻에 따라 나라와 백성 돌보는 일에 성심을 다했습니다."

"진정 그러셨지요."

"그러면서도 다른 한편으로는 하늘의 뜻이 뭘지 늘 생각해봤습니다."

"아! 하늘의 뜻…"

효령은 잠시 잊었다는 듯한 표정을 지었다.

임금은 숨을 길게 내뱉고 말을 이었다.

"하지만 쉽게 답을 구할 수 없었습니다. 그렇다고 그걸 누구와 의논하겠습니까."

"…"

"그건 오직 저 혼자만의 일이었습니다. 혹시나 나랏일을 열심히 하면 답을 찾을 수 있을까 해서 몸이 미령靡寧해도 편전으로 나갔습니다."

"…"

"그러다 문득 제가 잘못 생각했다는 걸 알았습니다."

"예? 하오시면?"

효령이 의아해서 임금을 뚫어져라 바라봤다. 임금이 천천히 고개를 가로 저으며 말했다.

"아바마마께서 바라신 건 나랏일 걱정에 밤을 새우고, 몸이 미령해도 편전에 나가 정사를 도모하라는 그런 게 아니었습니다."

"…"

"권농勸農이나 강무講武가 아니라 백성들을 고된 삶에서 건질 수 있는 좀 더 근본적인 해결책 같은 것… 예를 들면, 이 땅의 백성들이 영원히 배를 곯지 않고 살아갈 수 있는 방안이라든지, 혹은 소국의 굴욕에서 벗어나게 한다든지…"

"전하… 하오나 그런 방법이 있겠습니까?"

"물론 쉽지는 않지요… 그래서 다시 생각해봤습니다. 그게 뭘까 하고 몇 날 며칠을 생각하다가 문득 백성들이 스스로 깨우쳐야만 굴욕에서도 벗어나고 배고픔에서도 벗어날 수 있다는 걸 알았습니다. 그건 눈에 보이는 권농이나 강무 따위가 아니었다는 말씀입니다."

"허, 그럴 수도 있겠군요…"

효령은 임금의 말에 고개를 끄덕이다가 이내 실망한 표정으로 말을 이었다.

"하오나 전하, 백성들이 어떻게 스스로 깨달을 수 있겠습니까. 전하께서는 글을 말씀하시는 것 같은데, 고되게 일을 해야 먹고 사는 백성들이 일을 팽개치고 글만 익힐 수도 없으니…"

임금이 빙그레 웃어 보였다.

"맞습니다, 형님. 일하는 백성들이 그 많은 한자를 깨우칠 수는 없지요. 그래서 어려운 한자 대신 쉬운 우리 글자를 만드는 것입니다."

"예? 우리 글자요?"

"그렇습니다, 형님."

효령이 고개를 갸웃했다.

"그게 무슨 뜻인지… 잘 이해가 되지 않습니다, 전하."

"들어보세요. 형님께서도 아시다시피 지금의 명나라 이전에 북방 몽고족들이 세운 원나라가 있었지요?"

"그랬지요."

"그때 몽인들은 한자가 너무 어렵자 스스로 첩아월진을 만들어 한자 옆에 토를 달았습니다."

"그렇지요. 소승도 첩월진의 생멸^{生滅}을 들어본 적이 있습니다."

"예? 첩월진의 생멸을 들어보셨다구요?"

"예, 그렇습니다."

효령이 자연스럽게 첩아월진을 첩월진으로 줄여 부르면서 별것 아니라는 듯이 고개를 끄덕끄덕 하자 임금이 놀란 눈으로 물었다.

"어디서 첩월진을 들으셨단 말씀이십니까?"

"첩월진을 잘 아시는 대사님이 절에 계시지요."

"오! 저런!"

임금이 입을 벌리고 눈을 크게 떴다. 효령도 덩달아 놀란 표정을 지었다. 자신이 무슨 실수를 했나 싶었다.

"전하, 어찌 그리 놀라시옵니까?"

"진정 첩월진을 잘 안다는 말씀입니까?"

"그렇습니다, 전하. 첩월진 뿐만 아니라 토번吐藩 문자까지 훤히 꿰고 있습니다."

"오! 그런 스님이 계시다니…"

"헌데 무슨 연유시옵니까? 그렇게 놀라시니…"

"하하하 형님, 사은사까지 동원해서 첩월진의 원리를 아는 사람을 수소문하다가 실패했는데 기실은 바로 코앞에 있었습니다, 하하하"

임금은 한편으로는 어이가 없기도 하고, 다른 한편으로는 기쁘기도 해서 너털웃음을 그치지 못했다.

효령은 그제서야 긴장을 풀고 따라 웃었다.

한바탕 웃음이 끝나자 임금은 우리 문자에 대한 자신의 생각과 그동안 첩월진 때문에 벌어졌던 일들을 상세히 얘기했다. 효령은 임금의 구상에 탄복했다. 자신의 생각이 짧았음을 개탄하고 소리글자가 백성을 구제할 수 있는 궁극의 길이 될 것이라는데 이의 없이 동의했다. 그리고 자신이 임금에게 도움을 줄 수 있다는 사실이 한없이 기뻤다. 두 사람의 진지한 대화가 시작되었다.

"신미대사라 하셨습니까?"

"그렇습니다. 신미대사는 충북 영동에서 태어나 어린 시절에 출가해서 법주사에서 공부했다고 합니다. 저하고는 몇 해 전에 양주 회암사에서 만났는 데 문자에 대해서 탁월한 식견을 가지고 있습니다."

"허…그런 일이… 그런데 어찌해서 부처를 모시는 스님이 첩월진을 깨우치게 되었던가요?"

"대사는 어려서부터 영특했다고 합니다. 불경 공부를 하다가 번역이 잘못되었다고 여겨지는 부분들이 자꾸 나타나니까 원전을 읽느라고 첩월진을 깨우쳤다고 하옵니다."

"오, 불경 원전이 첩월진으로 되어 있군요?"

"그런가봅니다만 자세한 건 소승도 잘 모릅니다. 대사를 만나면 알 수 있겠지요."

"하하 이래저래 꼭 만나야겠습니다."

"그러시지요. 그런데 대사께서 속리산 복천사^{복천암의 옛이름}에 머물렀었는데 지금은 어디에 계신지 복천사에 가봐야 알 것입니다."

"그러시겠습니다."

임금은 너무 기뻐서 자기도 모르게 연신 고개를 끄덕였다. 수륙재를 행하면서 형님을 뵙고, 형님을 통해 신미대사 얘기를 듣게 된 건 모두 하늘의 뜻이라 여겨졌다. 효령을 통해서 실마리를 찾게 되리라고는 꿈에도 생각지 못한 일이었다.

대화는 오래 이어졌다. 임금은 자신의 생각을 편히 밝힐 수 있어서 좋았고, 효령은 혼자서만 애쓰는 임금을 도울 수 있어서 기뻤다.

효령은 내전을 물러나오자 지체하지 않고 속리산으로 출발했다. 임금이 그토록 간절했다는 말에 시간을 끌 수 없었다. 임금은 아쉬움과 기대 속에 효령을 떠나보냈다.

며칠 후, 복천사에서는 갑작스런 효령대군의 방문을 받고 많이 놀랐다. 출가는 했어도 왕의 형님은 형님이었다. 주지승이 나서 부랴부랴 격식을 차리려 하자 효령은 정중히 사양하고 바로 대사를 찾았다. 때마침 신미대사는 복천사에 머무르고 있었다. 몇 해만의 해후에 반갑게 인사를 나눈 뒤, 효령이 차근차근 방문 경위를 설명했다. 대사는 임금의 구상을 전해 듣고 탄복했다. 그리고 겸손하게 자신을 낮추면서 신명身命을 다해 임금을 돕겠다고 굳은 의지를 보였다.

"정말 고맙소, 대사… 무엇보다도 먼저 주상전하께 첩월진을 소상히 알려주셔야 할 것 같소이다."

"그야 어렵지 않습니다만 도움이 되어야 할 텐데 말입니다."

"아무 걱정 마시오. 주상전하가 어떤 분이십니까. 대사께서 도와주시면 반드시 이루실 겁니다."

"정녕 그러셔야지요."

"아 참 대사, 불경이 첩월진으로 쓰였소?"

"첩월진이 아니라 토번글자로 쓰였지요. 어찌 그걸 물으십니까?"

"허…"

"무슨 일이신지요?"

"허허허 아니오, 됐소이다."

효령이 손을 내저으며 웃었다.

다음날 아침, 두 사람은 발길을 서둘러 복천사를 떠났다. 연장年長인 효령대군과 불도佛道가 깊은 신미대사는 잘 어울렸다. 불경을 논하기도 하고 세상을 논하기도 하면서 며칠만에 한양성에 도착했다.
문득 효령이 진지한 표정으로 말했다.
"대신들은 내가 승복 차림으로 주상전하를 찾아뵙는 걸 상당히 꺼리고 있소이다."
"아무래도 그러겠지요."
"설사 승복을 입지 않았다 해도 꺼리기는 했을 것이오 마는…"
"허허 그러기야 했겠습니까."
"어쨌든 밤을 도와 주상전하를 뵈려하오."
혼자 가는 것도 눈치가 보이는 판이니, 눈이 많은 대낮에 낯선 스님을 대동하고 임금을 뵈러 간다는 것은 절대 피해야 할 모양새였다.
밤에 찾아간다는 말에 놀라 신미가 물었다.
"하면 어찌 하시려구요?"
"하하 걱정 마시오, 대사. 그건 이미 내가 방편을 마련해 놓았으니 어서 성안에 들어가 쉬도록 합시다."
해는 아직 중천에 떠 있었다. 성안에 있는 효령대군의 집으로 향했다. 그 집에는 효령이 불가佛家에 귀의하기 전에 혼인한 아내와 자식들이 살고 있었다. 집에 도착하자마자 하인을 시켜 임금께 밀계密啓를 올렸다. 계통을 밟은 연락이 아니라 사전에 약정한 은밀한 연락이었다. 두어 시각 쯤 지나 궁궐에 들어갔던 하인이 돌아왔다.

"어찌 되었느냐?"

"늦은 술시戌時 밤9시경에 편복으로 갈아입으시고 궁궐 협문 앞으로 오시면 내관이 기다린다는 분부이옵니다."

"알았다."

두 사람은 저녁상을 물리고 쉬었다가 떠날 시간이 되자 편복으로 갈아 입고 머리에는 복건幅巾을 써서 깎은 머리를 감추었다. 효령은 평생 승복만을 입어온 대사에게 미안한 마음이 들었다.

"대사, 참으로 편치 않게 되었소이다."

"이미 각오를 한 일이 아니겠습니까. 하하하"

"야심한 시각이니 침전 앞에서 순찰 도는 금군이라도 만나면 내일 아침에 대신들의 귀에 들어가게 될 것이오."

"승복을 입고 있었다고 하면 한바탕 소란이 나겠지요?"

"허허 그렇겠지요."

"전하를 위한 일이라면 섶을 지고 불에는 못 뛰어들겠습니까. 아무것도 거리낄게 없습니다. 하하하"

두 사람은 호탕하게 웃으며 궁궐로 향했다. 밤이 깊어 오가는 사람은 없었다. 협문 앞에 도착하자 나이든 내관이 효령대군을 얼른 알아보고 주변 군사들을 물렸다. 두 사람은 내관의 청사등롱을 따라갔다.

"전하, 효령대군이옵니다."

두 사람이 방에 들어서자 임금은 시종들을 모두 물러가게 했다.

신미가 정중히 합장을 올렸다.

"전하, 신미라 하옵니다."

"기다렸소, 대사."

임금의 목소리는 들떠있었다.

효령이 나섰다.

"대사께서 전하를 돕겠다고 흔쾌히 길을 나섰습니다."

"오, 이렇게 고마울 데가…"

신미가 다시 합장을 했다.

"하오나 소승이 아는 것이 미천하여 진하께 도움이 될지 염려될 뿐이옵니다."

"허허 대사, 듣자하니 첩월진과 토번 문자를 깨우쳤다고 하던데 어찌 두 문자를 다 깨우쳤단 말이오?"

"전하, 본디 첩월진은 토번국吐蕃國 승려 파스파八思巴가 토번 문자를 한자에 맞게 변형해서 만든 문자이기 때문에 첩월진과 토번 문자는 근본원리가 같사옵니다."

"오 그렇소?"

"해서 토번 글자를 깨우치면 첩월진을 깨우치는 건 그리 어려운 일이 아니옵니다."

"아 그렇군…"

임금이 입을 벌리고 놀라워했다. 새로운 사실을 알게 되어 놀랍기도 했지만 신미가 첩월진의 깊은 내막을 소상히 알고 있어 더욱 놀라

왔다. 고대하던 첩월진 전문가를 만난 것이다. 이런 사람이라면 궁금증을 푸는데 주저할 필요가 없다는 생각이 들었다.

"난 우리 글자를 만들려고 하오."

"전해 들었사옵니다, 전하. 소승의 미천한 지식이나마 신명을 다해 돕겠사옵니다."

"허, 정말 고맙소. 그런데 우리 글자 만드는 것을 어떻게 생각하시오?"

"전하, 만들지 못할 이유가 없고 전하 외에는 아무도 만들 수 없을 것이옵니다."

"허, 그건 또 무슨 뜻이오? 과인 외에는 만들 수 없다니?"

"예, 전하. 이 땅의 백성들은 신라왕조 때부터 이두라는 차자표기법을 쓰고 있사옵니다."

"그렇소."

"차자표기법은 글자 그대로 한자를 빌려 표기하는 법이라서 우리 것이 아니옵니다."

"맞소."

"우리 것이 아닌 것으로 우리 것을 표시하는 것은, 둥근 국그릇에 네모난 됫박처럼 서로 일치할 수가 없사옵니다."

"하하하 그렇소. 풍토가 다르면 말이 다르고, 말이 다르면 표기법도 달라지는 게 이치가 아니겠소."

임금이 껄껄 웃었다.

"그러하옵니다, 전하. 해서 주변 나라들은 모두 스스로 문자를 만

들어 자기들 방식으로 천지만물과 소통하고 있사옵니다."

"주변 나라들이 모두?"

"그렇사옵니다, 전하. 멀리 범천梵天 인도에는 범자梵字가 있고, 회흘回紇 위구르에는 회흘 문자가 있고, 거란의 요遼나라에는 거란대자, 소자가 있고, 여진의 금金나라는 여진대자, 소자를 가졌고, 몽고의 원元나라는 첩아월진을 가졌고, 바다 건너 왜국에는 가나가 있고, 심지어는 유구국琉球國 옛 오키나와 왕국도 문자가 있지만 오직 우리 조선만이 문자를 가지지 못한 것입니다."

"오! 듣고 보니 그렇구려…"

임금이 다시 감탄을 토했다.

신미대사는 아직 끝나지 않았다는 표정으로 말을 이었다.

"하오니 우리말에 맞는 우리의 글자를 만드는 것은 지극히 당연한 일이 아니겠사옵니까."

"허… 하면 어찌해서 과인만이 만들 수 있다는 것이오?"

"전하, 이 땅의 백성들은 차자표기에 문제가 있음을 뻔히 알면서도 이제까지 누구 하나 우리 글자를 만들겠다고 나선 일이 없사옵니다."

임금이 천천히 고개를 끄덕였다. 효령대군도 고개를 끄덕였다. 오봉촛대로 밝힌 방안은 더할 수 없이 진지하고 엄숙했다.

신미대사가 말을 이었다.

"전하 아닌 어느 누구도 그런 의사를 밝힌 적이 없고, 전하가 아니시라면 누가 만들어도 온 백성이 쓰게 하기는 어렵사옵니다."

"…"

"이제 전하께서 밝히셨으니 온 백성이 깨우칠 수 있는 우리글을 만드시옵소서. 소승은 미력하나마 신명을 다해 돕겠사옵니다."

임금은 잠시 멍했다. 신미의 말에 이의를 달 수 없었다. 무거운 마음으로 시작한 일에 천근 무게를 더하게 됐다. 어쩌면 이것이 하늘의 뜻일지도 모른다는 생각이 들었다. 임금이 눈을 감자 두 사람은 침묵했다. 정적이 제법 오래 흘렀다.

임금이 마음을 정리한 듯 천천히 눈을 뜨고 물었다.

"그러면 어떻게 만드는 것이 좋겠소?"

"전하의 말씀대로 소리글자가 되어야 할 것이옵니다."

"그게 가능하겠소?"

"가능할 것이옵니다, 전하. 대부분의 나라가 소리글자를 만들어 쓰고 있사옵니다."

"대부분이라 함은?"

"한자가 소리글자가 아니기 때문이옵니다."

"허면 한자는 어찌하여 소리글자가 아닌 것이오?"

"전하, 중국 글자는 하나하나에 모두 뜻이 담겨있사옵니다."

"그렇지…"

"그 글자들은 경우에 따라 다른 뜻으로 쓰일 수도 있는데, 다르게 쓰일 때마다 읽는 소리가 달라지옵니다."

임금은 대답 대신 고개를 끄덕였다.

"해서 같은 글자를 서로 다른 소리로 읽어야 하니 소리글자가 될 수 없었던 것입니다."

"그렇지! 소리글자라면 하나의 글자에 하나의 소리만 나와야지…"
임금이 또 다시 탄복했다. 질문과 대답이 이어지면서 임금은 수도 없이 탄복했다. 대화 중에 효령이 나서서 말렸다. 이대로 놔뒀다간 날을 꼬박 새도 모자랄 지경이었다.

두 사람은 다음날을 기약하고 침전을 물러나왔다. 입궐 때와 마찬가지로 은밀히 궁궐을 빠져나왔다.

10

 효령대군 집에서 하루를 지냈다. 낮 동안은 임금을 찾아뵐 수 없어 쉬고, 밤이 되자 두 사람은 전날과 마찬가지로 편복과 복건으로 위장하고 길을 나섰다. 궁궐 협문에는 내관이 나와 있었다. 나이 많은 내관은 효령대군을 한눈에 알아봤지만 내색하지 않고 길을 인도했다. 두 사람도 말없이 길을 따랐다.
 효령이 슬며시 신미의 소맷자락을 당겼다. 신미가 멈칫하자 속삭이듯 말했다.
 "대사, 나는 오늘까지만 동행했으면 하오. 오늘 밤부터는 궁궐에 머물면서 전하를 뵈면 어떠시겠소?"
 "아니, 소승 혼자 궁궐에 머물라는 말씀이십니까?"
 "전하께서는 그걸 더 원하실 겁니다."
 신미가 눈을 동그랗게 뜨고 다시 물었다.
 "그게 가능한 일입니까?"
 "왜 아니겠소? 지금처럼 남의 눈에 띌까 해서 늦은 시각에 뵙는 것보다 아예 며칠 궁궐에 머물면서 전하를 뵈면 더 많은 도움을 주실 수 있지 않겠소이까."
 "허, 저는 미처 생각하지 못한 터라…"

"아무 걱정하실 게 없소이다."

"좋을 듯도 합니다 만 묶을 곳이 있습니까?"

효령이 어이가 없다는 듯이 사방을 가리키며 말했다.

"허… 여기 온통 널린 게 방인데 묶을 곳이 있느냐는 게 대체 무엇입니까."

"하긴…"

"전하 침전 가까이 있으면 좋겠지만 그곳은 눈이 많으니 동궁전 비현각 근처에 머무시면 아무도 대사가 궁궐에 있는 것을 알아채지 못할 것이오. 그랬다가 어두워진 후부터 전하를 뵈면 시간이 넉넉할 게 아니겠소. 게다가 다소 늦게까지 있을 수도 있고…"

"그렇기는 합니다만 어찌 감히…"

"다른 건 걱정 마시오. 오늘 내가 전하께 아뢰리다."

신미는 불안한 듯 마지못해 고개를 끄덕였다. 산속에서 예불만 하던 자신이 궁궐에서 숙식을 하게 될 거라고는 상상조차 해본 일이 없었다. 그러나 지금은 그런 걸 가릴 때가 아니었다. 문자 원리를 설명하는게 쉬운 일도 아닌데 지금처럼 야심한 시각에 들어와서 불과 몇 시각 마주하는 것으로는 언제 끝마칠 수 있을지 부지하세월不知何歲月인 것이다. 임금을 돕는 일은 자신의 숙명이나 다름없었다.

"전하, 효령대군이옵니다."

"어서 뫼시어라."

임금은 반가운 마음에 얼른 서책을 덮었다. 사실 펼쳐 놓기는 했지만 머릿속은 온통 문자에 대한 궁금증으로 꽉 차 있었다.

두 사람이 방에 들자 시종들은 모두 물러갔다.

"오시느라 수고하셨습니다, 형님."

"아니옵니다, 전하."

효령이 말을 이었다.

"전하, 오늘부터 신미대사가 궁궐에 머물면서 전하를 뵈오면 어떠하시겠사옵니까?"

신미가 놀란 얼굴을 했다. 이렇게 첫마디부터 그 말이 나올 거라고는 예상하지 못한 표정이었다.

"아니, 그렇지 않아도 그 말을 하려던 참이었습니다. 낮 동안 밖으로 나다닐 수 없어서 불편하겠지만 그래주시겠소, 대사?"

"전하, 소승은 경전 하나면 아무 문제가 없사오나…"

신미가 주저하자 효령이 바로 끼어들었다.

"그럼 됐습니다. 경전은 제가 준비해드리지요. 하하"

"하하하"

효령의 재치 있는 말에 임금도 따라 웃었다.

"전하, 동궁전 뒤에 비현각에 머물면 신료들도 궁궐에 대사가 머물고 있으리라고는 생각지 못할 것이옵니다."

"하하하 그것까지 생각해두셨습니까, 형님."

"전하를 돕는 일에 어찌 한 치를 소홀히 하겠사옵니까."

임금은 만족해서 다시 껄껄 웃었다.

전날보다 더욱 진지하게 대화가 오갔다. 임금은 아무리 사소한 것이라도 의문이 나는 것은 모두 질문했고 신미는 진중한 마음으로 답했다.

임금이 물었다.

"그런데 어찌해서 글자가 없어지게 된 것이오? 분명히 한자보다는 쓰임새가 있던 게 아니오?"

"전하, 첩월진은 자신들의 몽고말조차도 제대로 표기하지 못하는 부족한 글자였습니다."

"아니, 자기들 말조차도 표기하지 못했다는 것이 말이 되오?"

"사실이 그랬사옵니다. 첩월진은 황제가 지배하는 모든 나라에서 공통적으로 사용하도록 만든 글자라서 어느 한 나라의 말도 옳게 표기할 수가 없던 것입니다."

"허허, 그런 어이없는 경우가 있나. 세상 온 나라 말을 표기한다는 바보 같은 생각을 하다니… 자기들 말이나 제대로 표기할 일이지…"

"전하, 그건 황제가 파스파에게 그렇게 요구한 것이옵니다."

"황제가요?"

"그렇습니다, 전하."

"아무리 황제라 해도 세상에 될 일이 있고, 안 될 일이 있지, 그게 가능한 얘깁니까?"

"그렇지요. 그래서 제대로 된 글자가 될 수 없었고, 원나라가 망하자 몽고족 자신들조차도 첩월진을 사용하지 않게 되었던 것입니다."

"반쪽짜리 글자였군…"

"허나 전하께서 유념하실 부분은 분명히 있사옵니다."

"당연히 그렇겠지요. 어떤 부분이 그렇소?"

"첩월진은 41개의 부호로 이루어져 있는데, 그 41개를 법칙대로 연결하여 하나의 소리글자를 이룬다는 것입니다."

"호… 그런 원리였군… 그게 파스파가 만들어낸 생각이오?"

"아니옵니다. 옛 범어에서 따온 것으로 추측되는데 기원은 확실치 않사옵니다."

"어쨌든 일정한 규칙에 따라 기호를 조합해서 하나의 소리글자가 되도록 만든다는 뜻이지요?"

"그렇습니다, 전하. 그렇지 않고 소리글자를 하나하나 따로 만들면 글자의 수효가 수백, 수천이 될 것이옵니다."

"옳은 말이오."

"피하셔야 할 것도 있사옵니다."

"그건 또 무엇이오?"

"글자 모양의 구분이 쉽지가 않다는 것입니다."

"허… 그건 나도 느꼈소. 글자들이 너무 복잡하고 서로 비슷해서 얼핏 알아보기가 어려웠소이다."

"그렇습니다, 전하."

"글자를 왜 그렇게 복잡하게 만들었는지…"

"복잡하기는 하지만 그래도 파스파가 난 사람이었기에 만든 것이 아니겠사옵니까."

"허허 그렇기는 하오. 대단한 사람인 건 맞지…"

임금이 고개를 끄덕이며 웃었다.

"그렇습니다, 전하. 그가 대단한 사람인 건 분명히 맞습니다. '파스파'란 토번국 말로 '성스러운 아이'라는 뜻인데 7세 때부터 경서를 외웠다 하고, 훗날 원나라에 건너가 도교^{道敎} 도사^{道師}들과 논쟁을 벌여 원나라 도교를 쇠퇴하게 만든 귀재^{鬼才}라 하옵니다."

"허… 정말 대단하구려…"

"그래서 원^{元}황제의 스승이 되었고, 황제의 명으로 첩월진을 만들게 된 것이지요."

"여하튼 대단합니다. 다만 처음 만든다는 것은 뭐든지 어려운 일이지요. 그런데 첩월진에 제자^{制字}규칙은 있소?"

"전하께서 이미 보신 바와 같이 규칙을 논하기가 어렵사옵니다. 몇 개의 기호는 규칙이 있는 것처럼 보이나 그것도 규칙이라고 이르기는 어렵사옵니다."

"하긴 과인의 눈에도 규칙이 보이지 않았소. 우리도 글자를 만들 때 제자규칙이 없으면 결국 첩월진처럼 어지럽게 되는 게 아니겠소?"

"그렇습니다, 전하…"

"제자규칙은 정말 중요한 것 같소…"

임금은 혼잣말처럼 중얼거리다가 고개를 숙이고 무언가를 깊이 생각하는듯했다.

대화는 날을 훌쩍 넘겨 끝났다. 임금은 자리를 파하는 것을 못내 아쉬워했다. 효령은 궁궐 밖으로 나가고, 신미는 내관을 따라 비현각으로 향했다. 임금은 신미가 궁궐 안에 묶는 것에 그나마 만족했다.

다음날, 임금이 갑자기 아파 누웠다. 의관이 달려와 진맥을 했지만 병명이 나오지 않았다. 시간이 지나도 차도를 보이지 않자 왕세자가 대신 정무를 보았다. 종친과 신료들이 걱정했다.

며칠이 지나 임금이 어전회의에 나왔다. 신료들은 임금의 안색을 살폈다. 다행히도 다 나은 것으로 보이자 조마조마 했던 가슴을 쓸어내렸다. 이틀이 지났을까, 임금이 또 다시 어전회의에 나오지 않았다. 역시 병명은 알려지지 않았다. 그날 이후로도 몇 번을 누웠다 일어나기를 반복했다. 어느 날은 아팠던 게 맞나 싶을 정도로 거뜬히 일어나 말을 타고 동교東郊로 강무를 떠나기도 했다.

전하의 침전이 수시로 바뀌었다. 궁궐 내 어느 침전에 누워있는지를 알 수가 없어서 삼정승이 문병을 가려해도 찾을 수가 없었다. 그 와중에도 늘 한 사람이 임금의 곁에 있었다. 그 사람은 아침부터 밤 늦게까지 임금과 함께 했고, 그가 누구인지는 왕비와 왕자 등 불과 몇 사람만 알았다.

꼬리가 길면 밟히기 마련이다. 몇 백 명이 모여 사는 궁궐에서, 아무리 나다니지 않는다 해도 궁인들의 눈에 띄지 않고 머리 깎은 승려가 오래 머문다는 건 불가능한 일이다. 말 많은 세답방洗踏房에서 나갔는지 온돌방을 덥히는 화부火夫에게서 나갔는지, 낯선 스님이 궁궐에 머물고 있다는 소문이 은밀히 퍼졌다. 바지런한 젊은 신료의 귀에 먼저 들어갔다. 깜짝 놀랐다. 효령대군의 수륙재와는 비교도 할 수 없는 대사건이었다.

소장파 젊은 신료들이 모였다.

"수륙재 때 그냥 넘어갔기 때문에 이지경이 된 겁니다."

"맞습니다. 그때 확실히 막아야 한다고 영상대감께 몇 번이나 말씀을 드렸는데 받아들여지지 않았소."

"그 일은 백성들 때문에 명분이 확실치 않았지."

"명분은 무슨 명분? 왜 하필 효령대군이었냐는 게 문제지."

"아니 그러면 효령대군이기 때문에 안 된다고 아뢰어야 했단 말이오? 수륙재는 되는 거고?"

날선 말이 오가는 중에 예조 정랑正郎이 좌중을 둘러보고 말했다.

"자자, 지금 그런 말다툼을 할 때가 아니오. 중요한 건 근자에 주상전하께서 불씨佛氏 석가모니를 가까이 하고 있는 흔적이 여기저기 나타나고 있다는 것이오. 그걸 막아야겠는데 누가 주상전하께 아뢰겠소이까?"

잠시 침묵이 흘렀다.

마주 앉은 젊은 신료가 나섰다.

"우리끼리만 이럴 게 아니라 정랑이 판서대감께 먼저 말씀을 드리는게 어떻겠소?"

"물론 알리긴 해야겠지요. 하지만 신중히 생각해봅시다."

정랑의 신중하자는 말에 또 다른 신료가 끼어들었다.

"맞습니다. 판서대감께 알리면 영상대감들도 알게 될 것인데, 수륙재 때를 보시오. 그렇게도 관철시켜야 한다고 말씀드렸는데 영상대감은 오히려 주상 전하께 설복 당하지 않았소이까. 우리 소장에서 확실하게 밀고 나가지 않으면 또 흐지부지 되고 말 것입니다."
 "나도 그렇게 생각하오. 판서대감께 말씀을 드리면 영상 귀에도 들어갈 겁니다. 지난번처럼 떠넘겨서 대충대충 할 게 아니라 이번에는 확실하게 해야 합니다."
 이들은 나랏일을 실질적으로 이끌고 가는 동량棟樑들이었다. 정신이 살아 있어서, 설사 임금이라 해도 잘못된 점을 그냥 넘기지 못했다. 선왕 태종 때부터 이어져 내려온 무언의 전통이었다. 그들의 머릿속에는 부처가 고려조를 폐문시켰다는 생각으로 꽉 차 있었다.
 의견을 나눈 끝에 예조참판이 임금께 아뢰는 것으로 결론지었다. 판서보다 한 등급 아래 계급이었지만, 궁궐 내 불사 문제에 대해서는 예조참판이 가장 날이 서 있었다.

 참판이 미간을 찌푸리며 물었다.
 "하면 어느 곳에 기거하는지 알아냈는가?"
 "끝까지 확인은 하지 않았습니다만 입소문을 쫓아가면 어디인지 알아내지 못하겠습니까. 전하의 일이니까 하지 않는 것뿐이지요."
 "허긴 그렇네. 하지만 사실은 제대로 알고 가야 할 것이 아닌가."
 "사실이라 하시면, 세답방에서 절간 옷을 빨았다는데 그보다 확실한 게 또 무엇이겠습니까."
 신미대사가 임금과 마주하는데 복천사에서부터 며칠씩이나 입고 있던 옷으로 알현할 수는 없었다. 아무리 입단속을 시킨다 해도 새어 나갈 수밖에 없는 일이 있는 것이다.

마음을 굳힌 듯 참판이 무거운 표정으로 말했다.

"알았네. 판서대감이나 영상께 말씀드리기 전에 주상전하를 먼저 뵐 걸세."

"저희 소장들이 내전 밖에서 대령하오리까?"

"아닐세. 아직은 그럴 필요 없네."

참판은 정랑이 단단히 마음먹고 있는 뜻을 충분히 알았다. 그러나 아무리 그렇다고 해도 임금의 의사도 듣기도 전에 집단으로 시위할 필요는 없었다. 일단은 영상께 나중에 알리는 것만으로 만족하도록 했다.

"전하, 예조참판 문안이옵니다."

내관이 거래를 올렸다.

서책을 읽고 있던 임금은 예조참판이 왔다는 말에 멈칫했다. 참판이 혼자 문안을 오는 경우는 다른 사람 몰래 따질 일이 있을 때가 많았다. 그렇다고 임금이 예조참판을 멀리한 것은 아니었다. 오히려 그는 임금이 좋아하는 바른말하는 신하 중 하나였다.

"어서 오시오, 참판. 오늘은 또 무슨 일이시오?"

"전하…"

"하하 말씀해보시오."

"전하, 들리는 소문에 의하면 이름 모를 중 하나가 궁궐에서 기거하고 있다고 하옵니다. 전하께서도 아시고 계시옵니까?"

임금은 깜짝 놀랐다. 제조상궁을 통해 시종들 입단속을 단단히 시켰던 까닭에 이렇게 빨리 소문이 나리라고는 생각지 못했다.

"경은 어찌해서 과인이 알고 있을 거라 묻는 것이오?"

시치미를 떼고 되물었다.

참판은 거침없이 자기 말을 했다.

"전하, 일전에 효령대군에게 수륙재를 맡기셨을 때 신료들에게 한마디 하교도 없으셨습니다. 모든 정사를 세세하게 나누시었는데 왜 유독 효령대군의 일만 빼놓으신 이유가 무엇이옵니까?"

"…"

질문이 동서로 널뛰듯 해서 대왕은 즉답을 할 수 없었다. 참판은 틈을 주지 않고 말을 이었다.

"하오나 이번에는 더 큰 일이 벌어졌습니다. 온 백성이 지켜보고 있사온데 모범이 돼야 할 궁궐에서 먼저 도리를 그릇치고 있으니 전하께서는 고려조의 폐문을 벌써 잊으셨사옵니까?"

"…"

"서경에서 말하기를, 선왕의 성헌成憲에 비추어 보면 잘못된 것이 없게 된다고 하였사옵니다. 해서 우리 태조, 태종께서 불법佛法을 멀리 하신 것이 육전六典에 명백히 나타나 있사온데 어찌 전하께옵서는 수륙재를 성대히 벌이시고 궐내에 중을 들이시옵니까?"

"…"

"부처는 괴탄怪誕하고 환망幻妄하여 나라를 미혹시키고 조정을 그릇되게 하니 부디 불씨를 멀리 하시고 괴승을 쫓아내시옵소서."

임금은 듣기 민망한 듯 손을 내저었다.

"참판, 일전에 좌의정이 궐내에서 불경을 외우지 말도록 하여 그만두었고, 수륙재도 지내지 말도록 했지만 워낙 백성들에게 유래가 깊어 진행토록 하였소. 허나 그건 이미 영상대감에게 개유開諭 사정을 설명함하여 더 이상 논하지 않기로 한 게 아니었소?"

"전하, 소신들도 전하께옵서 개유하신 일을 알고 굳이 더 아뢰지 않은 것이옵니다. 하오나"

임금이 다시 참판의 말을 막았다.

"보시오, 참판. 과인이 나중에 생각해보니 과연 개유할 필요가 있었을까 싶었소. 그토록 과인에게 불씨를 멀리하라던 좌의정이 죽었을 때 그의 집에서 5천 섬이나 들여 재를 올렸다니 그건 무슨 일이요? 경들은 말과 행동이 서로 다른 것이 아니요?"

"전하, 바로 그처럼 신하의 신하노릇을 막고, 아비의 아비노릇과 자식의 자식노릇을 막는 것이 불씨입니다. 하오니 나라와 백성을 어지럽히는 불씨를 멀리하시고, 궐내에 괴승이 거처하지 않도록 성지를 내려주시옵소서."

"그 말은 논리에 맞지 않소. 과인에게 불씨가 잘못되었다고 고하기 전에 경들이 먼저 제가齊家를 해야 할 것이오."

서로 상대를 승복시킬 수 있는 상황은 아니었다. 팽팽히 평행선을 긋다가 임금이 한 발 물러서자 참판이 물러갔다. 임금은 처음부터 참판을 꺾을 생각은 없었다. 다만 많은 신료들이 자신 앞에서 하는 말과 집에서 하는 행동이 다르다는 것을 알고 있었기 때문에 그것을 꼬집고 싶었을 뿐이었다.

뒤늦게 소식을 들은 삼정승이 내전에 들었다. 임금은 세 사람의 얼굴 표정이 굳어 있는 것을 보고 찾아온 이유를 바로 알았다.

자리에 앉자마자 영의정이 먼저 말을 꺼냈다.

"전하, 성균관 유생들이 시위 준비를 하고 있다 하옵니다. 부디 불사佛事를 멈추시옵소서."

영의정은 문제의 소문이 맞는지 틀리는지는 묻지도 않았다. 임금은 득없는 논쟁을 피하고 싶었다.

"불사라 이를 것도 없소. 과인이 첩아월진 문자가 알고 싶어서 그것을 물으려 했던 것뿐이요. 오늘 밤을 타서 나가도록 할 것이니 더 이상 논하지 마시오."

사실대로 첩아월진이 궁금하다고 했다. 만일 그렇지 않으면 불사 때문에 신미대사가 머무는 것으로 생각할 것이었다. 세 정승은 그 말의 깊은 뜻을 알지 못했다. 단지 임금이 통사通事를 선발하는 과거시험에 첩아월진을 새로 포함시켜서 통역사를 늘리려 했기 때문에 얼핏 그것 때문인가 하였을 뿐이었다.

자리를 물러나오자 좌의정이 먼저 말했다.

"첩아월진 때문이라면 어찌 이렇게 소란이 나도록 궐내에 중이 머물도록 했단 말이오?"

"그러게 말이오, 나도 이상하다 생각했소이다."

"여하튼 석연치는 않소이다만, 일단 오늘 안으로 궐에서 나가도록 하시겠다니 기다려 봅시다."

뒷맛이 개운치가 않았다. 그래도 삼정승은 성균관 유생들을 진정시킬 수 있어서 다행이라고 생각했다. 불사 때문에 임금이 유생들과 대립한다는 소문이 백성들의 귀에 들어가면 좋을 일이 없던 것이다.

그날 밤, 임금이 효령대군과 신미를 불렀다.
"형님, 대사가 더 이상 궐에 머무는 것이 어렵게 되었습니다."
"전해 들었사옵니다, 전하."
"앞으로도 할 일이 태산 같은데, 대사께서 어디 가까운데 머물 곳이 있겠습니까?"
"전하, 그건 염려 않으셔도 되옵니다. 정릉 신흥사도 가깝고 진관사, 현등사도 있고 하니 마음을 놓으십시오. 그리고 앞으로 전하께옵서 필요하신 것은 내관을 하나 정해 필담으로 나누시면 되실 것이옵니다."
"아무래도 그리 해야겠습니다."

날이 새도록 대화가 이어졌다. 대왕은 다른 날과 달리 문자에 관한 질문이 아니라 우리 글자를 만들 생각을 하게 된 경위나 선왕이신 태종 임금이 이 나라와 백성들을 위해 어떤 생각을 하셨는지, 선왕의 유지를 받들어 자신이 어떻게 나라를 다스려왔는지 등에 대해 얘기했다.

임금의 말이 끝나자 효령과 신미는 감동해서 고개를 숙였다. 두 사람은 무거운 마음으로 내전을 물러 나왔다.

신미대사는 가까운 신흥사로 거처를 정했다. 부처 모시는 일을 빼고, 나머지 시간은 온통 임금 도울 일에 매진했다. 사사로운 것조차 잊지 않기 위해서 임금과 나눈 대화를 기록으로 정리했다.

대왕이 문자 연구에 매달린 지 십년이 훌쩍 넘었다. 백성들에게 삼강오륜이나 농사법, 형률 등을 가르치고 싶어서 막연히 떠올렸던 생각들이 하나 둘씩 형체를 드러내기 시작했다. 우리 말소리가 입 속 형태에 따라 하나의 부호로 나타낼 수 있다는 사실을 깨닫고 가획하기도 하고 감획하기도 하고, 세상에 없는 부호도 만들어 가면서 글자를 이뤄 갔다. 어떤 것은 생각 이상으로 딱 들어맞았고, 어떤 것은 그렇지 못했다. 때로는 너무 기뻐서 잠들지 못했고, 때로는 괴로워서 잠들 수가 없었다.

임금에게 무엇보다 힘든 것은 시간이었다. 세자에게 정사를 맡기고 문자에 전념하고 싶었지만 신하들의 반대가 심했다. 어쩔 수 없이 편법으로 시간을 만들었다. 수시로 아프다고 누웠다. 사실 오랜 연구로 몸이 많이 상하기도 했지만 정사를 돌보지 못할 만큼 아프지 않은 때도 있었다. 영특한 세자는 부왕의 뜻을 잘 받들었다. 세자뿐만 아니라 수양대군과 공주까지도 부왕의 뜻을 알고 신미대사의 빈자리를 대신했다. 신미대사와는 사흘이 멀다 하고 필담을 나눴다.

1443년 12월 30일^{음력}, 마침내 훈민정음이 완성됐다. 수없이 많은 날의 고통과 고뇌 속에 우리 글자가 탄생한 것이다. 임금은 지난날을 회상하다가 문득 선왕을 떠올렸다. 가슴 아픈 일들이 꼬리를 물고 기억 속에 되살아났다. 눈을 감고 생각에 잠겼다. 예조에 종묘 삭제^{朔祭}초하루 제사에 쓸 향과 축문을 친히 내렸다.

1월 1일 새날이 밝았다. 임금은 아침 일찍 내관을 불러 신료들이 신년하례를 오지 말도록 명을 내렸다. 왕세자에게 망궐례를 대신 지내게 하고, 자신은 내전에 홀로 앉아 생각에 잠겼다.

해가 지자 근정전 뜰 앞에 화붕^{火棚}이 설치됐다. 임금은 왜국 사신과 야인들을 불러 신년 맞이를 하게 했다. 화붕을 둘러싸고 삼삼오오 모여 들떠있는 그들의 모습을 물끄러미 지켜보았다.

11

'순경음…'

양이환은 강석규가 건네준 시도요체의 마지막 부분을 읽고 한동안 멍했다.

"이해하겠나?"

"…"

강석규의 질문에 제대로 대답도 못한 채, 넋이 나간 사람처럼 앉아 있다가 고전학술원을 나왔다.

집에 도착했다. 창가에 저녁노을이 지고 있었다. 울긋불긋한 노을 사이로 대왕의 마지막 모습이 떠올랐다. 활활 타오르는 화붕 주위에는 종친과 신료, 외국 사신들이 삼삼오오 짝을 이뤄 웅성거렸다. 대왕은 화붕을 둘러싸고 덕담을 나누고 있는 많은 사람들 속에 혼자 있었다.

'대왕이 무슨 생각을 했을까…'

형석과 히로에가 도착했다. 형석은 궁금증을 참지 못하고 도착하자마자 바로 물었다.

"교수님, 순경음이 무슨 의미죠?"

"…"

양이환이 머뭇거리자 히로에가 다시 물었다.

"아저씨, 뭐예요? 저도 정말 궁금해요."

"그거 말야… 훈민정음과 순경음은 지피지기^{知彼知己}야…"

"네? 지피지기요?"

"그래… 상대를 알고 나를 안다."

"자세히 말씀 좀 해주세요, 아저씨."

히로에가 다시 졸라대자 양이환이 숨을 길게 내쉬고 고개를 끄덕였다.

"대왕은 정음 창제를 돕던 학사들로부터 질문을 받았어."

"무슨 질문이요?"

형석이 의외라는 듯이 물었다.

"학사들은 순경음이 왜 있어야 했는지 이유를 모른 거지…"

"맞아요, 우리말에도 없는 애매한 발음인데 왜 만들었죠?"

"바로 그거야…"

"너희들은 정녕 하나만 알고 둘은 모르는구나. 과인이 그토록 오랜 세월을 매진해서 필요도 없는 순경음을 만들었을 거라 생각하느냐?"

"…"

좌중은 쥐죽은 듯 조용했다.

임금이 매서운 눈초리로 말을 이었다.

"이웃 나라 말에는 순경음이 있느니라. 맞느냐?"

"…"

"맞느냐?"

"맞사옵니다, 전하…"

"하면, 너희들은 그 순경음을 어찌 표시하려 하느냐?"

"…"

"순경음 글자 없이 그들의 순경음을 표시할 수 있느냐?"

"전하…"

단 한마디로 이치를 깨닫게 되자 학사들은 얼굴이 화끈 거렸다. 너무나 부끄러웠다. 임금은 누누이 외교를 강조해왔고, 그에 따라 유능한 통사를 키우려고 애써왔다. 그토록 오랫동안 이웃나라의 말을 옳게 배워야 한다고 강조해 왔건만, 어느 누구 하나 순경음이 이웃나라말을 표시하는 글자였다는 것을 깨닫지 못한 것이다.

임금의 질타가 뒤를 이었다.

"너희들이 정녕 조선을 이끄는 동량지재가 맞느냐? 내 앞에서는 사서삼경을 끼고 사는 것처럼 하면서도 너희들 중에 중국말 한마디를 옳게 할 수 있는 사람이 있더냐?"

"…"

"명나라에 가면 황제에게 무엇이 부당하고, 무엇이 잘못되었는지 통사 없이 직접 고할 생각을 해봤느냐?"

"…"

"너희들이 단 한번이라도 말을 배우려고 했다면 과인에게 순경음이 왜 필요한 지 묻지 않았을 것이다. 훈민정음 해례를 제대로 읽어보기나 하였는지 의문이다."

"…"

임금의 한마디 한마디는 전각 안에 찬바람이 불게 했다. 학사들은 쥐구멍이라도 찾고 싶은 심정이었다. 순경음의 존재 이유를 묻기 전에 먼저 그 속뜻을 먼저 헤아렸어야 했다. 알량한 논리로 감히 임금에게 다가갈 일이 아니었던 것이다.

좌중은 숨소리조차 들리지 않았다.

얼마간 시간이 지나자 임금이 마음을 가라앉히고 말했다.

"모두 고개를 들라."

"…"

"더 묻겠느냐."

"황공惶恐하옵니다, 전하…"

"들어보거라. 순경음은 우리말보다 이웃나라 말의 습속을 보고 만든 글자다. 만일 그들에게 또 다른 습속이 있었다면 그것까지 표시할 글자를 만들었을 것이다. 그러니 어디 순경음뿐이겠느냐, 필요하다면 치순음인들 못 만들고, 설치음인들 못 만들겠느냐?"

"…"

"연유가 그러한데, 훗날 치순음이나 치설음 글자가 생겨나면 그때도 우리말에 쓰임새가 없다고 하겠느냐?"

"전하, 부끄러워 몸 둘 바를 모르겠사옵니다."

학사들이 고개를 떨어뜨리고 진심으로 부끄러워하는 모습을 보이자 임금의 목소리가 한결 부드러워졌다.

"명심하거라. 습속이 변하면 말이 변하고, 말이 변하면 그 말을 대신할 글자가 만들어져야 한다. 해서, 한 가지만 묻겠다."

"…"

"과인은 순경음을 훈민정음 23초성에 포함시키지 않았다. 왜 그랬는지 이유를 짐작할 수 있겠느냐?"

"전하… 어찌 감히 소신들이…"

학사들은 긴장해서 눈치를 살폈다.

임금이 좌중을 둘러보고 천천히 말했다.

"순경음은 본래의 자모가 있다. 단지 필요에 따라 본래의 자모에 가획한 것이라서 굳이 23초성에 넣지 않은 것이다. 그것은 훗날 또 다른 글자가 필요하면, 23초성에 구애받지 말고 순치음이든 치설음이든 순경음의 원리에 따라 맞게 만들어 쓰라는 의미다."

"전하, 소신들은 그런 뜻이 숨어 있는 줄은 감히 상상도 하지 못했사옵니다."

"너희들이 거기까지 미치지 못한 듯해서 과인이 일러주는 것이다."

임금이 편치 않은 표정으로 말을 이었다.

"허나 과인이 심히 우려되는 점이 하나 있다."

"우려라 하심은…"

"훈민정음을 길이 남기기 위해 불경을 언해하고 있지만 백성들이 언해에만 익숙해지면 필시 순경음의 존재를 잊고 말 것이다."

"전하, 하오시면 어찌해서 사서삼경을 물리치시고 불경만을 언해하시옵니까?"

임금이 어이없다는 듯이 웃음을 터뜨렸다.

"하하하 사서삼경을 훈민정음으로 말이냐?"

"…"

"너희들은 고집스런 노신들의 반대를 보지 못했느냐? 소국 조선이 글자를 갖는 건 사대의 예에 어긋난다고 하던 말을 듣지 못했느냐?"

"전하…"

"사서삼경을 언해한다 해도 그들은 내가 죽고 나면 서둘러 걷어치우려 할 것이다. 해서 백성들 손에 길이 남을 불경을 택한 것이다."

"전하… 성심을 미처 깨닫지 못해 송구하옵니다."

"그것만이 아니다. 이 나라 백성들이 이 나라를 위해 살아야지 어찌 다른 나라를 섬기며 산단 말이냐? 진정 사대가 좋아서 하는 짓이냐? 지금은 힘이 약하니 참되, 깨우쳐 지피지기하라고 글자를 만든 것인데…"

"황공하옵니다 전하, 그렇게 깊은 뜻을 미처…"

"그것은 선왕이신 태종대왕의 유훈이었다. 치욕을 벗어나고 싶으면 힘을 키우라는… 하니 명심해서 훈민정음과 순경음을 지켜야 한다. 한번 잃어버리면, 언젠가 다시 회복하기가 쉽지 않을 것이다. 말의 습속이 본래 그렇다."

"명심하겠사옵니다."

학사들은 순경음의 의미와 그것을 지키라는 임금의 말에 깊은 감동을 받았다. 눈시울이 붉어진 학사도 있었다. 궁궐 밖으로 나올 때까지 이들은 아무말도 하지 않았다. 그들은 순경음을 어떻게 지켜야 할지에 골몰했다.

임금의 몸에 열이 오르락내리락 했다. 의관이 수시로 침전에 들었다. 나이가 들자 정음 창제로 상한 몸이 수시로 증세를 드러냈다. 왕실과 신료들은 걱정이 태산 같았다.

열이 내려 정신이 돌아오자 내관을 불렀다.

"오늘 밤에 신미대사를 모셔 오거라."

임금은 대신들의 눈치를 보지 않고 분부를 내렸다. 이미 나이나 경륜이 대신들보다 많기도 했고, 생이 많이 남지 않았음을 느낀 듯했다.

밤이 으슥하자 신미대사가 침소에 당도했다. 신미는 기력이 쇠해진 임금 얼굴을 보자 자기도 모르게 탄식이 나왔다.

눈을 감고 아미타불을 외웠다.

"전하, 성체를 보존하시옵소서…"

"허허 대사, 염려하실 것 없소이다. 잠시 누워 쉬고 있었을 뿐이요."

임금은 애써 성한 소리를 냈다.

"내 오늘 보자고 한 것은…"

"예, 전하…"

"하늘에서 이 나라 백성들에게 복을 내렸다는 것을 알았기 때문이오."

"예? 하늘에서요?"

신미가 눈을 동그랗게 뜨고 되물었다.

"그렇소. 하늘에서 이 나라 백성들을 선택해 복을 내렸소이다."

"복이라 하오시면…"

"오래전에 대사와 내가 얘기했었소. 세상 모든 말을 아우르는 문자는 세상에 없다고 말이오. 그러면서 파스파^{티베트 승려}를 비웃었잖소."

"그러하옵니다, 전하."

"나도 그런 줄만 알고 미처 깨닫지 못했소이다만, 정음으로 토를 달은 통사 교본을 보고 정음이 한자, 범자, 첩아월진이나 왜국 문자도 모두 표시할 수 있다는 것을 알았소이다."

"허…"

"문득 놀라 그 연유를 살펴보니, 분명 세상 모든 나라는 제각기 말을 가지고 있고 그 말에 따라 문자를 만든다고 하지 않았소?"

"그렇사옵니다, 전하."

"해서 나는 우리 한민족이 쓰는 말에 따라 훈민정음을 만들게 된 것이 아니겠소?"

"하오시면…"

"하하하 만일 우리가 원나라 말을 쓰고 있었다고 하면 지금의 정음을 만들 수 없었을 것이오. 허나 우리말을 쓰고 있었기 때문에 거기에 맞는 훈민정음을 만들 수 있던 것이고…"

"옳으신 말씀이옵니다."

"그러니 과인이 정음 문자를 만들게 된 것은 그에 맞는 말이 있었기 때문에 가능한 것이었고, 그런 말을 쓰게 된 건 하늘이 우리 백성들을 선택해 내린 축복이 아니고 무엇이겠소이까? 하하하."

"아, 하늘의 선택…"

대사가 감탄했다. 자신이 임금에게 문자의 원리를 가르쳐 줬지만 감히 그런 생각은 하지 못했다. 임금의 혜안이 놀라울 뿐이었다.

"일전에 학사들이 몰려와 내게 물었소. 우리말에 없는 순경음이 왜 필요하냐고 말이오. 그래서 다른 나라 말에 있는 순경음을 너희들은 어떻게 표시하겠느냐고 되물었소이다."

"그렇지요 전하…"

"하하 그런데 이젠 그게 아니오. 하늘이 내린 복을 제대로 누리려면 반드시 순경음을 반드시 지켜야 한다는 것이오."

"…"

"순경음의 원리를 깨달으면 세상 어떤 말도 모두 표기할 수 있소."

히로에가 갸우뚱하고 물었다.

"알 듯도 한데 그게 무슨 뜻이죠?"

"간단해 히로에. 예를 들어 순경음 원리를 이용하면 file을 '파일'

이나 '화일'로 쓸게 아니라 '파일'이라고 쓸 수 있는 거고 pull은 풀, full은 '폴'이라고 쓸 수도 있다는 거지. 그뿐만 아니라 B와 V, L과 R, G와 Z의 차이들도 모두 구분할 수 있을 거야. 안타깝게도 대왕의 말씀을 지키지 못해서 그런 표기법을 쓰지 못하고 있는 거지…"

"순경음의 역할이 정말 놀랍네요."

히로에가 의미를 이해한 듯 놀란 눈을 했다.

형석이 뭔가 깨달은 듯 나섰다.

"그러고 보니 교수님, 우리가 지금 TH 발음을 제대로 못하고 있잖아요. 그것도 순경음의 원리를 적용하면 가능하겠어요. 예를 들어 아래윗니 사이에 혀를 넣는 것이니 치설음으로 하면요."

"하하 치설음?"

"예, 교수님. 아니면 설치음이라고 하든지요."

"하하하 그래, 일리가 있어."

"아 교수님, 갑자기 생각이 났는데요!"

"뭐가?"

"우리 한글을 쓰고 있는 인도네시아 찌아찌아족이요…"

"그래, 찌아찌아족."

"그 사람들은 지금 순경음을 쓰고 있어요. 인터넷에 보니까 그 나라 도로 표지판에 순경음을 썼더라고요."

"그래 맞아, 나도 봤지…"

"정작 우리는 잃어버렸는데 그들은 쓰고 있는 거예요…"

"그래, 모든 게 가능한 거야…"

양이환이 고개를 끄덕이며 뭔가를 생각하는 듯 했다. 형석과 히로에가 주춤해서 바라봤다. 잠시 후 천천히 말을 꺼냈다.

"대왕께서 지피지기를 말씀하셨잖아."

"예, 적과 나를 알면 백전백승이요…"

"그래, 지피지기를 생각해봐. 21세기는 문화전쟁 시대고, 문화전쟁의 무기는 말과 문자야."

"아…"

"이해하겠어, 최 박사? 빠르고 정확한 의사전달 수단… 어떻게 보면 한류도 우리말과 문자의 효율성에 바탕을 두고 있어. 충실한 감정 전달 뿐만 아니라, 남과 비교해서 내가 무엇이 모자라고 무엇이 장점인지를 정확하고 신속히 깨닫는 거지. 말과 문자는 지피지기의 수단이었어. 신이 우리민족에게 내린 축복이 치열한 문화전쟁에서 효력을 발하고 있는 거야. 대왕은 신의 뜻에 따라 발판을 마련한 거고…"

"그렇네요…"

세 사람은 서로의 얼굴을 바라보며 한동안 말을 잇지 못했다.

시도요체.

600년간 드리웠던 어둠의 장막이 걷히는 순간이다.

끝.